KB083028

추금 강위 평전

국제 정치의 막후에서 분주했던 불우 시인

지은이

김진균 金鎭均, Kim, Jin-kyun

성균관대학교 국어국문학과에서 「변영만의 비판적 근대정신과 문예추구」로 문학박사학위를 취득하였다. 『한문학과 근대전환기』, 『모던한문학』 등의 저서가 있다. 현재 (사)다산연구소 연구실장, 한국비정규교수노동조합 부위원장 등을 맡고 있다.

한말 사대가 평전 1

추금 강위 평전 국제 정치의 막후에서 분주했던 불우 시인

초판인쇄 2024년 2월 1일 **초판발행** 2024년 2월 10일

지은이 김진균

펴낸이 박성모 **펴낸곳** 소명출판 **출판등록** 제1998-000017호

주소 서울시 서초구 사임당로14길 15 서광빌딩 2층

전화 02-585-7840 **팩스** 02-585-7848

전자우편 somyungbooks@daum.net **홈페이지** www.somyong.co.kr

값 26,000원

ISBN 979-11-5905-867-7 04810

979-11-5905-870-7 (세트)

이 저서는 2015년 대한민국 교육부와 한국학중앙연구원(한국학진흥사업단)의 한국학총서사업의 지원을 받아 수행된 연구임.(AKS-2015-KSS-1230008)

한말 사대가 평전 1

추금 강위 평전

국제 정치의 막후에서 분주했던 불우 시인

김진균 지음

1884년 음력 10월 17일, 근대식 우편 사무를 관장하는 우정국郵政局이 개업하였다. 우정국은 한성부 전의감典醫監 터에 건립되었는데 지금으로는 서울 견지동 조계사 인근이다. 당일 저녁 7시 우정국 낙성식 축하연이 열렸고, 이 행사에 우정국 총판總辦 홍영식洪英植, 1855~1884, 독판督辦 김홍집金弘集, 1842~1896, 전 광주유수廣州留守 박영효朴泳孝, 1861~1939, 전영사前營使 한규직韓圭稷, 1842~1884, 우영사右營使 민영익閔泳翊, 1860~1914 등 개화파와 수구파를 아우르는 정계의 거물들, 그리고 주한 외교사절들이 참석하였다. 경비는 삼엄하고 연회장은 안전해 보였다. 축하연이 거의 마무리되어가던 10시경 우정국 건물 북쪽 인근의 민가가 불길에 휩싸이면서, 삼엄했던 경비가 삽시간에 무너졌다. 안전해 보이던 연회장은 순식간에 총성과 칼날이 난무하는 아수라장으로 변했다.

갑신정변甲申政變이 발생한 것이다. 김옥균金玉均, 1851~1894을 중심으로 하는 일군의 급진개화파가 청나라로부터의 완전 독립과 자주적 근대화를 표방하며 일으킨 정변이었다. 1882년 임오군란壬午軍亂 이래 청나라의 영향력이 확대되면서 개혁 정책이 후퇴한 것에 대한 급진개화파의 반발이 정변으로 표출하였던 것이다. 급진개화파 청년들은 본디 이날 우정국 바로 옆의 경우궁景祐宮 별궁에 불길이 이는 것을 신호로 거사를 개시하기로 하였으나 삼엄한 경비로 인해 별궁 방화에 실패하였다. 행사가 끝나가는 것을 초조하게 지켜보던 김옥균 등은 준비했던 거사를 강행하기 위해 대신 민가에 방화한 것이었다.

개화 반대 세력을 물리적으로 제거하고 조선사회 전반의 근대화 개혁 속도를 가속하려 했던 갑신정변은, 그러나 청나라의 개입으로 음력 10월 19일 진압되었기에 흔히 '3일천하'라고도 불린다. 정변을 계획하면서 자체 동원 가능 군사력이 부족하다고 일본 군대의 힘을 빌린 점이라든지, 여론의 향배에는 관심을 두지 않고 핵심 권력 교체만으로 권력 장악이 가능하다고 오판한 점 등은 사후적 관점에서나 할 수 있는 비판이리라. 그 당시 그들의 입장에서는 어느 방향으로든 주사위를 던져야 했다.

강위姜瑋는 1820년 음력 5월 2일에 태어나서 1884년 음력 3월 10일에 죽었다. 갑신정변은 강위가 죽은 지 7개월 뒤에 벌어진 일이므로, 그의 생애 바깥에 있는 사건이다. 그러나 강위는 갑신정변의 주모자였던 김옥균이나, 정변 관련 세력으로 지목되어 연금되어 있는 사이 『서유견문西遊見聞』을 저술하여 개화사상의 전개에 중요한 역할을 하는 유길준兪吉濬, 1856~1914 등과 각별한 사이였다. 강위는 갑신정변 주모자들과 친분이 깊었던 것이다. 강위가 몇 개월 더 살았더라면 갑신정변에 참여하게 되었을까? 이 해 강위는 65세의 노령이었으므로, 힘을 보태겠다고 나섰더라도 젊은 급진 개화파들이 만류하였을 수도 있다.

강위는 당시의 개화파를 비주체적이라고 비판하던 이건창李建昌, 1852~1898 등과도 깊은 교유가 있었다. 강위에게 이건창은 청나라 사신단에 참여할 수 있는 귀한 기회를 제공해주고 장안의 명사들에게 소개도 시켜주는 후원자와도 같은 존재였지만, 강위는 이건창이 탐탁하게 여기지 않는 분위기에서도 이건창의 면전에서 국제 통상의 필요를 역설한 적도 있다. 어쩌면 젊은 급진개화파들의 모험적 군사 행동을 만류하였을 수도 있었겠지만 개화 정책시행을 가로막는 수구세력을 무력화시키려는 의도 자체에 반대했을 가능성은 거의 없어 보인다.

강위는 1876년 강화도조약 전후로 여러 차례 청나라와 일본에 사신으로 다녀오면서, 세계 각국의 근대화 노력과 더불어 이기적 국가주의라는 국제 정세의 본질을 읽어내었다. 젊은 급진개화파들에게 근대화는 피할 수 없는 과업이지만 일본의 호의를 과대평가하거나 청나라의 탐욕을 과소평가해서 일을 그르쳐서는 안 된다고 조언했을 수도 있다.

그러나 강위의 삶은 이미 끝나 있었고, 갑신정변은 강위의 죽음 뒤에 발생한 사건이다. 그럼에도 불구하고, 청나라 중심의 중세적 패권 체제에 안주하려는 수구파와 개국통상을 통해 근대적 세계 체제에 편입하려고 조급증이 난 급진개화파의 정면충돌로서의 갑신정변은, 강위의 삶이 끝난 그곳에서 그가 가던 길을 조금만 더 이어보면 만나는 사건이기도 하다. 물론 강위의 삶에 없던 사건을 삽입하여 그의 행동을 예단해 보는 것은 부질없는 짓이다. 하지만 강위는 그의 삶 속에서 이미 변화와 새로운 질서에 열광하고 있었다는 점에서, 이날 그가 살아 있었다면 어땠을까 하는 상상을 멈출 수가 없다.

강위는 급진개화파들보다 한 세대 위의 인물이기도 하고 갑신정변이 벌어지기 전에 사망하기도 하였으므로, 근대사에서는 초기개화론자 혹은 온건개화파 대접을 받고 있다. 그가 개화파였음은 분명하다. 그런데 그가 같은 세대의 초기개화론자들처럼 제한적 변화만을 추구했다든가, 온건개화파들과 같이 속도를 조절해가며 타협점을 찾았다고 말할 수는 없을 듯하다. 그의 내면은 어떤 풍경을 그려내고 있었을까. 그가 가졌던 개화의 의지는 그 풍경 속에서 어떤 속도로 달려가고 있었을까?

우리는 강위에 대해, 특히 그의 내면에 대해 여전히 모르는 부분이 너무 많다. 그러나 그의 내면이 변화의 방향을 향해 달려가고 있었다는 점만은 누구라도 알아챌 수 있을 것이다. 그가 개국통상을 주창하게 된 데에는 당시 국제 정세에 대한 나름의 판단도 있었겠으나, 그의 삶을 들여다보면 그보다 먼저 그의 삶의 경로가 변화로 향할 수밖에 없도록 몰아붙이던 당시의 수구적 관행도 적지 않은 영향을 주었음을 인정할 수밖에 없다.

강위는 자신의 출신에서 벗어나고 싶어 했고, 출신 때문에 출세를 막는 제도적 관행에서 벗어나고 싶어 했고, 낡은 제도와 함께 돌아가는 지배 이념에서 벗어나고 싶어 했고, 결국 자신의 삶에서 벗어나고 싶어 했다. 삶의 모든 관성에서 벗어나고 싶어 했던 것이다. 관성에 안주하면 매번 새로 결단하는 비용 없이 기성의 방법론을 답습하여 매사를 신속하고 경제적으로 처리할 수 있으며, 관성을 일상적으로 수용하는 태도를 지니면 적어도 기성 사회에서는 온건한 사람으로 대접받을 수 있다. 하지만 관성에 안주할 수 없는 사람이 있다. 기성 사회의 관성이 그 사람의 삶을 부정한다면, 그 사람이 어찌해야 하는가.

어쩌면 당시 기저에서부터 바스라지는 기성체제를 억압과 폭정으로 유지하며 버텨보려던 조선 사회가 강위와 같은 사람들을 외통수로 몰아간 것처럼 보이기도 한다. 강위는 그 외통수를 받아내고 오히려 주체적 결단으로 되치기하였다. 강위는 새삼스럽게 구질서를 낯설게 보고, 새로운 질서를 상상했다. 새로운 질서를 꿈꾸는 것 말고는 자신의 주체성을 지킬 방법이 없었을 것이다. 결국 세상도 그를 낯설게 보았고 이단異端이라고 평하기까지 하였다. 노욕이 가득찬 기성체제는 체제를 이탈하려는 시도를 억누르려 하지만, 오히려 일반적으로 이단을 양산하고 급진의 연료를 제공하는 것이다.

1884년 음력 10월 17일, 우정국 낙성식 축하연 한구석에서 마르고 큰 키에 허연 수염을 늘어뜨린 강위가 지팡이를 짚고 서 있었다면, 그는 그 3일 동안 어떤 행동을 하게 되었을까.

차례

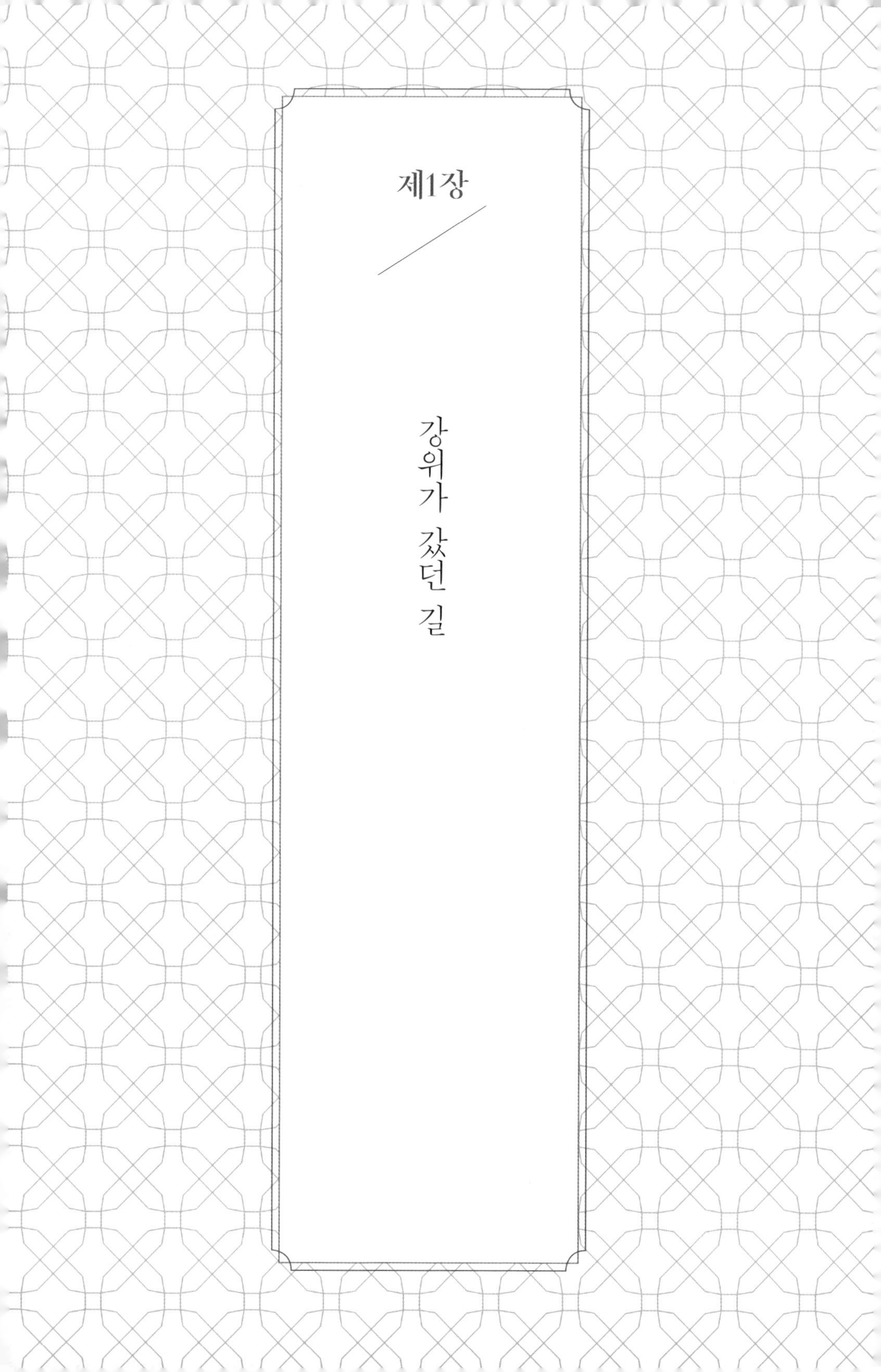

제1장

강위가 갔던 길

한말사대가韓末四大家

강위姜瑋, 1820~1884는 한말사대가의 첫 번째 인물이다. 한말사대가는 한문학의 마지막 세대 중에서 뛰어난 문학적 성취를 이룬 강위와 김택영金澤榮, 1850~1927, 이건창李建昌, 1852~1898, 황현黃玹, 1855~1910 네 사람을 지칭하는 말이다. 한말사대가를 한데 묶어 평하기에는 네 사람의 출신과 경력이 다양하고, 문학적 지향과 사회적 위상도 판이하다. 그럼에도 불구하고 한말사대가라고 묶어서 칭하는 이유는, 한문학이 공식 문장으로 활용되던 마지막 시기에 활동하면서 높은 수준의 한문학을 수단으로 자신의 시대를 기록한 명망가들이었다는 공통점과 더불어 이들이 하나의 문학 그룹을 이루며 활동하였기 때문이다.

이들이 함께한 문학 그룹의 명칭은 남촌시사南村詩社였다. 남촌은 당시 한양의 남쪽인 남산 부근을 말하며, 시사는 한시 동호회를 뜻하는 보통명사이다. 이건창을 중심으로 한 소론少論 : 사색당파의 하나 세력이 남산 부근에 거주하며 남촌시사를 통해 한시를 창작하였으며, 이 남촌시사에 지방 출신의 김택영과 황현이 합류하였고, 여기에 강위도 함께 어울리게 되었는데, 이 네 명의 한시 수준이 당대에 큰 주목을 받았던 것이다.

이중에 강위는 나머지 세 사람보다 한 세대 정도 먼저 태어났으며, 나이뿐만 아니라 출신과 경력에서도 두드러지게 차이를 보인다. 개성에 세거지를 둔 김택영이나 구례에 근거지를 둔 황현과 달리, 강위는 한양 부근이었던 광주廣州에서 태어나 평생을 떠돌며 살았기에 세거지라든가 본가와 같은 개념은 거의 염두에 두지 않았다. 소론 명문가의 자제로 출세하였던 이건창과도 달리, 강위는 한미한 무반 가문의 자제로 태어나 고관은커녕 낮은 문관직조차 얻기 어려운 처지였기에 관료로서의 출세는 아예 단념하고 성인이 된 뒤에는 과거 시험을 생각에 품지도 않았다. 세 사람과는 많은 것이 달랐다.

그럼에도 불구하고 강위가 이들과 한데 묶일 수 있었던 데에는 강위의 출중한 시적 재능이 한몫하였다. 남촌시사의 중심에 있었던 이건창이 그의 걸출한 시적 재능에 반하여 강위를 자신의 한시 선생님이라고 떠받들며 모셨던 것이다. 한시를 한문학의 서정장르로서 근대문학에서의 자유시와 비슷한 개념처럼 생각한다면 한시를 짓는 사람들을 전문적 문인이라고 오해할 수도 있겠지만, 한시는 전근대 조선에서 선비들의 교양 척도로서의 기능이 강하였기에 모든 선비들이 대개 한시를 짓거나 지으려고 노력하였다. 선비들이 교유할 때 한시를 주고받으며 서로의 지적 능력을 확인하고 교유할 수준이 되는지 판단했고, 유람과 유흥에도 늘 한시를 주고받으며 교유의 깊이를 더해갔던 것이다. 물론 신분제와 사색당파가 복잡하게 얽혀 있는 전근대 사회에서 교유 관계를 맺는 데에는 출신 성분에 대한 판단이 더 근본적으로 작용했겠으나, 한시를 통해 보여주는 교양 수준 역시 중요하게 작용하였다. 한시의 수준이 매우 높은 경우에는 당파나 출신의 장벽도 넘어서는 것이 가능했다. 소론 명문인 이건창이 당파도 애매한 무반 가문의 강위를 한시 선생님이라고 지칭하며 교유의 중심으로 끌어들인 것은 강위의 시적 재능이 당시 어느 정도 수준으로 평가 받았는지 가늠할 정황이 되는 것이다.

그런데 강위가 한시에 뛰어난 재능을 갖게 된 것에는 먹고살기 위한 방편으로서의 노력의 결과였음을 스스로 증언하고 있다. 강위는 한동안 전국을 방랑하며 지냈던 적이 있는데, 향촌에서 빈객 대접을 받으며 숙식을 해결하기 위해 한시를 지어주었고, 이것이 소문을 통해 퍼지면서 전국적으로 한시에 재능이 있는 선비로 지목을 받게 되었다는 것이다. 그리고 여러 집안의 식객 노릇을 할 때에도 강위는 문학적 재능을 발휘하였다. 이런 활동의 끝에 강위는 한시 동호회라고 해석할 수도 있는 몇몇 시사詩社의 좌장 혹은 스승의 역할을 맡게 되었다. 이건창을 중심으로 구성되어 활동하던 시 모임인 남촌시사에서도 강위를 좌장처럼 모셨고, 중인 아전 서리들을 중심으로 구성되어 활동하던 육교시사六橋詩社에서도 강위를 좌장으로 모셨다. 강위의 후배 세대들에게 시적 능력으로 존중받게 된 결과인데, 그 후배 세대는 양반 계급과 여항인 계급을 망라하였다.

〈그림 1〉『고환당수초』에 수록된 강위 초상. 1850년 이건필(李健弼)이 그린 것이다.

양반사대부에는 못 미치는 대접을 받지만, 통역을 맡는 역관譯官이나 의술을 담당하는 의관醫官 등 고도의 기능과 지식이 필요한 전문직을 수행하며 하층 귀족 신분을 세습하던 계급을 중인中人이라 하고, 중인보다 한급 더 낮은 대접을 받지만 말단 행정의 중요한 실무를 담당하여 상민常民들보다는 위에 놓인 계급을 아전衙前 혹은 서리胥吏라고 한다. 중인과 아전 서리들은 시를 짓는 모임을 매우 활발히 전개하였는데, 특히 문학사에서 이들을 여항인閭巷人이라고 불렀다. 여항이라는 말 자체는 고관대작이 아닌 서민들이 생활하는 동네의 구불구불한 골목을 뜻한다. 여항인 계급의 모임인 여항시사의 활발한 문학 활동은 신분 처우의 부당한 한계를 문학으로라도 뛰어넘어보려는 여항인들의 깊은 울분의 표현이었다. 여항인이 아니지만 강위는 그 울분에 공명할 수 있었다. 그리하여 여항인 계급의 모임인 육교시사六橋詩社에서 강위를 좌장으로 모셨다.

후배 세대들에게 존중 받으며 시사에서 좌장 혹은 스승 역할을 하는 데에는 강위의 시적 역량이 적극 평가된 결과이겠지만, 후배 세대들은 그의 시적 역량만 본받고 있었던 것이 아니라 그가 갖고 있던 국제정치에 대한 남다른 식견에도 큰 영향을 받고 있었다.

정책적 통찰과 국제 감각

국가 운영 정책에 대한 근원적 통찰을 보여준 점도 강위의 명망을 높이는 데에 한몫하였다. 강위는 1862년 진주민란의 확산에 대한 조정의 정책 대안을 묻는 대책에 「의삼정구폐책擬三政救弊策」을 작성하게 된다. 진주민란이 확산되던 당시 강위는 전라도 무주茂朱에 우거하고 있었다. 무주 지역에서 봉기한 인민들은 강위가 글을 잘 한다는 소문을 듣고 그에게 달려가 격문檄文 : 여러 사람에게 알리고 선동하기 위해 짓는 글을 지어달라고 청하였다. 그 청을 거절하자 성난 인민들이 강위가 우거하던 집을 불사르고 그를 억류하였는데, 강위는 밤을 틈타 도망 나왔다. 그 길로 강위는 어려서부터 식객 주인으로 모시던 정건조鄭健朝, 1823~1882에게 갔는데, 정건조가 피신해 온 강위를 억류하다시피 강권하여 삼정三政 : 토지세를 다루는 전정과 군역세를 다루는 군정 및 양곡 대여를 다루는 환곡 세 가지를 아울러 일컫는 말의 폐단을 구제할 방책을 쓰게 만든 것이다. 격문을 지어달라는 인민들의 청을 거절한 것은, 민란의 주모자로 몰릴지 모른다는 두려움 때문이었을 것이다. 삼정의 폐단을 구제할 방책을 지으라는 정건조의 권유에 응한 것은, 그래도 정권 실세를 통해 민생의 개선 방책이 실현될 수 있지 않을까 기대했기 때문이었을 것이다.

「의삼정구폐책」을 통해 보면 그는 봉기한 인민들의 입장을 잘 파악하고 있으며 그들의 저항에도 충분히 공감하고 있었음을 알 수 있다. "오늘날 군정軍政과 농정農政이 문란하여 상하가 모두 곤궁하다. 인민들은 아침저녁 끼니를 이을 수가 없고 나라에는 한 해의 저축이 없다"고 하였고, 그로 인해 희생된 인민들에게 "뭇 성냄을 풀 길 없으니 고단한 회포 뉘 펴주랴. 어떤 큰 공덕을 지어, 이 수많은 사람에게 사죄하랴"라고 하였다. 작성 직후 정건조는 몇몇 부분을 고쳐달라고 했다. 정건조의 수정 요구를 듣자 강위는 이 글을 불살라버렸다. 글의 표현 따위나 따지고 드는 정건조의 태도를 통해 자신의 개혁책이 실현될 가망이 전혀 없음을 짐작했기 때문이다. 그러나 강위가 불살라버린 이 글은 강위의 포부와 재능을 널리 알리는 계기가 되기도 하였다. 받아들여지지 않으면 사정을 돌아보지 않고 다 버리고 떠나는 강위의 대찬 성격을 우려하여, 정건조가 미리 사본을 작성해두었다가 나중에 출판하였던 것이다.

강위는 당시의 국내 정치에 대한 정책적 통찰과 더불어, 국제 정세에 대한 감각이 뛰어난 것으로도 명성을 얻어갔다. 그 명성을 듣고 당시 요직에 있던 고관대작들이 그의 재능을 활용해 보기 위해 그를 찾았고, 강위도 자신의 포부를 실현할 기회라고 여기고 국제 정치에 대한 감각을 최대한 발휘해 보고자 노력하였다. 그 결과 그는 19세기 말 '개항'의 실무를 맡아 동분서주하게 되었다.

〈그림 2〉 개화기 광교 부근의 모습

19세기 중반부터 조선에는 동아시아 천하 질서의 정점에 군림하고 있던 제국 청나라가 서구에 패했다는 아편전쟁(1차 아편전쟁(1840~1842), 2차 아편전쟁(1856~1860))의 충격적인 소식과 일본이 서구에게 투항하였다는 강제 개항(미일화친조약, 1854)의 불안한 정보가 퍼졌다. 1866년 프랑스 신부 처형의 책임을 물으며 침공한 프랑스함대를 강화도에서 격퇴한 병인양요, 통상을 요구하며 침공한 미국 상선을 대동강에서 격파한 제너럴셔먼호사건 및 1871년 다시 통상을 요구하는 미국 함대를 강화도에서 격퇴한 신미양요를 거치는 동안, 조선 왕조는 충격과 불안을 안겨줄지 모르는 바다 건너 정세와 담을 쌓기로 하였다. 곳곳에서 서구를 양이(洋夷 : 서양 오랑캐)로 규정하는 척화비(斥和

碑 : 양이와의 협상을 거절하는 구호를 적은 비석를 세웠다. 당시 조선 조정의 정책은 미지의 서구 세력과 교류를 시작하는 것은 청나라처럼 패배하여 주권을 확보하지 못하거나, 일본처럼 투항하여 기존 질서가 전면 붕괴되는 일을 야기할 것이라는 불안감에서 나온 것이었다.

불안감으로 항구를 봉쇄하고 공포감으로 근대적 세계 질서에 편입되기를 거부하고 있는 조선에서, 강위는 개항과 교역을 주장하고 실현하였다. 한때 식객 주인으로 모셨던 무장 신헌申櫶, 1810~1884이 전권대신全權大臣 : 국왕의 결정권을 위임하여 현장에서 재량껏 대처하도록 파견한 신하으로 1876년 강화도조약을 체결할 때에 그는 막후 보좌관 역을 맡아, 개국을 주장하다 흥선대원군의 눈 밖에 나서 물러난 전 우의정 박규수朴珪壽, 1807~1877와 연락을 주고받으며 조정의 의론을 개항 쪽으로 돌리는 데에 기여했던 것이다. 여기에는 1873년과 1874년 두 차례에 걸쳐 사신단을 따라 북경에 가서 서세동점西勢東漸 : 근대 서구 제국주의 세력이 동아시아의 세력 범위를 장악해 들어오던 현상의 국제 질서를 목도한 경험도 작용했을 것이다. 이때 발휘된 식견을 인정받아, 1880년에는 김홍집金弘集, 1842~1896을 따라, 1882년에는 김옥균金玉均, 1851~1894을 따라 일본에 파견되는 사절단을 수행하게 되었다. 1882년 일본 사절단이 임오군란의 소식을 듣고 중도 귀국할 때에, 사절단과 헤어져 따로 상해를 거쳐 천진에까지 다녀왔으니 당시 조선인으로서는 드물게 동아시아 3국 여러 곳에 발자국을 남긴 것이다. 1883년 근대적 인쇄를 담당할 정부 기관인 박문국博文局이 설치될 때, 번역과 인쇄에 관한 일을 맡아보기도 하였다.

한미한 출신

강위의 고향은 남한산성의 서북쪽 기슭인 경기도 광주군 세촌면 복정리福井里: 현재 성남시 복정동였다. 그의 집안은 조상 대에 본디 세력을 갖춘 문벌이었으나 기묘사화己卯士禍, 1519에 연루되어 한미해졌다가 주로 무과로 진출하게 되었다. 그의 아버지가 무과에 합격한 뒤 공주 영장營將과 고원군수高原郡守를 지냈으며, 그의 형 강문근姜文瑾이 무과 벼슬인 선전관宣傳官과 경력經歷을 지낸 것이다. 그의 부친, 형, 큰아들, 손자, 사촌형제, 조카들 중에 무과에 합격한 이들이 많았다. 형편이 이러하니 기본적으로 그의 가문은 무반으로 취급받았다.

양반兩班은 문반文班과 무반武班으로 구성되어 양반이라고 하는 것이니, 무반이라고 해서 양반이 아닌 것은 아니다. 그러나 일반적으로 양반 내부에서는 문반이 무반보다 사회적 정치적 대우가 더 높았다. 무반 중에서도 대대로 고위 무관을 배출하던 뿌리 깊은 무반 가문은 그나마 또 문반 못지않게 대접받을 만한 지위를 얻을 수 있었지만, 강위의 집안은 문반으로서는 몇 대에 걸쳐 관직에 진출하지 못한 나머지 강위의 부친이 결단을 내리고 이제 겨우 무반으로 진출하기 시작하여 매우 초라한 형편이었다. 또 사회적 대우가 열악한 만큼 무반들은 가세도 넉넉하지 못한 것이 보통이었다. 강위의 집안도 예외가 아니어서, 갖고 있던 재산도 별로 없는데다가 강위 자신이 가산을 경영하는 데에는 전혀 관심이 없었으니 그의 곤궁을 대략 짐작해볼 만하다. 한미한 무반 가문의 자제라는 점이 강위의 삶을 매우 크게 제약하며, 강위가 자신의 거대한 포부를 펼치기 어렵도록 만들기도 하였다. 그는 방랑벽마저 갖고 있어서 평생을 떠돌아다니기까지 하였다.

강위는 어렸을 때 온갖 병으로 몹시 고생했으며 옷을 입고 서 있기도 힘들만큼 병약했다는 기록을 남긴 바 있고, 11세에 비로소 서당에 들어갔다고 한다. 14세부터 과거 공부를 시작하여 향시에 응해본 뒤 상경하여 본격적으로 과거 공부에 몰두하다가 20세 무렵 갑자기 이를 중단하였다. 아마 무과 출신의 집안에서 문과에 응시하려는 것도 무리이거니와, 세도정치 아래서 과거가 온통 부정으로 행해지는 마당에 그 자신이 과거를 통해서는 아무것도 얻을 수 없음을 알고 단념했을 것이다. 그가 상경하여 과거 공부를 하던 때에 정건조鄭健朝, 1823~1882의 집에 기숙하면서 그와 공부를 같이 했다.

정건조는 첨정을 지낸 정문용鄭文容의 손자이고, 대사헌을 지낸 정기일鄭基一의 아들이며, 영의정을 지낸 정원용鄭元容이 그의 족조族祖가 되는 소론 명문가 출신이다. 정건조 자신은 한성부판윤, 형조판서, 예조판서, 사헌부 대사헌, 이조판서 등을 역임하였다. 혁혁한 가문의 자제로서 스스로도 고관대작을 지낸 것이다. 1873년 7월에는 사은 겸 동지정사謝恩兼冬至正使에 임명되어 부사 홍원식洪遠植, 서장관 이호익李鎬翼 등과 함께 청나라에 다녀왔다. 이때 강위를 수행원으로 삼아 동행했다. 정건조의 나이로 보면 강위와 동생뻘의 친구 정도로 지낼 만해 보이기도 하지만, 지체로 보아 정건조는 강위의 친구이기보다는 후견인 역할을 한 것으로 생각된다. 정건조는 강위보다 세 살 어렸다. 14세의 강위가 11세의 정건조의 집에 기숙하기 시작한 것은 아마 강위를 글동무 삼아 공부하기를 바라는 정건조의 집안에서 결정한 것이 아닐까 짐작해볼 수 있다. 강위는 언젠가 정건조의 배려에 감사한 마음을 담은 시를 지으면서 정건조를 '관주館主'로 지칭하기도 하였다. 관주는 식객食客 혹은 문객門客이 후원자를 지칭하는 말이다. 서로의 거리감이 없지 않았을 것으로 판단된다.

정건조의 집에 기숙하면서 민노행閔魯行, 1777~1846에게 경학을 배우겠다고 나섰을 때엔, 서울 회동에 있는 정건조의 집과 경기도 광주에 있는 민노행의 집 사이를 매일 오가면서 공부를 했다고 한다. 정건조가 자기 곁을 떠나는 것을 허락하지 않았기 때문이라고 하였는데, 어려운 형편의 민노행의 집에서도 기숙할 수 없는 처지에서 강위가 정건조의 집에서 나오면 숙식을 해결할 방도가 없었던 탓도 있었음을 짐작해볼 수 있을 것이다.

강위는 평생에 걸쳐 여러 사람들에게 경제적 도움을 얻었다. 강위를 강화도조약 현장 실무에 끌어들였던 신헌申櫶, 1810~1884은 무주茂朱에서 유배 생활을 하면서도 강위와 그의 가족에게 거처를 마련해주기도 하였다. 신헌은 혁혁한 무관 명문가의 촉망받는 인물이었기에, 유배객의 처지에 있으면서도 자유로운 처지인 강위보다도 형편이 나았던 것이다. 신헌은 유배에서 풀려난 뒤에도 여러 지방에서 관직을 수행하면서 강위에게 거처를 마련해주었다. 김정희金正喜, 1786~1856는 제주도에 유배되어 있을 때 배우겠다고 찾아온 강위에게 뜻밖의 위안을 얻으면서도, 밥이야 한 그릇 더 내면 되겠지만 해 입힐 옷이 마땅치 않음을 걱정한 바 있다. 스승으로 모시겠다고 찾아가면서도 그럴듯한 수업료는커녕 강위는 자기의 식사와 의복도 충분히 준비할 형편이 못 되었던 것이다.

강위가 62세의 나이로 선공감가감역繕工監假監役의 벼슬을 받았을 때 "우리 집안이 무과로 과업을 바꾸어 응시한 이래 처음으로 문관의 벼슬을 얻었다"고 자축시의 주석에 적으며 감격하였다. 선공감가감역은 조선 왕조의 벼슬 품계 중 가장 낮은 종구품이었으며, 실제 업무도 없는 허직虛職의 관직일 뿐이었다. 늙은 나이에 비록 허직이지만 문관직으로 선공감가감역이 제수되었을 때, 강위는 자신의 삶을 돌아보며 기실은 감격보다는 착잡한 감정을 느꼈을 것이다. 그 착잡함을 과장된 감격으로 감춰보려 했던 것은 아니었을까.

조선에서의 19세기 중후반은, 최종점을 향해 치달으며 한국한문학 최고의 누적을 보여주던 시기였으며, 종말을 향해 밀려가며 행정의 난맥으로 왕조의 인민들이 최악의 도탄에 빠져있던 시기였던 동시에, 자본주의적 근대 세계 질서가 밀려오는데 조정은 전근대적 천하관으로 버티며 최하의 대처로 일관하던 시기였다. 이런 시기에 강위는 한시의 문학적 재능에서, 행정 폐단에 대한 대안을 제시하는 실무적 능력에서, 세계 정세를 파악하고 대처하는 국제적 감각에서 두루 높은 수준을 보여준 인물이었다. 그는 시인으로도 유명했고, 변화하는 19세기 말의 민족 현실과 세계 정세를 통찰하여 경륜과 포부도 대단했다. 그와 깊이 교유하였던 인물들은 그에게 경도되어 그를 존중하였다. 그러나 한미한 무반계 출신으로 경화세족京華世族의 언저리에서 활동하던 그는 재능에 걸맞는 사회적 대우까지 획득하지는 못하였다. 불우한 대우 속에서도 그는 한반도 근대화 과정의 주요한 변곡점에서 인상 깊은 활동을 하였던 것이다. 그러나 다시, 그의 인상 깊은 삶에도 불구하고 출신의 한미함은 평생의 족쇄로 따라다녔으며, 한시의 출중한 능력은 한문학의 역사적 종말과 동시에 휘발되는 것이었고, 국제적 감각은 고관들의 막후에 가려져 있는 참모 역할 이상으로 발휘되지도 못하는 것이었다.

그는 무반계 가문에서 태어나 문반에 진출하려다가 포기하고 민노행閔魯行과 김정희金正喜를 스승으로 삼아 고증학考證學과 국제 정세 등에 대한 안목을 키웠다. 그가 여항 시인들과 많이 어울려서, 그를 여항인 혹은 중인층으로 잘못 파악한 연구도 있었다. 김정희 문하에 출입하던 다수의 여항인들과 친분을 맺고 시사詩社를 결성하였을 뿐 그의 가계가 여항인 가문이었던 것은 아니다. 강위는 한미한 무반 가문 출신으로서 혁혁한 가문의 이건창과 같은 양반에 비하면 취약한 지반을 갖고 있었고, 무반으로서도 명문가였던 신헌에 비하면 지반이 약했지만, 중인中人 계급이나 서리胥吏 계급보다는 높은 양반 신분에 속한다고 할 수 있겠다.

그런데 강위의 전기적 사실이 학계에 상세히 보고되기 전, 20세기 중반에는 평민문학인으로 다루어지기도 하였다. 구자균 선생의 『평민문학사』에서는 그를 역관譯官 중심의 시사詩社였던 육교시사六橋詩社의 맹주盟主: 모임을 맺은 단체의 우두머리로서 그의 신분을 중인층으로 인지하여 서술하기도 하였다. 육교시사는 실상 역관을 주축으로 하는 시사였으므로, 그 시사의 맹주 대접을 받던 강위가 중인층으로 오인되기도 쉬운 일이다. 실상은 이건창이 강위의 시제자였음을 자처했던 사실과 강위가 육교시사의 맹주가 된 일의 기저에는 강위의 취약한 지반이 놓여 있었던 것이다. 혁혁한 가문의 이건창이 시에만 국한된 제한적 영역의 스승으로만 대접하고, 여항 시인들도 신분의 차이에 구애되지 않고 자기 집단의 선배 좌장 스승으로서 추대할 만큼 강위의 출신 지반이 취약했던 것이다.

비주류 정서

그의 학술적 역량과 문학적 재능과 국제적 안목에 비추어 볼 때, 그에 대한 사회적 처우는 불우不遇라고 할 수 있을 것이다. 요즘은 불우를 처지가 딱하고 어렵다는 표현을 할 때만 쓰지만, 본디 능력과 포부를 알아주는 세상을 못 만나 출세하지 못할 때 쓰는 말이었다. 과거를 포기한 무반계 출신으로서 그의 사회적 처우는 서기書記 정도에 그치고 말았다. 강위 자신은 문인 양반으로서 출세하고 싶어 문과 과거 시험을 준비하였지만, 번번이 낙방하였다. 무반으로 전환한 집안 내력이 발목을 잡았기 때문이었다.

스스로 이러한 짐작을 하게 되면서부터 강위는 민노행과 같은 재야 지식인을 따르거나, 김정희와 같은 유배 지식인을 따라 문과 급제와는 무관한 학문 분야에 몰두하였다. 민노행閔魯行과 김정희金正喜의 학문 영역은 과거 시험과는 무관한 경학經學 고증학考證學이었다. 과거 공부를 출세를 위한 최고 수준의 실용학문으로 생각한다면 민노행과 김정희로부터 학습한 경학과 고증학은 출세에 도움이 되지 않는 최고 수준의 비실용 학문이라고 생각할 수 있을 것이다. 그러나 역으로 시대의 변화에 민감했던 강위의 입장을 중심으로 해석하면, 당시 과거 공부가 개인의 영달을 추구할 뿐 사회현실에 대해서는 아무런 대책을 발휘할 수 없는 비실용적 수준이 되어 관습과 형식의 학문으로 전락했다면, 경학과 고증학은 역사와 사회에 대한 깊은 고민을 담고 새로운 학문 방법을 추구하여 실용적 수준으로 상승하여 미래지향적 학문이 되었다고 생각해볼 수도 있다. 역사의 전변기에는 실용과 비실용의 영역 역시 전도되는 것이다.

이러한 실용의 비실용 혹은 비실용의 실용의 영역을 발견하고 거기에서 자신의 학문적 지반을 마련한 것은 강위의 출신의 취약점이 작용한 것으로 판단할 수 있거니와, 그가 육교시사의 맹주로 활동하며 시인으로 자처한 것 역시 그의 출신의 취약점이 작용한 것으로 볼 수 있다. 시詩라는 장르는 교유의 수단이며 교양 확인의 상징 자본인 동시에, 출신의 한계를 초월할 수 있는 도구가 되기도 하였다. 강위가 어울렸던 조선 후기 여항 시인들이 하필이면 시라는 장르에 집중하여 그토록 왕성한 활동을 남긴 것은 전반적으로 여항 시인들의 신분적 불만이 계기가 된 것으로 생각할 수 있다. 지체가 낮은 여항 시인들은 시단에서 고관대작들과 무릎을 마주할 수 있었고, 시라는 상징 자본을 통해 권력자들을 문학적으로 압도할 수 있었다. 시라는 상징이 관철되는 시단 안에서이긴 하지만, 그것만이라도 어디인가. 시는 지체가 낮은 식자인이 지체가 높은 권력자의 위상을 깔볼 수 있는 유일한 돌파구였던 것이다.

강위가 만나는 사람마다 시를 지어 대접을 받아 시호詩豪로 지칭되었다는 점은, 여항 시인들의 정서와 같은 궤도에서 해석될 수 있는 행위이다. 육교시사에서 맹주로 활약할 수 있었던 점은 육교시사를 구성하고 있던 역관 중인들과 정서적 궤적을 같이 하고 있기에 가능하였을 것이다. 또 한편 강위의 시사 활동은 육교시사에만 한정되어 있지 않았고, 남촌시사南村詩社에서도 왕성한 궤적을 남겼다. 남촌시사는 육교시사와는 달리 소론 문인들이 주축이 되고 남인 등 비노론계 문인들이 참여하여 활동한 시사이다. 여항인들의 시사가 아니라 양반사대부의 시사였던 것이다. 19세기 후반 정계의 권력은 노론 벌열 세도가를 중심으로 전개되고 있었고, 이 권력의 중심에서 비껴 있던 소론과 남인들이 노론을 배제한 시회 활동을 벌였던 것이다. 강위 자신은 김정희에게 배우고, 박규수와 긴밀히 의논하고, 김홍집·김옥균 등의 막후 비서 역할을 수행하여, 노론 핵심 벌열가들과의 친분이 상당히 있었다. 그러면서도 소론과 남인계 문인들과도 긴밀하게 연결되어 있었다. 그러나 그것을 강위가 여러 당파 사이에서 줄타기를 한 결과로 볼 수는 없다. 오히려 당론과는 무관하게 여러 권력층과 자유롭게 교섭하였던 것으로 비주류 정서에 기반한 것으로 보인다. 강위의 시단 활동은 여항인들의 시사였던 육교시사와 양반들의 시사였던 남촌시사를 오가고 있었으니, 여기에서 강위의 왕성한 시 창작 활동 역시 비주류 정서에 기반하고 있음을 확일할 수 있다.

> 십 년 서울에서 쓸데없이 자리잡고 살았으나
> 영광을 널리 드러낸 적이 단 하루도 없었네
> 어찌 시골 소년이 문자도 모르면서도
> 나무하고 고기잡아 부모 굶기지 않는 것에 이를 것인가
>
> 十年京洛謾栖遲, 未博榮觀一日爲.
> 那及村童不識字, 採山漁水免親飢.[1]

부친의 환갑을 맞이하여 스스로의 가치가 부모의 굶주림을 낚시와 나물 채집으로 해소할 줄 아는 시골 소년보다 못하다고 하였다. 서울을 10년 동안 헤매고 다닌 보람이 없었던 것이다. 그 부러운 촌아이는 글자도 모른다. 글자를 아는 식자인으로서 동분서주 다니면서도 강위는 가난을 해결할 방

책을 마련하지 못한 것이다. 그러나 아무것도 얻지 못한 것은 아니다. 가난의 해결 대신 그는 시를 통해 상징 자본을 획득했다.

남다른 길

또 한편 강위의 문집인 『고환당수초古歡堂收艸』의 서문 작성자들이나 그의 인물전을 지은 동시대인들은 강위가 세상에서 시인으로만 평가받는 상황에 대해 서운함을 표현하고 있다. 우선 시인으로만 평가받는다는 말은 그가 시인으로서 충분히 인정받을 만한 수준이라는 점에는 이의가 없다는 말이기도 하다. 나아가 그가 시인이기만 한 것이 아니라고 주장하는 것은, 시인의 능력 외에 그의 또 다른 능력에 주목해야 한다고 요구하는 것이다. 세상에 대한 경륜과 세계에 대한 인식 및 새로운 주장에 대해 주목해야 한다고 하였다. 강위가 시인으로서 행세하게 된 데에는 비주류 정서가 근간을 이루고 있다고 하였는데, 실상 그의 세상에 대한 경륜과 세계에 대한 인식 및 새로운 주장들도 모두 비주류 정서에 일관되게 기반하고 있다고 해석할 수 있겠다. 시를 통해 가난을 해소할 수는 없었지만 교유를 확장할 수 있었고, 학문을 통해서도 가난을 해소할 수는 없었지만 세상에 대한 다른 시선으로 세계를 인식하고 새로운 주장을 할 수 있었던 것이다.

그의 새로운 주장은 조선 왕조가 사상적으로 기반하고 있는 성리학과 당시 서세동점의 공포감 속에 국내에서 힘을 얻어가고 있던 쇄국주의와는 다른 인식을 기반으로 하고 있는 것이었다. 성리학과 쇄국주의에 대해 이견을 제출하는 일은 어지간한 인식으로 할 수 있는 일이 아니었다. 그는 언제나 "남다름[異]"을 추구하여 남들의 비웃음을 샀다고 자조하고 있었던바,

남다른 처지에서 남다른 삶을 추구하고 나아가 남다른 주장에까지 도달한 것에 대한 깊은 자부심을 우회적으로 "남다름"이라는 한 단어로 표명한 것이었다. 한편 생각해 보면 성리학에 기반한 조선 왕조의 주류적 사상이 강위의 현실에 전혀 도움이 되지 않았으며, 쇄국주의를 추구하는 국내의 주류적 담론이 형성하는 정국이 강위의 입지에 전혀 도움이 되지 않았던 것으로 생각해볼 수 있다. 그러니 남과 같이 성리학과 쇄국주의의 울타리 안에서 안도하고 있을 수 없는 것이었다.

큰 틀에서 다시 정리해본다면 한미한 무반 출신이라는 그의 입지가 한편으로는 시인의 명성을 추구하게 만들고 다른 한편으로는 민족 현실과 세계 정세의 변화에 민감하게 반응하도록 만들었던 것이다. 창강 김택영은 「추금자전秋琴子傳」에서 강위의 학문적 입장을 "기존 학설을 지키지 않았다[不守成說]"고 하였고, 이중하의 「본전本傳」에서도 이 말이 고스란히 적혀 있다. 강위 자신은 추금집의 자서에서 "기존 학설을 뒤집는 데 힘을 들였다[力飜成案]"고 하였다. 그 스스로도 자인하였고 남들도 인정하였던 것은 기성의 학설을 전복하려고 노력하였다는 점이다.

기존의 학설을 고수하지 않고 오히려 기존의 학설을 뒤집으려고 노력하는 것은 창의적이고 독창적인 삶을 지향하는 인물이 하는 행동 방식일 것이다. 그런데 여기서 기존의 학설이라고 하는 것이 가리키는 바가, 학문적 권위를 넘어 당시의 도덕적 권위와 종교에 필적하는 권위까지 지닌 주자의 학설이라면, 그것을 뒤집으려고 노력하는 자에게 당대인들은 창의적이고 독창적인 이미지보다는 이단 반항아의 이미지를 갖게 된다. 강위가 뒤집고자 하는 기존 학설은 바로 주자학의 학설이었던 것이다. 강위 자신은 민노행과 김정희로부터 배운 고증학을 중심으로 삼을 때도 있었고, 제자백가와 병법이나 시무 등 다양한 분야에 관심을 표했지만, 한 번도 주자학적 태도를 표명한 바가 없었다. 19세기 조선의 학술풍토에서는 이단이 아니라고 하기 어려운 것이다.

여기서 추금 강위의 출신과 지위를 다시 생각해볼 필요가 있다. 그는 한미한 무반계 가문에서 태어나, 아전서리와 동급의 비공식 사무원이라고 할 수 있는 막료幕僚로서 삶을 살았다. 학술의 기반과 열정이 있으되, 가계의 한계 탓으로 주류로 인정받기 어려웠다. 주류 주변의 아류로서의 삶을 살기에는 열정과 주체성이 넘쳐나지만 주류로부터 인정을 받을 수 없을 때, 취할 수 있는 방법 중의 하나가 아예 별종을 자처하는 길이다. 성리학적 원리주의의 19세기적 양상인 위정척사衛正斥邪의 주장에 대해서도 강위는 옳지 않음을 주장하였고, 결국 이단이라는 지척을 받게까지 되었다. 의도가 있어서 자초한 일이니 차라리 다행이라고 수긍할 만도 하지만, 정작 강위 자신은 오물 속에는 기꺼이 살 수 있지만 이단이라는 이름은 받기 어렵다고 반발했다. 인정해주지 않는 주류를 아예 무시하고 시속을 초월하고픈 욕망 속에서 별종의 지식인이 되고자 노력했지만, 이단으로서 세상의 배척을 받는 정도까지는 감당할 수 없었던 것이다.

세상을 떠나고 싶지만 세상에 붙어 있고 싶기도 한 마음의 착종된 표현이었을 것이다. 한 사람의 내면은 그렇게 복잡한 것이고, 내면 풍경은 그래서 볼 때마다 달라지는 것이 아니겠는가. 한미한 출신과 남다른 감각으로 동아시아를 종횡하는 정처없는 발자국을 남긴 강위의 착잡한 삶을 되짚어 본다면, 근대 초기 조선이 무엇을 잘못하여 조선인들의 어떠한 희망과 열정을 무의미하게 흘려버렸던 것인지 생각해 보게 될 것이다. 그리고 지금 우리 사회는 어떤 잘못을 유산으로 물려받았기에 여전히 곳곳에서 이단 심판자들이 횡행하며 남다른 주장의 싹을 짓밟고 다니는 것인지 생각해볼 수도 있을 것이다.

자신을 찾아가는 길

보통 선비들은 하나만 갖고 있는 자字를 강위는 몇 개를 갖고 있었다. 현재 확인되는 강위의 자는 유성惟聖, 중무仲武, 요장堯章, 위옥韋玉, 자기慈屺 등이다. 강위는 본명조차 여러 번 바꾸었다. 초명은 성호性澔였는데, 문위文瑋, 위瑋, 호浩 등을 사용하였다. 보통 선비들도 여럿을 갖고 있는 호號의 경우는 말할 것도 없어서, 추금秋琴, 추금秋錦, 위염威髥, 고환당古歡堂, 청추각聽秋閣, 추도각秋濤閣, 천파재天葩齋 등 무수한 호를 사용하였다. 이건창李建昌은 강위의 묘지명에서 성품이 이름자 바꾸는 것을 좋아하여 이루 다 기록할 수 없다고 하였다. 강위가 호는 물론 자와 본명까지 수시로 바꾸어서, 강위의 시제자로 자처한 이건창조차 '자기慈屺'를 호로 오인하기도 하였다. 강위 스스로 '자기'를 김정희가 지어준 자라고 기록한 바 있었다. 각각의 이름과 자호는 그 나름의 의미와 맥락이 있지만, 이렇게 몇 개의 본명과 많은 자와 더 많은 호를 사용한 것은 흔치 않은 일이다. 강위가 스승으로 모신 김정희가 백여 개의 호를 사용한 일이 유명하지만, 강위도 그에 못지 않았던 것이다.

강위는 시를 통해 혹은 편지를 통해 자신의 삶을 기록하고 정리한 일이 여러 번 있었다. 그만큼 자신의 과거를 정리해 보고 자신의 미래를 계획하는 속에서 자신의 현재를 규정해 보고 싶었을 것이다. 자신의 현재를 규정하는 과정에서 자신을 규정하는 이름에 대해 생각했을 것이고, 호와 자를 바꾸고 심지어 본명까지 바꾸어 매우 다양하게 사용하게 되었을 것이다. 이름을 바꾸는 행위는 자기를 새롭게 규정하는 행위이며, 기존에 규정된 정체성에서 스스로를 갱신하는 행위라고 할 수 있겠다. 바꾸고 갱신하였는데도 삶이 나아지지 않으면, 다시 또 바꾸고 갱신하는 행위를 반복하게 될 것이다. 강위의 저 무수한 이름들은 일종의 갱신 강박처럼 그렇게 읽힌다. 이건창이 묘사한 이름을 바꾸기 좋아하는 성품이란 것은, 자신의 현실을 바꾸고 싶어하는 간절한 열망의 산물로 해석되어야 할 것이다.

강위는 1882년 김옥균金玉均의 일본 시찰길에 따라갈 때에 조정으로부터 문반직文班職인 선공감가감역繕工監假監役의 관직을 제수받았다는 소식을 듣는다. 강위는 이때의 감격을 시로 남겨놓기도 하였는데, 우리가 강위를 강위로 부르게 된 계기도 이때 생겼다. 이건창에 의하면, 무수한 이름을 사용하던 강위가 이때 비로소 자신의 이름을 위瑋로 확정하였다는 것이다. 그가 더 살았다면 이름을 또 바꾸는 일이 있었을까?

이제 강위의 삶을 다시 구성해 보면서, 우리는 그의 이름에 어떠한 의미를 담을 것인가. 앞으로 우리는 그를 무엇으로 불러야 할 것인가.

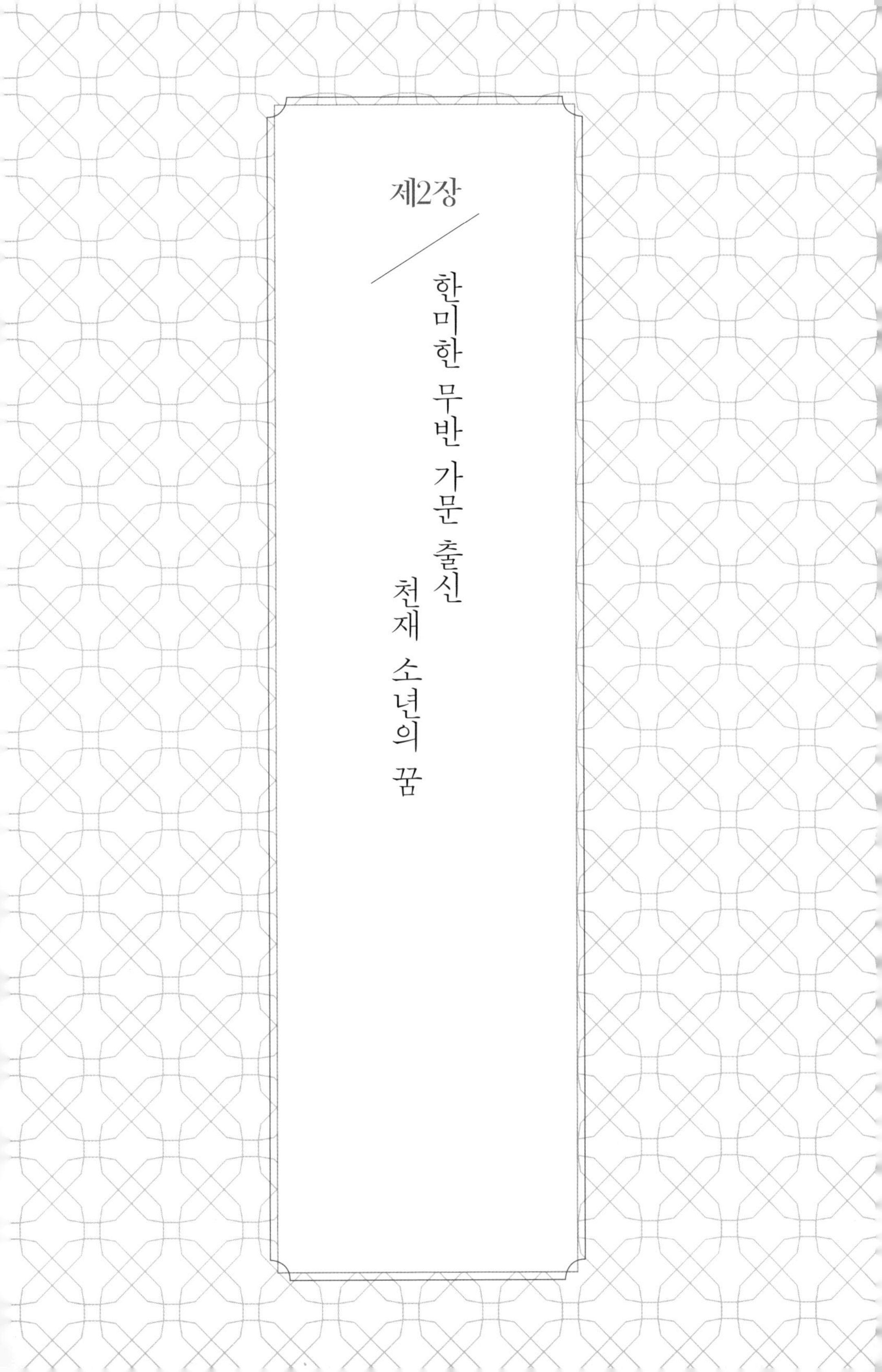

제2장

한미한 무반 가문 출신 천재 소년의 꿈

1. 평생 안고 갈 출신

강위姜瑋는 1820년순조 20 5월 2일 남한산의 서북쪽 기슭인 경기도 광주군 세촌면 복정리福井里 안골에서 태어났다. 2022년 현재의 행정구역으로는 성남시 수정구 복정동에 해당한다. 한양에서 찾아간다면 남쪽으로 한강을 건너 동쪽으로 향해 가다가 남한산의 기슭에 이르거나, 동대문으로 나서서 광나루를 건넌 뒤 남쪽을 향해 가다가 남한산 기슭에 이르면 복정리가 되었을 것이다. 강위의 집안은 고려 후기부터 대대로 이 일대에서 세거하던 진양 강씨晉陽姜氏의 일파였다. 그의 집안은 조선 왕조 초기에는 다수의 문관들을 배출하던 명문가였다가, 8대조 강희신姜熙臣이 기묘사화己卯士禍에 연루되어 관직에서 쫓겨난 이후 차츰 관직에서 멀어졌고, 5대조 강학姜桲과 고조부 강성익姜聖益, 증조부 강주현姜周炫, 조부 강헌규姜獻圭의 4대 동안은 전혀 벼슬에 오른 기록이 없다. 이 사이 몇 대 동안 관직에 진출하지 못하고 있었으니, 양반 계급에서 완전히 이탈하여 평민이 된 것은 아니지만 가세가 미약해진 양반, 즉 잔반殘班의 상태로 지냈을 것이다. 잔반 상태의 집안에서 생계를 유지할 논밭 등 제대로 된 가산이 있기 어려웠다. 강위가 어려서부터 남의 문객 노릇을 하며 지내기 시작하여 평생을 동가식서가숙東家食西家宿하며 지낸 것은 안정보다는 변화를 바라는 그의 성격 때문일 수도 있겠으나, 정착해서 생계를 유지할 만한 가산이 없었기 때문일 수도 있을 것이다. 어쩌면 환경이 성격을 만들어낸 것일 수도 있겠고, 환경과 성격이 서로 영향을 주고 받은 것일 수도 있겠다.

이러한 집안 환경에서 그의 아버지 강진화姜鎭華, 1786~1864는 문관직의 희

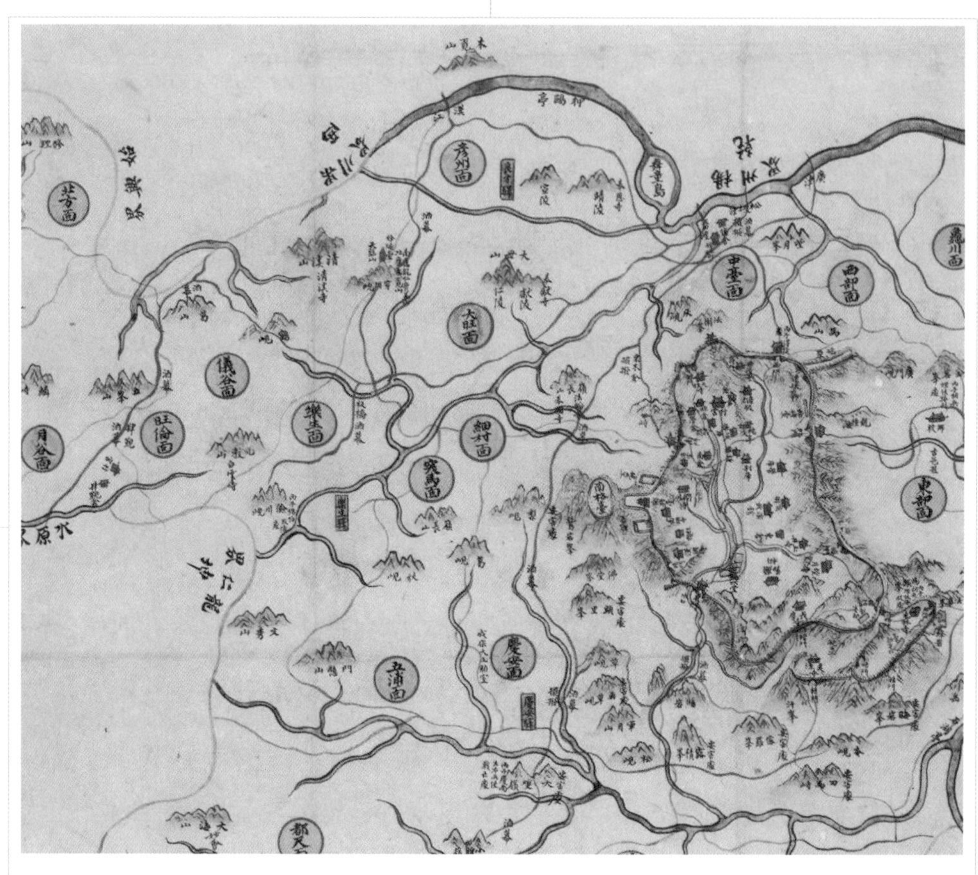

〈그림 1〉 1872년 지방지도(규장각 소장) 중 광주군 일대.
중앙에 강위가 태어난 세촌면(細村面)이 보이고 그 동쪽으로 남한산성이 있다.

망을 버리고 무관직으로 전환한다. 조선시대에 무관과 문관은 모두 양반을 구성하는 귀족 계급의 일원이었지만, 양 직종이 세습적으로 고착되어 있었으며, 무관의 사회적 처우는 문관보다 열등하였다. 이런 사회적 분위기에서 무관직으로 전환한다는 것은, 잔반의 상태를 탈출하려는 결단이었겠지만, 한 등급 낮은 사회적 처우를 감수하고서라도 생계를 해결하려는 고육지책이기도 하였을 것으로 보인다. 강진화는 1813년 무과에 합격하였으며[1] 그의 형 강문근姜文瑾, 1811~1872이 무과 벼슬인 선전관과 경력經歷을 지낸 것으로 보아도 그의 집안이 무과로 전환한 정황은 분명하다. 그리하여 후에 강위의 아들 강요선姜堯善, 1843~1899과 손자 강태승姜泰承, ?~?, 강태긍姜泰兢, ?~?도 무과로만 진출하게 되었다. 강위가 62세에 종구품의 문관직인 선공감가감역繕工監假監役의 벼슬을 받았을 때 "우리 집안이 무과로 과업을 바꾸어 응시한 이래 처음으로 문관의 벼슬을 얻었다"고 자축시의 주석에 적었던 것은 이러한 집안의 상황으로 맺힌 한이 반영된 일이었다.[2]

문관과 무관은 양반 계급 내부의 직무 분담에 의한 구별처럼 보일수도 있지만, 조선 후기에는 직무 분담에 따른 단순한 구별이 아니라, 신분 구별에 가까운 세습적 차별이 있었다. 문관이 무관보다 사회적 우위를 점하고 있었기 때문에, 강진화처럼 문관직의 과거를 응시할 수 있는 자격이 있는 사람이 자발적으로 무관직의 과거에 응시할 수는 있었지만, 한 번 무관직으로 진출하며 무관직에 고착되어 다시 문관직으로 전환하는 것은 관습적으로 거의 불가능했다. 문관에 비해 사회적 대우가 낮았던 무관은 또 이와 관련하여 가세도 넉넉하지 못한 것이 보통이었다. 그러나 무관으로라도 관직을 꾸준히 이어간다면, 잔반의 처지보다는 훨씬 나을 것이다.

강진화가 무관직으로 전환하여 과거를 응시할 결심을 하는 것은, 자신의 자식과 후손들도 모두 무관직으로 고착되어 문관에 비해 낮은 사회적 대우를 받게 될 것을 각오하는 것이다. 이 결단을 통해 잔반의 상태에서 탈출할 가능성은 열리지만, 문관으로 진출할 가능성은 닫히는 것이다. 강위가 어렸을 때는 부친이 무과직에 진출한 사실에서 파생되는 이러한 맥락을 충분히 알 수 없었던지, 진지하게 문과 과거 시험을 준비하였다. 문관직 진출이 불가능함을 인지하게 된 20대의 젊은 나이에는 문무과를 포함하는 과거 시험

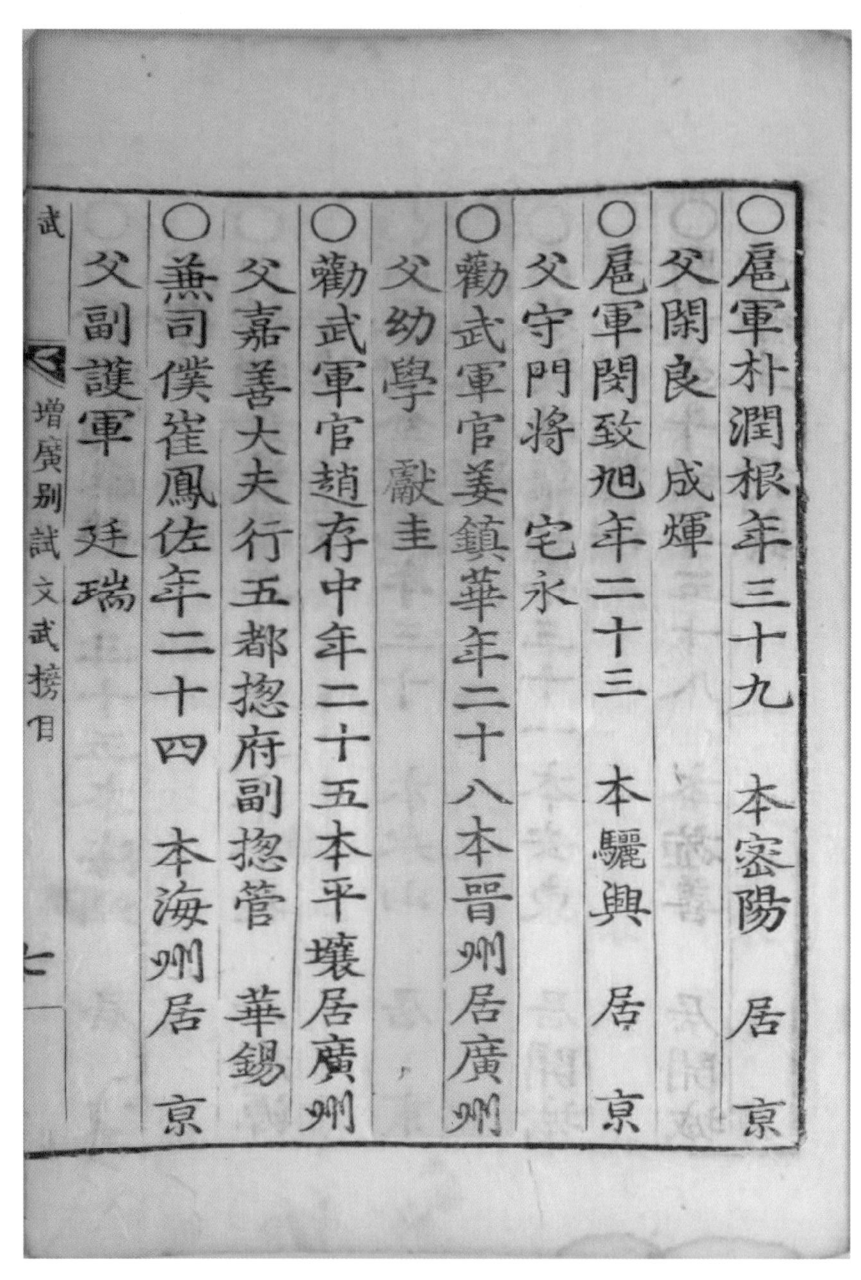
○扈軍朴潤根年三十九 本密陽 居 京
父閑良 成輝
○扈軍閔致旭年二十三 本驪興 居 京
父守門將 宅永
○勸武軍官姜鎭華年二十八本晋州居廣州
父幼學 獻圭
○勸武軍官趙存中年二十五本平壤居廣州
父嘉善大夫行五都摠府副摠管 華錫
○兼司僕崔鳳佐年二十四 本海州居 京
父副護軍 廷瑞

武 增廣別試文武榜目 七

〈그림 2〉 강위의 부친 강진화(姜鎭華)의 1813년 증광별시(增廣別試) 무과 합격 방목
출처 : 한국역대인물종합정보시스템

일체를 아예 포기하고 떠돌아 다녔는데, 문관직에 진출하여 펼치려던 포부를 다른 방향으로라도 펼쳐보기 위한 것이 아니었을까. 62세에 선공감가감역의 문관 직함을 얻게 되어 "우리 집안이 무과로 과업을 바꾸어 응시한 이래 처음으로 문관의 벼슬을 얻었다"는 글을 적을 때에는 자신의 포부를 실현하기 위해 헤매던 인생에 대해 착잡한 회상을 하였던 것이 아니었을까.

부친 강진화의 결단에도 불구하고 가세가 크게 회복되지는 못하였던 듯하다. 강진화가 1813년 무과에 급제한 뒤에, 1826년에 고원군수에 임명되고, 1828년에 공주영장에 임명되었다가, 임기 만료 후 다시는 관직을 얻지 못하였다. 강위의 삶을 중심으로 본다면 강위가 태어나던 1820년에 그의 부친은 무과 급제자이긴 했지만 7년 동안 제수된 관직 없이 대기자의 상태로 있었고, 강위가 7세에서 10세 무렵까지는 외직으로 떠돌았으며, 이후 다시 무직 상태로 있었던 것이다.[3]

그의 부친은 1862년부터 그의 형 강문근의 근무지인 울산에서 지내다가, 강문근이 임기가 만료되어 관직이 없는 상태에서 1864년 사망하였다. 그의 형 강문근은 고향으로 돌아가 장사를 치를 자금이 없어서 머물고 있던 울산에서 부친의 묘를 조성하였다.[4] 강위의 부친 강진화나 강위의 형 강문근 모두 하급 무관으로 지내면서 생계에 여유가 없이 살았던 것을 알 수 있으며, 강위의 생활도 이에 따라 풍족하지 못하였을 것을 짐작할 수 있다. 그가 어린 시절을 회고하면서, "어렸을 때 희귀병을 몹시 앓았는데 몸이 허약하여 옷도 감당할 수 없을 지경이었다"고 표현한바,[5] 그의 어린 시절의 질병과 허약은 생활의 곤궁과 맞닿아 있었을 것이다.

무관직이라고 해도 당상관堂上官의 직도 있어 최고의 출세를 이어간다면 어지간한 문관직보다 높은 대우를 받을 수도 있었다. 그러나 강위의 집안은 이제 막 무과로 전환하여 전혀 기대할 수 없는 일이었다. 19세기에 이르면 조선의 권력이, 양반 중에서도 일부 당파인 노론老論과 소론少論의 몇몇 가문에게 집중되었고, 이 시기를 세도 정권기勢道政權期라고 부른다. 세도 정권은 양반 중 문반文班 내에서 벌어진 일인데, 19세기 무반武班의 상황도 별로 다르지 않았다. 세습되는 몇몇 장신將臣 가문들이 당상관 무과직을 독점하고 있었던 것이다. 전주 이씨 효령대군파, 전의 이씨 대사공파와 전서공파, 덕수 이씨 충무공파, 경주 이씨 문희공파, 안동 김씨 상락군파, 평산 신씨 문희공파, 월성 구씨 도원수공파, 진주 유씨 정민공파, 해주 오씨 정무공파의 아홉 가문이 대표적인 장신 가문이었다고 한다.

이들 가문의 자제들은 무과에 급제하기 전에 남행南行으로 낮은 무관직에 근무하다가, 무과에 급제하면 빠르게 승진하여 무반 당상관까지 이르게 되는 게 보통의 일이었다고 한다.[6] 남행은, 본디 학식과 덕행은 있지만 과거를 거치지 않은 사람을 관리로 등용하기 위한 제도를 말한다. 조선 후기에는 부친이나 조부의 지위나 공로로 과거를 거치지 않고 임용되는 경우가 대부분이었다. 일반적으로 문관직보다 낮은 대우를 받는 무관직 영역에서도, 강위의 집안은 남행은커녕 중앙으로 뚫고 들어갈 수단이 막막한 처지였다.

강위는 11세에 비로소 서당에 들어갔다고 한다.[7] 강위의 환갑날에 남촌시사南村詩社 동인들이 모여 시회를 열었는데, 그가 평생을 회상하는 시를 지었다. 그중 어린 시절에 대한 대목이 아래와 같다.

강과 산에서 소 치던 아이 시절

스스로는 어리석음 헤아리지 못하였네.

어려서는 다재다능하기를 바라고

뜻과 기운으로만 치면 세상이 좁았지.

가장 선망하던 일은 마문연馬文淵이

남해에 구리 기둥 세운 것,

또 흠모하던 일은 초나라 웅역熊繹이

남루의 처지에서 나라를 세운 것.

河山一牧豎, 不自解愚魯.

少日願多能, 志氣隘寰宇.

最慕馬文淵, 南海樹銅柱.

亦愛楚熊繹, 開山以藍縷.[8]

시골의 강과 산을 배경으로 소 치던 어린 시절을 회상하며 '어리석음을 헤아리지 못하였다'고 하였다. 이 시에서 어리석음이란, 바로 뒤에 이어지는 포부를 말하는 듯하다. 많은 일에 재능을 갖게 되기를 바라고, 그런 재능을 갖게 되면 실현할 뜻과 기개는 세상이 다 좁게 느껴질 정도였던 바로 그 포부이다. 그 시절 흠모하고 선망하던 대상을 드러냄으로써 그 포부를 좀더 구체적으로 그려내고 있다. 그가 흠모하고 선망하던 대상은 마문연馬文淵과 웅역熊繹이었다.

마문연은 후한 광무제 때의 장수 마원馬援을 말한다. 마원은 서쪽으로 촉蜀을 함락시켜 복파장군伏波將軍에 제수되고, 남쪽으로 베트남 일대였던 교지交阯를 정복하여 신식후新息侯에 봉해졌다. 남해에 구리 기둥을 세웠다는 말은, 그가 교지를 정복하고 후한의 경계선을 표시하기 위해 구리 기둥 두 개를 세운 일을 말한다. 이때의 구리 기둥은 문명과 야만의 경계를 선명히 하고 문명 세계의 가치를 지키는 것을 의미한다. 웅역은 춘추전국시대 막강한 국력을 자랑하던 초나라의 시조를 말한다. 웅역은 형산 아래에서 남루한 옷을 입고 어설픈 수레를 타고 다니다가 하나의 나라를 세우고 그 시조가 된 것이다. 웅역의 고사는 초라한 기반을 딛고 웅대한 성취를 이룬 것을 말한다. 강위는 마문연처럼 천하 문명의 영역을 정한다든가, 웅역처럼 한 왕조의 시조가 되는 정도의 거대한 업적들을 상상하고 있었던 것이다. 풀 먹는 소 옆에 누워 하늘을 마주보고 맹랑한 상상을 펼치던 그 장면을, 환갑 정도의 나이에 돌이켜보면서 어리석음을 헤아리지 못하였다고 표현할 수도 있었을 것이다.

14세에는 공령功令을 익히고 향시에 응해 보았다고 하였다.[9] 공령은 문과 과거 시험에서 답안으로 작성하던 문체이다. 매우 까다롭고 배우기 어려운 문체였지만, 문과 과거 시험을 치르기 위해서는 반드시 배워야 하는 문체였다. 향시鄕試는 각 지방에서 치러지는 1차 과거 시험으로 문과나 무과 모두 포괄하는 것이어서 향시를 치렀다는 것만으로는 문과나 무과를 구분할 수 없지만, 강위가 공령을 익히고 향시에 응했다고 했으니 분명 문과에 응시한 것으로 보인다. 그러나 그의 부친이 이미 무과에 급제하여 무관직으로 진출하였으므로, 관습적 조건에 의해 강위가 문과에 합격하는 것은 불가능했다. 이후 스물네 살에 이르기까지 여러 번 문과 과거 시험을 치렀으나 번번이 낙방하였다고 한다.

2. 세도 명문가 자제 정건조의 글동무

열네 살 무렵 정건조鄭健朝, 1823~1882의 글동무로 발탁되어 정건조의 집안에서 숙식을 해결하며 지내게 된다.[10] 정건조의 자는 치중致中, 호는 용산蓉山, 본관은 동래東萊로, 대사헌을 지낸 정기일鄭基一의 아들이었다. 정건조의 집안은 당시 회동 정씨會洞鄭氏라고 불리는 소론 명문가였다. 그의 집안은 조선 중기부터 지금의 서울 회현동 일대에 세거하며 13명의 정승과 30여 명의 재상을 배출하였다고 한다. 소위 19세기 세도 정권은 노론 중의 극히 일부 가문을 중심으로 권력을 과점하였던 것인데, 여기 소론 명문가로 회동 정씨 일가도 개입해 있었던 것이다. 당시 명성과 권력에 있어서 최고의 가문 중 하나였던 정건조의 집안에 열네 살 무렵의 강위가 불려가서 세 살 아래인 정건조의 글동무 역할을 하게 된 사연은 밝혀져 있지 않다. 다만, 명문가에서 애지중지하는 자제의 글동무를 아무나 데려다 시키지는 않을 것이니, 강위가 어려서부터 대단히 총명하고 성실했다는 점은 선명하게 짐작할 만하다. 정건조의 집안에서는 정건조가 과거 공부에 더욱 매진하게 만들기 위해 최선의 조건을 만들어주고 싶었을 터인데, 강위가 바로 그 자리에 뽑혔던 것이다.

정건조의 집에서 숙식을 제공 받으며 공부하는 대가로 정건조의 글동무 역할을 하게 된 14세부터, 평생에 걸쳐 강위는 정건조의 후원을 받게 된다. 세도가 회동 정씨 집안의 자제로서 정건조 자신도 후에 이조판서와 대사헌 등 권력 실세가 장악하는 청직淸職 : 홍문관 대제학처럼 문학 수준이 뛰어나고 맑고 높다는 명망을 얻게 되는 관직과 요직要職 : 인사권이나 재정권을 확보할 수 있는 핵심 관직을 두루 역임하게

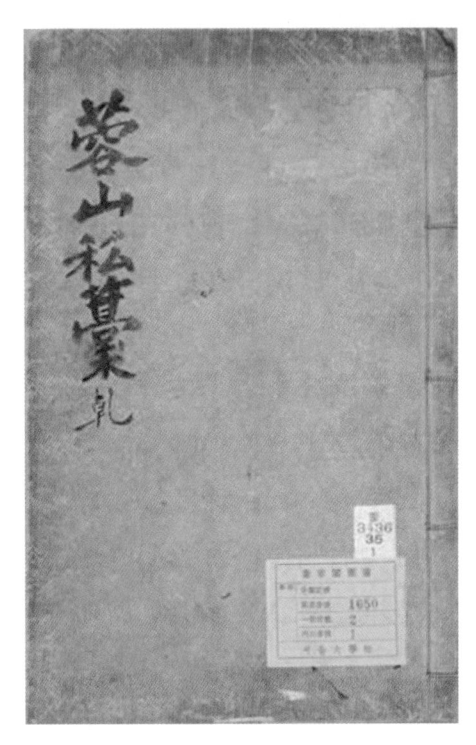

〈그림 3〉 정건조의 문집 『용산사고(蓉山私稿)』

된다. 26세 되던 1848년憲宗 14 5월 경과증광별시문과에 응시하여 병과로 등제하였다. 이듬해 한권翰圈을 거쳐 1851년철종 2에 규장각직각奎章閣直閣이 되었고, 1855년에는 병조정랑兵曹正郞을 거쳤다. 그해 8월 간삭지전刊削之典 : 관원 명부에서 이름을 지우는 일종의 파면 조치을 당하기도 하였다. 그러나 1857년 성균관대사성成均館大司成이 되고, 1860년에 이조참의吏曹參議에 제수되었다. 이듬해 대거승지對擧承旨를 거쳐 1863년철종 14 전라감사에 재임하였으며, 1865년고종 2에 이조참판吏曹參判에 되었고, 1866년 사헌부대사헌을 지냈다. 같은 해 9월부터는 홍문관부제학을 역임하고 1870년에는 예조참판, 1871년 1월에는 공조판서에 임명되었고, 이듬해에 사헌부대사헌을 거쳐 그해 10월에는 재차 공조판서에 임명되었다. 1873년 7월에는 사은 겸 동지정사謝恩兼冬至正使에 임명되어 부사 홍원식洪遠植, 서장관 이호익李鎬翼 등과 함께 청국에 다녀올 때에는 평생의 글 동무였던 강위를 자제군관의 자격으로 데리고 함께 다녀왔다. 1874년 9월에는 한성부판윤을 거쳐 이듬해에 형조판서에 임명되었다. 1876년 9월에는 예조판서에 오르고 이어 형조판서 · 사헌부대사헌 등을 역임하고 1880년 대사헌에서 다시 형조판서에 임명되었고, 이듬해 1월에는 이조판서吏曹判書에 임명된 뒤 다시 사헌부대사헌司憲府大司憲 등을 역임하였다.[11]

정건조는 19세기 후반 당시 혁혁한 가문의 자제로서 스스로도 고관대작을 두루두루 지낸 것이다. 정건조의 지체로 보아 정건조는 강위의 친구이기보다는 후견인 역할을 하며 강위의 재능을 활용한 것으로 생각된다. 정건조가 청나라에 사신으로 파견되었을 때 강위를 자제군관子弟軍官 : 사신단의 대표급 인사에게 정식 사신단 외에 한두 명 더 개인적으로 대동할 수 있는 인원을 허용해주는 제도의 자격으로 대동한 것은, 청나라의 정세를 파악하는 데에 강위가 활약해주기를 기대한 것도 없지 않겠으나, 또 늘 멀리 떠나고 싶어하던 강위에게 평생의 후견인으로서 또 한 번의 호의를 베푸는 마음도 없지 않았던 것이다. 강위는 나중에 유배지에 있는 김정희에게 배우러 가기 위해 제주도로 갈 때에 정건조와 오랜 글동무 생활을 정리해야 했었는데, 이때 정건조의 배려를 받고 감사한 마음을 담은 시를 지으면서 정건조를 '관주館主'로 지칭하기도 하였다. 관주는 식객食客 혹은 문객門客이 후원자를 지칭하는 말이다. 서로의 거리감이 아주 없지는 않았을 것으로 판단된다.

이 시기의 강위의 모습을 보여주는 일화 자료도 있다. 윤효정尹孝定, 1858~1939은 강위에 대해 이렇게 기록하고 있다.

시인인 추금 강위가 18세 무렵 정건조와 함께 글공부를 할 때였다. 당시 정건조 집에는 갓 결혼한 열아홉 살 먹은 계집종이 있었는데, 아름다운 얼굴과 총명함이 옛날의 홍랑紅娘에 견줄 만했다. 강위는 이를 마음에 두고 있던 중이었는데, 마침 둘이 눈이 맞아 그녀의 남편이 외출한 밤에 만나기로 서로 약속을 했다. 강위는 본래 정건조와 같은 방에서 함께 잤었는데, 이날 밤에는 홍랑과 운우의 정을 나누고 누가 볼세라 슬며시 사랑방에 들어가 잤다. 그리고 이른 아침에 변소를 갔는데, 그 집 바깥 변소가 홍랑의 방과 붙어 있었다.

이때 홍랑의 방 안에서는 홍랑의 어머니가 홍랑을 매섭게 매질해 대는데 홍랑은 울음소리도 내지 못하고 그 아픔을 견디지 못하여 거의 죽을 지경에 이르렀다. 강위는 변소에 앉아 까닭을 알 수 없어 답답한 심정으로 귀를 바짝 세우고 방 안의 동정을 살피는데 그 어미는 언성을 높이지 못하고 거친 매질을 계속하면서 작은 목소리로 딸을 꾸짖었다.

"내가 3대를 이 댁의 종으로 살아왔는데, 어쩌다 너 같은 자식을 낳아 상전댁을 망하게 할 터이면 너를 먼저 죽이고 내가 따라 죽는 것이 옳다. 속담에 이르기를 양반댁의 예쁜 종년은 문밖에 정을 통하는 남자가 열둘이요, 문 안에 정을 통하는 남자가 열둘이라 하니, 정히 서방 생각이 나면 문 밖 문 안의 그 많은 불알 달린 놈과 정을 통하면 될 일이지, 그놈들 다 버리고 하필이면 상중喪中에 계신 상전을 유혹하여 상전댁을 망하게 하는 뜻이 무엇이냐? 이 무지한 년아! 이 댁이 어떤 가문이더냐, 상주님이 건을 쓰고 행랑채 계집종의 방에 외입했다는 일을 남이 알기라도 하면 이 댁은 여지없이 망하는 게 아니냐?"

그러자 홍랑이 울면서 대답했다.

"죽어도 그런 일 없습니다."

이 말에 더욱 세차게 매질을 하며 그 어미가 말했다.

"이년아! 무슨 거짓말로 어미를 속이려 드느냐?"

이 말을 듣고 강위가 변소에 앉아서 곰곰이 생각해 보니, 야밤에 홍랑을 만나러 갈 때에 토시를 끼고 갔다가 더워서 이를 벗어 놓고 빠져 나온 것이 떠올랐다.

강위는 급히 허리춤을 추스르고 변소에서 나와 행랑채 홍랑의 방으로 들어가 다짜고짜 꿇어 엎드렸다. 그리고 홍랑 어미에게 넙죽 절한 다음 어젯밤 있었던 일을 일일이 이야기하고 용서를 빌었다.

홍랑의 어미는 짐짓 성내는 것처럼 하면서도 내심 기뻐하며 말했다.

"그러면 그렇지. 내 딸이 설마 하니… 에이 여보시오! 글 읽는 선비가 외입하는 수단이 변변치 않소그려. 어서 이 토시나 가지고 가시오."

강위는 토시를 가지고 슬며시 방으로 들어와 본래 놓였던 자리에 놓으니, 주인 정건조는 그제야 일어났다.

그 일이 있은 후 강위는 이렇게 말했다.

"정강성鄭康成의 계집종이 그 이름을 남길 수 있음은 시경 구절을 주고받은 것에 불과하지만 이 정씨의 계집종에 이르러서는 상전에 대한 충성심이 사랑하는 여자에 대한 사사로운 정을 끊어 없애게 하니, 가히 이 가문의 예의 법도를 충분히 증명하고도 남음이 있다. 나는 이날 이후로 혼외의 여색을 탐하는 일을 단칼에 베어내고 평생 내 스스로를 지켰노라!"[12]

윤효정은 강위보다 30여 년 아래의 후배 세대에 속하는 행동가였다. 윤효정은 1894년고종 31 갑오경장 이후 탁지부주사로 근무하였고, 1898년 독립협회獨立協會 간부로 활동할 때 고종양위음모사건에 관련되어 일본 거류지에 숨어 있다가 일본으로 망명하였다. 그후 고베神戶에 머물며 박영효朴泳孝·우범선禹範善 등과 조일의숙朝日義塾을 세워 우리 나라 유학생을 수용하였다. 우범선과 사귀는 동안 그가 민비시해사건閔妃弑害事件의 관련자라는 것을 알고, 민비의 원수를 갚으려고 고영근高永根 등을 시켜 우범선을 죽였다. 우범선은 생물학자 우장춘禹長春의 부친이기도 하였다. 귀국하여 1905년 이준李準·양한묵梁漢默 등과 헌정연구회憲政研究會를 조직, 의회를 중심으로 한 입헌정치 체제를 목적하였다. 1906년 장지연張志淵 등과 헌정연구회를 토대로 대한자강회大韓自强會를 조직하였다. 이 회는 민중을 기반으로 애국 인사를 포섭, 교육 확장과 산업 개발을 통한 한국의 자강독립을 목적으로 한 단체로서, 전국에 25개 지부를 설치하였다. 1907년 일제에 의해 고종이 퇴위당하자 반대 운동을 전개하다가 해산당하였다. 이에 장지연·오세창吳世昌·권동진權東鎭·유근柳瑾 등과 대한협회大韓協會를 조직하여 대한자강회 사업을 계승하였다. 대한협회의 총무로서 이 회의 기관지인 『대한협회회보』·『대한민보』를 간행하여 일제의 통감정치와 친일매국단체인 일진회一進會를 규탄, 공격하였다. 1908년 전국에 60여 지부를 결성하였으며, 회원이 수만 명에 이르는 등 강력한 애국단체로 성장하였다. 1907년 정부가 일본으로부터 차용한 금액이 1,300만 원의 거액에 달하자, 일제에 의한 경제적 예속이 주권 상실의 근본임을 판단하고 국채보상운동國債報償運動을 전개하였다. 1910년 한국이 일제에 강점되자 창신동에 숨어 살았다. 1919년 3·1운동 후 일본 경찰의 눈을 피해 강원도 철원으로 옮겼고, 1924년 경기도 양주군 은현면 용암리로 이사하였다. 1930년대에는 홍만자회紅卍字會 한국 지부의 일을 맡아 보았다.[13]

그런 윤효정이 1931년부터 『동아일보』에 「풍운의 한말비사」를 연재하면서 이런저런 야사들을 공개하였는데, 그 당시 윤효정을 소개하는 『동아일보』의 기사는 이러했다. "이 한말비사를 쓰시는 윤효정 씨는 저 대한협회장이었었고 정치가요 웅변가요 지사로 칠십 평생을 한성에 있으면서 여러 한말 지사들과 교유하여 친히 보고 들은 바를 이에 쓰게 되었음으로 독자들의 많은 흥미와 참고가 될 줄 믿는다."[14] 대략 윤효정이 직접 목격한 일들과 가까이서 들은 소문들을 다루고 있는데, 대개 이야기 속 인물들의 관계자들이 생존해서 신문을 구독하고 있었을 터이므로 함부로 조작하거나 꾸며낸 이야기는 없을 것으로 보인다.

〈그림 4〉 윤효정의 『풍운한말비사』. 『동아일보』에 1931년 2월 17일부터 5월 22일까지 42회 연재하였던 「한말비사」를 1946년 취산서림에서 출판한 것이다.

그런 야사들 중의 하나로 추금 강위의 일화를 전하고 있다. 강위 18세의 일이었다고 하였으니 이 일이 있던 때는 1836년 무렵이었을 것이다. 또 이야기 속에서는 정건조가 상중이었다고 하는데, 시기상 정건조의 부친 정기일鄭基一, 1787~1842이나 조부 정문용鄭文容, 1764~1818의 상중은 아니고, 다른 집안 어른의 상중이었을 것이다. 관주로 삼았던 정건조가 상중에 있을 때, 18세의 강위가 노비와 통정했던 일을 굳이 거론한 것이다. 종국에는 강위가 마음을 바로잡고 외입을 멀리한 것으로 되었으니 강위의 인품을 높이 평가하는 것이기도 하지만, 그렇게 된 계기로 적시한 일화는 강위의 입장에서는 매우 부끄러운 일이기도 하였을 터인데, 그 사실을 언론에 폭로하였으니 강위를 높이 평가하려는 것만도 아닌 듯하다. 윤효정의 입장에서는 강위의 지체가 낮았던 사실에 대한 하시와 더불어 강위가 근대계몽기 직전까지 동분서주하며 국제정치의 막후에서 활약했던 사실에 대한 인정이 착종되어, 복잡한 감정과 시선을 갖고 있었을 것으로 보인다.

무엇보다 강위는 일화가 매우 많은 인물이었으며, 그 일화들은 다양한 해석이 가능했다. 누구나 잘못을 저지른다. 그러나 잘못을 한 번에 깨닫고 평생 다시 저지르지 않는 사람은 매우 드물고 귀하다. 자신의 수치와 정면으로 맞설 수 있는 사람만이 같은 잘못을 다시 반복하지 않게 될 것이다. 덮어놓을 수 있는 데까지 덮어놓고, 외면할 수 있을 때까지는 외면하려는 보통의 사람들은 보통의 잘못을 보통 다시 저지르게 마련이다. 보통의 사람들과 다르게 다시는 같은 실수를 저지르지 않겠다는 결단을 내리고, 평생 실제로 그 결심을 이어가는 결기를 보여준 이 열여덟 살 소년의 결기는, 자신의 수치를 다루는 남다른 태도를 잘 드러내는 것이다.

보통의 양반 계급 정체성을 가진 자가 이 일화를 읽는다면 아마 강위가 노비의 어미에게 무릎을 꿇는 장면에서 경악하지 않을 수 없었을 것이다. 이 일화의 의미를 잘 이해하고 있는 우리라면, 자기 내면의 수치심과 정면으로 마주할 수 있는 강위가 노비 어미에게 사과해야 할 순간을 수치라고 회피하겠는가 하고 여기겠지만, 실상 이 무릎 꿇기에는 더욱 깊은 경탄을 자아내는 내막이 있다. 윤효정은 강위의 인상을 좌우할 만한 일화를 하나 더 소개하고 있다.

추금 강위는 천성이 굳세고 평소 수양한 바가 있어서 세속의 부귀영달이나 빈천우울에 전혀 마음을 개의치 않았다. 경성에 노닐면서 교유하는 사람들은 다 당시의 저명한 문인과 고관들이었는데, 명사들과 재상들이 모두 강위를 선생으로 대우하여, 교유가 끊이지 않았다.

그러나 추금은 어떤 재상의 집앞에 가더라도 상 들여오는 노비를 보고 말할 때에도 "이랬습니까", 열 살 머리 땋은 아이를 보고 말할 때에도 "저랬습니까", 말 모는 하인, 심부름꾼, 청지기, 문객부터 집주인 되는 재상을 보더라도 그 말의 높임이 한결같았다. 그 뜻은 사람이면 사람일 뿐이고 어린 노비나 나이든 부귀인이나 사람으로서 똑같으니, 특별히 존경할 인격도 없고 하대할 인격도 없다는 걸 표시하는 것이었다.

공손한 언어로써 공경재상을 깔보는 방식은 추금으로부터 시작되었다.[15]

인격에 관한 흔한 일화로 범범히 넘어갈 수도 있겠지만, 이 일화에서 강위의 인생 태도 하나를 짚어볼 수 있다. 강위가 가장 미천한 신분과 가장 존귀한 신분을 두루 평등하게 대한 것에 대해, 윤효정은 공경재상公卿宰相처럼 존귀한 분들을 깔보는 태도라고 해석했다. 무슨 뜻일까? 전근대의 예절이라는 것이 차별에 근거한 질서인데, 최고의 공손함으로써 빈천한 사람을 대하는 평등한 예절을 실천한다면, 차별 질서의 우위를 점하고 있는 자들은 오히려 능멸을 느낄 것이다. 나만 높여야 하는데 중간에 있는 자가 저 아랫것들도 나만큼 높이면 내가 높은 지위에 있는 보람이 없는 것이다. 윤효정은 강위의 태도에서 바로 이 심리를 포착하고 해석해낸 것이다.

그런데 강위는 왜 그랬을까? 강위 자신이 양반 신분이기는 하나, 잔반에 가까운 처지에서 이제 겨우 무반으로 전환한 한미한 양반 신분의 출신이었다. 그가 만나던 사람들은 세도가문의 쟁쟁한 고관대작이었다. 강위의 입장에서는 쟁쟁한 고관대작들에게 대인大人이라는 극존칭을 구사하며 고개를 숙이지 않을 수 없는데, 고관대작들은 강위를 군君 정도로 부르기도 하였다. 30년 연하의 이건창李建昌, 1852~1898・김옥균金玉均, 1851~1894 등이 강위를 군君으로 지칭했고, 강위는 그들을 대령大令 혹은 대인 등으로 지칭했다. 강위 자신이 고개를 숙일 수밖에 없는 대상과 고개를 숙이지 않아도 되는 대상들 모두에게 고개를 숙여서 평등하게 대한다면, 그것으로 고개를 숙일 수밖에 없는 대상들은 고개를 숙이지 않아도 되는 대상들과 동일시되는 것이다. 통정했던 노비가 곤란에 처하자 눙치고 외면하지 않고 정면으로 사과하며 노비였던 홍랑의 어미에게 절하고 꿇어 엎드리는 일은, 서로가 평등한 인간이라는 신념 없이는 나올 수 없는 행동이다. 강위의 평등은 자신의 지위와 고관대작의 지위 사이에 존재하는 거대한 낙차에 천착한 결과가 아닐까 싶다. 강위는 이런 방식으로 지위의 차이를 극복하려는 심리가 있었을 것이고, 윤효정은 이것을 읽어낸 것이다.

그가 노비 어미에게 무릎을 꿇는 그 순간, 강위는 보통의 나약함을 떨쳐버리고 자신의 수치와 정면으로 맞섰던 동시에, 예의를 차별의 도구로 구사하는 세상과도 정면으로 맞설 결기를 보여주기 시작한 것이다.

3. 출세를 위한 학문에서 나를 위한 학문으로

강위는 그보다 세 살 아래인 정건조의 글동무 역할을 하면서 함께 과거 공부를 하며, 문관이 되기 위한 준비를 하였다. 대략 열네 살1833에서 스물네 살1843 사이의 일이다. 이 사이에 강위는 향시에 여러 번 응시했던 듯한데, 번번이 낙방하였다. 강위 자신은 낙방의 사유를 "고심하며 사색하는 것이 고황膏肓에 든 병과 같았기 때문에, 시험을 치를 때 신속하고 재치있게 응할 수 없었다"고 하였다.[16] 강위 스스로의 분석에 의하면 과거 시험 답안지를 재치있고 신속하게 작성해야 합격을 기약할 수 있는 것인데, 자신은 고심하며 사색하여 작성하였기 때문에 답안지를 제한된 시간 안에 완성할 수 없었고, 그래서 합격할 수 없었다는 것이다. 그리고 그 점을 파악하고 개선하려 하기도 해 보았지만, 그가 스스로 문제라고 생각한 태도는 가슴 깊이 든 병과 같아서 전혀 개선할 수 없었다는 것이다. 전통의학에서 심장과 횡격막 사이를 고황이라고 하는데, '고황에 든 병은 화타도 못 고친다'는 속담이 있듯이 불치병 혹은 전혀 바꿀 수 없는 것을 가리킬

〈그림 5〉 과거 급제자의 행차 장면
출처 : 김홍도의 「담와평생도(淡窩平生圖)」

때 흔히 고황이라는 표현을 쓴다. 강위가 애써 자신의 느린 글쓰기 속도를 고황에 든 병으로 표현한 것이다.

그러나 부친이 무관으로 진출한 이상 당시의 관습으로는 강위가 문관의 과거 시험에 합격하기는 난망한 일이었다. 아마 고황에 든 병을 이겨내고 재빠르게 답안지를 써낼 수 있게 되더라도, 아무리 문관 과거 시험을 잘 치른다 하더라도, 결국 합격할 수 없음을 차츰 알게 되었을 것이다. 그러나 강위 스스로 이 맥락을 언급한 일은 없고, 환갑이 넘어 이름만 주는 허직虛職의 직책이었지만 선공감가감역繕工監假監役이라는 문관직을 제수 받았을 때 짤막하게, "우리 집안이 무과로 과업을 바꾸어 응시한 이래 처음으로 문관의 벼슬을 얻었다"고 적었을 뿐이었다. 자신이 과거 시험에 누차 낙방한 이유도 그저 답안지를 잘 쓰지 못했던 것으로 해두었다. 사정상 정건조의 글동무 역할을 하면서 그 집에서 숙식을 해결하자면, 과거 시험 준비를 하는 정건조와 함께 공부를 해야 했다. 정건조는 아직 과거에 합격하지 못한 상태였다. 이미 과거 시험 공부에 뜻을 둘 수 없는 처지임을 자각한 상태의 강위가 감내하기가 대단히 어려웠을 것이다. 과거 시험 공부를 포기해야만 했다.

강위가 과거 공부를 포기하는 데에는 부친의 허락이 필요하였던 듯하다. 어떤 사정이 있었던지는 모르겠지만, 강위가 세 살 어린 정건조의 글동무로 선발되어 회동 정씨 일가에서 숙식을 해결하는 데에도 아마 부친의 결정이 개입해 있었을 것이다. "스물네 살에 비로소 부친의 가르침을 받아 (과거 시험 공부를) 그만두게 되었다. 고질병이 대번에 나은 듯 상쾌하였다"[17] 고 스스로 표현하기도 하였다. 과거 공부를 하고 싶었지만 해도 소용이 없고, 과거 공부를 해야 하지만 할 필요도 없는 모순되고 난감한 자신의 처지를 생각하면 마치 고질병을 안고 있는 듯 괴롭고 힘들었을 것이다. 보다 못한 부친이 스물네 살의 강위에게 어떤 말을 건낸 듯하다. '가르침'으로만 표현되어 있어 그것이 어떤 종류의 말이었는지 정확히 알 수는 없지만, 상상하건대 과거 시험 공부에 대한 강위의 모순되고 난감한 입장을 해결해 주는 말이었을 것이다. 어쩌면 부친도 강위가 스물네 살이 되기 전까지는 강위의 문과 급제 가능성에 일말의 기대가 있었을지도 모르겠다. 분명한 것은 그 부친의 말씀을 듣고 마음 편하게 과거 시험 공부를 그만둘 수 있었던 것이다. 그 속 시원함은 오랜 지병이 한 번에 나아버린 듯한 상쾌함을 떠올릴 정도였던 것이다.

과거 시험 공부를 그만두면서도 바로 정건조의 집을 떠날 수 있었던 것은 아니니, 아직 과거에 급제하지 못한 정건조의 글동무 역할은 해야 하였다. 강위는 "이때 비로소 뜻을 온전히 하여 경經을 전공할 수 있었고, 사자서四子書 : 즉 논어(論語) · 맹자(孟子) · 대학(大學) · 중용(中庸)의 사서(四書). 사서가 각기 공자(孔子) · 맹자(孟子) · 증자(曾子) · 자사(子思)의 책이므로 사자서라고도 한다를 번갈아 익히기를 몇 년 동안 하였다"고 하였다.[18] 이때 사서오경四書五經 등의 경전을 깊이 있게 공부하며 과거를 위한 글공부를 하던 정건조의 옆을 지켰던 것으로 보인다. 시험을 보기 위한 공부가 아니었으므로 다양한 상념을 더해가며 경서를 읽어갔을 것이고, 경서에 대한 심도 깊은 의문도 찾게 되었을 것이다. 공자孔子가 말한 "위기지학爲己之學 : 자신을 위한 공부"은 바로 이 시절 강위의 공부를 가리키는 것이다. 그렇게 상념과 의문 사이에서 경서를 읽어나가다 보면, 주위에 물어서 해결하거나 자신의 사유로 돌파하지 못할 수준의 문제들에 맞닥뜨리

〈그림 6〉 사자서(四子書). 과거 공부의 기초 교재이면서, 동시에 고증학으로 들어가는 입구가 되기도 하는 동양 기초 고전.

게 되었을 것이다. 여기서 그는 민노행閔魯行, 1777~1846을 만나게 된다. 우연히 그를 알게 되고 스승으로 삼고 싶어 하게 된 것이다. 그러나 민노행의 집은 광주廣州에 있었고, 정건조의 집을 떠날 수도 없었다. 정건조의 집을 떠나지 않은 상태에서 과거 공부와 무관한 공부를 하기 위해 광주에 있는 스승의 집에 가서 공부하고 오기 위해서는 정건조의 허락을 얻어야 했다. 정건조는 허락을 하면서 조건을 내걸었으니, 하루의 일정 시간은 정건조와 함께 공부를 하겠다는 약속을 해야 허락을 얻을 수가 있었던 것이다.

청추각聽秋閣이라는 것은 내 친구 강요장姜堯章, 강위 군이 허공에 지은 누각 이름이다. 청추각 강위는 집이 광릉廣陵이었는데, 나이 겨우 십여 세에 서울에 와서 우리 집에서 머물기를 20년 가까이 하였다. 처음에는 과거 시험 공부를 하다가,

> 성취할 만하니 갑자기 버려두었다. 기원 민노행杞園閔魯行 공에게 푹 빠져서, 나에게 약속하기를 한나절은 가서 스승의 가르침을 배우고, 한나절은 나와 독서를 하겠다고 하였다. 나는 감동하여 허락하였다. 이로부터 파루罷漏 종소리가 들리면 곧바로 갔는데 아무리 바람부는 새벽이거나 비오는 밤이어도 조금이라도 소홀히 하여 빼먹은 적이 없었다. 이렇게 하기를 4년이었다.[19]

글동무 역할을 하던 강위를 회고하는 정건조의 글이다. 여기서 우선 청추각이라는 강위의 호에 대해서 설명하고 있는 부분부터 보아야 한다. 보통 누각이나 서실의 이름을 호로 사용하는 경우도 많은데, 강위가 호로 사용하는 청추각은 누각의 이름이되 땅이 아닌 허공에 지은 누각임을 밝혔다. 공중누각은 실재하고 있는 누각이 아니다. 강위가 누각을 지을 땅 한 뼘도 갖고 있지 못한 사실을 은근히 표현한 것이다. 그리고 광릉은 광주의 별칭 중 하나이므로, 정건조는 강위의 집이 광주에 있었던 사실을 분명히 알고 있었던 것이다.

그리고 10여 세에 정건조의 집에 기숙하기 시작하여 거의 이십 년 가까이 지냈다고 하였다. 강위가 14세1833에 정건조의 집에 왔으니, 정건조의 기억으로는 강위는 34세1853에 이르기 직전까지 자신의 집에서 기숙하였던 것이다. 그 사이에 강위가 김정희에게 배우러 제주도와 북청으로 다니고, 전국을 방랑하는 일이 있었으나, 정건조는 그런 강위의 방랑도 자신의 집을 기반으로 한 것으로 기록하고 있는 것이다. 정건조의 이 글은 1881년 강위의 시집 서문 성격으로 작성된 것이므로, 강위가 1853년 전후로 정건조의 집을 떠났던 것은 분명할 것이다.

4. 민노행을 스승으로

정건조의 집에 머물던 시기가 강위에게는 수학기修學期였다고 볼 수 있다. 여기서 24세 이전까지는 함께 공령문功令文: 즉 문과 과거 시험용 문체을 익혔고, 24세 무렵 과거 공부를 폐기한 뒤에는 다양한 학문을 섭렵하였다. 부친의 가르침을 통해 과거 공부에 대한 미련을 버리고 나서, 바로 민노행閔魯行, 1777~1846이라는 스승을 찾아 만나게 되는 것이다. 민노행은 추사 김정희秋史金正喜의 『실사구시설實事求是說』에 「후서後敍」를 남겨서 김정희의 고증학을 깊이 이해하고 있던 재야의 학자로만 알려져 있고 자세히는 알지 못하였으나, 최근에 몇 가지 사실이 추가로 확인되었다. 우선 『숭정사임오식사마방목崇禎四壬午式司馬榜目』에서 민노행이 1822년순조 22 식년시에서 생원에 합격하였던 사실이 기록되어 있는 것이 확인되었다.[20] 이로부터 그가 음직으로 김포군수를 지낸 바 있으며, 형조판서를 지냈던 용졸당用拙堂 민성휘閔聖徽의 8대손이고, 부친은 성균진사成均進士 민경엄閔景淹이라는 사실까지 확인되었다. 그리고 그의 저술 중 사물의 도수度數와 여러 인물에 대한 설명을 고전에서 뽑아 모은 『명수지문名數咫聞』과 『지문별집咫聞別集』 12권이 남아 있는 사실도 확인되었다. 민노행의 생년은 1777년인데, 아직 그의 몰년은 선명하지 못했다. 이제 강위가 스승 민노행의 유촉으로 민노행이 서거하자마자 제주에 유배가 있던 김정희를 찾아 가게 되었다는 기록[21]에 의거하여 그의 몰년도 1846년으로 확정할 수 있게 되었다.

강위가 민노행을 스승으로 모시기 위해서 정건조에게 한 약속은, 매일 절반은 스승 댁에 다녀오고 나머지 절반은 정건조와 함께 독서를 하는 것이었다. 그런데 민노행의 집은 광주廣州에 있었다고 알려져 있고,[22] 정건조의 집은 회현방에 있었다. 광주는 강위의 고향이기도 하였는데, 현재의 성남시 복정동 부근인 강위의 고향 가까이에 스승 민노행의 집이 있었다면 회현방에서 직선거리로 20km 가까이 되므로 실제 당시 도로를 따라 걷는다면 이보다 훨씬 멀었을 것이고 게다가 한양에서 광주로 가기 위해서는 한강을 반드시 건너야 했으므로, 하루에 다녀오기도 쉽지 않을 일이었을 터인데 한나절에 다녀오는 일은 불가능에 가까운 일이었다. 당시 광주의 행정구역은 대단히 넓어서 한양 회현방에서 가장 가까운 당시 광주 지역은 현재의 강남구 압구정동 일대가 된다. 여기까지는 직선거리로 5~6km 정도 되는데 한강을 건너는 것이 어렵기는 해도 한나절에 다녀오는 것이 아주 불가능하지는 않았을 듯하다.

추정할 근거는 전혀 없지만, 민노행의 집은 어쨌거나 강위가 회현방으로부터 한나절 안에 다녀오는 것이 아주 불가능하지는 않을 정도의 거리에 있었을 것이다. 어쩌면 이 시기 민노행이 광주가 아닌 다른 곳, 한양 회현방에서 다니기가 좀더 용이한 위치에 거주하고 있었을 수도 있을 것이다. 그러나 추정할 수 있는 자료가 없으므로 일단 기존에 알려진 대로 민노행의 집이 경기도 광주에 있었다고 잠정할 수밖에 없다. 한나절에 다니는 것이 아주 불가능하지는 않더라도 매일 반복하며 다니는 일은 거의 불가능에 가까운 일이었을 것이다.

강위는 이것을 정건조에게 약속하였고, 정건조는 내심 민노행에게 배우러 다니는 것을 탐탁지 않게 여기던 차에 제풀에 꺾이기를 기대하며 허락했던 것인데, 강위는 날씨와 계절에 개의치 않고 4년을 한결같이 정건

〈그림 7〉 개화기 한강 나루
출처 : 국사편찬위원회

조와의 약속을 지키며 민노행을 찾아갔던 것이다. 파루罷漏는 새벽 네 시에 해당한다. 매일 새벽 네 시에 일어나 한강을 건너가 스승을 뵙고 다시 한강을 건너와 오후엔 정건조와 독서를 했던 것이다.

민노행은 고증학자였다. 강위가 처음 찾아가 스승으로 모시겠다고 하였을 때, 강위는 그를 남다르다고 여겼다. 강위는 평생 동안 남다름을 추구하였는데, 그가 처음으로 스승으로 모셨던 민노행에게서도 남다름을 발견한 것이다.

기원 민노행 선생님을 만나 뵙고 경전의 뜻을 듣고 싶다고 했습니다. 선생님께서는 책상을 쓰다듬으며 한숨 쉬기를 한참 하시다가 "내가 가난하게 살며 경전의 훈을 연구한 지 50여 년이지만, 한 마디도 남에게 알려줄 수가 없었다. 자네가 이것 배워서 무엇을 하려는가"라고 하셨습니다. 저는 그 말씀을 남다르다고 여겨 간청하여 스승으로 섬기게 되었습니다.[23]

여기서 강위가 배우고 싶다는 경전의 뜻이나 민노행이 연구해왔다는 경전의 훈이 가리키는 바는, 경학經學・훈고학訓詁學・박학樸學 등으로 다양하게 지칭되는 고증학考證學이다. 거칠게 정리해 보자면, 조선시대 주류 학문이었던 성리학性理學은 주자朱子가 정리해놓은 사서집주四書集註에 근거하여 이기理氣와 성정性情을 따지는 학문이었고, 고증학은 널리 증거를 찾아 확인하는 실증적 방법으로 기존 주석의 한계를 넘어서자는 학문이었다. 주류 학문으로서의 성리학은 독점적 권위를 인정 받고 있었으며, 성리학적 해석을 넘어서느냐 마느냐의 문제로 끊임없이 이단 논쟁이 벌어지고 있었다. 기성의 독점적 권위가 정해놓은 한계는 새로운 증거에 의해 도전받고, 권위를 잃게 될 수도 있다. 고증학은 그 새로운 증거 찾기가 목적인 학문이다. 그러므로 조선시대의 고증학은 주류 학문이었던 성리학을 공박하는 이단이 될지도 모르는 위험성을 내포한 학문으로 취급되었다. 그것을 평생 연구해온 민노행을 강위가 찾아가 스승으로 모시게 된 것이다. 강위는 오히려 이단으로 지목될 위험을 내포한 학문에서 남다른 매력을 느꼈던 것이다.

민노행을 스승으로 모신 일은 강위의 인생에서 커다란 노선 변화 중의 하나였다. 주류가 추구하는 문관 출세의 욕망을 포기하고, 남다른 인생을 추구하는 첫 번째 상징적 사건이 되는 것이다. 문관 출세의 희망을 포기당했지만 남다른 인생을 찾는 것까지 포기하지는 말자는 다짐을 보여주는 첫 번째 상징적 사건, 이 사건에 대해서는 강위의 삶을 기록한 다양한 문헌들이 모두 주목하고 있다.

〈그림 8〉 성리학의 창시자 주희(朱熹)

어려서 기원 민노행 공에게 배웠다. 민공이 고본대학을 내놓으며 혼자 해석해 보라 하였다. 선생은 깊이 생각해 보더니 한 달 만에 그 오묘한 이치를 모두 해명해내었다. 민공이 놀라 "한 해를 예상하였는데 한 달 만에 해내다니…"라고 하였다.[24]

처음 민공을 뵈었을 때 민공이 고본대학을 내놓으며 혼자 해석해 보게 하였다. 추금자는 우러러 생각하면서 한 달 만에 모두 통달하였다. 민공이 놀라 "한 해를 예상하였는데 한 달 만에 해내다니…"라고 하였다. 이때부터 천인天人·성명性命·시문詩文의 학문에서부터 병형兵刑·전곡錢穀의 영역까지 탐구하지 않는 바가 없었다.[25]

앞의 인용문은 대한제국기 규장각 제학을 지낸 이중하李重夏, 1846~1917가 지은 것이고, 아래 인용문은 한말사대가의 또 다른 한 사람인 김택영金澤榮, 1850~1927이 지은 것으로 민노행을 만나는 장면은 거의 같은 내용으로 이루어져 있다. 강위가 민노행을 스승으로 모시게 되는 장면에서, 강위의 천재적 면모가 부각되고 있는 것이다. 민노행은 숙제를 내주면서 한 일년은 걸려야 강위가 그 의미를 파악할 것이라고 생각하였는데, 강위는 민노행의 숙제를 한 달 만에 해내었다는 내용이다. 여기서 등장하는 과제물이 고본대학古本大學이다.

고본대학이 갖고 있는 의미에 대해서 거칠게 정리하자면, 성리학의 이념을 근저에서 공략할 수 있는 쟁점의 하나이다. 성리학에서 가장 중시하는 경전인 사서四書는 성리학의 창시자인 송나라의 주자朱子가 그동안 『예기禮記』에 수록되어 전해져오던 「중용中庸」과 「대학大學」을 독립시켜 각각의 책으로 만들고, 독립되어 있던 『논어論語』와 『맹자孟子』를 합하여 성립된 것이다. 주자는 이 사서에 주석을 내면서 성리학적 이념의 기초를 제시한 것이다. 그것을 특히 사서집주四書集註라고 부른다. 그런데 독립된 『대학』의 경우는 『예기』에 수록되어 있는 편차와 문구를 성리학적 이념에 맞도록 주자가 새로 편집하였던 것이다. 이 편집된 『대학』에 대해 원래 『예기』에 수록된 「대학」의 편차와 문구를 "고본대학"이라고 부른다. 고본대학을 중시하면, 주자의 작업을 의심하는 결과를 빚게 된다. 예를 들어 조선에서 주자의 사상을 벗어난 사문난적斯文亂賊으로 취급되던 왕양명王陽明, 王守仁은 「대학고본방석大學古本旁釋」을 지어 주자의 해석을 정면으로 비판하였던 것이다. 다만 왕양명은 추상적 리理를 중시하는 주자의 주장에 대해 내면의 심心을 주장하였을 뿐, 과학적 방법으로 주자를 비

〈그림 9〉 양명학의 창시자 왕수인(王守仁)
출처 : 위키백과

판한 것은 아니다. 이와 달리 「고본대학」에 얽힌 여러 논란들은 고증학적 방법론을 이해하는 좋은 자료가 될 수도 있다. 고증학적 방법론으로서의 박증博證이란 널리 증거를 수집하여 과학적으로 증명하는 것이다. 증거를 기반으로 과학적으로 접근하다보면, 주관적 통찰을 기반으로 사서를 구상한 주자와 다른 결론에 도달하게 된다. 제자로 삼아달라고 찾아온 강위에게 민노행이 「고본대학」을 해석하도록 시킨 것은, 민노행은 적어도 성리학적 틀에 갇혀 있지 않겠다는 의지를 강위에게 보여준 것이다.

김정희金正喜의 『실사구시설實事求是說』에 붙인 민노행의 「후서後敍」를 통해 이 의지를 보다 명확하게 확인해볼 수 있다.

> 이 때문에 송宋 나라의 진유眞儒가 이에 그 근본을 추구하여 그 방술을 말해 놓았는데, 그 추구한 것이 자상하여 그 방술이 더욱 넓어졌다. 그러나 치수錙銖를 변별하고 절목節目을 논의하는 데 털끝만 한 차이가 있음으로 말미암아 이것이 전해진 지 백 년도 채 안 되어 서로 갈라져서 노경路逕을 달리하게 되었고, 더 내려와서는 구이口耳에만 익히는 것이 되고 말았다. 그래서 그 가닥이 헝클어진 실보다 더 분잡하게 되었고, 끝에 가서는 가지와 다리가 더욱 많아졌다.
>
> 그리하여 지금에 이르러서는 글을 읽고 이치를 담론하는 선비들이 헛된 말만을 간직하여 길을 헤매며 그것으로 세월을 다 보내면서 되돌아올 줄을 모르고, 한창 또 이 일을 매우 좋아하여 늙음이 닥쳐오는 줄도 모른다. 그래서 이른바 실용 시비實用是非라는 것에 대해서는 까마득히 벌써 잊어버리고 있는 실정이니, 아, 애석하도다.

내가 일찍이 여기에 대해서 속으로 의심을 가진 나머지, 우연히 김원춘金元春, 즉 김정희에게 이 말을 해주었더니, 원춘이 즉시 자기가 지은 실사구시설을 나에게 보여주었다. 그런데 그가 논한 고금古今의 학술學術에 대한 변천 내력과 문경門逕이며 당실堂室의 비유는 순수하거니와, 그 사이에 또 한유漢儒들을 추존하여 '경전經傳의 훈고訓詁에 대해서 모두 스승으로부터 가르침을 받은 것이 있어 정실精實함을 잘 갖추었다'고 한 말에 대해서는 내 또한 무릎을 치며 이렇게 감탄하는 바이다.[26]

강위가 민노행의 집을 매일 왕복하면서 무엇을 배우고 무엇을 느꼈는지 파악할 수 있는 자료는 현재까지 발견된 바 없다. 다만, 민노행의 학문 경향을 파악하여 그것으로 유추할 수 있을 뿐이어서, 조금 길게 인용해 보았다. 요컨대 민노행은 실용시비實用是非의 실제를 외면하는 성리학적 심성명리心性命理에 염증을 느끼고 있었고, 이에 대해 고증학적 방법론을 대안으로 인식하고 있었던 것이며, 그런 점에서 김정희의 작업에 크게 공감하는 서문을 짓게 되었다는 것이다.

민노행의 저술로 현재 확인되는 것은 위의 「실사구시설 후서」 외에 『명수지문名數咫聞』과 『지문별집咫聞別集』이다. 『명수지문』은 24권 13책, 『지문별집』은 12권 6책의 필사본으로 남아 있다. 두 책은 소위 "명물도수지학名物度數之學"에 속하는 학문 영역을 다루고 있다. 명물도수지학은 명목名目·사물事物·법도法度·수량數量에서 한 글자씩 추려서 만들어진 개념인데, 사전적 의미로만 보면 언어 개념의 계보, 사물의 다양한 측면, 제도의 역사, 측량 및 통계 자료 등을 아우르는 개념이다. 실질적으로 명물도수지학은 성명의리지학性命義理之學과 대비되는 말이다. 주자학처럼 본질과 의리를 추구

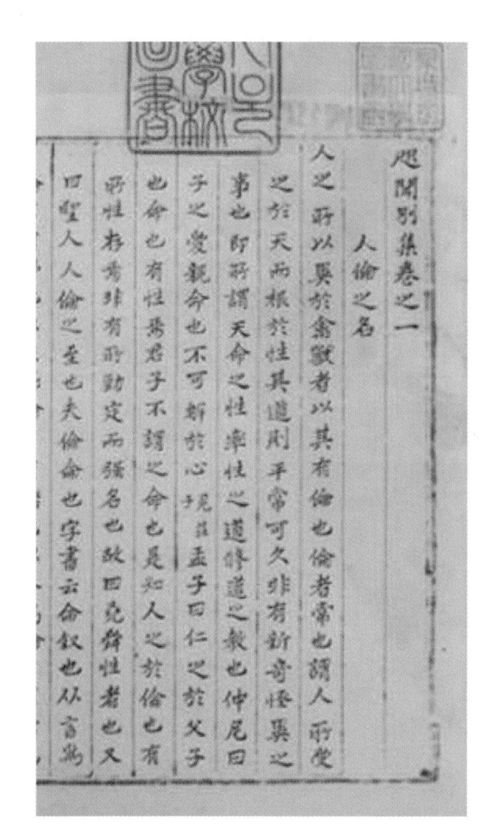

咫聞別集卷之一

人倫之名

人之所以異於禽獸者以其有倫也倫者常也謂人所受之於天而根於性其道則平常可久非有新奇怪異之事也所謂天命之性率性之道修道之敎也仲尼曰子之愛親命也不可解於心見莊子孟子曰仁之於父子也命也有性焉君子不謂之命也是知人之於倫也有所性存焉非有所勤定而强名也故曰堯舜性者也又曰聖人人倫之至也夫倫侖也字書云侖叙也从言爲

〈그림 10〉 민노행의 명물도수지학(名物度數之學) 저술 『지문별집(咫聞別集)』

하는 형이상학에 대비되는 형이하학을 지칭하는 것으로, 박물학과 자연과학을 모두 포괄하는 개념이다. 조선 후기 민노행과 같은 일군의 학자들은 거대담론을 탈피하여 작고 다양한 모든 것으로 눈을 돌려 거기서 박물학과 자연과학을 재발견한 것이다. 『명수지문』과 그 별집에서는 성리학조차도 여러 박물학적 지식 체계 가운데 하나로 다뤄지고 있다. 그는 이러한 박물학과 자연과학에서 형이상학이 실현하지 못하는 실용성을 확인하였으니, 19세기 실학實學 정신의 한 흐름으로도 이해할 수 있을 것이다.

강위는 민노행의 그 방법론을 남다르다고 여겼다. 고증학과 명물도수지학은 조선말기 현실에서 아무런 현실 권력을 확보할 수 없는 학문이었지만, 현실 권력을 무시하고 본다면 오히려 꼭 필요한 실용성을 확보할 수 있는 것이었다. 현실 권력을 무시해야 보이는 이 실용성을 개척해나가는 민노행의 학문은 누가 보아도 남다를 수밖에 없는 것이었으며, 강위는 그 남다름에서 더욱 높은 가치를 엿보았던 것이다. 앞서 황옥에게 보낸 편지에서 보았듯이 그를 남다르다고 여겨서 제자로 받아주기를 청하였던 사실은, 다른 말로 표현하면 그 남다름을 배우고 싶다는 뜻이다. 그리고 실제로 강위는 그 남다름을 배웠다. 강위는 당시 조선 지식계에 남다른 정책적 대안과 국제 정세에 대한 전망도 남겼지만, 역시 남다른 고증학적 저술도 남기게 된다.

5. 남이 꺼리는 학문

강위가 후에 이건창李建昌에게 별도의 교정을 맡겼다는 책이 두 권이 있다. 뒤에 살펴보겠지만, 이건창은 강위의 시 제자를 자처하던 사람이었다. 그런 이건창으로서도 두 권 중의 한 권은 아예 교정도 할 수 없었고, 서문도 차마 적지 못했던 책이었다. 두 권 중 서문을 적은 책을 통해 그 서문조차 적지 못한 한 권의 경향을 가늠해볼 수 있다. 강위가 당시의 분위기에서는 꺼리는 분야를 꺼리는 방법론으로 다루고 있었음과, 그만큼 이건창은 그 분야와 방법론에 대한 언급조차 꺼릴 수밖에 없음을 짐작해볼 수 있는 내용이다.

『용학경위합벽庸學經緯合璧, 여기서의 학은 고본대학이다 – 원주』과 『손무자비평孫武子批評』 두 책은 거사의 외집外集인데, 거사가 살아 있을 때 나는 보지 못했다. 이제 또 그 아들이 청하기를 둘 다 내가 교정해주기를 바란다는 것이다. 나는 읽고 탄식하였다. 시비는 내가 따져볼 수 있겠지만 감히 내가 거사에게 의론을 남기지는 않겠

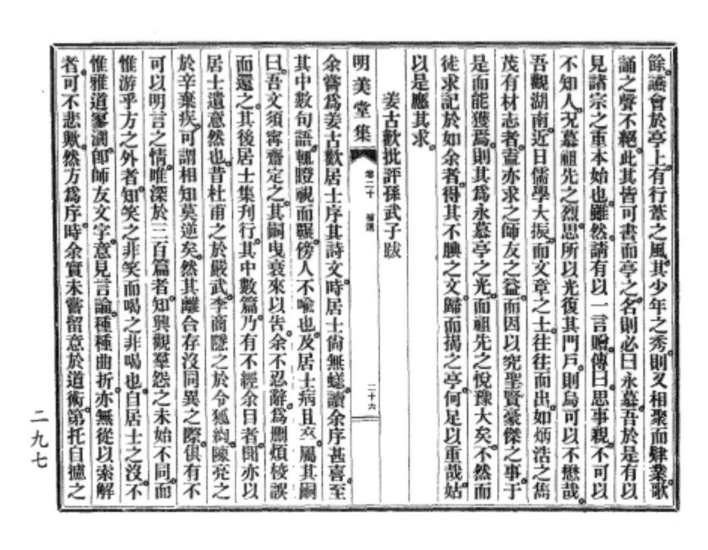

餘。諷會於亭上。有行菫之風。其少年之秀。則又相聚而肄業歌
誦之聲不絕。此其皆可書而亭之名則必曰永慕。吾於是有以
見諸宗之重本始也。雖然。請有以一言喩。傳曰。思事親。不可以
不知人。況慕祖先之烈。思所以光復其門戶。則烏可以不懋哉。
吾觀湖南近日儒學大振。而文章之士。往往而出。如炳浩之儔
茂有材志者。亶亦求之師友之益。而因以究聖賢豪傑之事。于
是而能獲焉。則其爲永慕亭之光。而祖先之悅豫大矣。不然而
徒求記於如余者。得其不腆之文。歸而揭之亭。何足以重哉。姑
以是應其求。

姜古歡批評孫武子跋

明美堂集 卷二十 二十六

余嘗爲姜古歡居士序其詩文。時居士尙無恙。讀余序甚喜。至
其中數句語。輒瞪視而睨傍人。不喩也。及居士病且卒。屬其胤
曰。吾文須寗齋定之。其胤曳衰來以告。余不忍辭。爲删煩棱誤
而還之。其後居士集刊行。其中數篇。乃有不經余目者。聞亦以
居士遺意然也。昔杜甫之於嚴武。李商隱之於令狐綯。陳亮之
於辛棄疾。可謂相知莫逆矣。然其離合存沒同異之際。俱有不
可以明言之情。唯深於三百篇者。知興觀羣怨之未始不同。而
惟游乎方之外者。知笑之非笑。而喝之非喝也。自居士之沒。不
惟雅道寥闃。即師友文字意見言論。種種曲折。亦無從以索解
者。可不悲歟。然方爲序時。余實未嘗留意於道術。第托自攄之

二九七

〈그림 11〉 이건창의 『명미당집(明美堂集)』 중 강위의 손무자비평에 대한 발문

다. 그러나 내가 거사가 했던 말들을 한참 생각하면서도 이해할 수 없었던 것들을 이제 이 두 책 속에서 간혹 접하기도 한다. 생각은 달려가는데 천천히 읽다보면, 곧 장단을 치며 한숨을 쉬거나 혹은 아득히 정신이 만나는 것을 느끼니, 거사를 다시 보는 것과 같다고 말해도 옳을 것이다. 만약 정밀하고 거친 것과 크고 작은 것의 차등과 옛날과 지금의 다른 관점 같은 것은, 비록 내가 낯설게 거사를 보고 거사 역시 나를 낯설게 보았다고 말하더라도 가할 것이다. 돌아보면 이상할 것도 없는 것 아닐까. 그러나 도의 근본은 둘이 아니니 그 나머지가 꼭 반드시 합치될 필요는 없다. 이 뜻을 바로 써서 『손무자비평』의 발문으로 쓴다. 마치 거사와 서로 잔을 주고받는 것 같아서, 남들은 전혀 모를 것이다. 『경위합벽』은 따로 적을 필요가 없으니, 이 글로 『경위합벽』의 발문으로 삼아도 역시 통할 것이다. 다른 뜻은 없고, 더욱 막중한 것에 감히 글을 적을 수가 없기 때문이다.[27]

잡저雜著나 별저別著가 문집에 포함되지 않는 일은 흔한 일이다. 강위의 두 책 『용학경위합벽』과 『손무자비평』은 별저로서 문집에 포함되지 않은 외집外集이라고 표현할 수도 있을 것이다. 이 두 책이 문집에 포함되지 않은 것은 특별히 이상한 일은 아니다. 다만 강위의 아들에 의해 교정을 맡아달라는 부탁을 듣게 된 이건창이 이 두 책을 대하는 태도는 사뭇 평범하지 않고 특별히 이상하다. 인용한 이건창의 이 발문은 『손무자비평』에 대한 발문인데, 강위가 『손무자비평』에 어떠한 내용을 전개하였는지는 전혀 정리하지 않았고, 살아생전의 강위를 만나는 듯하다거나 자신의 생각이 아득히 강위와 만난다는 등의 낭만적 감상만 적고 있다. 이건창이 책의 내용을 언급하는 것을 무척 꺼려하는 듯한 태도가 있다는 것을 짐작해볼 수 있다.

강위의 『손무자비평』이 어떤 방향의 내용일지 이 발문만 읽어보아서는 알 길이 없다. 책의 내용에 대한 언급을 회피하고 싶은데 고인과의 관계상 발문 작성을 피할 수 없었던 것이라는 인상을 주고 있다. 이건창의 발문을 읽어보면 문제를 일으키지 않을 방향을 고심해서 문자를 고르고 골라 적은 느낌이다. 그나마도 혹시 오해를 입을까 싶어서 자신의 생각은 강위의 생각과 일치하지 않음을 강조하고 있다. 이제 보니 서로 "낯설다"고 한 것이 바로 그 일치하지 않음을 강조하는 것이고, 도의 근본은 다르지 않으니 반드시 둘이 서로 말단의 의견에 합치될 필요는 없겠다는 한 말도 바로 그 뜻이다. 이건창 자신과 죽은 강위 두 사람만 술잔을 주고받는 일과 같다고 했으니, 살아서 이 글을 읽는 다른 독자들에게는 아무 말도 할 수 없음을 완곡히 표현한 것이다. 이쯤 되면 『손무자비평』의 내용이 궁금해지지 않을 수 없다. 이 책의 내용이 어떠했기에 이건창의 거리낌을 입었던 것인지.

『손무자비평』은 내용을 언급하지 않더라도 발문을 적긴 하였는데, 『용학경위합벽』은 아예 발문을 작성하지도 않고 이 발문에서 슬쩍 언급하며 이 글로 통하리라고만 하였다. 작성하지 않겠다는 완고한 태도이면서도, 마지막 마무리를 『용학경위합벽』이 『손무자비평』보다 더 무게 있는 저술임을 암시하고 있다. 더욱 막중한 것에 대해 감히 적을 엄두가 안 난다는 표현으로 마무리한 것이다. 이건창이 상당히 갈등했음이 느껴지는 대목이다. 『손무자비평』은 제목만으로 짐작해 보건대 『손자병법孫子兵法』에 비평을 달아놓은 책일 것이다. 강위가 무반 가문이어서 이 작업을 했을 수도 있겠지만, 그의 관심사는 병법과 형법과 농업과 경제에 이르기까지 각종 실용 학문에도 미치지 않는 바가 없었기에[28] 가능했던 작업이기도 할 것이다. 『용학경위합벽』은 『중용』과 『대학』에 대한 고증학적 접근을 시도한 책으로 짐작된다. 특히 『대학』은 주자가 재편집한 것이 아니라, 원래의 『고본대학』을 중심으로 서술한 것임이 이건창의 위 발문에 원주로 기록되어 있다. 민노행을 처음 만났을 때 과제로 받은 『고본대학』을 강위는 끝까지 남다르게 생각했던 것이다. 당시 조선의 지배이데올로기였던 성리학의 표준적 해석에 비추어보면 상당히 꺼려할 만한 해석을 담고 있는 것임을 미루어 짐작해볼 만하다.

강위가 민노행을 스승으로 삼아 비가 오나 눈이 오나 조금도 게을리하지 않고 정건조의 집에서 날마다 왕복하며 배움을 이어가던 때가 강위 24세1843에서 27세1846 사이이다. 정건조도 그 기간이 4년이었음을 증언하고 있는데, 햇수로 치면 4년이 된다.

이십 년 동안 한 마당 한 집에서 나와 함께 하며
떨어져 나간 맥락 깊이 생각하며 오경을 읽어냈네.
가장 기억나는 것은 맑은 새벽 서리 내린 달 아래
책 읽는 소리 길게 이어질 때 사방 이웃들 깨어나던 일.

廿年共我一園亭, 殘缺覃思拜五經.
最憶蕭晨霜月下, 書聲嫋嫋四鄰醒.

먼 종소리 은은하게 도성에 들려오면
차가운 옷 떨쳐입고 눈 내리는 오경에 일어서네.
스스로 말하기를, 평생 간절한 곳은
기원 옹의 창문 아래 작은 등불 밝힌 곳이라 했네.

九街殷殷響吟鯨, 起拂寒衣雪五更.
自道一生心折處, 杞翁窓下豆燈明.[29]

이 시기 매일 강위를 지켜보았던 정건조는 고행에 가까운 강위의 배움의 길을 이렇게 시로 회고하였다. 강위는 한편으로는 정건조와 함께 기거하며 오경을 해독하고 이해하는 데에 깊은 밤 지칠 때까지 힘을 다하고, 또 한편으로는 기원 민노행에게 배우기 위해 오경五更: 3~5시에 멀리에서 울려오는 종소리를 들으며 일어나 눈 쌓인 새벽길을 걸었다. 현실의 필요와 이상의 추구, 둘 다 놓치지 않기 위해 강위는 하루를 이틀처럼 살아낸 것이다. 이 시의 뒤에 정건조는, 강위가 새벽 종소리를 듣고 가보면 기원 민노행은 이미 이불을 개고 단정히 앉아서 손수 고사를 몇 장이나 정리하고 계시더라는 말을 주석으로 붙여놓았다.[30] 정건조가 새벽에 강위와 함께 간 것은 아니므로, 강위의 증언을 전적으로 신뢰하고 적어놓았을 것이다. 민노행이 새벽 일찍 일어나 정리하고 있다던 고사故事라는 것은 아마 고증학적 서지 증거였을 것이다. 민노행의 꾸준한 학문 수행도 예사롭지 않지만, 강위의 초인적인 학구열에는 놀라지 않을 수 없다.

강위가 24세 되던 해에 그의 아들 강요선姜堯善, 1843~1899이 태어났다. 강위의 결혼 사실을 파악할 자료가 없지만, 적어도 아들의 출생 이전에 혼인을 이루었을 것이다. 『진양강씨세보晉陽姜氏世譜』에 의하면, 강위의 배우자는 기계 유씨杞溪兪氏 유기주兪杞注의 따님이었다. 강위의 아들 강요선은 나중에 무과로 진출하여 선전관宣傳官 : 임금의 어가 행렬 앞에서 길을 인도하는 무관직과 단천부사端川府使 등을 역임하게 된다.

강위가 27세 되던 해에 강위는 부친의 환갑을 맞이한다. 다음은 부친의 환갑을 맞이하여 지은 시이다.

> 작은 자식 술잔 올리며 무슨 말로 축수祝壽할까
> 아버님 건강하시고 해마다 굶지 않으시길 바랄 뿐.
> 동씨董氏의 문에도 세금 걷는 아전이 오지 않고
> 모생茅生의 집에도 닭을 잡는 때.
>
> 小兒擎盞祝何辭, 但願親康年不飢.

董氏門無索租吏, 茅生家有殺雞時.

십 년, 서울에서 헛되이 거주한 시간 짧지 않은데
영예로운 모습 단 하루도 널리 드러내지 못하였네.
어찌하면 글자도 모르는 촌아이만큼 해낼 수 있으랴
나무하고 고기 잡아 어버이 굶주림을 면하네.

十年京洛謾栖遲, 未博榮觀一日爲.
那及村童不識字, 採山漁水免親飢.[31]

첫 번째 수에서 동씨는 동소남董邵南을 가리킨다. 동소남은 당나라 때 사람으로 부모에게 효도하던 은자였는데 이름이 널리 알려지지 않아 그의 집을 방문하는 자는 그저 세금 걷으러 오는 아전뿐이었다고 한다. 한유韓愈가 「차재동생행嗟哉董生行」을 지어 그를 기린 바 있다. 모생은 모용茅容을 가리킨다. 모용은 후한 때 사람으로 손님이 찾아오자 어머니께는 닭을 잡아 드리고 자신과 손님은 나물밥을 먹었던 데에서 지극한 효자로 유명해졌다. 모용의 이야기는 귀한 손님보다 더 귀하게 어머니를 모셨다는 점을 교훈으로 짚을 수 있다. 이 두 인물의 고사를 인용하여 말하고자 하는 바는, 최선을 다해 부모를 모시는 효라는 도리였다. 부친의 환갑을 맞이하여 굶주리지 않고 건강하시기를 바라는 마음에서, 동소남이나 모용의 부모처럼 살아가셨으면 좋겠다는 염원을 담은 표현이었다. 그런데 문제는 강위 자신이 동소남이나 모용이 되어야, 부친이 동소남이나 모용의 부친이 될 수 있다는 것이다. 이 두 구절은 그렇지 못한 자신의 삶에 대한 반성으로 이어지기 위한 표현이다.

두 번째 수는 앞에서도 보았지만 다시 한번 짚어보겠다. 여기서 강위 자신이 동소남이나 모용은커녕, 나무하고 물고기 잡는 시골 어린아이만큼도 따라갈 수 없다는 것을 고백하고 있다. 시골 아이는 나무해서 방을 덥혀 부모를 따뜻하게 하고 물고기 잡아서 상에 올려 부모를 배고프지 않게 할 수 있다. 강위가 부모를 따뜻하고 배부르게 하는 방법은 영예로운 출세를 하는 것이다. 서울에서 십여 년을 살면서 노력했지만 출세하지 못했음을 말하고 있다. 단 하루도 영예로운 출세의 모습을 보여주지 못하여 단 하루도 부모를 따뜻하고 배부르게 하지 못했으니 결국 시골 아이보다 못하다는 말을 하게 되는 것이다.

문과 급제를 바라다가 문과 과거 시험을 포기할 수밖에 없었고 다시 남다른 점을 찾아 민노행을 스승으로 모시고 있는 일 같은 것은, 현실적 타협과 이상의 추구 사이의 긴장으로서 강위에게는 하루를 이틀처럼 살아내는 초인적 일정을 수행하게 만든 것이지만, 부친의 환갑날엔 그저 시골 아이들만도 못한 부끄러운 일들일 뿐이었다. 그만큼 부모를 잘 봉양하고 싶은 마음이 간절하고 집중력 있게 표현되어 있다. 노년의 강위와 담소를 나누던 청년 유길준俞吉濬, 1856~1914, 정만조鄭萬朝, 1858~1936, 지석영池錫永, 1855~1935 등이 강위만큼의 노년이 되었을 때, 서로 모이면 이 시를 읊으며 강위를 추모했다고 한다.[32] 미래를 추구하려는 의지와 부모 봉양 의무를 소홀히 하는 현재 사이에서 갈등하는 청년 강위의 내면이 위 시에서 대조를 이루며 잘 표현되어 있어서 깊은 울림을 느꼈기 때문일 것이다.

6. 김정희를 스승으로

강위가 4년을 하루 같이 찾아가 배우던 민노행이 1846년 서거하게 되었다. 강위 자신의 증언에 의하면 민노행이 임종에 가까웠을 때 제주에 유배 가 있던 김정희金正喜, 1786~1856에게 강위를 마저 가르쳐 달라고 부탁하였다고 한다.[33] 김정희는 1786년에 태어났으니, 강위보다 36년 위이고, 민노행보다는 9년 아래이다. 김정희의 「실사구시설」에 민노행이 「후서」를 쓴 것을 보아도, 민노행과 김정희가 평소 교유가 있었음은 물론 학문적 지향에 대한 의기가 투합하고 있음도 알 수 있다. 민노행이 강위에게만 김정희를 찾아가 배우라고 한 것이 아니라, 김정희에게도 강위를 가르쳐달라고 미리 부탁한 것이다. 덕분에 강위로서는 민노행에 이어 김정희까지 당대 최고의 고증학자 두 사람을 차례로 스승으로 모시게 되었다.

김정희는 경주 김씨 김노경金魯敬의 아들이었는데, 그가 1819년 문과에 급제하자 조정에서 축하를 할 정도로 그의 집안은 19세기 대표적 훈척 가문의 하나였다. 김정희는 앞서 1830년 윤상도尹商度 옥사와 관련하여 고금도古今島로 유배되었다가 당시 국왕 순조의 배려로 바로 풀려난 적이 있었는데, 헌종 즉위 후 10년 전 사건이 다시 불거져서 1840년부터 제주도에 유배되어 있었다. 제주도에 있으면서 많은 제자들이 방문하였는데, 특히 역관 등 중인층 제자들이 많이 찾아왔다.[34] 시서화詩書畵에 조예가 깊은 예술 취향의 중인들이 특히 김정희 주변에 모여들었는데, 이들을 추사파 중인이라고 부를 정도로 김정희를 중심으로 한 결속력이 강하였다.[35] 예를 들어 우선 이상적藕船李尙迪, 1804~1865은 역관을 수행하는 중인으로서 청나라

去年以晚學大雲二書寄來今年又以
藕畊文偏寄來此皆非世之常有購之
千万里之遠積有年而得之非一時之
事也且世之滔〻惟權利之是趨為之
費心費力如此而不以歸之權利乃歸
之海外蕉萃枯槁之人如世之趨權利
者太史公云以權利合者權利盡而交
疎君亦世之滔〻中一人其有超然自
拔於滔〻權利之外不以權利視我耶
太史公之言非耶孔子曰歲寒然後知
松柏之後凋松柏是毋四時而不凋者
歲寒以前一松柏也歲寒以後一松柏
也聖人特稱之於歲寒之後今君之於
我由前而無加焉由後而無損焉然由
前之君無可稱由後之君亦可見稱於
聖人也耶聖人之特稱非徒為後凋之
貞操勁節而已亦有所感發於歲寒之
時者也烏乎西京淳厚之世以汲鄭之
賢賓客與之盛衰如下邳榜門迫切之
極矣悲夫阮堂老人書

에서 시문집이 간행되고 중국학자들과 주고받은 편지를 『해린척소海麟尺素』로 펴낼 정도로 문학적 재능이 뛰어났다. 그가 청나라 사신단을 수행하여 중국에 다녀올 때마다 귀한 서적과 지필묵紙筆墨을 구해 제주도 유배객 김정희에게 제공하였다. 김정희는 제자 이상적의 배려가 고마워서 〈세한도歲寒圖〉를 그리고 이상적을 향한 스승으로서의 헌사를 적기도 하였다. 지금 대한민국 국보 180호로 지정된 〈세한도〉가 그려진 해는 1844년이다. 그로부터 이년 뒤에 김정희를 강위가 찾아가 스승으로 모시게 된 것이다.

그리하여 민노행이 서거한 그해에 27세의 강위는 제주도에 유배 가 있던 김정희를 찾아가게 된다. 이때까지 강위는 정건조의 집에 글동무 자격으로 기숙하고 있었다. 강위는 민노행에게 배우기 위해 하루의 절반은 스승을 찾아가고 절반은 함께 공부하겠다는 거의 불가능해 보이는 약속을 해서 겨우 정건조의 허락을 얻었지만, 제주도에 가서 김정희에게 배우는

〈그림 12〉 김정희의 〈세한도(歲寒圖)〉 국립중앙박물관소장
출처 : 문화재청

것에 대해서는 정건조의 허락을 얻기가 만만치 않을 것임을 짐작하였다. 정건조는 자신이 과거에 합격할 때까지 강위가 자신의 글 공부를 돕는 글방 동무 역할을 계속 하기를 바랐을 것이다. 정건조가 과거에 급제한 해는 1848년이므로, 강위가 제주도로 김정희를 찾아가려는 1846년에 정건조는 과거 공부에 매진하고 있었을 것이다. 허락을 해줄지 말지는 제쳐두고라도, 강위 입장에서는 말을 꺼내는 것 자체가 외람된 일이라고 느꼈을 만하다. 그리하여 강위는 허락을 얻는 대신 먼저 옷과 버선을 청하였다. 어디 먼 데 다녀오겠다는 뜻을 에둘러 표현한 것이다.

소중한 옷과 버선
관주館主의 은혜 갚기 어려워라
이별할 때 서로 보지 못했다고

떠나온 뒤 어찌 아무 말이 없겠는가
귤나무 유자나무 주변으로 난 길에서 읊조리며
갈대꽃 핀 마을에서 묵어가네
누구에게 내 행색을 그려달라 하여
자고원鷓鴣園으로 날려 보낼까

珍重衣兼襪, 難酬館主恩.
別時不相見, 去後豈無言.
橘柚吟邊路, 蘆花宿處村.
憑誰寫行色, 吹落鷓鴣園.[36]

「제주 망양정에서 멈추어 용산 정건조 기주에게 보낸다」라는 시의 세 번째 수이다. 강위가 제주도로 건너가 김정희를 찾아 가는 길에 지은 시였던 것으로 판단된다. 여기서 강위는 정건조를 관주館主로 지칭하였다. 식객 혹은 문객을 후원해주는 사람을 관주라고 한다. 이 시의 첫 대목에서 두 사람의 관계는 문객과 후원자였음이 선명히 드러나는 것이다. 문객 강위는 후원자 정건조에게 옷과 버선을 얻지 못하면 제주도에 갈 수도 없었던 처지였다. 그리하여 우선은 옷과 버선만 청하였다. 옷과 버선을 구하는 강위를 보면서 정건조는 아마 강위가 어디론가 떠날 마음을 확실하게 가졌다는 것을 짐작했을 것이다.

어쩌면 강위는 모시던 스승 민노행으로부터 김정희에 대해 들었다는 말을 계속 정건조에게 흘렸을 수도 있다. 그리하여 정건조는 강위가 김정희의 유배지를 따라 제주도로 떠날 것까지 짐작했을 수도 있었을 것이다. 시의 맥락을 보면 정건조는 아무것도 따로 묻지 않고 옷과 버선을 준비해주었던 듯하다. 그리고 강위는 인사를 나누지도 않고 이별을 고하는 편지만 남겨 두고 정건조를 떠나온 것이다.[37]

그리하여 시에서는 우선 소중한 옷과 버선을 내어준 정건조에게 고마움을 표현한다. 그리고 마지막에는 그 옷과 버선을 착용한 행색을 그려내어 정건조의 처소로 보내주고 싶다는 소망을 전하는 것으로, 고마움의 마음을 더욱 깊게 표현하였다.

스승으로 섬기기 위해서는 일정한 폐백을 갖추어 스승을 찾아뵙고 인사를 올려야 하는 것이 당시의 법도였다. 정건조가 아니면 입을 옷도 신을 양말도 구하지 못할 처지의 강위가 첫 번째 선생님 민노행에게 어떠한 폐백을 갖추어 인사를 올렸는지는 알려져 있지 않지만, 두 번째 선생님 김정희에게 갖추었던 폐백에 대해서는 후손의 증언이 있다. 강위의 모친이 길쌈한 베 두 필을 폐백으로 준비했다는 사실이 강위의 증손자 강범식姜範植이 증언한 기록으로 남아 있다.[38] 증손자의 증언을 직접 들었던 이훈종이 재구성한 강위와 김정희의 첫 만남은 이러하다.

> 첫 번 인사 끝에 추사가 묻는 말이다.
>
> "내게 무엇을 배우겠다고 왔소?"
>
> "맹자孟子를 배우려고 합니다."
>
> 그래 맹자를 내어놓고 읽고 새기라기에 낭낭히 읽고 막힘없이 새겼더니
>
> "그만큼 했으면 됐지 뭐를 더 배우겠다는 것인고?"

"본문本文이 아니라 그 주註를 공부하려 합니다."

"그것을 배우자면 빈한貧寒을 면치 못할 터인데……."

"그것은 이미 각오한 바이옵니다."

그로부터 배소에서 침식을 같이하여 공부에 집중하였더라는 것이다.[39]

이 대화 뒤에 조금의 대화가 더 이어졌던 듯하다. 강위가 스스로 남긴 기록에 의하면, 자신에게 배우겠다는 굳은 각오를 보고 김정희도 민노행처럼 크게 한숨을 쉬었다.

뵙고 나자, 김정희 선생은 또 크게 한숨을 쉬며 말씀이 없었는데, 민노행 선생이 했던 것과 똑같았습니다.

"그대는 내가 경전을 전공한 효과가 이와 같음을 보지 못하는가. 이것을 배워 끝내 어디에 쓸 것인가?"

저는 더욱 남다르다고 느꼈습니다.[40]

앞서 민노행을 스승으로 모시게 된 장면에서도 강위는 민노행이 평생 경학을 연구했지만 누구에게 한 마디도 할 수 없었다고 하는 말에서 남다른 매력을 느꼈듯이, 김정희를 스승으로 모시게 되는 장면에서도 강위는 김정희가 평생 공부한 효과가 고작 이러한데 뭐하려고 배우느냐는 말에서 남다르다는 매력을 느낀 것이다. 이 남다름의 매력이 강위가 평생 추구하던 바였다. 그는 행위와 언어와 예술에서 남다른 경지에 오르지 못하는 것을 스스로 병으로 여길 지경이었다.[41] 그리고 여기 스승들에게 끌리던 처음의 감정을 남다름이라고 표현한 것이다.

어쨌든 제주도까지 찾아온 강위를 김정희는 제자로 받아들였고, 유배지에서 3년을 함께 지내게 되었다. 다음은 강위가 처음 제주도로 찾아왔을 때의 상황을 김정희가 기록한 것이다. 이 해는 김정희로서는 환갑을 맞이한 해였다.

> 강생姜生은 속에 간직한 것만 충실할 뿐이 아니라 인품도 대단히 훌륭하여 말속末俗에 있기 드문 사람일세. 다행히 적막한 가운데 그와 함께 있어 조금은 위로가 되고, 그 또한 아직은 갈 뜻이 없어 우선 여기에 머물고 있는데, 겨울 동안 그를 접제接濟할 방도가 매우 걱정이네. 두 사발의 밥은 어렵지 않으나 몸에 걸치는 옷가지가 가장 큰 근심거리로세.[42]

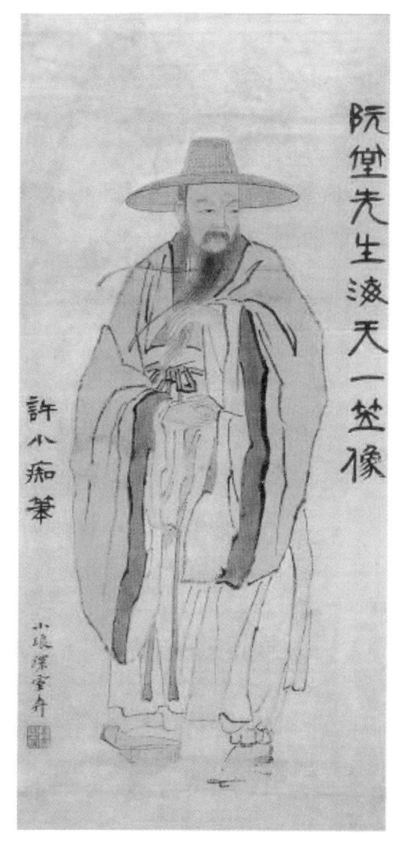

〈그림 13〉 소치 허련(小痴許鍊)이 제주도 유배 시기의 김정희를 그린 〈완당선생해천일립상(阮堂先生海天一笠像)〉

적적한 가운데 강위가 찾아와 함께 생활하니 위로가 되는 점은 다행이지만, 겨울 동안의 접제 즉 입히고 먹일 일이 걱정이라고 하였다. 폐백은 모친이 마련해 준 베 두 필로 준비하고, 갈 때 입을 옷과 신을 버선은 정건조에게 얻은 것으로 해결하였지만, 당장 겨울이 닥쳐오는데도 강위는 정작 수업 기간 동안 입을 옷과 먹을 식량은 준비하지 못한 것이다. 김정희로서는 식량이 부족한 형편은 아니어서 강위의 식사는 밥상에 밥 한 그릇 더 올려서 해결할 수 있었지만, 겨울에 입힐 의복은 아직 해결 방도를 찾지 못했다고 했다. 제자가 되겠다고 찾아온 강위가 김정희에게는 먹여주고 입혀주어야 할 부담으로 다가왔던 것이다. 강위 입장에서는 아마 입던 옷 그대로 겨울을 나려고 했을 수도 있겠지만, 지켜보는 김정희의 입장에서는 겨울옷이 준비되지 않은 상태가 딱해 보였을 것이다.

이렇듯 가난하여 보기 안타까운 점은 있었지만, 어쨌든 김정희가 강위에게 느꼈던 첫인상은 내면이 허술하지 않고 인품도 매우 아름다웠다는 것이다. 민노행도 강위를 김정희에게 직접 소개한 것으로 보면, 제자로서 강위의 열정과 품성 등은 스승들에게 좋은 평가를 받았던 것으로 추정해 볼 수 있다.

강위는 김정희를 스승으로 모시게 되면서 그가 유배객의 신분이라서 담장 밖을 나가지 못한 처지가 안타까워 "달팽이집에서 십 년 동안 가부좌를 틀었다"고 표현하였다.

고난의 바다에 나루도 없이 떠도는 별 앞에
유마힐은 도리어 노인의 형상으로 드러났네
달팽이집에서 십 년 동안 가부좌를 틀고 있다가
손님 찾아와 신선옹처럼 마당에 한 번 나서셨네

苦海無津也漂星, 維摩却示老儀形.
蝸廬十載跏趺膝, 爲欵仙翁一下庭[43]

김정희를 처음 만났을 때 강위가 지은 「수성시壽星祠」라는 작품이다. "수성"은 노인성의 별칭이다. 달팽이집에 관한 구절에서 강위는 저자 주를 달아 "선생님께서는 십 년 동안 유배 생활을 하시면서 한 번도 처마 밖을 나선 적이 없었다"고 하였다.[44] 김정희는 유배 중에서도 울타리 밖을 나설 수 없는 위리안치圍籬安置의 형벌을 받고 있는 중이었기에, 강위는 스승님이 담장도 아닌 처마 밖도 나설 수 없었다고 과장하는 주석을 달아놓고, 갇혀 있는 상태의 김정희를 달팽이집에서 가부좌를 튼 유마힐로 표현한 것이다. 유마힐維摩詰은 불경의 하나인 유마경의 주인공인데, 석가모니의 법회에 병을 핑계로 참석하지 않은 뒤에 문병 온 문수사리文殊師利에게 일체 중생이 병들어 있으니 나도 병이 들었다고 말한 바 있다. 작은 방에서 칭병하고 누운 유마힐의 형상을 김정희에게 슬쩍 얹은 것이다. 수행이 대단했던 유마힐과 같은 스승에 비해, 자신은 고난의 바다에 나루도 없이 떠도는 별에 비유하였다. 떠돌이별의 방문에 마당까지 나선 김정희에겐 다시 신선의 형상을 겹쳐 보고 있다. 위의 시는 김정희가 부채에 적어준 아래의 시에 화답한 것이다.

상해桑海의 지는 먼지 버선 밑에 녹여내며
하늘에 바람 오르내리는 것처럼 마음껏 다녔구료.
맑은 가을 적도는 숫돌처럼 평평하니
노인성 앞머리 잠깐이나마 맞이하세.

桑海零塵襪底消, 天風上下一逍遙.

清秋赤道平如砥, 壽曜前頭試暫邀.[45]

김정희는 찾아온 강위에게 이 시를 부채에 써주었다. 상해는 우리나라의 바다를 일컫는 말인데 여기서는 육지와 제주도 사이의 바다를 뜻했을 것이다. 앞의 두 구절은 바다를 건너며 떨어진 먼지를 버선 밑에 뭉개고, 하늘로 오르내리는 바람을 따라 자유롭게 노니는 강위의 모습을 그려낸 것이다. 강위 스스로는 고난의 바다에 나루도 없이 떠도는 별을 자처했지만, 유배객 김정희는 그렇게 마음대로 다니는 강위를 자유로운 바람에 비유하였다. 뒤의 두 구절은 가을에 찾아온 강위와 함께 남쪽을 바라보며 적도 너머에 있을 노인성 즉 남극성을 찾아보자는 말인데, 2월경에 남쪽 지평선 가까이에서 드물게 잠깐 보이는 정도라고 하니 제주도가 남쪽 끝에 있음을 강조한 말이다. 달팽이집에 갇혀 있는 김정희 입장에서는 자유로이 찾아온 강위에게 부러움의 감정이 담길 수밖에 없었을 것이고, 정착할 안온한 삶을 찾지 못한 강위의 입장에서는 부러워하는 감정을 되받아 자신을 고난의 바다에 나루도 없이 떠도는 별이라고 자신의 시에서 표현한 것이다.

7. 남다른 학문

민노행과의 첫 대면 외에 별다른 자료가 남아 있지 않은 것처럼, 처음 스승으로 모시기 위해 찾아간 장면 외에 강위가 김정희에게 학습했던 과정이 어땠는지 구체적으로 파악할 자료도 남아 있지 않다. 그러나 분위기를 추정해볼 대목은 있다. 「효후 황옥에게 보낸 편지[上黃孝侯侍郎鈺書]」에서 강위는 자신의 스승으로 민노행과 김정희 두 사람을 언급하면서, 두 스승으로부터 들은 관점을 서술하고 있다. 두 스승이 "시경詩經 삼백 편은 모두 성현께서 분발하여 지으신 것이다. 태사공太史公의 이 의론은 그 자체로 확고한 것이다. 대개 성현이 아니라면 성현을 일으킬 수가 없고, 분발하지 않았다면 공자께서 산삭하여 경전으로 높이지 않았을 것이다"라고 하였다고 전하고 있다.[46]

태사공은 『사기史記』를 저술한 사마천司馬遷이다. 태사공의 의론이라고 되어 있는 '시경이 모두 성현께서 분발하여 지으신 것'이라는 말은, 사마천의 『사기』 「자서自序」에 나오는 말이다. 태사공의 의론에 덧붙여 성현과 발분의 의미를 풀어낸 것이 스승으로부터 들은 말이 된다. 그리고 이 말은 강위가 교정 현일皎亭玄鎰, 1807~1876의 시집 서문[47]을 쓰면서도 스승으로부터 들은 말이라고 하면서 인용하고 있다. 시경 삼백편은 민간에서 지어진 노래가 아니라 성현이 분발하여 지은 것이라는 말은 사마천이 한 말이고, 그 말을 인정하며 성현인 공자가 편집하여 시경이라는 경전으로 높이게 된 것은 원래 시경 삼백편이 민간에서 지어낸 것이 아니라 공자에 앞선 어느 성현이 감정을 쏟아 지어놓은 것이기 때문이라는 말은 두 스승이 한 말이다. 차란次蘭 성혜영成蕙永, ?~?의 시집 서문[48]에서는 동일한 내용을 자신의 언어로 활용하고 있다. 스승들로부터 들은 말을 자기 것으로 소화한 것으로 보면 될 듯하다.

그런데 여기서 이 논리를 전해준 사람을 두 스승이라고 표현한 것에 강위의 스승들에 대한 자세를 분석할 지점이 있다. 강위는 두 스승을 시차를 두고 따로 섬겼으므로 두 스승에게 동시에 들었을 수는 없다. 두 스승이 강위에게 동일한 내용을 발언할 수는 있어도 동시에 발언할 수는 없는 것이다. 이 말을 먼저 스승으로 모시던 민노행도 발언하고 나중에 스승으로 모시게 된 김정희도 발언했을 가능성도 있겠지만 둘 사이에도 착상의 선후가 있을 것이며, 이런 특수한 해석의 저작권을 두 사람에게 동시에 귀속시키는 것은 합당하지 않아 보인다. 민노행이나 김정희 둘 중 어느 한 사람에게 들었던 것으로 추정하는 것이 합리적일 것이다. 그러나 강위는 이 해석의 저작권을 두 스승에게 동시에 귀속시키고 있다. 강위로서는 두 스승의 남다른 지점을 남다르다는 공통성으로 인지하였기에, 두 스승을 하나의 인격처럼 동일하게 대하고 두 스승의 발언을 구별하지 않았던 것이다. 그리고 그 발언을 강위 자신의 말과 글로 여러 번 다시 반복하고 있다.

강위가 환갑을 맞이하여 지은 시의 한 부분에서 두 스승을 노후의 강위 자신이 어떻게 생각하고 있었는지도 짐작할 수 있다.

겨우 남아 있는 한 가지 사실은
득실得失과 장심匠心의 괴로움뿐.
스승과 벗을 성명性命으로 삼고
필묵으로 춤과 노래를 대신하였지.
오랜 세월도 눈앞의 한 순간
세계도 한 덩어리의 흙.
다만 스스로의 쾌락만을 추구하여

남들이 꾸짖고 화내는 것 알지 못했네.

只有一事實, 得失匠心苦.

師友爲性命, 筆墨代歌舞.

曠刦一睭眼, 大界一丸土.

但求自快樂, 不知人譏怒.[49]

원시에서 이 부분의 앞에 인용하지 않은 부분에서는, 어려서 큰 꿈을 꾸었던 것을 회상하고 늙어서 평생이 허무하다는 감상을 서술한 직후에, 위와 같은 시상을 전개하였다. 평생을 허무함으로 돌아보는 회고 속에 그래도 남아 있는 한 가지가 있다고 말하는 대목이며, 그 남아 있는 한 가지는 괴로움이라는 것이다.

강위가 표현하고 있는 하나의 괴로움이라는 것의 원인은, 하나가 아니다. 득실得失과 장심匠心 두 종류로 나누어볼 수 있다. 득실은 이해 판단을 말하는데 여기서는 국제 정세와 시사 속에서 자신이 평생 고심해 온 이해 판단을 말하는 것이고, 장심은 공들이는 마음을 말하는데 여기서는 창조적 문학성을 얻기 위해 자신이 평생 노심초사하며 시의 착상에 들여왔던 공을 말하는 것이다. 그러므로 하나는 시무를 적극적으로 해결하기 위한 노력으로 인한 괴로움이고, 또 하나는 문학적 성취를 이루기 위한 노력으로 인한 괴로움이다. 그리고 이 득실과 장심의 두 가지는 스승과 벗, 그리고 붓과 먹 사이에서 이루어지는 일들이다. 스승과 벗을 성명으로 삼았다고 하였다. 생명과 같다는 말이다. 붓과 먹을 춤과 노래로 삼았다고 하였다.

인생의 위안으로 삼았다는 말이다.

이 괴로움과 위안은 하나의 궤도를 이루는 두 개의 철로와 같다. 괴로움과 위안이 어우러져 강위의 인생이 전개되어 왔으며, 궤도 안에서 강위는 쾌락으로 표현된 자신의 포부 실현에 매달려 왔다. 그것 때문에 남들의 질타와 분노를 얻기도 하지만, 강위에게는 스승과 벗들이 있어 견디는 것이다. 인생의 위안이 되면서 생명처럼 소중한 존재로 스승과 벗을 꼽았다. 스승은 강위에게 민노행과 김정희 두 사람뿐이었다.

강위는 두 사람의 스승을 두 인격이 아니라 단일한 인격으로 받아들였다. 강위가 『중용』과 『고본대학』을 고증학적으로 접근한 저술 『용학경위합벽』을 저술하게 된 데에는 역시 민노행을 이어 김정희에게 배운 경력이 큰 기여를 한 것으로 보인다. 김정희는 24세에 부친이 동지부사冬至副使의 자격으로 청나라에 사신 갈 때에 수행하여, 북경에서 옹방강翁方綱 · 완원阮元 같은 당대 최고의 고증학자들과 접촉할 수가 있었다. 청대의 고증학자들은 "실사구시實事求是"를 학문의 기본 방법론으로 제시하였는데, 이 말은 본디 『한서漢書』 「하간헌왕전河間獻王傳」에 나오는 말로서 '실질적인 일에 나아가 옳음을 구한다', '사실을 얻는 것을 힘쓰고 항상 참을 구한다'로 풀이되고 있다. 이 실사구시의 방법론에 관한 김정희 자신의 산문이 『실사구시설』이며 여기에 덧붙인 「후서後敍」에서 민노행은 무릎을 치며 감탄하였다는 평을 남겼다.

학자들은 훈고를 정밀히 탐구한 한유漢儒들을 높이 여기는데, 이는 참으로 옳은 일이다. 다만 성현의 도는 비유하자면 마치 갑제 대택甲第大宅과 같으니, 주인은 항상 당실堂室에 거처하는데 그 당실은 문경門逕이 아니면 들어갈 수가 없다. 그런데 훈고는 바로 문경이 된다. 그러나 일생 동안을 문경 사이에서만 분주하면서 당堂에 올라 실室에 들어가기를 구하지 않는다면 이것은 끝내 하인下人이 될 뿐이다. 그러므로 학문을 하는 데 있어 반드시 훈고를 정밀히 탐구하는 것은 당실을 들어가는 데에 그릇되지 않게 하기 위함이요, 훈고만 하면 일이 다 끝난다고 여기는 것은 아니다. 그런데 특히 한나라 때 사람들이 당실에 대하여 그리 논하지 않았던 것은 그때의 문경이 그릇되지 않았고 당실도 본디 그릇되지 않았기 때문이었다.

그런데 진晉·송宋 이후로는 학자들이 고원高遠한 일만을 힘쓰면서 공자孔子를 높이어 '성현의 도가 이렇게 천근淺近하지 않을 것이라'고 하며, 이에 올바른 문경을 싫어하여 이를 버리고 특별히 초묘 고원超妙高遠한 곳에서 그것을 찾게 되었다. 그래서 이에 허공을 딛고 올라가 용마루[堂脊] 위를 왕래하면서 창문의 빛과 다락의 그림자를 가지고 사의思議의 사이에서 이를 요량하여 깊은 문호와 방구석을 연구하지만 끝내 이를 직접 보지 못하고 만다. (…중략…)

대체로 성현의 도는 몸소 실천하면서 공론空論을 숭상하지 않는 데에 있으니, 진실한 것은 의당 강구하고 헛된 것은 의거하지 말아야지, 만일 그윽하고 어두운 속에서 이를 찾거나 텅 비고 광활한 곳에 이를 방치한다면 시비를 분변하지 못하여 본의本意를 완전히 잃게 될 것이다. 그러므로 학문하는 방도는 굳이 한漢·송宋의 한계를 나눌 필요가 없고, 굳이 정현鄭玄·왕숙王肅과 정자程子·주자朱子의 장단점을 비교할 필요가 없으며, 굳이 주희朱熹·육구연陸九淵과 설선薛瑄·왕수인王守仁의 문호를 다툴 필요가 없이 다만 심기心氣를 침착하게 갖고 널리 배우고 독실히 실천하면서 '사실에 의거하여 진리를 찾는다'는 한 마디 말만을 오로지 주

장하여 해나가는 것이 옳을 것이다.[50]

청나라 고증학은 성리학과 양명학 등 유학이 사변철학적 논리로 치달아가던 송나라와 명나라 시대의 학문 경향에 대한 일종의 반발로 성립되었다고 할 수 있을 것이다. 주관적 해석에 의해 철학 체계를 구성하는 것을 경계하고 경전의 한 글자 한 구절의 정확한 의미를 계보적으로 파악하는 것을 주장하며, 한나라와 당나라 시대의 훈고학을 계승한 것이다. 위의 「실사구시설實事求是說」에서 김정희가 "학자들은 훈고를 정밀히 탐구한 한유漢儒들을 높이 여기는데, 이는 참으로 옳은 일이다"라고 한 것은 바로 청나라 고증학의 학문 풍토에 동조하는 의견인 것이다. 여기에 또 한가지 주목할 견해가 있는바, "대체로 성현의 도는 몸소 실천하면서 공론空論을 숭상하지 않는 데에 있"다고 한 말이다. 그 방법론으로서 "사실에 의거하여 진리를 찾는다"는 실사구시가 놓인 것이다. 김정희는 실사구시설을 통해, 과학적 학문론과 도덕적 실천론을 일치시키는 방향의 방법을 제시한 것이다. 강위가 개화기의 막후에서 국제 정세에 관한 정보를 수집하고 분석하며 남다른 자기 견해를 갖게 된 것은 과학적 학문론의 성과로 볼 수 있겠으며, 개화와 진보를 향한 실천은 도덕적 실천론의 성과로 볼 수 있다. 여기 강위가 그러한 성과를 얻은 것의 뿌리에 김정희가 있었음을 유추해볼 수 있을 것이다.

강위가 김정희를 제주도에서 모시고 있던 시절의 기록은 아니지만, 나중에 김정희가 강위에게 답신한 편지가 몇 통 남아 『완당집』에 수록되어 있다. 강위가 보낸 편지의 일부가 완당집에 수록되어 있을 뿐 보낸 편지 전부가 남아 있지는 않다. 정확한 연도를 추정할 수도 없지만, 김정희 주변을 떠나 있었던 시절임을 짐작할 수 있다. 이 편지를 통해 강위가 김정희에게 배웠던 것의 일단을 또 다른 각도에서 추정해볼 수 있다.

강위의 질문

어떤 것이 바로 "하늘이 검고 땅이 누른 것"입니까? 제자가 눈먼 소경이 아니온데, 어찌하여 능히 그 색을 분변 못하는 것입니까?

지난번에 올린 "예 아니면 보지 말라"에 대한 설은, 과연 그럴 만한 까닭이 있어 터져나왔던 것이니, 대개 이청전李靑田 선생과 더불어 예를 말하다가 의견이 맞지 않아, 한때 우연히 기록한 바 있었습니다.

지금 선생님께서 생천生天과 천생天生을 들어 한 마디 말씀으로 벽파해 주시니, 진실로 상쾌함을 느끼옵니다마는, 그러나 『역易』「계사繫辭」에 이런 말이 있지 않사옵니까. 『역』에는 태극太極이 있어 이것이 양의兩儀를 낳았다 하였으니 양의란 천지를 두고 이름이온즉, 생천生天이라 일러도 가할 것입니다.

극기克己의 기己는 곧 명덕明德을 두고 이른 것이므로 당고唐誥에 "극명덕克明德이라 일렀으니, 만약 기己가 바로 명덕이라 믿을진댄, 어찌해야 극克이 되느냐가 주요하며, 이른바 명덕이란 눈으로 보고 귀로 듣고, 손으로 가지고, 발로 다니는 것이 다 명덕이니, 만약 이것들이 바로 명덕이라 믿을진댄 어떻게 해야 극克이 되옵니까?"

선생께서 이 말을 들으시면 반드시 믿지 않으실 것이니, 그 믿지 않으심이 바로 극克하지 못하심이 아니겠습니까? 불극不克을 알게 되면 곧 극克을 알 것이온데, 만약 거룩하신 가르침과 같다면 이는 바로 극물克物이요 극기克己는 아니니 기

己를 극克하지 못하면서 오히려 극克한다 이를 수 있겠습니까?

김정희의 답변

생천生天의 설은 진실로 자네 말이 소명昭明함과 동시에 반般의 문에서 도끼를 놀렸다는 것을 스스로 깨달았을 따름이로세.

내가 전번에 생천生天을 꼬집어 말했던 것은 무릇 날로 쓰는 문자에 있어 이렇게 거꾸로 된 것은 없다 여기기만 하고, 전연히 "태극이 양의兩儀를 낳았다"는 말은 생각지도 못했는데, 마침내 그대의 가르침을 받고서 흐릿한 의심[未瑩之疑]을 타파하게 되었으니 바야흐로 말이란 그만큼 하기 어렵다는 것을 알게 되었네.

더욱이 극명덕克明德의 설은 이제 또 자세히 보여 주어 나의 불신不信을 불극不克이라 하고 또 불극을 극克이라 하였으니, 나같이 용루庸陋한 몸이 만약 이 경지에 이른다면 어찌 크게 함이 있을 만하지 않겠는가. 도리어 남이 비웃을 만할 일이 될 뿐이로세.

"예 아니면 보지 말라"는 것은 곧 이른바 "물物이 아니면 보지 말라"는 것이니 보기 전에는 예인지 예 아닌지도 역시 분석하기 어려울 것이며, 극기克己의 기己 자도 또한 극물克物의 물物 자에 있지 않겠는가. 이것이 나로서는 조심하여 멀리한 까닭으로서 전혀 보지 않는 것을 든 것도 또한 극기克己가 그 속에 있는 것이 아니겠는가.

더구나 사람이 평소에 악한 것은 아니하고 어진 일만 잘 하는데, 졸지에 횡액이 오는 것을 피하지 못하여 비록 인仁을 잃어버리고 악을 하는 일이 있을지라도 권력은 족히 오는 횡액을 배격할 수 있을 것이니, 그렇다면 비록 극기克己는 못할지라도 도리어 극물克物은 되는데 또 어찌 반드시 극기를 해야만 극물한다 하겠

는가. 극기와 극물은 아무래도 먼저와 뒤에 달려 있는 것은 아니라 생각되네.[51]

고전을 종횡으로 인용하여 논변을 펼치던 조선시대 문인들의 학문 수준에서도 최상의 수준에서 강위와 김정희가 논변을 주고 받았기에 위 편지의 내용에 하나하나 주석을 달면 꽤 복잡해지겠으므로, 간략히 내용만 파악해 보자. 이 편지에 앞서 강위가 "예가 아니면 보지 말라[非禮勿視]"는 말이 있다고 해서 "보지 않으면 예가 된다[勿視則禮]"는 말을 해도 되는가라는 질문을 보낸 것에 대해, 김정희는 그럴 리가 있겠는가라며 말을 뒤집어서 말이 된다면 "하늘이 낳는다[天生]"는 말을 뒤집어 "낳은 하늘[生天]"이라는 말을 만들어내는 것과 무엇이 다르겠는가라고 답하였다.[52] 여기에 대해 다시 강위가 질문을 보낸 것이다. 자신은 말장난하려고 보낸 것이 아니라 이청전李靑田[53]과 논변을 주고받다가 풀리지 않는 점이 있어서 질문한 것인데 천지현황도 구분 못하는 사람으로 취급당한 셈이라 속상하다는 하소연으로부터 시작하였다. 그리고 김정희의 답변에서 꼬투리를 잡아서 태극太極이 양의兩儀를 낳았고 양의란 천지天地를 말하는 것이니 "생천生天"이란 말이 있

〈그림 14〉 김정희 초상
출처 : 위키피디아

을 수 있다고 하였다.

이에 대해 김정희는 자신이 했던 말이 "반문에서 도끼 놀리기"였다고 농담조의 사과를 하고 있다. 공수반公輸般이라는 명장 앞에서 용렬한 목수가 도끼를 놀리며 건방을 떤다는 속담이다. 자신의 답변은 서툰 목수의 솜씨였고 강위의 역질문은 공수반의 수준이었다고 칭찬한 것이다. 그러면서 두 사람이 두 차례에 걸쳐 주고받은 문답의 핵심을 놓치지 않고 답하였다. 당초 질문의 "예가 아니면 보지 말라"는 말의 뜻은 상황을 외면하는 것이 아니라는 것이며, 상황을 외면하고 이룰 수 있는 인仁은 제대로 된 인이 아니라는 말이다. 이 편지를 통해서도 스승과 제자 사이에서, 사태를 규정하는 용어를 학술적 검증을 통해 엄정하게 사용하고, 다양한 상황을 설정하여 실천적 도덕을 추구하던 예를 볼 수 있다. 이것을 통해 어렴풋하게나마 강위가 스승에게 배운 "실사구시實事求是"의 일단을 짐작해볼 수 있는 것이다.

김정희는 실사구시의 고증학자이며 금석학자로서 북한산순수비北漢山巡狩碑를 발견하였고, 추사체秋史體로 지칭되는 그의 독자적 서체를 구현하여 최고의 서예가였고, 세한도歲寒圖처럼 학술적 깊이와 사유가 잘 표현된 문인화를 그려낸 화가이기도 하였고, 수많은 호를 수많은 도장에 직접 새겨넣은 전각으로 추사각풍秋史刻風을 만들어내기도 하였고, 품격品格과 성령性靈의 겸비를 지향하는 시론을 제시하도 하였으며, 문자향文字香과 서권기書卷氣가 담긴 난 그림을 추구하여 하나의 풍을 개척하기도 하였다. 그는 19세기 중반 조선의 문학, 예술, 학문 전 분야에 가장 거대한 인물 중의 하나였다.

김정희의 문학, 예술, 학문의 거대한 성취를 따라, 많은 사람들이 김정희를 스승으로 모시며 주변에 모이게 되었다. 양반과 왕족, 중인층과 다양한 계층의 서화가들이 모여들었는데, 옥수玉垂 조면호趙冕鎬, 1803~1887, 위당威堂 신헌申櫶, 1810~1884, 유재留齋 남병길南秉吉, 1820~1869, 추당秋堂 서상우徐相雨, 1831~1903, 표정杓庭 민태호閔台鎬, 1834~1884, 이재頤齋 유장환兪章煥, 1798~1872 등의 양반층 제자와 왕족인 대원군 석파石坡 이하응李昰應, 1820~1898이 있었고, 우선藕船 이상적李尙迪, 1804~1865, 역매亦梅 오경석吳慶錫, 1831~1879, 소당小棠 김석준金奭準, 1831~1915 등의 중인층 제자가 있었으며, 우봉又峯 조희룡趙熙龍, 1797~1859, 고람古藍 전기田琦, 1825~1854, 소당小塘 이재관李在寬, 1783~1837, 소치小癡 허련許鍊, 1809~1892, 희원希園 이한철李漢喆, 1808~?, 혜산蕙山 유숙劉淑, 1827~1873, 학석鶴石 유재소劉在韶, 1829~1911, 북산北山 김수철金秀哲, ?~? 등의 다양한 계층의 서화가들이 있었다.[54] 강위는 김정희의 제자 중의 한 사람이 되었다. 김정희를 통해 김정희 주변에 모인 사람들과 관계를 맺으면서 강위는 또 교유를 넓히게 된다. 그중 특히 혁혁한 무과 집안이었던 위당 신헌과의 교유는 각별히 기억해둘 만하다. 신헌은 1843년 전라우수사로 부임하여 제주도에 유배되어 있던 김정희에게 물품과 편지를 보내며 인사를 올렸고, 김정희는 자신의 주변 인물들을 신

〈그림 15〉 작자 미상의 신헌 초상

헌에게 소개하며 교유하도록 하였다.[55] 신헌은 강위를 후원하며 더욱 깊은 교유를 맺게 된다. 나중에 강위가 통영과 무주 등으로 거처를 옮기며 지내게 된 것은 신헌의 근무지 혹은 유배지를 따라다닌 결과이며, 더 나중에 강위가 강화도조약의 막후에서 활동하게 된 것도 당시 전권대신의 자격으로 참여하고 있던 신헌과의 친분 때문이었던 것이다.

1848년 63세의 김정희가 드디어 제주도 유배에서 풀려 돌아올 때, 유배지에서 스승을 모시던 29세의 강위도 함께 돌아왔다. 당연한 일이겠지만 김정희는 자신의 집으로 돌아가고 있었는데, 강위에게는 집으로 돌아가는 일이 당연하지 않았다. 돌아오는 길에 강위는 스승에게 전국을 유람해 보고 싶은 꿈이 있다고 얘기했다. 스승은 제지하였다. 강위는 스승의 말씀을 거역하지 못했다. 대신 스승 김정희는 강위를 서울까지 데려가서 자신의 거처에 머물게 하고 자신의 장서를 두루 읽게 하였다. 학문에 대한 진지한 태도를 전국 유랑으로 낭비하겠다는 것이 안타까웠을 것이고, 강위가 그 태도로 김정희 자신이 추구하는 학문의 길을 이어주기를 바라는 마음도 있었을 것이다. 실사구시학의 대가였던 김정희의 장서는 어마어마한 규모였다.

두 해 동안 강위는 김정희의 서적들 사이에서 길을 찾고 있었다. 김정희의 서적들 사이에서 찾아질 것 같던 길이, 그러나 나타나지 않았다. 강위는 책에서 찾아지지 않는 그 길의 단서를 책 밖에서라도, 세상 어디에서라도 반드시 찾고 싶었다. 단서가 감춰져 있을 책 밖의 세상 구석구석을 뒤져보지 않고는 견딜 수가 없었다. 유랑의 기회는 세 해를 넘겨 다시 찾아왔다. 1851년 32세의 강위는 스승이 다시 북청으로 유배되자 따라갔다가 스승의 허락을 얻어 북부 일대를 유람하였고, 이때 김정희는 강위를 '또 하나의 정수동'으로 표현하기도 하였다. 1852년 스승이 귀양지에서 풀려나자 강위는 스승을 하직하고 본격적인 방랑을 시작하였다.

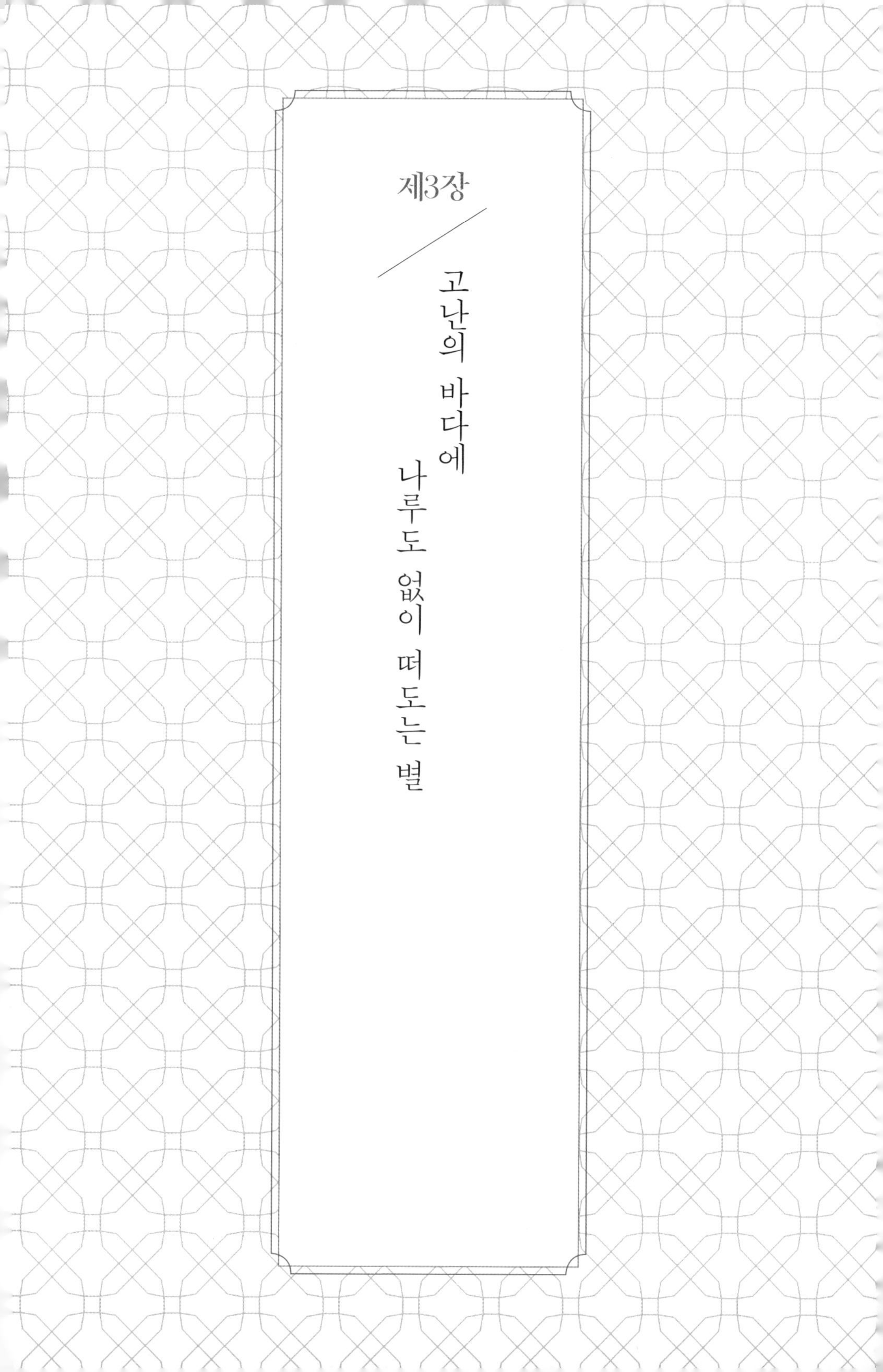

제3장

고난의 바다에 나루도 없이 떠도는 별

1. 평생 멀리 떠나고 싶은 마음

1846년 제주도에서 담장 밖을 벗어날 수 없는 위리안치의 유배 생활을 하고 있던 김정희를 찾아갔을 때, 김정희가 제주 바다를 건너다니며 하늘에 부는 바람처럼 자유롭게 다니는 강위를 부러워하는 듯한 시를 지어주자 강위는 "고난의 바다에 나루도 없이 떠도는 별"이라고 자신을 표현하는 시로 화답하였던 바 있다.[1] 그것은 그러나 유배지 담장 안에 묶여 오히려 자신을 부러워하는 스승에 대한 위로의 표현만은 아니었다. 강위의 삶의 한 축은 멀리 떠나고픈 의지로 점철되어 있었고, 실제로 강위는 나중에 19세기 조선에서 가장 멀리 다녀본 사람 중의 하나가 되었다. 그는 조선의 남단 제주도에서 북단 함경도까지 두루 다녔고, 중국과 일본을 여러 차례 다녀왔고, 말년에는 유럽으로 가려다가 좌절된 바도 있었다. "어려서부터

〈그림 1〉 김정희의 제주도 유배지

멀리 다니고 싶은 흥취가 있었는데 늙도록 잦아들지 않아, 입만 열면 멀리 가고 싶다는 말을 하게 되니 아주 괴이한 일이다"라고 강위 62세에 스스로 회고한 말이 있다.[2] 길 위에서 삶을 찾아다닌 셈이다. 어려서의 커다란 포부와 그것을 담아내지 못하는 현실 사이의 갈등이 청년 이래 길 위의 삶을 추구하게 된 것이 아닐까.

1848년 김정희가 석방되어 제주도에서 육지로 돌아오게 된다. 이때 29세의 강위는 전국을 마음대로 떠돌아다니고 싶어서 돌아오는 바다 위에서 김정희에게 하직 인사를 올렸다.

> 김정희 공이 해배되어 돌아오는 길에, 강위 군은 바다 위에서 공께 하직 인사를 올리고는 전국 유람을 실행하고 싶다고 하였다. 김정희 공이 말려서 함께 서울로 돌아왔고, 공이 소장한 책들을 내주며 두루 읽게 하였다.[3]

김정희는 하직 인사를 만류하였고, 함께 서울로 돌아와 자신의 집에 머물며 소장한 책들을 두루 읽도록 시켰다고 기록된 위의 자료는, 강위의 관주 역할을 하며 후원하던 정건조가 작성한 것이다. 유배당하기 전 김정희의 서울 거처였던 장동의 월성위궁은 유배 과정에서 몰수되어 있었기에, 김정희는 제주 유배에서 풀려나자 서울이 아닌 예산의 향저에서 생활하다가, 곧 용산의 강상江上에 거처를 마련하였다.[4] 김정희가 서울에서 머물며 소장한 책을 두루 읽게 만들었다고 하였으니, 이 시기 강위는 바로 이 김정희의 강상 거처에 머물며 지냈을 것이다. 김정희는 여기서 3년을 머물다가 다시 유배를 떠나게 된다. 김정희가 다시 북청으로 유배를 떠나게 되기까지 3년 동안 강위는 김정희의 강상 거처에서 김정희가 내어주는 책을 읽으며 서울의 다양한 인사들과 교유하였을 것이다. 강위는 김정희의 유뱃길을 함께 하였다.

양사에서 합계合啓하기를,

"아! 통탄스럽습니다. 나라의 기강이 비록 점차 퇴폐해지고 세변世變이 비록 겹쳐 생긴다고는 하지만 어찌 김정희처럼 지극히 흉악하고 또 요사한 자가 있겠습니까? 대개 그는 천성이 간독奸毒하고 마음씀이 삐뚤어졌는데 약간의 재예才藝가 있었으나 한결같이 정도正道를 등지고 상도常道를 어지럽혔으며, 억측臆測하는 데 공교했으나 나라를 흉하게 하고 집에 화를 끼치는 데서 벗어나지 않았습니다. (…중략…) 연전에 사유赦宥받아 돌아온 것은 선대왕先大王의 살리기를 좋아한 성덕에서 나온 것이니, 그가 만약 조금이라도 사람의 마음이 있고 조금의 신하된 분의가 있었다면, 진실로 마땅히 돌아가 선롱先壟을 지키며 움추리고 조용히 살다가 죽어야 합니다. 그런데도 오히려 다시 방종하여 거리낌이 없었고 제 멋대로 날뛰었습니다. 3형제三兄弟가 강교江郊에 살면서 성안에 출몰하여 묘당廟堂의 사무事務를 간여하지 않음이 없었고 조정의 기밀을 갖가지로 염탐하며 반연攀緣의 길을 뚫어 액속掖屬과 체결하였으니, 정적情迹이 은밀隱密하여 하지 못할 짓이 없었습니다. 이에 평생 사생死生을 함께 하기로 맹세한 권돈인權敦仁과 합쳐 하나가 되어 붕비朋比를 굳게 맺어 어두운 곳에서 종용하여 그의 아비를 신복伸復할 수 있다 하여 역명逆名에서 벗어나게 할 것을 꾀하고, 온 세상을 겸제鉗制할 수 있다 하여 국법國法을 농락하였으며, 심지어 권돈인은 공공연히 추켜 말하여 꺼리는 바가 없었으니, 이는 이미 하나의 큰 변괴입니다. 비록 이번의 일로 말하더라도 더할 수 없어 엄중한 조천祧遷의 예에 감히 참섭하여 형은 와주窩主가 되고 아우는 사령使令이 되어 가는 곳마다 유세遊說하여 헌의獻議에 함께 참여하기를 요구했습니다. 비록 중론衆論이 올바른 데로 돌아감을 인하여 계책이 끝내 이루어지지는 않았으나, 말이 유전流傳되어 열 손가락으로 지적함을 가릴 수가 없게 되었습니다. 아! 그가 경영經營하고 설시設施한 것은 패악한 논의를 힘껏 옹호하여 반드시 나라의 예禮를 무너뜨리고 사람의 귀를 현혹시키려고 한 것이니, 그 마음에 간직한 것을 길 가는 사람들도 알 수 있습니다. 이런데도 그 병통을 명시明示하여 어지러운 싹을 통렬히 꺾어 버리지 않는다면 또 어떤 모양의 놀라운 기틀이 어떤 곳에 숨어 있을지 모릅니다. 생각이 여기에 미치니, 어찌 떨리고 한심하지 않겠습니까? 또 그가 이른바 체결했다고 하는 액속掖屬은 바로 오규일吳圭一과 조희룡趙熙龍 부자父子가 그들입니다. 하나는 권돈인의 수족手足이 되고 하나는 김정희의 복심腹心이 되어 심엄深嚴한 곳을 출입하면서 사찰伺察한 것은 무슨 일이겠으며, 어두운 밤에 왕래하면서 긴밀하게 준비한 것은 무슨 계획이겠습니까? 빚어낼 근심이 거의 수풀에 숨은 도둑과 같아 장래의 화禍가 반드시 요원燎原을 이룰 것이니 어찌 미천한 기슬蟣虱의 유類라 하여 미세한 때에 방지하여 조짐을 막는 도리를 소홀히 하겠습니까? 청컨대 김정희는 빨리 절도絶島에 안치安置를 시행하고, 그의 아우 김명희金命喜·김상희金相喜에게는 아울러 나누어 정배하는 벌을 시행하며, 오규일吳圭一과 조희룡趙熙龍 부자 역시 해조로 하여금 우선 엄히 형문刑問하여 실정을 알아내어 쾌히 해당되는 율을 시행하소서".[5]

위에 보인 양사의 합계는 김정희로서는 분하고 원통한 참소讒疏였겠으나, 지금 읽어보면 악의적인 비방 가운데에서도 김정희의 학술과 예술의 경지는 인정하는 발언이 있으니, "약간의 재예가 있었"다고 한 대목이 새삼 주목된다. 제주도 유배에서 풀려난 뒤 고향에 머물며 자중할 것이지 서울 근교에 살면서 정치에 관여한 것이 큰 죄라고 악담을 퍼부으며 아무리 적대적 시선으로 보아도, 김정희의 학술과 예술의 수준을 언급하고 넘어가지 않을 수 없을 정도로 수준이 높았던 것이다. 이 무렵 권돈인權敦仁, 1833~1859은 영의정으로 있으면서 왕실 위패를 옮기는 문제로 장동의 안동 김씨 세력으로부터 공박을 당하고 있었다. 여기에 권돈인과 친하게 지내던 김정희가 말려들게 된 것이다.

권돈인은 김정희와 정치적 동지이기도 하였으며 함께 청나라의 서화를 연구하기도 하였고, 권돈인이 그렸던 〈세한도歲寒圖〉는 김정희의 〈세한도〉와 화풍에 있어서 깊은 관련을 갖고 있을 정도로 학술과 예술의 동반자이기도 하였다.[6] 사실 김정희가 제주도 유배에서 풀려나게 되는 데에는 권돈인의 배려가 있었던 것이므로, 권돈인과 각을 세우고 있던 안동 김씨 세력으로서는 김정희를 권돈인과 엮어서 몰락시키고 싶었던 것이다. 사헌부司憲府와 사간원司諫院을 장악하고 있던 안동 김씨 세력은 이 양사를 활용하여 연일 권돈인 공박하였으며, 그들의 승리 덕분에 권돈인은 강원도 화천으로 귀양을 가게 되었다가, 나중에 경상도 순흥으로 유배지를 옮겼다. 권돈인의 귀양을 성사시키자 이번에는 김정희를 엮어들이기 위해 집중하였으며, 위와 같은 양사 합계를 내었던 사헌부와 사간원은 다음 날 김정희를 북청으로 유배보내는 성과를 얻게 되었다. 이때 김정희의 제자로 서리직에 있던 여항인 서화가 조희룡趙熙龍, 1789~1866도 권돈인과 김정희가 유배를 가게 되는 사태의 소용돌이에 말려들어가 임자도로 유배를 떠나게 되었다.[7]

위에 보인 양사의 합계가 있던 다음 날인 1851년 7월 22일 김정희는 유배를 받아 북청北靑으로 떠나게 된다. 함경남도 동남부에 있는 북청까지 가는 길은, 경기도 포천과 강원도 철원과 회양을 지나 철령을 넘어 함경도 함흥을 거쳐, 다시 함관령을 넘어 북청에 이르는 것이었다. 이마까지 잠기는 물을 건너고 촉박한 일정으로 빗속을 뚫고 걸어서 한 달만인 8월 26일 북청 성문 밖에 이르렀다. 이 길을 김정희 집안의 철서鐵胥라는 하인과 강위가 함께 하였던 것이다.[8] 북청까지 동행했던 강위가 스승의 유배지에서 어떻게 지냈는지 짐작하게 해주는 자료가 하나 있다.

> 자기慈屺는 이따금 드나드는데, 홍원과 함흥의 여러 산사에서 떠돌고 있다고 했네. 칠팔백 리 험난한 길을 보름 남짓 걸어 함흥에 도착했으니, 여기서 함경도까지는 겨우 이백 리 정도이네. 이처럼 방달하여 검속함이 없어 수동壽銅까지 하나 더 붙었으니 웃을 수밖에 있겠나?[9]

자기慈屺는 김정희가 지어준 강위의 자字이다. 제주도 유배 시절의 위리안치보다는 나은 조건에서 생활하고는 있지만 스승 김정희가 북청을 벗어나지 못하는 유배 생활을 하고 있는데, 스승의 유배 수발을 들겠다고 따라온 강위가 홍원과 함흥의 산속을 헤매고 다니면서 절에서 숙식을 해결하며 지내다가 가끔 스승에게 들르는 정도로 지내고 있었던 듯하다. 함경도까지의 거리 이백 리 운운은, 함경도 관찰사의 본영이 함흥에 있고 북청에서 함흥까지의 거리가 대략 200리 가량이 되므로, 여기서는 함흥까지의 거리를 말하는 것으로 보인다. 이백 리 거리를 칠팔백 리 만큼 걸어갔다는 말은, 길을 따라 똑바로 간 것이 아니라 갈지자로 여기저기 돌아다니면서 갔다는 것이고 그 돌아간 거리가 원래 거리의 4배가 된다는 말이다. 인용문은 김정희가 집으로 보내는 서신에서 동생들에게 강위의 방랑을 언급하는 내용이다. 여기서 김정희는 강위를 방달하여 검속함이 없다고 표현하였다. 제주도에서 강위가 찾아왔던 첫 겨울을 함께 보내면서 집으로 보낸 편지에서 동생에게 "강생姜生은 속에 간직한 것만 충실할 뿐이 아니라 인품도 대단히 훌륭하여 말속末俗에 있기 드문 사람일세"라고 했던 것과는 사뭇 다른 인상을 갖게 된 것이다.[10] 그 인상을 "수동壽銅까지 하나 더 붙었다"고 표현하였다. 이 대목에서 김정희는 강위의 인상에서 정수동鄭壽銅의 인상을 겹쳐보게 된 것이다.

2. 또 하나의 정수동

정수동은 김정희의 제자이기도 하였던 정지윤鄭芝潤, 1808~1858의 호이다. 정수동은 경주의 정만서鄭萬瑞, 평양의 봉이鳳伊 김선달金先達, 영덕의 방학중 등과 함께 기존의 이념과 질서에 기발한 해학으로 도전하는 인물로서 야담의 주인공으로 되어 있다. 이 19세기 야담의 주인공들 중에서 실재 인물로 확인된 사람은 정수동뿐이다. 실존 인물 정수동의 실제 기행이 야담으로 지어낸 이야기의 주인공들과 같은 수준이었던 것이다. 당시 세도 정권의 핵심 인물 중 하나이면서 정수동의 후견인 역할을 했던 조두순趙斗淳, 1796~1870이 기록한 정수동의 기행 중에는 이러한 것도 있다.

내가 사역원을 관장할 때에, 월급을 따져보고 그 녹미錄米를 나누어주려 하며 말하길,

"그대는 반드시 오언시백운五言詩百韻을 지어서 값을 치르라"

하니 하룻밤 만에 완성하였는데 마치 구슬을 꿴 것 같았다. 시험을 치를 때에 역과譯科의 책을 집어서 읽게 하니, 눈을 부릅뜨고 좌우를 보면서 읽지 않다가,

"저는 이것을 모릅니다"

라고 하였다. 진실로 그것을 탐탁하게 여기지 않은 것이리라.[11]

정수동은 역관譯官 가문 출신으로, 그가 생계를 유지하는 방법은 역관이 되어 통역의 일을 맡아보는 것밖에는 없었다. 조선 후기 사회에서 신분적으로 고착된 기능직 중인으로서 별다른 방법이 없었던 것이다. 백운에 이르는 오언시에 소요되는 한자는 모두 1천 개이다. 조두순의 요구에 1천 개의 한자로 운자를 맞춰가며 하룻밤에 지어바친 것처럼 뛰어난 시적 재능을 통해 보면 역과의 취재시험을 통과하기가 그리 어렵지 않을 터이기에, 조두순은 그가 역관이 되어 생계를 유지하도록 주선했던 것이다. 그러나 정수동은 조선 후기 신분제 사회에서 제한된 역할만 주어지는 중인으로서의 삶을 거부하였다.

그보다 앞서 국왕 정조正祖는 중인들의 문제를 거론하며, "소위 중인이라는 명분은 나아가도 사부가 될 수 없고 물러서도 상천이 될 수 없어서, 스스로 낙척하다 여기고 실용적인 일에 뜻을 두지 못한다. 간혹 재주가 조금 있는 사람이라 하더라도 기량을 발휘할 곳을 얻지 못하여 문득 망상이 생기고 새롭고 좋은 것만을 숭상한다. 공부를 한 사람이라 하더라도 경학에

종사하는 사람은 아니다"[12]라고 말한 바 있다. 통치자의 입장에서 신분 구조에 순응하지 못하는 중인들을 골칫거리로 여긴 것이 분명하다.

그리고 이상적李尙迪, 1804~1865은 정수동의 삶을 "집을 나서면 즐거워하고 집에서는 우울해 하며, 사십 년 동안 잔뜩 마시고 미친 듯 노래 불렀지"[13]라고 표현한 바 있다. 이상적의 이 표현은 「정수동이 묘향산에 들어가 중이 되었다는 말을 듣고[聞鄭壽銅入香山爲僧]」라는 시에 적어 놓은 것이다. 정수동의 아내가 출산 과정에서 난산증을 겪자 정수동이 약을 지어 돌아오는 길이었는데, 길에서 금강산 유람을 가는 친구를 만나자 그 길로 약을 소매에 담은 채 친구를 따라 관동 유람을 하고 온 일이 있었다.[14] 이때 뜬금없이 중이 되었다는 소문이 나서 친구들이 모두 경악하는 중에 이상적이 시를 지은 것이었다. 정수동은 제 가족을 품을 만큼의 여유도 없는 황량한 내면을 갖고 여기저기 방랑하다가는 또 그럭저럭 돌아오곤 하였다.

김정희가 정수동의 시적 재능과 기행을 듣고 기특하게 여기며 정수동을 자기 집에 머무르게 하면서 공부를 시키려고 하였는데, 몇 달 동안은 책만 읽다가 어느날 갑자기 도망을 쳤으며, 김정희가 다시 잡아다가 겉옷까지 벗겨놓고 도망을 못 가게 해도 계속 도망친 사실도 있다.[15] 김정희가 제주도 유배에서 풀려나 돌아오는 배 안에서 강위가 유랑을 다니겠다는 걸 만류하고 자신의 서울 거처로 데리고 와서 책을 읽도록 시킨 것도, 아마 강위에게서 강위보다 열두 살 많은 낙척시인落拓詩人 정수동의 인상이 떠올라서였을 수도 있을 듯하다.

강위가 스승의 유배지에 따라 나섰다가 함경도 일대를 한참 헤매다니던 1852년 전후로 정수동은 한양에서 헤매고 있었다. 정수동의 인상을 선

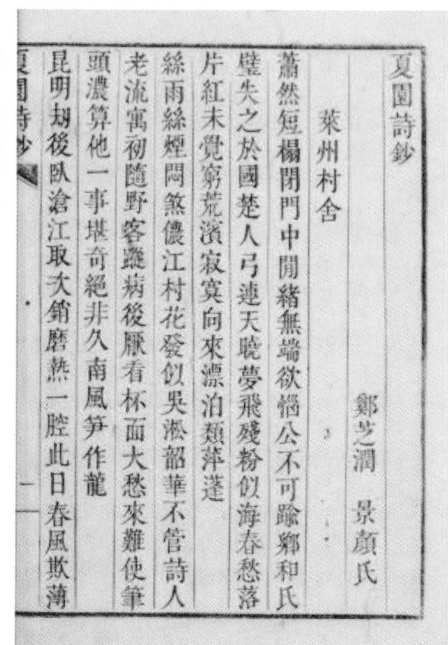
夏園詩鈔

鄭芝潤 景顔氏

萊州村舍

蕭然短榻閉門中閒緒無端欲惱公不可蹤鄕和氏
璧失之於國楚人弓連天曉夢飛殘粉似海春愁落
片紅未覺窮荒濱寂寞向來漂泊類萍蓬
絲雨絲煙閙煞儂江村花發似吳淞韶華不管詩人
老流寓初隨野客蹤病後厭看杯面大愁來難使筆
頭濃算他一事堪奇絶非久南風箏作龍
昆明刼後臥滄江取次銷磨熱一腔此日春風欺薄

夏園詩鈔

〈그림 2〉 정수동의 시집 『하원시초(夏園詩鈔)』의 표지와 1면

명하게 갖고 있던 김정희가 강위에게서 정수동의 인상을 읽어내었다는 것은, 이제 김정희가 제주도에 찾아왔던 강위의 첫인상과는 전혀 다른 인상으로 강위를 생각하고 있다는 사실을 알 수 있다. 역관 가문 출신의 정수동은 역관직을 수행하지 않고 술과 시와 방랑으로 평생을 보내며 기행을 일삼았다. 한미한 무관 가문인 자신의 출신 환경에 순응하지 않고 시와 방랑을 시작하는 강위에게서 정수동의 인상을 읽어낸 것은 어쩌면 날카로운 관찰이었다. 이상적이 정수동을 놓고 표현한바, "집 나서면 즐겁고 집에서는 우울"이라는 말은 고스란히 강위에 대한 표현으로 옮겨도 무방할 만했다. 집이라는 현실의 구도에서는 벗어날 수 없는 우울이 있고, 현실의 구도를 떠난 산과 절간 같은 집 밖에서는 그나마 우울을 벗어나는 소극적 즐거

움이 있는 인생은, 정수동과 강위가 공통으로 겪은 것이다. 강위는 "평생을 멀리 떠나고 싶었다"고 여러 번 회고한 바 있었다.[16] 뛰어난 능력과 한미한 출신이 모순되어 있는 현실의 구도를 훌훌 떨쳐버리고 싶은 마음은 두 사람이 공통으로 갖고 있던 것이다. 정수동과 공통되는 강위의 방랑은 제약된 현실을 넘어서고 싶은 욕망의 표현이었다.

여기에 한 가지 공통되는 사실 하나를 더 짚어보자면, 두 사람 모두 신분고하를 불문하고 타인을 평등하게 대했다는 사실이다. 강위가 노비부터 고관대작에 이르기까지 모두에게 동일한 존댓말을 사용하였다는 윤효정의 기록을 1장에서 거론한 바 있다.[17] 김택영도 강위의 이러한 태도에 대해 기록하면서 "유독 가난하고 비천하여 좌절한 사람들과 어울려 놀기를 좋아하여, 비록 소잡는 백정이나 걸인들에게도 허리를 숙이며 예를 갖추었다"[18]고 했다. 정수동과 가까이 지냈던 장지완張之琬, ?~?은 정수동의 묘지명에 "공경대부公卿大夫로부터 가난한 선비에 이르기까지 함께 어울려 놀며 한 시대에 뛰어난 이름을 날렸지만, 하인과 하층민과 시정의 장사치들까지도 평등시하여 그들의 환심을 모두 얻었다"[19]고 하였다. 자기보다 낮은 신분의 사람들을 대하는 강위와 정수동의 행동은 거의 일치한다. 자신의 처지에 대한 불만으로 낮은 신분과 높은 신분을 구분하지 않고 동등하게 대함으로써, 자신의 처지를 심리적으로 극복하려고 했던 것 역시 두 사람의 공통점으로 꼽을 만하다. 정수동은 역관으로서 중인 신분이었고 강위는 한미한 무반이라고는 해도 양반 가문이어서 신분적으로는 강위가 조금 우위에 있었다고 할 수도 있겠지만, 자신의 출신의 한계에서 유발되는 구속을 감수하지 않았기에 발생한 삶의 곤경은 비슷한 것이었다.

김정희는 방달放達하여 거리낌 없이 다니는 강위에게서 정수동과 흡사한 점을 지적하며 웃고 말았지만, 이처럼 더 깊은 지점에서 강위와 정수동의 영혼이 만나는 지점이 있었던 것이다. 그러나 정수동이 술과 시로 인생을 마쳤던 것에 비해 강위는 여기에 개화와 관련된 시무時務가 추가되어, 정수동과는 비교할 수 없을 정도로 먼 여행을 다니게 된다. 강위의 최종 활동 무대는 한국과 중국 및 일본을 넘나드는 동아시아가 되었다. 강위의 현실 탈주 의지가 19세기 말의 세계 정세를 만나, 강위를 조선 밖으로 이끌었던 것이다. 그러나 1852년에는 아직 스승의 유배지 북청을 중심에 두고 관북 일대를 떠돌아다니는 중이었다. 4년 전 제주도에서 돌아오는 길에서는 스승이 전국 유람을 만류하여 못 갔었지만, 북청에서는 스승이 관북 일대 유람을 허락했다.

> 김공김정희이 북청으로 유배를 가게 되자 군강위은 또 따라갔다. 이듬해 군이 처음의 뜻을 이루도록 간청하자 김공은 허락하였다.[20]

강위의 본격적 유랑은 김정희의 유배지 북청에서부터 시작하는 것이었다. 1851년 시작된 김정희의 북청 유배는 이듬해 8월 13일로 끝났다.[21] 김정희가 해배되어 한양으로 돌아가는 길을 강위와 함께 하지는 않았었던 듯하다. 어차피 강위는 이해 3월부터 김정희 곁을 지키지 않고 떠돌아다니고 있었기 때문에, 스승과 제자 모두가 한양으로 돌아가는 길을 함께 하는 것에 큰 의미를 두지는 않았을 듯하다.

강위는 자신의 첫 번째 방랑의 기록을 정리하였다.

지금 이 편에 기록하는 것은 대개 내가 지난해 봄 춘삼월에 뜻밖에 마음껏 다닐 기회를 얻어 갈라전曷懶甸에서부터 진한辰韓에 이르기까지 사천 리 넘게 다닌 것이다.[22]

이 글의 끝에는 "3년 계축년, 초춘初春 19일 저녁, 임회臨淮의 고환당古歡堂에서 살짝 취한 채 쓴다"[23]고 되어 있는바, 3년은 철종 3년 1853년이고, 임회는 전라도 진도의 옛 이름이다. 그리고 위의 갈라전은 고려시대 흑수여진이 살던 지역 이름이었고 지금의 함경도 일대가 된다. 진한은 고대국가 초기 신라와 가야의 영역에 있던 연맹체의 이름이었고 지금의 경상도 일대가 된다. 이 서문이 담긴 시집은 한반도의 남쪽 경상도부터 북쪽 함경도까지 헤매고 다닌 방랑의 시적 기록인 것이다. 강위는 1852년 3월 스승의 허락을 얻어 함경도 일대를 돌아다니기 시작하여, 8월 스승의 북청 유배가 풀리고 난 뒤에도 계속 떠돌아다녔으며, 경상도 일대까지 떠돌아 다니다가, 이듬해인 1853년 1월 전라도 진도의 어느 거처에서, 몇 년 유랑하는 동안 지은 시들을 모아 책을 엮고 서문을 쓰고 있는 것이다. 이때 엮은 책이 『고환당방음古歡堂放吟』이다. 이 서문을 지은 해는 강위의 나이가 34세가 되던 해이다. 이 무렵에 대해 증언하는 다른 자료 「황옥에게 올리는 편지[上黃孝侯侍郎鈺書]」에서는, 이렇게 말하고 있다.

(스승 김정희의 유배지에 따라 가서 한 해를 넘긴 뒤에) 스스로 가슴속을 살펴보니, 전과는 달라진 것이 있는 듯하나 결국 남에게 한 마디도 할 수 없었으며, 한다고 해봐야 이로울 것도 없었습니다. 이에 멀리 떠돌아다니고 싶었던 마음을 실행하

여, 동해를 두 번이나 일주하면서 수염과 머리카락도 제멋대로 길렀습니다. 그러므로 시도詩道에 대해서는 이것에 뜻이 없을 뿐만 아니라 이것에 이를 겨를도 없었습니다.[24]

스승을 따라 공부한 뒤에 지난날과 달라진 것이 있는 듯하다고 했으니, 삶의 태도 변화는 학문 성취의 결과였을 것이다. 스승으로 섬기겠다고 찾아뵈었던 민노행이 강위에게 한 말은 오십여 년을 경전의 훈고를 전공했으나 한 마디도 남에게 할 수 없었다는 고백이었던바, 강위도 그 달라진 것에 대해 한마디도 남들에게 알려줄 수 없었다고 동일한 고백을 하고 있다. 알려준다고 해도 이로울 것이 없다는 표현을 보면, 전달할 내용이 희미하거나 전달해줄 실력이 없어서가 아니다. 별도로 다른 문제가 있어서다. 강위로서는 남다른 관점으로 세상을 보고자 하였고, 민노행과 김정희를 따라 배우며 유가 경전에 대한 남다른 관점을 얻게 된 점이 없지는 않았을 것이다. 그러나 그 남다른 관점을 타인에게 말하면 이로울 것이 없다고 했다. 그의 시 제자로 자처하던 이건창조차도 강위의 학문 내용에 대해서는 자신과 다르다는 점을 강조하였던 것을 앞 장에서 본 바 있다. 학문의 성취가 오히려 소외의 원인이 되어가고 있다. 강위로서는 남다른 학문을 추구한 중간 결과가 갑갑한 자신의 삶에 더욱 답답한 마음을 얹게 하는 것이었다. 그리하여 차라리 방랑을 떠나게 된다.

3. 방랑 시인의 시작

앞의 『고환당방음』의 서문에서 보이는바, 함경도에서 경상도까지 다녔다고 하였고 그 서문을 전라도 진도에서 쓰는 것으로 보아 전국을 떠돌아다닌 것으로 짐작할 수도 있겠다. 여기 황옥에게 자신의 내면을 토로하여 적어보낸 편지에서는, 동해 일주를 두 번 했다고 하였다. 강위는 함경도에서, 강원도, 경상도로 이어지는 바닷가를 따라 동해안을 두 번 오르내렸던 것이다. 이 무렵 전과 달리 수염을 갑자기 길러서 자라는 대로 놔두었다. 이 말로 유추해 보면 그전에는 수염을 단정하게 정리하였을 것이다. 그렇게 외모를 바꾸게 된 것은 내면에서 뭔가 달라진 점이 있었기 때문이었다. 그러나 그것은 뭐라 남에게 설명해 줄 수 없는 성질의 것이었다. 그것은 말할 수도 없지만 말해 봐야 득될 것이 없는 종류의 것이었다. 말할 수 없는 뭔가 달라진 점 그것 때문에 방랑하고 외모를 바꾸게 된 것이었다. 그리고, 그 방랑의 과정 중에는 시를 짓는 것에는 뜻도 없고 겨를도 없었다고 하였다. 다시 『고환당방음』의 서문으로 돌아가면, 이 방랑에 대해 강위 자신이 요약한 것을 볼 수 있다. 큰 도시와 큰 길, 의관을 잘 차려입는 곳들을 지나갔지만 별로 관심을 두지 않았고, 구름과 안개 낀 험벽한 곳에 사는 옛스럽고 담박한 선비들, 옛 전쟁터의 참담한 흔적들을 찾아 다녔다고 했다.[25]

그런데 가만히 생각해 보면, 이 여행의 경비가 나올 곳은 없다. 스승으로 모시기 위해 김정희를 제주도로 찾아가던 강위는, 여정에 필요한 버선과 옷을 정건조에게 얻어야 했었다. 제주도에서 유배객 김정희는 찾아온 제자 강위가 먹을 밥은 그럭저럭 해결이 되어도 입을 옷이 걱정이라고 하였으니, 생활에 필요한 옷도 준비가 안 된 상태에서 제주도에 갔던 것이다. 북청으로 유배갔던 김정희를 따라갔던 강위가 새삼 여행 경비를 마련한 뒤에야 유랑을 시작했을 리가 만무하다.

학업을 성취하고 나자 드디어 사방으로 맘껏 떠돌아서 동해안을 두 번이나 돌았다. 돈이 없었으므로 항상 걸식을 하였고, 나무 열매나 풀을 씹어 먹기도 하였다. 명산과 오지의 사람의 발길이 닫지 않는 곳에 가면 꼭 노숙을 하면서 끝까지 가본 뒤에야 그만두었다. 도읍이나 험한 경계를 지날 때에는 자주 높은 곳에 올라 두루 살펴보면서, 옛일을 슬퍼하고 현재를 헤아리며 한참을 상념에 잠겨있기도 하였다.[26]

이중하李重夏, 1846~1917가 지은 「본전本傳」에 의하면 강위는 여행 경비가 없어 걸식을 하고, 나무 열매와 풀뿌리로 연명을 하면서도 돌아다녔다. 김택영金澤榮, 1850~1927이 지은 「추금자전秋琴子傳」에서는 이렇게 걸식과 채집 식사를 하면서 이때 돌아다닌 거리가 수만 리에 이른다고 하였다. 구걸을 하며 떠돌면서 금강산에서는 짚신도 신지 못하고 돌아다닌 일이 있었는데, 이 일을 들은 추사 문하의 선배 옥수玉垂 조면호趙冕鎬, 1803~1887가 푸른 산에 붉은 맨발로 다니는 사람을 그린 「청산적각도青山赤脚圖」를 그린 바도 있다.[27] 이 방랑길에 눈보라를 만나 거의 죽게 된 적도 있었는데, 해명海冥스님이란 분이 승복을 입혀주어 구원받은 일도 있었고, 길가에서 추위를 만났을 때 가게 주인이 흰 죽을 내어주어 구제받은 일도 있었다. 후에 이 일을 시로 표현한 것이 있다.

갔던 길 또 지나가는 게 평생의 일

새 소리로 듣지 않고도 스스로 알고 있다네

깊은 은혜 못 갚은 채 늙어 쇠락했네

모량의 흰 죽이며, 해명스님의 승복 같은 도움들[28]

得過且過平生事, 不待禽音已自知.

厚意未酬成潦倒, 牟梁白粥海僧緇.

「용궁 가는 길에 추운 밤을 만나 술 마시고 동명스님에게 주는 시[龍宮道中遇寒夜 飲示東溟上人]」라는 제목의 시인데, 용궁龍宮이란 곳에 가는 길에 스님에게 지어준 것이다. 이 시를 지을 때가 마침 추운 밤이었고, 그리하여 과거 걸식하며 떠돌던 때에 만났던 추위와 굶주림들이 생각났다. 그 추위와 굶주림 속에서 삶과 죽음의 경계를 만나기도 하였을 것인데, 더불어 그때 구원해준 고마운 사람들이 생각나서 시로 표현하였다. 이 시에는 약간의 해설이 필요하다. 첫 줄에 갔던 길 또 지나간다고 번역한 곳의 원문은 "득과차과得過且過"이다. 득과차과는 하는 일 없이 그럭저럭 지낸다는 뜻이나, 길에서 헤매다닌다는 의미로 혹은 한 번 지나갔던 길을 또 지나간다는 뜻으로 해석하는 것이 더 자연스럽다. 또 한편으로는, 의미로 해석하면 갔던 길 또 지나간다는 말로 할 수밖에 없지만, 두 번째 줄에 "새 소리"가 지칭하는 의성어로서의 "득과차과"로도 이해해야 한다. 『예기禮記』에 "갈단鶡鴠"이라는 닭 비슷하게 생긴 새가 등장하는데, 명나라 사조제謝肇淛의 『오잡조五雜組』에 이 새에 대해 해설을 달면서 "득과차과得過且過"라고 운다고 하였다.

이 갈단에 대해서는 명물도수지학名物度數之學의 보고인 이규경李圭景, 1788~1856의 『오주연문장전산고五洲衍文長箋散稿』에서도 기록되어 있다.[29] 강위는 명물도수지학에도 깊은 조예가 있었던 것이다. 그러므로 첫 번째 줄과 두 번째 줄에서는 소리로는 "득과차과", 뜻으로는 '갔던 길 또 가네'라고 하는 갈단의 소리를 듣지 않고도 강위 스스로 구걸하면서 평생을 떠다니며 살아온 것을 잘 알고 있다는 표현이다. 세 번째 줄에서 득과차과하는 강위를 도와준 분들에게 은혜 갚지도 못하고 늙어버린 일을 말했고, 네 번째 줄에서 그 깊은 은혜 받은 두 가지 일을 말하고 있다. 이 부분에서 시인의 저자 주가 달려 있는데, "과거 용문으로 가던 길에 큰 눈바람을 만나 거의 죽게 되었다가 해명海冥스님이 승복을 입혀주어 구원을 받았다. 모량 근처에서 추위를 만났을 때에는 어느 가게 주인의 구원을 받았다"고 되어 있다. 추위를 버틸 옷도 변변치 못하여 스님이 승복을 내어주게 만들고, 추위 속에 굶주림까지 견디다가 가게 주인이 흰 죽을 내어주게 만든 것이다. 그렇게 제 한 몸 돌보지 못하면서도 떠돌아다닌 이유는, 제 한 몸 안에 가득한 답답함을 해소할 길이 없어서였을 것이다.

오래전에 풍구병風句病을 자처하는 두타頭陀가 있었는데, 국내를 여행하는 중이라고 했다. 명산과 승경이 있다는 말을 들으면 바로 가보았고 더 이상 올라갈 수 없이 매우 험한 곳까지 가서야 돌아왔다. 처음 나를 만난 것은 백두산 기슭이었고 풀섶을 깔고 앉아 이야기를 나누었는데 매우 기뻐하는 낯빛이었다. 나중에 금강산 영원동靈源洞에서 만나 산중에서 오래도록 함께 거처하게 되었는데, 그 사람됨을 오래 지켜보니 한 가지 재능도 없고 또 하려는 바도 없었다. 때때로 단

잠을 즐기고 있을 때는 손님이 와도 일어나질 않아서 손님은 말도 못 붙이고 돌아가야 했다. 술은 말술을 마시지만 남에게 권하지도 않고 달라고도 안하였다. 시를 읊조리기를 좋아하여 간간히 찬 새벽 아름다운 경치를 만나면 대개 날이 샐 때까지 음송하였다. 그러나 그가 무슨 글을 쓰는지, 저술이 있었는지도 몰랐다. 대개 요즘 사람들의 익숙한 바는 아니었다.[30]

장백노인長白老人 혹은 세옹蜺翁이라고 스스로를 칭하는 사람이 강위와 방랑지에서 만난 인연으로 글을 썼다. 어울리지는 않아 보이지만, 뒤에 살펴볼 「의삼정구폐책擬三政捄弊策」의 발문을 쓴 것이다. 표현력이 보통 사람의 수준을 넘어서는 것 같은데, 그의 본명이나 내력은 알 수 없다. 다만 산속에서 방랑하다 만난 강위를 두타頭陀 : 고행하는 승려라는 불교 용어라고 표현하는 것으로 보아, 그도 한 사람의 두타가 아니었을까 싶다. 위 인용문에서 장백노인은 두 번의 만남을 말하고 있다. 처음 백두산 기슭에서 만나 담소를 나누었고, 두 번째는 금강산에서 며칠을 함께 지냈다. 멍하니 시간을 보내거나, 잔을 권하거나 요구할 생각도 없이 홀로 술만 마신다거나, 낯선 손님을 신경도 쓰지 않고 낮잠을 자는 일 같은 것은 조금 모자란 인간의 모습이다. 장백노인은 그러니 강위가 홀로 음송을 하고 글을 쓰는 것도 그저 그럭저럭 뭐하는지 모를 인간이라는 정도의 평가 태도로 바라보았던 자신의 감정을 기억하고 있다. 이 인용문 뒤에 세 번째 만남도 있었다. 세 번째로 만난 강위와 고금의 이야기, 유가 묵가의 이야기 등등을 끊임없이 나누게 되어, 첫 번째 두 번째까지의 만남과는 사뭇 다른 모습을 보였다는 것이다. 사실 두 번째와 세 번째 만남 사이에는 20년의 세월이 있었다. 첫 번째, 두 번째 만날 때는 강위가 홀로 전국을 방랑하던 30대 초반이었고, 세 번째 만날 때는 50대를 지난 시기였다. 이때 강위는 장백노인에게 그 사이 자신이 저술한 「의삼정구폐책」을 한 번 읽어보게 하였다. 장백노인은 그가 30대의 모습과 완전히 다른 모습에 깜짝 놀라고, 대책의 날카로움에 더욱 놀라서, 강위를 불교의 진수를 체득한 유마거사維摩居士와 같은 높은 수준을 지닌 사람이라고 표현하는 발문을 적게 되는 것이다.[31] 여기서 장백노인의 발문을 통해, 우리는 강위가 30대 초반 전국을 방랑하고 다닐 때의 태도 일부를 엿볼 수 있다.

이렇게 만들어진 방랑벽은 강위가 늙어서까지 계속되는데, 김옥균金玉均, 1851~1894과 서광범徐光範, 1859~1897이 유럽으로 갈 계획을 세웠다는 소식을 들은 강위가 따라가겠다고 조르던 때가 1882년 무렵 강위 나이 64세 때였다. 이때 강위의 연로함 때문에 혹시 곤경에 처하게 될지 모른다는 이유로 김옥균 등이 허락해주지 않자 강위는 시를 지어 맹세하며 따라가기를 고집하였다고 한다.[32]

4. 시호 혹은 강문장

문과로 출세하는 길은 포기당하고, 무과에는 뜻이 없었고, 명물도수지학名物度數之學과 고증학考證學에 관심을 두고 민노행과 김정희 두 스승에게 배웠으나 학문의 수준이 높아질수록 오히려 소외감만 더욱 깊어졌다. 강위는 자신의 내면에서 치고 나오는 좌절감과 소외감을 덮어두기 어려웠다. 방랑 속에서 혹시 답을 구할 수 있지 않을까? 전국을 방랑하며 걸식하는 기행奇行의 수준에까지 이르는 독하고도 고독한 방랑을 이어갔다. 추위와 굶주림으로 생사의 기로에 서 있을 때도 있었지만, 길 위에선 늘 누군가들의 도움을 얻어 생명이 끊어지지 않을 수 있었다. 어쩌면 강위는 일부러 생사의 갈림길까지 걸어가보는 그런 행위를 통해 남다른 자아를 지켜내었던 것인지도 모른다. 그것은 또 어쩌면 좌절감과 소외감으로부터 탈출하는 것이 아니라, 좌절감과 소외감을 인정하고 버티는 길이었을지도 모르겠다.

> 어찌 구질구질 벼와 조를 찾아다니며
> 가을에 왔다 봄에 가면서 바빠야 하겠는가
> 다만 차가운 공중에 맘껏 활개치는 것만 사랑하노니
> 흙탕에 있는 날은 적고 구름에 있는 날이 많도다.
>
> 豈爲區區稻粱計, 秋來春去奈忙何.
> 只愛寒空如意闊, 在泥日少在雲多.[33]

「길에서 기러기 소리를 듣고[道中聞鴈有感]」라는 시이다. 기러기는 철새이다. 가을에 무리 지어 날아와서 논밭이나 늪 혹은 해안가에 내려앉아 겨울을 보내고 봄에 다시 북쪽으로 이동한다. 정착하지 못하고 떠다닌다는 이미지를 지니고 있다. 기러기가 떠다니는 것은 먹이를 찾기 위해서다. 첫 번째 줄에서 강위는 그것을 떠올리며 땅에 떨어진 나락을 찾아다니는 생계를 언급하고 있다. 기러기들도 봄, 가을로 이동해야 하는 것이 한가한 일은 아닐 것이다. 두 번째 줄에서 철새의 바쁨에 대해 떠올린다. 여기까지는 자연에서 생존해야 하는 기러기에 대해 관찰한 것을 묘사하는데, 그것을 지켜보며 구질구질함과 바쁨으로 연결지어 생각한 것이다. 그러나 강위에게 기러기의 장점은 바쁘고 구질구질한 생계가 아니라 창공을 마음껏 날아다니는 것이다. 셋째, 넷째 줄에서 허공을 자유롭게 날아다니는 그 시간의 기러기만을 사랑하며 기러기는 하늘에 떠 있는 시간이 더 많다고 하였다. 하늘을 나는 기러기의 시간은 바로 강위 자신이 추구하는 비상의 시간이다. 흙탕에 있기보다는 구름 사이를 맘대로 휘젓고 다니고 싶은 자신의 욕망을 기러기에 투영한 것이다. 자연스럽게 땅에 떨어진 나락을 주워야 하는 생계의 구질구질함은 이 욕망의 시선에서 서서히 페이드아웃된다. 좌절과 소외의 땅 위의 시간을 겪고 있을 수밖에 없는 강위가 눈에 보이는 현실의 시간을 견디면서 상상의 나래를 창공에 투영하는 순간의 정서가 잘 묘사되어 있다.

위의 시는 「발미여초發弭餘草」라는 편에 수록되어 있는데, 제주도로 김정희를 찾아갔을 때부터 전국을 유랑하던 시기에 쓰여진 시가 집중되어 있다. 이 편을 소개하는 시 정도의 의미를 갖게 되는 「발미여초제사發弭餘草題詞」를 매천梅泉 황현黃玹, 1855~1910이 쓰는데, "갓은 노인성에 닿았고 신발은 변방의 얼음을 답파했네, 깊은 골짜기 난초 품은 비바람 두 소맷자락에 몽롱히 일어나네"라고 하였다.[34] 강위가 전국을 떠돌 당시 밤낮과 계절을 가리지 않고 다녔기에 남쪽 끝의 노인성과 북쪽 변방의 동토凍土까지 남북으로 두루 다니는 장면과, 인적 없는 깊은 골짜기를 바람이 일 정도로 뚫고 다니는 장면을 묘사하여 「발미여초」의 분위기를 소개한 것이다. 한말사대가의 또 한 사람이었던 황현은 강위가 방랑했던 이유를 꿰뚫어 보고, 방랑의 한 장면을 묘사하였을 것이다. 그렇게 떠돌아다니는 과정에서 문득 어느 길가에서 기러기 소리를 듣고 느낀 감정을 시로 표현한 것이 위의 「길에서 기러기 소리를 듣고」이다.

강위는 이렇게 떠돌아다니면서 시인으로 대접받는 일이 많았다.

> 서른이 된 뒤부터는 낙담이 더욱 심해져서, 식솔들을 이끌고 떠돌았습니다. 사방으로 떠돌며 신세를 졌는데, 만나는 사람마다 번번이 시인으로 지목하면서 시를 주고받을 것을 요구하였습니다. 그 사람들이 제가 전에 써두었던 것을 본 적이 없는데도, 사람들의 뜻이 이와 같았습니다. 그러나 남은 술과 식은 고기라도 이러한 뜻을 저버리면 한 번 배불리 먹을 기회가 없어지기에, 기어이 억지로 응했습니다. 처음에는 괴상망측해서 비웃음을 당할 만하더니, 오래 겪으니 일반적 격식에 점점 익숙해졌습니다.[35]

식솔들을 이끌고 떠돌았다고 하였는데, 이건창은 강위의 묘지명에 "가족들을 이끌고 호남과 영남에 우거하며 지냈다"고 하였다.[36] 대개 친분이 깊어진 몇몇 사람들에게 신세지며 지냈던 듯하다. 김정희가 북청 유배에서 풀려나 김정희를 하직하고 본격적인 방랑을 시작한 해가 1852년이고 강위 나이 33세였다. 위 인용문은 대략 이 시기부터 지낸 과정을 말하는 것이다. 1854년에는 무주茂朱에 유배가 있던 위당威堂 신헌申櫶, 1810~1884에게 의탁하기도 하였다.

신헌은 어려서부터 당대의 석학이며 실학자인 정약용丁若鏞·김정희金正喜 문하에서 다양한 실사구시적實事求是的인 학문을 수학하였다. 그리하여 무관이면서도 특별히 학문적 소양을 쌓아 유장儒將이라 불리기도 하였다. 또 개화파 인물들과 폭넓게 교유하여 현실에 밝은 식견을 가질 수가 있었다. 김정희로부터 금석학金石學·시도詩道·서예 등을 배워 현재에는 전하지는 않지만 『금석원류휘집金石源流彙集』이라는 금석학 관계 저술을 남기기도 하였다. 예서隷書에 특히 조예가 깊었다. 지리학에도 관심이 높아 김정호金正浩의 『대동여지도大東輿地圖』 제작에 조력했을 뿐 아니라, 자신이 직접 『유산필기酉山筆記』라는 역사지리서를 편찬하기도 하였다. 1843년헌종 9 전라도우수사로 재임하던 시절에 해남 대둔사大芚寺의 초의선사草衣禪師와 교유하면서 불교에도 상당한 관심을 두었다. 이 밖에 농법에도 관심을 가져 『농축회통農蓄會通』이라는 농서를 저술하기도 하였다.[37]

신헌은 김정희 제주도 유배 시절인 1843년 전라우수사로 부임하여 김정희에게 제자의 예를 바치고 김정희의 유배 생활에 필요할 만한 것들을 제공했으며, 김정희가 석방되어 한양 부근에서 지내던 시절인 1849년에는 금위대장禁衛大將에까지 올랐다. 김정희는 신헌에게 자신의 다른 여러 제자들을 소개하기도 하였다.[38] 제주도 유배 시절의 스승 김정희를 매개로 강위도 신헌과 교유를 하게 되었을 것이다. 나중에 강위가 신헌을 보좌하여 병인양요 때 해양 방어에 대한 계획을 세우기도 하고 강화도조약의 실무를 맡기도 하는 등, 강위와 신헌은 보통의 교유를 넘어서는 동지적 관계에 놓이게 된다. 이 시기 방랑자 강위가 유배객 신헌에게 식솔까지 이끌고 가서 의탁한 일에서, 강위의 생계 방편이 얼마나 어처구니없을 정도로 열악했던가를 짐작해볼 수 있다.

위의 인용문에서는 의탁하게 되는 사람들마다 강위를 시인詩人이라 칭하며 시를 주고받을 것을 요구했다고 하였다. 시를 주고받는 창수唱酬라는 행위는 조선시대 선비들 사이에서 교유의 중요한 의례 역할을 하였다. 한시를 통해 서로의 문학 수준과 교양 수준을 확인하고 더 깊은 교유를 맺게 되는 계기가 될 수도 있었으며, 역으로 옹졸한 한시 수준으로 인해 교유가 중단되는 장애가 될 수도 있었다. 강위를 대접하는 사람들은 강위의 한시를 통해 문학과 교양의 수준 높은 경지를 확인하게 되었다. 강위 자신은 여기저기 창수를 하고 다니던 처음에는 비웃음이나 살 정도였다가 점점 익숙해졌다고 하였는데, 과연 방랑 과정에서 강위는 명성을 얻어갔다.

〈그림 3〉 김홍도의 〈송석원시사야연도(松石園詩社夜宴圖)〉

영남 남인 계열의 우뚝한 문장가로 명망이 있던 심재深齋 조긍섭曺兢燮, 1873~1933은 강위를 "시호詩豪"라고 칭하였다. 문호文豪에 대응하는 말이다. 당송고문唐宋古文을 중시하며 성리학적 문학론인 문이재도론文以載道論 : 문학의 가치는 도덕을 담아 전달하는 데에 있다는 주장의 변주였던 중국의 동성파桐城派에 경도되어 있던 조긍섭으로서는[39] 강위를 재주는 좋지만 교만하여 도덕성에는 하자가 있는 시인이라고 인식했다. 어쨌든 시호는 시를 매우 잘 짓는 뛰어난 시인이라는 뜻이기도 하겠지만, 조긍섭이 강위를 시호라고 지칭할 때의 어감은, 시나 잘 짓는 혹은 시만 잘 짓는 시인 정도였던 것으로 느껴진다.

옛적에 강고환姜古懽이 시호詩豪로서 자부하여 향리에서 시사詩社를 결성하여 술을 마시고 함께 시를 읊는 일이 있으면, 문득 비웃으며 말하기를 "능히 경문京文을 지을 수 있는가?"라고 하였다. 고환은 기상이 높고 엄하여 세상을 희롱하였고, 시에는 더욱 인정함이 드물고 도성 안의 사대부에 그 제자가 많았는데, '경문'이라고 한 것은 향리에 시다운 시가 없음을 깔보는 말이다.[40]

영남 선비들이 시사를 결성하여 모이는 자리에 강위가 초빙되어 시를 창수할 때, 강위가 영남 선비들의 시적 재능을 얕보았던 일화가 기록되어 있다. 강위가 사망했을 때 조긍섭의 나이가 11세 정도였으므로, 조긍섭이 강위와 시사를 통해 만났을 만한 세대는 아니었다. 조긍섭이 영남의 선배들로부터 강위에 대해 전해들은 말을 기록한 것으로 보인다. 경문京文은 서울 문장이라는 뜻이므로, 시사에 모인 영남 선비들에게 경문을 지을 능력이 되느냐고 묻는다면, 분명 시골 선비라고 얕보는 태도를 노골적으로 드러낸 것이다. 그 사실 여부는 알 수 없으나, 적어도 조긍섭은 강위를 교만한 인물로 파악하고 있다는 사실만은 알 수 있다. 강위가 떠돌며 시를 지어 겨우 음식을 얻어먹는 정도의 단계에서는 상대에게 이렇게 교만하다는 인상을 주지는 않았을 것이고, 시의 명성을 얻었을 뿐만이 아니라 외교 무대의 막후에서 중요한 정책 결정에 참여하며 고관대작들과 교류를 하게 된 뒤에야 상대에게 이런 인상을 주게 되었을 것이다. 과연 노년의 강위는 교만한 인상을 풍기며 영남 일대를 다녔던 것일까? 친절함보다는 자기 내면을 들여다보며 침잠해 있을 때가 많았을 것이다. 그런 표정이 교만해 보였을 수도 있지 않을까? 알 수 없지만, 노년의 강위를 겪은 영남 선배들의 강위에 대한 인상이 조긍섭에게 영향을 미쳤던 것이다.

이건창은 이렇게 기록했다.

> 중간에 다시 떠돌아다니며 선학禪學·병학兵學·음양학陰陽學의 여러 책들을 공부했지만 또 모두 버리고 떠나서, 시를 짓고 문장을 짓는 일을 하였다. 식구들을 끌고 영남과 호남에서 우거하였는데, 영남이나 호남 사람들이 지금까지도 그를 강문장姜文章이라고 부른다.[41]

조긍섭의 증언으로는 '시호'였고, 이건창의 증언으로는 '강문장'이었다. 시와 문장으로 명성을 얻어간 것이다. 강위는 그 문학 행위를 처음에는 남은 술과 식은 고기를 얻는 도구로 사용하였다고 하였으니, 호구지책이 뜻밖에 명성을 안겨 주는 일이었다. 김윤식金允植, 1835~1922은 강위가 학문이 완성된 뒤에 뜻을 펼 곳이 없어 시를 통해 사대부들과 교우를 맺고 시인으로 명성을 얻었지만, 끝내 그의 뜻에 맞지 않아 실의하고 좌절하였다고 하였다. 시인의 명성을 원한 것이 아니라 시를 통해 사대부들과 교우를 맺어 공부한 바를 실현하고자 하였으나, 시인의 명성에만 그치는 상황에 실의하고 좌절한 것이다. 그런데 김윤식은 강위가 동서로 떠다니며 그 울분을 시에 담아 시가 더욱 치밀해졌다고 하였다.[42] 시인의 명성을 원하지 않아서 더욱 '시호'와 '강문장'으로 시인의 명성이 높아지는 강위의 역설적 인생을 김윤식이 잘 짚어내었다.

> 버선 아래 푸른 강빛 하늘을 비치는데
>
> 환한 볕 향기로운 풀밭에 지팡이 놓고 잠드네.
>
> 이 내 떠도는 삶 긴 둑의 버들만도 못 하네
>
> 봄바람 다 가도록 솜옷도 벗지 못하였으니.
>
> 襪底江光綠浸天, 昭陽芳艸放笻眠.
>
> 浮生不及長堤柳, 過盡東風未脫綿.[43]

위의 시는 강위가 떠돌던 시절 지은 「수춘도중壽春途中」이다. 수춘은 춘천春川의 옛 이름이다. 가난하게 떠도는 자신의 처지를, 봄을 맞이하여 생동하는 자연과 대조하여 시를 구상하였다. 마치 두보杜甫의 「절구絶句」가 보여주는 시적 구조, 즉 자연의 황홀함에서 출발하여 시인 내면의 남루함으로 대조되면서 이어지는 구조를 재현하는 듯하다. 첫 번째 줄, 두 번째 줄에서는 춘천으로 가는 길에 만난 강물 빛이 하늘과 어울려 푸르고 그 강변 향기로운 풀밭에 볕이 좋아 그대로 지팡이를 놓고 낮잠을 자는 시인의 모습을 그렸다. 세 번째 줄, 네 번째 줄에서는 시인의 처지에 대한 한탄으로 전환된다. 봄이 되어 버들은 솜옷을 벗으며 솜가루를 떨구는 듯 하얀 꽃가루를 날리는데, 강위 자신은 갈아입을 옷이 없어 겨울에 입던 솜옷 그대로 입고 있으니 자신의 처지가 버드나무만도 못하다는 말을 하였다. 이 시에서 보여준 착상의 놀라움으로 그 당시 이 시가 알려지자 칭송이 자자했다고 한다.[44]

〈그림 4〉 하동 쌍계사 칠불암
출처 : 민족문화대백과사전

해질녘 돌문은 길손의 옷깃을 여미게 하고

골짜기 신선의 아지랑이 볼수록 그윽하다.

쌍계雙溪의 물은 외로운 구름을 그림처럼 살려내고

이학二鶴의 봉은 육조六祖의 마음처럼 푸르구나.

중들이 엮어놓은 대울타리 호랑이도 막을 만큼 촘촘하고

절에서 주는 솔잎밥은 사람도 막을 만큼 심각하네.

상방上方 칠불七佛 서로 마주 보며

절간 바닥에 황금 덮는 것을 허락하는 듯.

斜日石門整客襟, 洞中仙靄望沉沉.

雙溪水活孤雲墨, 二鶴峯青六祖心.

僧縛竹籬防虎密, 寺餐松葉拒人深.

上方七佛如相見, 許施祇園布地金.[45]

이 시 역시 강위가 떠돌던 시절에 지은 것으로 제목은 「쌍계방장雙溪方丈」이다. 방장은 여기서 절이라고 해석하면 되겠고, 쌍계사는 충남 논산, 전남 진도 등 여러 곳에 있는데, 경남 하동의 지리산 자락에 있는 절이 가장 유명하다. 이 시의 배경이 되는 쌍계사는 경남 하동의 지리산 자락에 있는 쌍계사로 짐작되는데, 지리산 쌍계사에 칠불암이라는 암자가 있어서 시어 중의 칠불과 부합하기 때문이다. 이 시는 특별한 감성보다는 그림처럼 풍경을 묘사하는 것으로 성취를 이룬 시이다. 해질녘에 절에 들어가는 길손은 근엄한 돌문 앞에서 옷깃을 바르게 다듬고, 골짜기 아래 개울에서는 신선이 지나가는 듯 아지랑이가 피어오르며, 개울에는 하늘의 구름이 그림처럼 비쳐지고 봉우리는 맑고 푸르다. 절을 둘러친 울타리가 호랑이를 막을 정도로 촘촘하고 튼튼해 보이는데, 이 묘사를 이어서 이 절은 호랑이만이 아니라 사람도 막는다는 조롱조의 시상을 이어붙였다. 절에서 내어준 솔잎밥의 거칠거칠함이 배고픈 떠돌이 나그네 입장에서도 먹기 어려운 지경이어서, 강위 자신을 박대하는 것이 아닌가 서러운 생각이 들었나보다. 시선이 다시 풍경으로 돌아가면 절간의 칠불은 서로 돌아보는 듯 다정하게 앉아 있고, 그 마당에는 석양이 황금처럼 물들이는 풍경이 담담하게 그려지고 있다. 읽고 나면 늘상 거친 밥을 먹어야 하는 절간 식구들과 그 밥을 대접받은 나그네의 민망함을 둘러싸고 황금빛 노을이 내려앉은 산사의 그림 같은 저녁이 투명하게 머릿속에 떠오른다. 이 시 역시 강위의 대표작으로 꼽혔다.[46] 그리고 위의 두 시 모두 장지연이 편찬한 『대동시선大東詩選』

에 수록되어 있다.[47] 강위가 방랑하던 시절에 이러한 시편들을 생산하여 '시호' 혹은 '강문장' 등의 명성을 얻어갔던 것이다.

일년에 아홉 번 이 맑은 시내 건넜으니
영령들의 세계에서 필 만한 안개 속에서도 길을 잃지 않았네.
영남의 세 누각 가운데 어느 곳이 가장 뛰어난가
제영題詠 중에 두 노인의 시에는 끝내 나란히 하기 어렵네.
서리 내리는 새벽 어둑어둑 사람은 북쪽으로 돌아가고
푸른 비는 부슬부슬 강은 서쪽으로 향하네.
스스로 우습도다, 떠다니는 삶 지친 새와 같은데
황혼이 되어도 여전히 편히 깃들 곳이 없구나.

一年九渡此淸溪, 靈境煙霞不迷路.
嶠外三樓誰最勝, 詩中二老竟難齊.
(閣中有圃隱林塘二公題詠)
霜晨渺渺人歸北, 碧雨蕭蕭水向西.
自笑浮生如倦鳥, 黃昏尙有未安栖.[48]

위 시는 「영천 조양각에서 비오는 가운데 붓을 달려 각 안에서 지은 여러 어른들의 시에 화답하다[永川朝陽閣雨中走毫和閣中賦詩諸老]」라는 제목의 시이다. 조양각朝陽閣이 있는 영천은 경상북도에 속한다. 강위는 이 시를 지을 때 영천에 우거하고 있었던 듯하다. 시의 제목으로 보면, 영천의 조양각에서

〈그림 5〉 영천 조양각
출처 : 한국민족문화대백과사전

선비들이 강위를 초청하여 시회詩會를 열었던 것 같다. 앞서 본 「황옥에게 올리는 편지」에서 언급한 "만나는 사람마다 번번이 시인으로 지목하면서 시를 주고받을 것을 요구"했다는 바로 그 상황이다. 강위가 "남은 술과 식은 고기"라고 표현한 것을 얻을 수 있는 자리이기도 하였을 것이다. 그래서 그런지 시상은 조양각 앞의 아름다운 자연을 노래하다가, 조양각의 안과 밖 및 영남지방 등으로 시선이 어지럽게 헤매다가 끝내 자신의 울울한 처지로 귀결되고 만다. 이 시의 시상이 썩 훌륭한 경지는 아니라고 판단했는지, 이 시는 강위의 정식 문집인 『고환당수초古歡堂收艸』에는 실리지 못하였다. 강위의 시제자를 자처하는 이건창이 강위 아들의 부탁을 받아 강위의 시를 편집하였는데, 많은 시들이 게재되지 못하고 남겨졌다. 강위의 증손인 강범식이 문집에서 배제된 시들을 별도로 필사하여 『고환당수초』강범식 필사본으로 남겨두었는데,[49] 위의 시는 이 필사본에 남아 있다. 우리로서는 강위가 동가식서가숙하면서 여기저기 떠다니던 삶의 한 자락을 들여다볼 수 있는 또 하나의 자료가 남게 되었다.

조양각 앞으로는 금호강이 흐르고 있다. 첫 번째 줄에서 영천 부근에 강위가 우거하는 1년 동안 아홉 번 금호강을 건넜음을 말했다. 부지런히 건너다니며 시회에 참석했던 듯한데, 두 번째 줄에서 그 덕분에 길이 익숙하여 비오고 매우 심하게 안개 낀 당일에도 길을 잃지 않고 조양각을 찾아왔다고 하였다. 그리하여 시회에 정상적으로 참석할 수 있었을 것이다. 길을 잃지 않을 수 있었다는 점에서는 덕분이라고 할 수도 있겠지만, 일년에도 몇 번씩이나 건너다니게 하느냐는 항변이 의식의 깊은 곳에 소극적으로 깔려 있는 것이 아닌가 하는 생각도 든다. 세 번째 줄에서 영남의 세 누각을 언급했다. 영남의 3대 누각이란 영천의 조양각과 더불어 밀양의 영남루嶺南樓, 안동의 영호루映湖樓를 꼽아 하는 말이다. 네 번째 줄에서는 조양루에 걸린 두 옛분의 제영題詠에는 다른 누각의 제영이 따라올 수 없을 것이라고 하였다. 여기에 저자의 원주로 "각 안에는 포은圃隱 정몽주鄭夢周, 1337~1392와 임당林塘 정유길鄭惟吉, 1515~1588 두 분의 제영이 걸려 있다"고 적었다. 세 누각이 다 아름다워서 우열을 가리기 어렵지만 포은과 임당의 제영에는 다른 두 누각의 제영이 따라올 수 없으리라는 말이다. 화답시에서 이 장점을 언급함으로써 조양각에 모인 선비들에게 지역에 대한 자부심을 높여주는 효과를 노렸을 것이다. 다섯 번째와 여섯 번째 줄에서는 시선이 조양각 밖으로 향하며 서리 내린 새벽에 북쪽으로 돌아가는 사람을 묘사하기도 하고 비 내리는 강이 서쪽으로 흐르는 것을 묘사하기도 한다. 밤새 어울리던 지역의 선비들은 자기집을 향해 돌아가고 빗물을 받은 강물도 일정한 방향으로 흘러가는 것이다. 일곱 번째와 여덟 번째 줄에서 이 시선의 방황 끝에 결국 시인 강위 자신의 처지로 시선이 모여든다. 자신의 떠도는 삶이 지친 새와 같은데 저녁이 되어도 날개를 쉴 편안한 둥지가 없음에 대해 자조하는 것으로 귀결되었다.

강위가 가족과 함께 혹은 홀로 머물렀던 곳으로 기록이 남아 있는 곳은, 전라도의 무주茂朱와 김제金堤, 경상도의 안의安義, 통영統營, 고성古城, 동래東萊, 그리고 지리산의 청학동青鶴洞 등이다. 이중에 비교적 오래 살았던 곳은 무주와 안의였다.[50] 그리고 강위가 머물거나 거쳐간 곳 중 많은 곳들이 신헌申櫶, 1810~1884의 부임지 혹은 유배지였다.

5. 유배객 신헌과의 만남

1854년 35세의 강위가 찾아간 무주茂朱는 신헌의 유배지였다. 강위가 아무런 연고도 없었던 무주에 가서 우거하게 된 것은 무주에서 유배 생활을 하고 있던 신헌을 빼놓고는 설명할 수 없다. 강위보다 10살 위인 신헌과의 인연은 앞서 보았듯이 스승 김정희를 매개로 했을 것으로 짐작된다. 신헌은 1849년 전라도 녹도에 유배를 받았고, 1853년 이배되어 무주에서 유배생활을 하고 있었다. 신헌의 집안은 대대로 장신將臣을 배출한 유력한 무관 가문인 평산 신씨平山申氏이었는데, 소위 조선 후기 9대 무벌武閥의 하나였다. 1827년 신헌은 할아버지 신홍주申鴻周의 지위로 별군직別軍職에 남행南行으로 차출되고, 이듬해 무과에 급제, 훈련원주부訓練院主簿에 임명되면서 본격적으로 관직 활동을 시작하였다. 조선 후기 고관대작의 자제들을 과거에 급제하기 전에 임명하는 남행으로 차출하였다가, 과거에 급제한 뒤에는 승승장구 승진을 시키는 일이 다반사였다. 신헌도 명망 있는 장신 가문으로, 이러한 출세 가도를 밟고 있었다. 게다가 헌종에게 신임을 얻어 1849년에는 궁궐 수비를 담당하는 금위대장禁衛大將이 되었는데, 금위대장은 당상관堂上官의 무관직이었다. 조선왕조 최연소 당상관이었다고 한다. 신헌의 원래 이름은 신관호申觀浩였는데, 혁혁한 무관 가문 출신이었을 뿐만 아니라 학문적 조예도 있어 유장儒將이라고 불리기도 하였다. 유장은 흔히 선비 출신의 무장을 지칭하지만 신헌은 무관 출신의 무장이므로, 문관의 선비와 같은 수준의 학문을 하는 무장이라는 의미로 사용했던 것으로 보인다. 신헌이 금위대장으로 있을 때 국왕 헌종이 사망하였다. 헌종의 임종 과정에 다른 대신들과 의논 없이 의원을 데리고 들어간 혐의로 1849년에 전라도 녹도鹿島에 유배되었다. 강위가 신헌에게 의탁하던 1854년에 신헌은 녹도에서 무주로 옮겨 유배 생활

〈그림 6〉 1876년 강화도조약 당시 신헌
출처 : 한국민족문화대백과사전

을 하고 있었다.[51]

유배 생활을 하던 신헌이 강위의 가족들에게 어떠한 편의를 제공했는지는 알 수 없다. 그러나 신헌이 1857년 유배에서 풀려나 한양으로 복귀한 뒤에 강위는 무주를 떠나 경상도 안의安義로 이주하였던 사실을 통해 보건대,[52] 1854년에서 1857년 사이에 강위는 무주에서 신헌의 배려를 제법 받고 있었을 것이다. 더 이상 배려받을 수 없으므로 안의로 옮겨갔을 것이고, 안의에서 강위는 서당 훈장을 하며 생계를 이어간 것으로 되어 있다. 그 이후 강위의 가족들은 덕유산 육십령을 넘어 무주와 안의 사이에서 거처를 옮겨다녔다. 강위는 무주를 읊는 시편을 제법 남겼는데, "10년 동안 남도를 돌아다녔지만 늙어서는 주계朱溪 : 무주에서 흐르는 옥류가 사랑스럽네[十年吟屧遍南州, 老愛朱溪寫玉流]"[53]라든가, "20년 동안 오가던 길인데, 금회錦洄 : 무주의 수목이 가장 맑고 빛나네[二十年中來往路, 錦洄水木最淸暉]"[54]라고 했듯이, 무주의 자연이 대단히 강위의 마음에 들었던 듯하다. 그래서 생계를 위해 다른 곳에 거처를 마련했다가 다시 무주로 돌아가 생활하다가, 여의치 않으면 또 생계를 위해 다른 곳에 거처를 마련했다가 다시 또 무주에 거처를 정하는 방식으로 옮겨다닌 것으로 보인다. 1873년 청나라 사신단에 정건조와 함께 갈 때에 강위의 집은 안의安義에 있었다고 하였는데, 그 사이에 1862년에는 무주에서 지내다가 임술민란 당시 농민들의 요구에 불응하여 집이 불타는 일을 당하였다. 대략 34세이던 1854년부터 54세였던 1873년 사이에는 호남의 무주와 영남의 안의를 중심으로 영호남 여기저기 옮겨가며 거처했던 것이다. 1861년에 신헌은 삼도수군통제사三道水軍統制使가 되어 통영統營에 부임하였는데, 강위는 이때 통영으로 가서 다시 신헌의 문객 생활

〈그림 7〉 통영 통제영
출처 : Amlou2518, 위키백과

을 하였다.[55]

통영에서 신헌에게 의탁하고 있을 때였다. 한번은 강위가 댓잎술을 한 항아리 빚어놓고 태을주太乙酒라고 이름을 붙였다. 태을주는 신선들이 마시는 술의 이름이기도 하다. 천지의 분간이 생기기 전의 태초를 태을이라고 하는 것이니, 마시고 취한 뒤에 모든 것이 한데 어우러지는 혼돈의 기분을 느끼자는 뜻으로 자신이 빚어놓은 술 이름을 태을주라고 지었을 것이다. 그리고 자신이 담근 술을 노래하는 시를 지었다. 이 시에 신낙희申樂熙, 1836~1887가 화답한 시가 남아 있다. 신낙희는 신헌의 셋째 아들이다. 신헌에게 의탁하여 지낼 때 그의 자제들과도 더불어 시를 주고받았던 듯하다. 그런데 태을주를 제대로 마셔보지도 못하고 도둑맞게 되었다. 강위는 도둑맞은 심경도 시로 남겼다. 강위가 술을 노래하는 시는 「태을주가太乙酒歌」, 신

〈그림 8〉 강위가 가족과 함께 혹은 홀로 머물렀던 곳으로 기록이 남아 있는 곳은, 전라도의 무주(茂朱)와 김제(金堤), 경상도의 안의(安義), 통영(統營), 고성(古城), 동래(東萊), 그리고 지리산의 청학동(靑鶴洞) 등이다. 이중에 비교적 오래 살았던 곳은 무주와 안의였다.

낙희가 화답한 시는 「삼금 신낙희가 태을주가에 화답한 시를 붙여둠[附申三琴樂熙和太乙酒歌]」, 도둑맞은 다음 지은 시는 「태을주를 남에게 도둑맞음[太乙酒爲人所盜]」인데 모두 『고환당수초』에 실려 있다.[56] 도둑맞고 지은 시만 보더라도 전체 분위기를 느껴볼 수 있다.

푸른 물결로 경계를 세우고
밝은 달을 보초 삼아,
내 태을주를 감췄으니
어찌 든든하고 견고하지 않았겠는가
누가 알았으랴, 붉은 다리의 신선이
한밤중에 계곡에서 배로 옮겨간 것을.
새벽에 목말라 푸른 못에 가보니
대나무통이 텅텅 비었네.
입술을 적시는 맛을 못 보았지만
도리어 입을 더 벌려 웃게 되었네.

綠波爲外護, 明月爲看守.
我藏太乙酒, 豈不重且固.
誰知赤脚仙, 夜半壑移船.
晨渴赴靑塘, 竹竿空裊裊.
雖失入唇味, 還添開口笑.[57]

도둑맞고 지은 시는 모두 세 수로 이루어져 있는데 그중 첫 번째 수이다. 태을주는 신선이 마시는 술이니 신선이 가져간 것으로 해두어야 운치가 있을 것이다. 헐벗은 이웃 백성일 것이 분명한 도둑을 적각선赤脚仙, 즉 다리를 드러내놓고 다니는 신선이라고 표현하였다. 시의 언어로 표현되어 더욱 그렇겠지만, 절도 피해자가 된 강위는 절도 가해자를 향해 화내거나 원망하지도 않고 껄껄 웃는 태도를 보인다. 이 시의 세 번째 수에서는 술을 너무 적게 빚어 이웃에게 나눠주지 못하고 두세 친구만 불러 입술을 적신 것이 도둑을 불러들인 화근이라고 하며, 다시 댓잎 천 잎사귀쯤으로 술을 담아 도둑에게도 나눠주겠다고 하였다.[58] 이 시의 시상도 흥미롭고 시적 태도도 여유로워 음미할 만하기도 하지만, 이 시를 통해 여기저기 떠돌아다니고 얹혀 살면서도 웃고 즐기는 운치를 잃지 않았던 강위의 자세를 엿볼 수 있기도 하다.

6. 인민의 삶과 지식인의 역할

1862년 43세의 강위는 전라도 무주에 살고 있었다. 1861년 신헌이 삼도수군통제사가 되어 통영으로 부임하자 강위가 찾아가 문객 생활을 하였고, 신헌이 1862년 12월 형조판서가 되어 통영을 떠났으니 1862년에 봄에 강위는 통영에 있어도 되었을 터였지만, 생계가 약간 해결되고 난 뒤 다시 무주의 풍광이 그리워졌던지, 1862년 3월에는 전라도 무주에 살고 있었다. 이 시간 무주에 살고 있었기 때문에 강위는 “기이한 재앙[奇孽]”[59]을 만나 위태로운 지경에 처하게 된다.

한반도의 19세기는 세도 정권의 시대였고, 한편으로는 민중 저항의 시대였다. 1812년 홍경래洪景來, 1771~1812가 농민군을 조직하여 평안도에서 소위 관서농민전쟁關西農民戰爭으로 무력저항을 벌이기 전에도, 1808년 함경도 단천부사端川府使가 농민 저항으로 축출되었었으며, 1809년에는 개성開城 군중들이 양반들을 습격하였으며, 1810년에는 춘천부사春川府使가 농민 저항으로 축출될 뻔하였다. 황해도 곡산부사谷山府使는 성난 농민들에 의해 가마니에 담겨 버려지기도 하였다.[60] 홍경래의 관서농민전쟁이 수천 명의 희생자를 내면서 좌절된 뒤에도 세도 정권의 수탈에 저항하는 농민들의 저항은 끊임없이 이어졌는데, 관서농민전쟁으로 긴장한 세도 정권에 의해 대부분 사전 발각되어 주동자가 처형되거나 초기에 잔인하게 진압되었다.

1813년 제주도에서 조정의 관원을 살해하려는 계획이 탄로되어 3명의 주모자가 처형되었고, 1815년 농민전쟁을 준비하던 용인龍仁의 주모자 5명이 처형되었으며, 1816년 세도 정권 핵심 세력을 제거하려는 계획이 발각되어 6명이 처형되었다. 1833년에는 세도 정권과 연계된 독점상인들이 미곡米穀을 매점하여 한양 인민들이 식량난을 겪게 되자 폭동이 일어났다. 1841년에는 경주 농민 수백 명이 상경하여 환곡還穀의 부정을 고발하며 궁궐 문 앞에서 연좌하는 복합상소伏閤上疏를 전개했다. 곳곳에서 인민들이 관리들의 행차를 막고 하소연하는 일이 벌어졌고, 1851년에는 도둑을 잡은 포교捕校를 수백 명의 군중이 공격하여 살해하고 도둑을 도망시킨 일도 벌어졌다.[61] 모두 견제되지 않는 세도 정권의 탐욕이 원인인 거대한 부정부패의 구도가 초래한 일이었지만, 인민들은 대개 수탈의 최말단에 있는 지방관과 아전 및 상인 세력에 대해서까지만 분노를 표출했다.

거대한 부정부패와 수탈에 맞서 농민들이 다시 강력하게 저항하였던 해가 1862년이다. 이 해의 간지가 임술년이어서 임술민란壬戌民亂이라고 부르기도 하고, 진주에서 처음 폭발하였기에 진주민란晋州民亂이라고 부르기도 하였다. 처음에 경상도 단성丹城에서 시작된 저항이 도화선이 되어 2월 진주에서 봉기 농민들이 경상우병사慶尙右兵使를 포위하고 부정 관리들을 화형시키며 탐욕한 부호들을 처단하였다. 사태가 확산되자 박규수朴珪壽, 1807~1877가 진주안핵사晋州按覈使로 임명되어 사태를 수습하였다. 그러나 진주에서의 봉기에 용기를 얻은 다른 곳의 농민들이 곳곳에서 봉기하였다.[62] 이해 봄에는 소위 삼남지방으로 불리는 경상도와 전라도, 충청도에서 봉기가 집중되었고, 가을에는 제주도, 함경도, 경기도, 황해도까지 전국으로 확산되었다.

민란의 주축은 농민이었다. 자작농들은 가혹한 조세 정책으로 토지를 잃어가고 있었고, 자작농에서 몰락한 소작농들은 지대 수탈에 고스란히 노출되어 소작권조차 유지하기 어려웠고, 소작농에서 몰락한 농촌 임노동자는 말 그대로 벼랑 끝의 삶을 살고 있었다. 몰락한 향촌 양반들이 합세하여 농민들의 저항을 조직화하는 일도 있었다. 그러나 임술민란의 농민들이 조선 왕조와 세도 정권의 근본을 위협할 만큼 성장하지는 못하였기에, 중앙정부가 민란이 발생한 지역의 수령과 아전을 파면하고 삼정개혁三政改革을 약속하면 대부분 해산하였다.[63] 삼정三政이란, 토지에 대한 세금 정책인 전정田政, 징병과 국방 비용에 관한 세금 정책인 군정軍政, 곡식 대출과 회수 정책인 환곡還穀의 세 가지를 아울러 지칭할 때 사용하는 용어이다. 당시 농민층 붕괴의 원인으로 삼정의 문란이 지목되었다.

농민항쟁이 발생한 주요한 원인은 삼정문란三政紊亂을 비롯한 봉건정부와 관리의 농민들에 대한 억압과 수탈이었다. 또 항쟁 과정에서 고리대나 고을의 소작료를 통해 지역 내 농민수탈에 앞장섰던 토호 양반·지주 부호가 공격받았다는 사실은 농민층 분해에 따른 계급대립이 농민항쟁의 주요한 원인의 하나이기도 하였음을 말해준다. 농민항쟁 발생의 핵심 원인이었던 삼정문란은 조선 후기의 사회변동으로 조성된 봉건해체기의 사회모순이 응집되어 나타난 것이었고, 농민들의 항쟁 역시 봉건해체기의 질곡에 대한 총력 저항이었다.

어느 지역에서 농민항쟁이 일어났다는 소식이 다른 지역으로 전해지면 비슷한 문제를 안고 있던 다른 고을 농민들도 봉기하였다. 또 정부에서 사태를 조사하기 위해 안핵사按覈使·어사御史 등을 파견하면, 파견된 자들이 조사를 빌미로 또 농민들을 수탈하고, 농민들은 이들의 고을 조사에 저항하며 항쟁을 일으켜 이들의 순행지역에서 연속적으로 항쟁이 일어나는 경우도 있었다. 농민항쟁은 서로 영향을 주고받으면서 전개되긴 하였지만, 지역별 편차가 있어 일어나는 시기나 항쟁의 유형에 있어 조금씩 차이가 나타났다.

이해 임술민란의 불길이 3월에 전라도 무주에도 들이닥쳤다. 진주에서 민란이 발생한 지 1개월 가량 뒤에 무주에서도 봉기가 일어난 것이다.[64] 앞서 강위의 방랑을 정리하면서 영호남에서 그가 시호詩豪 혹은 강문장姜文章의 칭호를 얻게 된 것을 언급하였다. 무주의 농민들도 '강문장'이라는 칭호를 들었을 것이다. 봉기한 농민들은 중앙정부와 정면 대결해야 한다는 생각은 전혀 없었다. 지방관과 아전들의 수탈을 중앙정부에 알리면 문제가 해결될 것으로 믿었다. 중앙정부에 알리는 방법으로 소장訴狀을 작성하기로 했다. 지방관와 아전들의 수탈을 잘 정리하고 농민들의 실상을 호소력 있게 적어줄 문장가가 필요했다. 문장 잘한다고 소문이 난 강문장, 즉 강위를 찾아와 부탁을 하였다.

> 철종 말에 삼남에 인민들이 난으로 일어났을 때, 추금자는 무주의 산중에 우거하고 있었다. 인민들이 격문을 지어달라고 위협하였으나 추금자는 거절하였다. 인민들이 분노하여 그의 집을 불태웠는데, 추금자는 몸을 피해 서울로 돌아왔다.[65]

김택영金澤榮, 1850~1927이 이 사태를 기록한 부분인데, 『고환당수초』에 실린 이중하李重夏, 1846~1917의 「본전本傳」에서도 같은 맥락으로 기록되어 있다. 강위 자신도 이때를 회고하며 「주계의 인민들이 소요를 일으켰을 때 소장을 지어달라고 하였으나 응하지 않아 화를 불렀다. 이에 붓을 놀려 회포를 푼다. 당시 삼정의 폐단을 구제할 대책을 초야에서 모집하는 성대한 일이 있었다[朱溪民擾, 以求狀不應, 媒禍. 謾筆遣懷, 時有三政救弊詢策艸野之盛擧]」는 시를 지었다.

> 호랑이 마음을 품고 갓을 쓴 자들도 참으로 증오스럽지만
> 호랑이를 때려잡고 강물을 건너뛰려는 너희들이 진정 불쌍하다.
> 도道가 사라지고 인민 떠도는 것 하루 이틀 일이 아닌데
> 누가 이 일을 슬프고 불쌍히 여겨줄까.

虎而冠者縱堪憎, 汝輩眞憐欲暴馮.

失道民離非一日, 誰知此事可哀矜.

한 글자도 평생 굶주림을 면하는 데 도움이 안 되었는데

도리어 기이한 재앙만 초가집에 닥쳤구나.

너희를 대신하여 호소해줄 날이 없지 않으리니

산속 늙은이 붓을 휘두르는 때를 만나보게 될 것이다.

一字平生不救飢, 反媒奇孼到茅茨.

替渠溯願非無日, 會見山翁奮筆時.[66]

성난 농민들이 봉기하여 인가와 떨어진 산 속에 자리잡은 강위의 집에 들이닥치고, 강위에게 한편으로 애원하고 한편으로 위협하면서 소장을 지어달라고 하였을 것이다. 강위로서는 소장을 지어주면 나중에 진압군에 의해 주모자로 몰려 처벌받을 것이고, 소장을 지어주지 않으면 당장 성난 농민들이 어떠한 해코지를 할지 모르는 상황에 닥쳤다. 강위는 차라리 해코지를 당하는 상황을 선택한다. 강위는 인민들의 주장에 깊이 동조하고 있었지만, 한미하나마 조선 왕조에서 명색이 양반 가문으로 국록國祿을 먹은 은혜가 없는 것도 아니고, 형과 조카들이 무관의 현직으로 있는 마당에 난군을 선택할 수는 없었다고 해석해볼 수도 있다.[67] 어쨌든 위 시를 보면 강위의 마음은 인민들의 행위에는 무모하다는 판단을 내리고 있으나, 인민들의 처지에는 깊은 동정과 공감을 보내고 있음을 알 수 있다.

위의 인용 부분은 총 5수로 이루어진 시의 4, 5수이다. 4수에서는 인민들이 들고 일어나는 데에는 호랑이처럼 사나운 관리들의 가혹한 착취가 있었기 때문임을 우선 언급하였다. 그러나 인민들이 들고 일어나는 것은 맨손으로 호랑이를 잡고 큰 강을 뛰어 건너는 것처럼 위험한 일임을 지적하였다. 그리하여 한 광역 행정구역이 혼란에 빠지고 인민들은 도망가서 유리되는 비참한 정황을 자신은 알고 있다는 사실까지 언급하였다. 5수에서는 자신에게로 시선을 돌렸다. 그렇게 고심하여 공부하고 시를 지었지만 자신의 굶주림을 해결하는 데에도 전혀 도움이 되지 않았고, 오히려 글자를 아는 것이 기이한 재앙이 되어 자신의 초가집이 불살라졌다는 사실을 언급하였다. 그러나 기이한 재앙의 가해자였던 인민들에 대한 원망은 전혀 드러나지 않는다. 오히려 훗날 자신의 문장으로 인민들의 고충을 적어 호소해줘야 하겠다고 다짐하고 있다.

맨손으로 호랑이를 잡고 큰 강을 뛰어 건너는 것이 피해만 남는 만용임을 알고 있었기에, 인민들을 위해 큰 강을 건널 나루를 찾고 호랑이를 잡을 함정을 파는 일을 먼저 해주려는 것이었다. 차근차근 문제를 풀어가며 그들을 대변해주는 비판적 지식인의 역할을 자처하였다. 강위의 성격으로는 억울한 인민의 대변자가 될 수는 있었지만, 혁명의 이단아가 될 수는 없었다. 인민들의 처지에 공감한다 하더라도 그들을 이끌고 수탈자 호랑이를 직접 처단하러 가지는 못하였던 것이다.

전국적 양상으로 확대되는 임술민란이라는 소요에 대해 중앙정부는 민심수습에 나섰다. 각 지방별로 구체적 상황은 다르지만 큰 틀에서는 삼정의 문란이 야기하는 문제라는 기본적 인식은 적절히 갖고 있었다. 삼정의

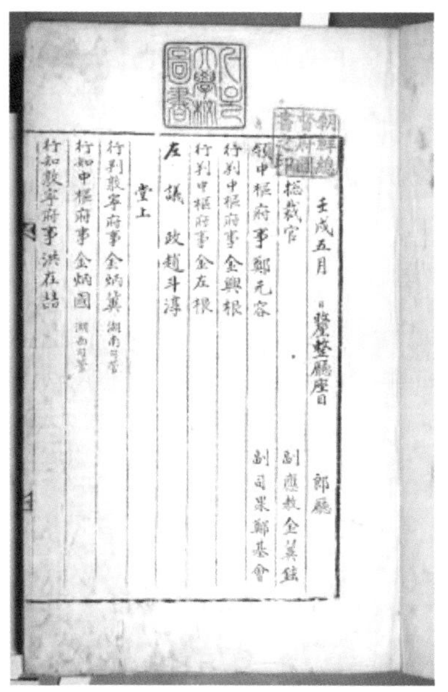

壬戌五月 日 釐整廳座目

郞廳

摠裁官

副應敎金英鉉

領中樞府事鄭元容

副司果鄭基會

行判中樞府事金興根

行判中樞府事金左根

左議政趙斗淳

堂上

行判敦寧府事金炳冀 湖南句管

行知中樞府事金炳國 湖西句管

行知敦寧府事洪在喆

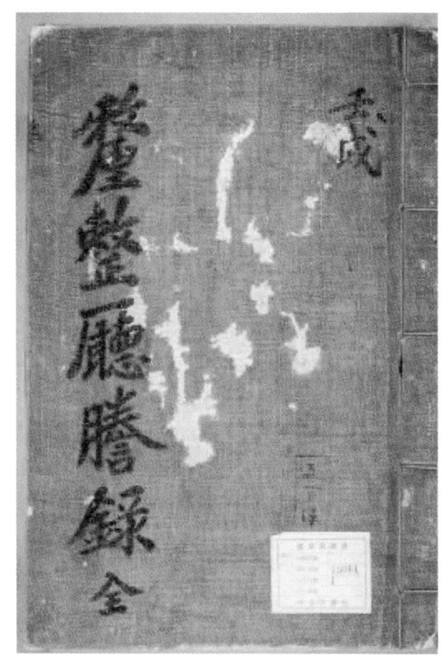

〈그림 9〉 1862년 민란에 대한 수습책으로 설치한 이정청에 관한 기록을 모아 엮은 『이정청등록(釐正廳謄錄)』

문란을 정리하여 바로잡는 관청 즉 삼정이정청三政釐整廳을 설치하고 각계 지식인에게 의견을 구하였다. 소위 책문策文을 구하는 책문策問을 시행한 것이다. 왕이 국가적 대책을 물어보는 것이 책문策問이고, 신하가 그에 대해 올리는 답변의 글이 책문策文이다. 김윤식金允植, 1835~1922, 허전許傳, 1797~1886 등의 재조·재야의 선비들이 이에 응하는 책문策文을 올렸고, 이와 관련된 15종의 문건이 책策과 설說, 의議 등의 문체로 남아있다.[68]

여기에 강위의 책문인 「의삼정구폐책擬三政捄弊策」도 포함된다. 제목에 본뜨다는 뜻의 "의擬"가 들어가는 것은 정식으로 제출한 것은 아니라는 뜻이다. 정건조의 강청으로 억지로 지었던 것이지, 원래 강위는 삼정의 폐단에 대한 책문을 지을 마음도 없었으므로 당초부터 제출할 마음이 없었던 것이 아닐까 싶다. 어쨌든 한 달 여의 고심 끝에 겨우 지은 책문이 제출되지 않은 사정은 이러하다.

무주에서 임술민란의 일환으로 봉기한 인민들의 소장 작성 청을 거절하였다가 성난 인민들에 의해 거처가 소각되자 강위로서는 막막하던 차에 서울로 올라와 어려서부터 오랫동안 신세를 졌던 정건조의 집을 찾아갔다. 정건조를 찾아갔을 때, 이미 정건조는 강위에게 책문을 쓰게 하려고 마음먹고 있었다. 이에 앞서 강위의 소문을 들어 알고 있던 조두순趙斗淳, 1796~1870, 남병철南秉哲, 1817~1863 등 권력의 핵심에 있던 사람들이 강위에게 책문을 작성하게 하면 어떻겠는지 정건조의 의견을 물어왔다. 정건조는 이러한 정황을 들어 자신을 찾아온 강위를 압박하여 집에 가두다시피 하고는 매일매일 책문을 작성하는 상황을 지켜보며 독려하였다. 한 달이 넘어 이만 자가 넘는 방대한 글이 쓰여졌다.

완성된 뒤에 정건조는 "갑옷이 너무 많아서 바로 남에게 보일 수 없으니, 조금 삭제하고 고치면 더욱 좋은 글이 될 것이라" 하였다. 여기 갑옷은 원문에 "인갑麟甲"으로 표현되어 있는데, 사전적인 의미만으로는 맥락을 해석하기 쉽지 않다. 정건조와 강위 사이에 뭔가 통하는 어감이 있었을 듯한데, 분명하지는 않다.

갑옷이라는 것은 전투를 할 때 입는 옷이니, 공격적인 언사를 가리키는 말일 수 있다. 정권의 책임을 날카롭게 공박하는 강위의 표현들에서 정건조는 겁이 났을 것이다. 재야의 선비 강위의 입장에서 당시 삼정문란의 책임 소재를 엄정히 하고 개혁을 지향하는 방향으로 생각하고 쓴 표현들이, 정권의 핵심 정건조의 입장에서는 권세가들의 감정을 거스를 것으로 읽혀

졌을 것이다. 말하자면 강위의 글은 삼정문란의 실태는 정확히 파악하였으되, 위정자의 심기는 전혀 고려하지 않은 글이라고 할 수 있겠다. 또 한편으로 갑옷은 무력을 통한 사태의 해결을 의미하기도 한다. 국왕이 강력한 무력을 발휘하여 사대부 이하 서민에 이르기까지 기강을 잡는 방법에 대한 내용이 상당히 풍부하게 담겨 있다. 절대군주의 무력 사용이라는 해결 방식을 받아들일 수 없던 세도 정권의 일원인 정건조가 난색을 표한 것으로 볼 수도 있다.

정건조의 수정 요청을 받은 강위는 글을 다시 읽어보고 고쳐보겠다고 하며 원고를 달라고 하였다. 고심하며 고치는 척 며칠 읽어보다가 술을 청하였다. 서너 병이나 마시고 나서 원고를 태워버리고는, 인사도 없이 정건조의 집을 빠져나왔다.[69]

종횡으로 병향兵餉을 거론한 삼천 자
먹으로 춤추고 붓으로 노래하길 한 달 남짓
다만 도성문 앞 나무 옮기기도 어려운 일
누가 대국 정치를 물고기 삶는 일에 비유했던가.
밝은 시절엔 유분劉蕡의 책문이 필요 없겠고
다음 세상에서나 가의賈誼의 글이 시행되겠지.
푸른 하늘 우러러보다 잡동사니 불살라
원고를 허공으로 돌려보내는 게 낫겠네.

縱橫兵餉三千字, 墨舞毫歌一月餘.

只是都門難徙木, 誰將大國比烹魚.

明時無藉劉蕡策, 來世寧行賈誼書.

仰視靑天燒拉雜, 好將原本返空虛.[70]

「의책을 완성하고 술을 부어 불태우다[擬策成酹酒而燒之]」라는 시로서, 이때의 심정을 표현한 것이다. 국가의 세금 정책 전반을 다루어 실제로 2만 자가 넘는 글을 병향 즉 군량미 다룬 3천 자라고 표현했다. 한 달 남짓 붓과 먹 사이에서 씨름한 결과이다. 셋째 줄의 도성문 앞 나무 옮긴다는 말은, 중국 진나라 상앙商鞅이 개혁안에 대한 민심의 무조건적 신뢰를 얻어내기 위해 아무 이유 없이 나무를 옮기면 상금을 주겠다고 하고 옮긴 자에게 아무 것도 따지지 않고 상금을 준 고사를 가리킨다. 개혁안 시행이 쉽지 않아 비정상적 기회를 만들어 내야 할 정도임을 드러내기 위한 말이다. 넷째 줄의 물고기 삶는다는 말은, 『노자老子』에 나오는 말로 물고기를 삶을 때 번거롭게 뒤집으면 부서지듯이 인민을 다스릴 때 번거롭게 괴롭히면 흩어진다는 뜻이다. 복잡한 법령을 사용하지 말라는 뜻이지만, 여기서 강위는 설의적 수법으로 활용하여 복잡한 조치 없이 간단히 해결할 대책이 있겠느냐는 의미로 사용한 것이다. 다섯째 줄의 유분은 중국 당나라 사람인데 현량과 시험에서 환관의 폐단을 절절히 적었는데 환관이 일부러 낙방시켰던 사람이다. 적폐 세력에게 적폐 청산 방안을 검증받아야 하는 모순적 상황에 놓인 것이 강위의 처지와 다르지 않다. 여섯째 줄의 가의는 중국 한나라 사람인데 그의 치안책治安策은 훌륭하였으나 제대로 적용되지 않았다. 치안책을 바친 가의 자신도 죽은 뒤 왕이었던 무제가 그의 치안책을 실현한다.

강위의 주장도 자기 시대에는 실현되지 않을 것이었다. 다섯째, 여섯째 줄의 의미는, 훌륭한 시대에는 훌륭한 대책이 필요 없고, 어두운 시대에는 훌륭한 대책도 외면된다는 뜻으로 활용하였다. 여기까지 전체적으로 의식의 흐름은 자신이 한 달 동안 고심하고 또 고심하며 쓴 「삼정구폐책」이 제법 훌륭한 대안이지만, 결국 조정에서 사용되지는 않을 것이라는 무력감으로 이어지는 것이다. 아무리 훌륭한 개혁안이더라도 그 개혁안을 실행해야 할 위정자들이 그 개혁의 대상이 돼야 한다면, 결국 위정자들은 외면하고 폐기하게 될 것이다. 그리하여 이 잡동사니 차라리 없는 게 낫겠다고 생각한다. 고심 끝에 작성된 2만 자의 원고가 어찌 잡동사니이겠냐마는 쓰임새를 찾지 못하고 외면당한다면, 강위에게는 잡동사니만도 못한 것이 되는 것이다. 푸른 하늘을 보다가 갑자기 원고에 불을 질러버린다. 그리하여 「삼정구폐책」은 제출되지 않았다. 게다가 원고는 강위가 제 손으로 소각해버리기까지 하였다.

그런데, 지금 강위의 문집에 「의삼정구폐책」이 있다. 이것이 강위가 불태워서 제출되지 않은 바로 그 「삼정구폐책」이다. 불태워 없앴다는 책이 버젓이 남아 있는 것은 어찌된 일일까? 정건조가 강위를 압박하여 이 글을 쓰게 할 때, 강위는 초고가 한장 한장 완성될 때마다 정서하여 원고를 만들고는 초고는 버렸었다. 이때 필사를 도우라고 정건조가 고용하였던 정창鄭昌이란 사람이 강위가 버리는 초고를 다시 몰래 필사하여 정건조에게 전달했다. 정건조는 심기가 틀리면 무슨 짓을 할지 모르는 강위의 성격을 잘 알고 있었기에 만약을 대비해 정창에게 부탁해두었던 것이다. 강위가 술에 취해 원고를 불 태우고 말 없이 떠날 때는, 정서하여 완성된 별도의 원고를 한 부 가지고 있던 정건조가 아무 말도 하지 않다가 4년 뒤에 그것을 강위에게 보여주었다고 한다. 이때 강위는 자빠질 듯 놀랐다고 한다. 강위가 찬찬히 읽어보니 원래 의도가 고스란히 살아 있어 책으로 정리하기로 하고 서문을 썼고, 이 서문에 전후 맥락이 이야기되어 있다.[71] 정건조는 정서하여 완성된 별도의 원고 한 부로 제작한「의삼정구폐책」에 고종의 어제御題까지 받아냈다. 이 책이 현재 문집에 실려 있는「의삼정구폐책」이다.

삼정의 폐단에 대한 강위의 인식은 왕조정부의 현상 인식과 크게 다르지 않았다. 또한 농민들의 인식도 일정정도 반영하고 있었다. 1862년 농민항쟁에서 제기된 요구를 종합해 보면 전결세에 대해서는 무한정 높아지는 조세에 대해 1결당 조세부담을 고정할 것정액금납화 요구, 군역세에 대해서는 이웃에게 징수하는 인징隣徵과 친척에게 징수하는 족징族徵을 폐지할 것, 신분차별을 폐지할 것, 환곡제에 대해서는 이서배의 포흠을 농민에게 부담시키지 말 것과 원곡 분급을 정지하고 순수하게 조세화 할 것 등이다. 1866년 강위가 정건조의 집에 기거하면서 작성한「의삼정구폐책」도 대개 농민군의 주장을 수용하고 있었다.

그런데 강위의「의삼정구폐책」은 해결책에 있어 독보적 견해를 제시한 것이 특징이다.[72] 위의 시에서 자신의「의삼정구폐책」을 군량미를 다룬 3천 자라고 한 것에 각별한 의미가 있어 보이는데, 전정·군정·환곡의 폐단을 다루는 것과 별도로 강병强兵 양성을 최우선 과제로 삼아야 한다는 주장이 길게 이어지고 있다. 강병 양성으로 의론이 집중되므로 군사행정을 다룬다고 표현할 만한 글이 되었고, 그것을 대유법으로 군량미라고 표현한 것이다. 강위는 이 책에서 "군주의 도덕은 군대를 통해서만 세울 수 있다"[73]고 하였다. 곳곳에서 자신은 관중管仲과 상앙商鞅과 한비자韓非子를 공부한 바 있다고 하면서 필요할 때마다 인용하기도 하였다. 법가法家의 논리로 부국강병富國强兵을 이루는 방법을 제시한 것이다. 덕치德治를 앞세우고 부강富强을 부차적 목표로 설정하는 유가儒家의 일반적 담론과 전혀 다르다. 그는 심지어 공자와 맹자가 사람을 죽이지 않는 도덕을 말했지만, 임금은 크게 살인을 해야 하는 자리라고까지 말했다. 공자와 맹자의 말씀에 이렇게 대놓고 어깃장을 놓는 일이 조선 왕조 지식인에게 흔한 일일 리가 없다. 강위가 혁명의 이단아가 될 수는 없었지만, 이미 사상의 이단아는 되어 있었다.

"그대가 정치를 하고자 하면서 어찌 사람을 죽이는가[子爲政焉用殺]"『논어』하셨고, "사람 죽이기를 좋아하는 않는 것이 왕[不嗜殺人者王]"『맹자』이라 하셨지만, 지금 죽임을 논하는 것은 죽이지 않을 수 없는 사세가 있기 때문입니다. 반드시 죽여야 하는 것이 임금의 분노이고, 죽임으로써 죽임을 멈추는 것이 임금의 덕입니다.[74]

공맹孔孟의 발언을 인용하면서 공맹의 취지를 뒤엎는 발언을 한 것인데, 정치하는 자들에게 인명을 중시하라고 한 공맹의 발언을 비틀어서 정치에서는 인명을 중시하기 위해 경시해야 할 인명이 있다는 뜻으로 활용한 것이다. 사람 죽이지 말라는 공맹의 말을 앞세운 뒤에 사람을 죽이라는 자기의 말을 얹었으니, 감히 이렇게 발언할 수 있는 사람은 조선 왕조의 사상 기조에 비추어 이단아가 아닐 수 없는 것이다. 광범위한 논의 속에 폭넓은 전고들이 인용되고 있으며, 특히 유형원柳馨遠, 1622~1673, 이익李瀷, 1681~1763, 정약용丁若鏞, 1762~1836 등의 글에 심취한 적이 있다고 직접 표현하고 있고, 그들의 글에서 필요한 논거를 인용하여 곳곳에서 활용하고 있다.[75] 남인계 실학의 전통과 강위가 관계를 맺고 있다고 생각할 수도 있겠는데, 바로 위의 대목 때문에 남인계 실학과는 전혀 다른 맥락을 구성하게 되었다. 토지 제도 개혁을 기반으로 삼정문란을 바로잡자는 남인계 실학의 논리를 이어받아 토지 개혁을 구상하여 전개하기도 했지만, 삼정문란과 그것으로부터 파생하는 민란의 소요를 바로잡기 위해 거기서 더 나아가 강력한 군대 양성과 살벌한 처벌이 필요하다는 단계까지 나아가면 강위의 논리는 남인계 실학의 논리와 전혀 지평을 달리하게 된다. 조선 후기 사색당파 전개 과정에서 노론老論이 군주와 사대부를 같은 층위에서 보는 논리를 강조하고, 남인南人이 군주가 절대적 위상을 갖는 논리를 강조하는 차이를 보여주고 있었고, 특히 정약용은 군주의 개혁 의지에 절대적으로 의지하는 논리를 보여주었다.[76] 그러나 정약용이 의지하고 싶었던 그것은 공자와 맹자의 유가 범주 안에서의 절대 권력이었다. 그런데 강위가 말하는 부국강병의 군주는 법가나 병가의 이상적 군주처럼 무소불위의 공포를 지닌 절대 권력의 군주였다. 강위가 이런 주장을 적는 대목은 강위의 사상이 조선 왕조의 일반적 학풍은 물론 남인계 개혁적 실학풍과도 결별하는 장면이 되었다. 차라리 강위의 논리는 마키아벨리Niccolò Machiavelli, 1469~1527의 『군주론』이 보여주는 논리와 닮은 지평에 있다고 해야 할 것이다. 인민을 착취하는 호족豪族을 처단하고, 또 한편으로 인민을 선동하는 호민豪民을 처벌하여, 국가를 바로잡기 위한 절대권력의 추구였다. 조선 후기 선비들에게 이단이라고 불릴 만한 논리이고, 당시 집권세력인 세도 정권에게는 불온사상이라고 불릴 만한 논리이다. 물론 반란을 일으키는 인민들을 강력히 진압해야 한다거나, 그 지도자들을 우선 강력히 처벌해서 불만을 품은 인민들이 감히 딴 생각을 못하도록 해야 한다는 논리가 섬뜩하기는 하다. 그렇지만 입으로 공맹의 도덕을 말하며 몸으로는 가렴주구苛斂誅求를 일삼다가 민란이 벌어지면 우물쭈물 망설이며 수습하지 못하여, 작게는 한 지역과 크게는 국가 전체를 혼란에 빠뜨리는 세도 정권과 그 주변의 탐관오리들을 생각하면, 차라리 무력과 절대 권력의 논리화가 더 도덕적인 것이라고 강위는 생각한 것이다.

〈그림 10〉『군주론』을 지은 이탈리아의 마키아벨리

공포의 절대군주는 세도 정권의 난맥을 돌파하기 위해 강위가 생각해낸 가장 현실적 방안이었을 것이고, 19세기 조선이 망하지 않기 위해 선택할 수 있었던 선택지 중의 하나였을 것이다. 그러나 강위의 개혁안은 현실화되지 못했고, 19세기 조선에는 책임감 있는 왕이 없었다. 조선 왕조는 세도 정권과 그에 기생하는 왕실이라는 거대한 부정부패 집권세력으로 19세기를 마무리하여, 끝내 제국주의의 쓰나미 앞에 침몰하게 된 것이다. 한편으로 강위는 국가 내부적 경찰력의 필요를 충당할 강병强兵만을 거론했지만, 앞으로 닥쳐올 외부적 군사 위협에 대응하기 위해서도 강병이 절실한 대목이었기에 강위의 개혁안이 그대로 묻히고 만 것은 지금 더욱 아쉽게 다가온다. 강위의 개혁안이 시행되어서, 강병을 기반으로 세도 정권을 처단하고 민심을 수습하며 근대식 개혁을 시행하여 제국주의 세력에 대응하였다면 어떻게 되었을까. 이러한 상상은 당초에 실현 불가능한 전제를 깔고 있다. 개혁 대상이 스스로 개혁 주체가 돼야 하는 모순을 해결하지 못한 논리였기 때문이다. 국왕과 세도 정권이 스스로 개혁 주체가 될 의지와 가능성이 일말이라도 있었다면, 당초의 임술민란은 그렇게 크게 확대되지도 않았을 것이다. 국왕은 차라리 세도 정권 착취 시스템의 최고 정점에 놓인 최상위 포식자였다. 당초에 강위가 푸른 하늘을 보다가 취한 손으로 자신의 원고를 불사르던 그 장면은, 사실 개혁의 불가능성을 감지하고 스스로 가장 절실했던 개혁의 희망을 폐기하는 절망의 한 단면이었던 것이다.

그렇다고 앞서 글을 지어달라고 자신을 찾아왔던 무주 인민들의 고통을 외면하지도 않았다. 근본적 개혁의 희망은 접더라도, 눈앞의 현실을 아주 외면할 수는 없었을 것이다. 정확히 언제 작성되었는지 알 수 없지만, 『고환당수초古歡堂收艸』강범식 필사본에는 「무주 인민을 대신하여 최근의 폐단을 구제해달라고 청하는 소장[代茂朱民人請捄近弊狀]」이 들어 있다. 내용에 삼정이정청三政釐正廳의 설립이 언급된 것으로 보아, 정건조의 집을 떠났을 때 다시 무주에 가서 뒤늦게라도 인민들의 요구에 응해준 것으로 볼 수도 있다.[77] 이 글의 제목 아래에 주석을 달아 "이 글은 인민들이 요구해서 지어준 것이니, 내 주견主見이 이러한 것은 아니다"라고 적었다. 그런데, 인민들이 제기하는 착취의 고통을 해결해야 한다는 것은 강위의 주견이 아닐 수 없다. 제목 아래 주석으로 달아놓은 내용은, 아마 인민들의 하소연을 고스란히 옮긴 부분이 있어 강위 자신의 식견에는 못 미치지만 그대로 두겠다는 의미가 아닐까 싶다.

「의삼정구폐책」의 자서自序에는 "가난을 근심하지 말고 평등하지 못한 것을 근심하라[不患貧而患不均]"는 『논어』 구절이 인용되어 있다.[78] 이 자서는 앞서 본 대로 「의삼정구폐책」을 지은 지 4년 뒤에 작성된 것이다. 반란 인민들의 요구를 거절하고 밤을 틈타 도망쳤다가, 돌아서서 인민의 삶을 개선하기 위해 장편의 대책을 저술하고, 다시 개혁의 불가능성을 직감하여 원고를 불사르고, 또 무주로 돌아가서 인민들의 하소연에 공명하며 소장을 대필해주다가, 다시 발견된 원고에는 진지하게 평등의 가치를 선언하는 서문을 써 붙이고 있다. 강위의 이 같은 갈지자 걸음을 어찌 봐야 할까. 아마 포기하고 싶은데 포기할 수도 없고 포기할 수도 없는데 포기해야 하는, 혹은 자신에게 부여한 양심적 엘리트의 역할과 자신을 가로막는 시대 현실 사이의, 그런 종류의 갈등이 만들어내는 착종과 진동이 아니었을까.

7. 이건창과의 만남

한말사대가는 한문학의 마지막 세대 중에서 뛰어난 문학적 성취를 이룬 김택영金澤榮, 1850~1927, 이건창李建昌, 1852~1898, 황현黃玹, 1855~1910과 더불어 강위까지 포함하는 네 사람의 대가를 지칭하는 말이다. 소위 "한말韓末"이라는 말은 대한제국 말기라는 의미이다. 조선 왕조는 1897년 국왕을 황제로 칭하고 제국으로서 별도의 연호를 설정한다는 의미의 "칭제건원稱帝建元"을

〈그림 11〉 문인묵객이 모여 고상한 풍류를 즐기는 모습을 상상하여 그린 김홍도의 〈서원아집도(西園雅集圖)〉

실행하며 내외에 국호를 대한제국大韓帝國이라고 고쳐서 선포하였고, 1910년 한일합방으로 일본 제국의 식민지가 되면서 멸망하였다. 대한제국 말기라는 단어의 의미로만 따지면 대한제국 존속 기간인 13년간의 마지막 한두 해 정도만이 한말을 의미하는 것으로 생각할 수 있겠지만, 일반적으로 한말은 1392년부터 1910년까지 존속한 조선 왕조 전체의 말기 수십 년을 넓게 가리키는 어휘로 사용되고 있다. 조선 왕조가 명칭을 변경한 대한제국이라는 고유명사로 이전의 조선 왕조 전체까지 포괄하여 지칭하고 있는 것이다. 식민지 이후에는 과거가 되어버린 대한제국을 구한국舊韓國이라고 부르게 되어, 조선 왕조 말기를 구한말舊韓末이라고 부르는 관습도 있었다. 이러한 관습의 결과 강위는 대한제국 선포 이전인 1884년에 사망하였지만, 대한제국 시기를 겪은 김택영·이건창·황현과 더불어 한말사대가로 묶여 불리게 되는 것이다.

태어난 해로 견주어보면, 강위는 다른 세 사람보다 한 세대 정도 앞선다.

격변의 시기가 아니라 할 수 없는 19세기 후반 조선 왕조에는 전통 지식으로 감당할 수 없는 충격들이 해마다 닥쳐왔다. 이 무렵 중원을 중심으로 하는 천하 질서가 붕괴되고 그 빈 자리에 유럽 중심의 세계 질서가 훨씬 강고하게 구축되어 가는 동안, 조선 지식인들에게는 인식 전환의 압력이 엄청난 하중으로 가해졌다. 과거의 어느 때보다 세대간의 세계관 차이가 발생할 소지가 다분하였던 것이다. 충격의 시대에 과거의 전통지식을 더욱 강고하게 수호해야 한다는 수구적 입장과 충격을 수습하기 위해 새로운 지식을 수용해야 한다는 개혁적 입장으로 갈라섰다. 한 세대 안에서도 압력의 하중을 고르게 겪지 않았고, 지역이나 당파 혹은 가문이나 개인의 상황에 따라 수구적 성향과 개혁적 성향이 비균질적으로 표출되었다. 이 수구적 성향과 개혁적 성향이 과거 어느 때보다도 광범위하고 치열하게 대립하고 갈등할 수밖에 없는 상황이었다.

이러한 시기에 강위는 누구보다 민감하게 변화의 압력에 반응하였다. 조선 안팎으로 흘러다니는 단편적 정보들을 취합하여 궁리한 결과, 자기 세대의 사람들이 수구와 개혁으로 나눠지기 전부터 이미 개혁적 성향을 갖게 되었던 것이다. 한말사대가를 마지막으로 한문학이 종말을 고하였다고 문학사에 서술되어 있기에, 강위가 기껏 한국문학사에서만 평가되는 한말사대가로 한 세대 아래의 사람들과 함께 묶이는 것에서 지금의 우리는 별다른 진취적 의미를 읽어내려 하지 않지만, 강위에게만 초점을 맞추어본다면 변화의 압력에 민감하게 반응하려 한 결과 자기 세대보다 후배 세대에 귀속되는 한말사대가로 묶이게 된 것에 주목해야 한다.

한말사대가 네 사람의 구심점이 15세에 소년등과少年登科하여 19세에 옥당玉堂에 들어가며 문명文名이 널리 알려졌던 이건창이었다고 하지만,[79] 네 사람은 각기 전국적 명망가였기에 이건창만이 구심점이 되었다고 말하기는 어렵다. 실상은 강위가 한 세대 앞선 인물인 만큼 먼저 전국적 명망을 얻고 있었고, 이건창이 강위를 찾아오고, 황현도 강위를 찾아왔으며, 그들과 함께 어울리던 김택영도 강위와 어울리게 되었으니, 굳이 최초의 구심점으로 강위를 지목해도 과히 어긋나지는 않을 것이다.

이건창과 강위의 교유의 실마리는 이건창의 선대에까지 올라간다. 이건창은 강위와 세교世交가 있었다고 언급하여 이건창의 선대와 강위가 교유한 바 있었음을 말하였고, 그 스스로는 강위의 시 제자를 자처하였다. 김택영은 먼저 1873년부터 이건창과 친밀해지면서 강위에 대해 듣고 있다가 1874년 강위를 만나게 되었다. 황현은 동향의 시인 성혜영成蕙永, 1844~?을 통해 강위의 명성과 시편들을 전해 듣고 1878년 그를 직접 찾아왔다.

그러나 다시 생각해 보면 한말사대가로 묶어 부르는 것은 강위의 지향에 대한 올바른 대접이 아닐 수도 있다. 그의 지향은 구시대를 지키는 마지막 세대가 되는 것이 아니라, 신시대를 추구하는 첫세대가 되는 것이었다. 강위는 망해가는 왕조에서 과거 조선 왕조의 공식 문체인 한문을 통해 최고 수준의 문학세계를 펼친 네 사람 중의 한 명으로 대접받기보다는, 왕조가 망하지 않기 위해 할 수 있는 최대한의 개혁과 개방을 추구하던 혁신사상가로 인정받고 싶었을 것이다.

내가 어려서부터 듣기를 강자기姜慈屺는 특이한 선비인데 항상 바다와 산악을 두루 다니며 막다른 해안과 끊어진 절벽 사이에 발자취를 남긴다는 것이었다.

그 사람됨을 보아서는 가까이 지내기 어렵겠다고 생각했다. 한참 뒤에 듣기를 그가 도성에 왔는데 또 호를 추금秋琴이라고도 한다고 하며, 잔뜩 마시고 시를 짓는 것을 즐거움으로 삼는다는 것이었다. 만나자고 하면 바로 가는데, 마음이 안 맞으면 거침없이 떠나 뒤도 돌아보지 않는다고 하였는데, 아는 사람이나 모르는 사람이나 모두 "추금, 추금" 하며 그에 대해 말한다는 것이었다.[80]

김홍집金弘集, 1841~1896은 1880년 수신사로 일본에 갈 때 강위를 서기로 동반하여 간 인연으로, 강위 몰후에 『고환당수초』 문고의 서문을 쓰게 된다. 위 인용문은 김홍집이 그 서문에서 강위를 만나기 전에 그에 대해 소문을 듣던 경험을 말하고 있는 대목이다. 김홍집에 의하면 강위가 한창 궁벽한 지역을 헤매고 다닐 때부터 이미 유명했었고, 도성에 거처하면서 잔뜩 취한 채 시를 지을 때에도 강위는 유명했었다. 유명한 사람이니 사람들이 모두 그에 대해 말하고 다녔다고 하였다. 실상 김홍집은 강위를 한두 번 만나보기는 하였으나, 일본에 함께 가기 전까지는 깊이 있는 교유가 없어서 그저 자자한 소문의 주인공 정도였던 것이다.

주목할 대목은 누가 만나자고 하면 망설이지 않고 바로 가서 만나고, 그가 뜻에 맞지 않으면 또 거침없이 바로 떠났다는 부분이다. 아마 자신의 포부를 이해하고 협력해줄 누군가를 간절히 원하여 누가 만나자고 하면 누구든 만나보았을 것이고, 결국 이해하고 협력해줄 만한 사람이 아니라고 판단되면 미련 없이 되돌아왔을 것이다. 김홍집도 한두 번 만나보았지만, 그의 마음을 얻는 데에는 실패하였다고 하였다.[81] 김홍집이 일본에 수신사로 파견될 때 강위를 서기로 데려갈 수 있었던 데에 김옥균의 중개가 역할을 했던 데에서도,[82] 강위가 김홍집에게는 큰 매력을 느끼지 못했던 것을 읽을 수 있다. 김홍집은 일본에 가서 상대국 사람들에게 무슨 말로 설득해야 할지를 강위와 의논할 때 의견이 대략 일치하여 서로 마주보며 웃었다고 기억하고 있지만,[83] 강위로서는 김홍집이 너무 신중하여 제대로 일본 사람들을 만나지 못하게 해서 불만이었다고 기록하였다.[84]

> 고환당 선생은 외롭고 한미한 처지에서 분발하여 힘껏 학문을 추구하여 스스로 일가를 이루었으니, 읽은 책이 다섯 수레도 넘을 것이다. 세상을 다스리는 일에 뜻이 있었으나 학문을 이루었어도 써주는 데가 없어, 집을 나서면 쓸쓸하였다. 다만 시로 어진 선비나 관료들과 친분을 맺어 마침내 시인으로 알려졌다.[85]

김윤식金允植, 1835~1922은 어렴풋하게 강위의 울분을 짐작해 보고 있다. 그는 세상을 다스리는 거대한 학문으로 세상에 쓰여지기를 바랐으나, 세상은 그의 시적 재능만을 인정하여, 정치적 포부를 펼치는 실용의 학자가 아니라 시인으로서만 유명해졌다는 것이다. 그가 문밖을 나서면 쓸쓸할 수밖에 없는 이유인 것이다. 고관대작高官大爵의 정권 실세들이 그를 앞다퉈 초빙하여 만나볼 정도라고 그의 소문이 파다하게 퍼지게 된 것은, 그가 제시하는 개혁적 전망 때문이 아니라 그가 짓는 시 때문이었다. 그가 바라던 바는 아니었다. 이중하李重夏, 1846~1917가 지은 강위의 본전에서는 "세상에 선생을 아는 자가 모두 시문에 재주가 있음을 칭송할 뿐, 천하를 논하고 시무를 안다고 하면 더러 믿지 않았다"[86]라고 하였다. 강위의 문집에 수록된 서문과 발문 등을 작성한 필자들은 모두 비슷한 논조로 이러한 사실을 지적하고 있다. 자신들은 강위가 천하를 논하고 시무를 능히 감당하는 경세가임을 알지만, 세상은 그 사실을 몰라주었다는 것이다.

그러나 이러한 지적은 정확히 표현된 것이 아닐 것이다. 강위가 경세가經世家의 포부를 품고 시인詩人으로서의 재능도 출중함은 그와 교유한 모두가 알고 있었을 것이다. 다만 강위의 경세가로서의 전망은 당시 일반적으로 수용되기 어려운 방향을 지향하고 있었기에 외면받았고, 강위의 시문에 대한 재능은 누구나 인정할 만큼 수준이 높았기에 두루 수용되었던 것이다. 한말사대가의 구심점이라고 알려져 있던 이건창이 강위를 대하는 태도에서 이러한 상황을 짐작해볼 수 있다. 이건창은 강위를 한 세대 위의 어른으로서 선생님으로 대접하지만, 경세가로서 학문과 인생의 선생님이 아니라 시인으로서 시 선생님으로 대접한다. 스스로 강위의 "시 제자"로만 자처했던 것이다. 이건창 역시 강위 문집의 서문 발문 등을 작성한 다른 필자들과 같은 취지로 강위의 학문과 시적 재능의 관계에 대해 정리해내기는 하였다.

> 선생이 공부한 바는 모두 천하 인민과 통치 방략의 거대한 것들이었는데, 특히 당대의 세상 일에 마음을 쏟았다. 높게는 하분河汾의 태평십이책太平十二策이 될 만하고 낮아도 미산眉山의 권형책權衡策과 견줄 만하였으니, 이것이 선생의 지향이었다. 그러나 운명이 기구하고 힘이 다하여 홀로 떠다니며 늙도록 제대로 대접받지 못하였다. 오직 지어놓은 시들과 장난의 흔적들이 남들의 입과 귀 사이에 흘러들어가, 세상에서는 드디어 선생을 시인으로 단정하고 선생 역시 시인이라고 자학하였다. 아, 선생이 어찌 다만 시인일 뿐이겠는가.[87]

이건창이 쓴 『고환당수초』의 서문이다. 이건창 역시 강위가 가진 경세의 높은 뜻은 가려지고 시문의 재능만 인정받는 세태에 대해 상심어린 지적을 하고 있다. 수나라 때 하분 출신의 학자였던 왕통王通, 584~617은 문제文帝에게 12조의 개혁책을 올렸으나 수용되지 못하였고, 송나라 때 미산 출신의 학자였던 소순蘇洵, 1909~1066은 권서權書와 형론衡論 등의 저술로 유명해졌다. 이건창은 강위의 경세론들이 이들 책과 비견할 수 있다고 평가한 것이다. 그렇다면 이들 책에 제시된 개혁책들이 쓰여질 수 있도록 이건창 자신이 적극적으로 수용하고 실천할 마음을 먹어야 발언의 맥락에 맞을 터인데, 이건창은 그렇게 하지 않았다.

> 나는 고환당 선생의 시 제자이다.[88]

이건창의 서문은 이렇게 시작한다. 이건창은 강위의 경세가로서의 면모가 묻히고 다만 시인으로서만 대접받는 것에 대해 대단히 안타까운 필치로 묘사했지만, 실상 이건창 본인이 경세가로서 강위의 면모를 수용하여 선양할 생각은 없었고 자신도 끝까지 시의 영역에서만 그를 인정하고 시에 국한된 제자임을 선언한 것이다.

실상 강위는 이건창에게 자신의 경세가로서의 면모가 수용되기를 기대했던 듯하다. 다음은 이건창이 기록한 일화에 나오는 내용이다. 한창 쇄국의 논의만이 허용되고 있던 시기에 이건창이 언젠가 사냥꾼이 사냥할 짐승을 만나면 어쨌든 쏘아야 하겠지만 사냥할 짐승이 무엇인지 어떤 모양인지는 대략 알고 있어야 하는 것과 마찬가지로, 조선은 서양에 대해 알아야 한다고 생각한 적이 있다. 강위에게 말했더니 강위가 "사람이 있었구나"라고 하면서 격려해주었다고 한다.[89] 서양에 대해 무시하고 외면하는 사람만 있는 것이 아니라, 제대로 알아야 한다고 하는 이건창 같은 사람도 있구나 하는 감탄이었을 것이다. 이건창은 서양을 사냥할 짐승 혹은 적대적 대상으로서 탐색이 필요하다고 본 것이긴 하지만 그래도 서양에 대한 지식을 요구하는 시선이라고 할 수 있을 것이다. 그리하여 강위는 이건창을 격려하며 기대하였던 것이다.

그러나 그다음 언젠가 강위가 정건조의 사신단을 따라 중국에 다녀온 뒤에 여행 중의 필담 자료를 이건창에게 보여주는 순간 이건창은 놀라고 두려워하게 된다. 금지하고 피하는 일들이 기록되어 있었기 때문인데, 강위는 탄식하기도 하며 웃기도 하며 당당히 읽어내려 가더라는 것이었다. 분위기로 보아 서학이나 개국 통상에 관한 일들이었을 것이다. 이건창은 아무런 대꾸도 못하고 침묵으로만 일관하였다.[90] 그다음 해 이건창이 북경에 가게 되었을 때 강위를 데려갔다. 이건창이 직접 견문해 보니 강위의 기록이 맞는 것도 있고 틀린 것도 있어서 강위의 주장이 전적으로 사실이기만 한 것도 아니라고 판단하였다. 그리고 북경에 다녀온 뒤에 이건창은 곧이어 벌어진 개항의 정세에 참여할 의욕을 잃고 만다. 이건창은 강위가 다른 사람에게 자주 했다는 말, "오늘날의 일은 오직 이아무개이건창가 제대로 해낼 만한데, 하지 않으니 어찌된 일인가"라는 내용을 옮겨 적으며 이 때문에 강위를 대하기가 괴로웠다고 하였다.[91] 이건창으로서는 개화에 적극적일 수 없는 입장이었는데, 강위는 적극적으로 나서도록 젊은 이건창을 압박하는 분위기로 일관하였으므로, 서로 사이가 벌어지지 않을 수 없는 상황이었던 것이다. 당초 서양이 무엇이고 어떤 모양인지의 판단에서 이미 강위와 이건창은 다른 것을 보고 다른 모양을 그려내고 있었던 것이다.

그럼에도 불구하고 이건창은 강위와 완전히 결별하지는 못하였고 시 제자임을 자처하였다. 입장 차이가 분명한 경세에 관해서는 접어두고 문학에 관해서는 존중하는 형식으로 일정한 타협을 하는 셈이다. 그리하여 북경에 함께 오고가던 육천 리 길에서 나눈 대화에서도 경세가로서 강위가 하는 발언과 시인으로서 강위가 하는 발언을 나누어, 전자의 정치와 천하 형세 같은 것은 자기가 도통 이해할 수 없었고, 오직 후자의 시도詩道에 관한 것들만 모두 합치되었다고 하였다. 시도에 관해서는 강위가 꺼낸 말을 이건창이 이어가도 강위가 계속 말을 하는 것과 흡사해서 강위가 숨이 막힐 정도로 웃을 지경이었다고 하였다.[92]

이건창은 강위와 세교世交가 있다고 하였다.[93] 이건창의 선대부터 강위와 교유가 있었음을 지적한 말이다. 강화도에 거주하던 이건창의 조부 이시원李是遠, 1790~1866이 1866년 병인양요 당시 프랑스군에 의해 강화도가 점령되자 음독 자결한 일이 있었는데, 강위는 영남 감영에 있다가 그 소식을 듣고 시를 한 편 썼다.

> 천하 바다 일렁이는 파도도 생사를 흠모하는데
> 종묘사직의 신하 의를 지켜 스스로 가파르게 섰네.
> 위기 닥치니 강역을 지켜낼 책임 짊어지고
> 세상 격발시키려 먼저 순국의 간절함 보냈네.
> 차분히 공부하였으니 저력이 있었을 터

갑작스런 사태에서 평생을 드러냈네.

반평생 알아주심 아득하게 되었으니

서풍에 부질없이 눈물만 흐르네.

竇海奔波慕死生, 宗臣蹈義自崢嶸.

臨危摠任封疆責, 激世先輸殪國誠.

講到從容須定力, 偏因倉卒見生平.

受知半世成遼闊, 謾依西風涕屢傾.[94]

「영남 감영의 성중에 있다가, 오랑캐들이 강화도에 들어오자 사기 이시원 상서가 소를 남기고 약을 먹고 죽었다는 소식을 들었다[嶺營城中, 聞番寇入沁. 李沙磯是遠尙書, 遺疏, 仰藥卒]」는 제목의 시이다. 이건창의 조부 이시원은 병인양요 때 강화도에 거주하고 있었는데, 프랑스군이 강화도를 함락시키고 학살과 약탈을 자행하자, 그의 아우 이지원李止遠과 함께 상소문을 남기고 음독 자결하였다. 강위가 이시원의 죽음을 듣고 눈물을 흘리며 쓴 시이다. 이시원은 이조판서까지 지냈고 병인양요 직전에는 정2품의 정헌대부正憲大夫 품계까지 받았으니 종묘사직의 신하라고 할 만하고, 그런 그가 스스로 목숨을 버리고 가파른 의리를 세운 것을 첫 두 줄에서 언급하였다. 셋째 줄에서 여섯째 줄까지는, 그가 순국한 것은 단순히 자기 한 몸의 도덕성을 보이기 위한 것이 아니라 국토를 지켜야 한다는 책임감을 홀로 감당한 것이며, 위기의 순간에 갑자기 나타난 책임감이 아니라 평소에 깊었던 공부를 담은 평생이 한 순간에 드러난 것이라고 하였다. 시의 마지막에서 강위는 눈

〈그림 12〉 강화도 사기리에 있는 이건창 생가
출처 : 이은영

물을 흘리는데, 자신을 알아주셨던 일이 과거의 일이 되어버렸다고 한탄하였다. 이 무렵까지 강위는 전국을 떠돌며 지냈는데, 유랑 과정에서 강화도에 이르러 이시원과 교유를 시작하게 된 것이 아닐까 짐작해볼 수도 있겠는데, 현재까지는 강위와 이시원의 교유를 알려주는 증거가 이 시 한 편일 뿐이다. 이건창이 언급한 강위와의 세교는 자신의 조부와의 교유를 말한 것으로 보인다. 이시원과 강위가 30년 나이 차이가 있고, 다시 강위와 이건창이 30년 차이가 있으니, 격세로 세교가 이어진 셈이다.

이 일로 조정에서는 이건창의 조부 이시원에게 영의정을 증직하고 충정忠貞이라는 시호諡號를 내렸다.[95] 또한 강화별시江華別試를 시행하였다. 별시란 정규 과거 시험 외에 별도로 의미를 부여하여 치르는 과거 시험이며, 이 강화별시는 강화도에서 순국한 이시원을 기리는 의미에서 치른 것이다. 1866년 병인양요의 해에 치러진 강화별시에서 이건창은 15세로 급제하였다. 이후 이건창은 홍문관직에 등용되고 경기암행어사와 한성부소윤 등을 지냈고, 갑오경장 이후에는 개화의 진행 방향에 반발하며 제수되는 관직을 일절 거절하다가 유배를 가기도 하였다.[96]

8. 김택영, 황현 그리고 시인 문단

이건창은 서울에 머무르는 1860년대 중후반부터 서울 남산 북쪽 회현방 일대에서 홍기주洪岐周, 1829~1898, 이중하李重夏, 1846~1917, 정기우鄭基雨, 1846~1917 등과 남촌시사南村詩社를 결성하여 활동하게 된다. 박규수朴珪壽, 1807~1877 등 노론계 인물들을 중심으로 활동하던 북촌시사北村詩社 혹은 북사에 대비되는, 남사 혹은 남촌시사는 소론계 인사들이 중심이 되어 있었다. 남촌시사는 남산에 거주하는 소론계 문사들을 중심으로 출발하여, 후에 강위, 김택영, 황현을 비롯해 정범조鄭範朝, 여규형呂圭亨, 이남규李南珪, 이기李琦, 이근수李根洙 등 여타의 소론과 비노론계 인사들이 대거 참여하는 시단으로 발전하였다. 이건창은 강위를 알게 된 뒤에 다른 사람들을 소개시켜주어 강위와 교유를 맺게 하였다고 기록한바,[97] 이 남촌시사와 같은 형식을 갖춘 모임에 강위를 끌어들인 정황을 보여주는 것이다.

남촌시사에는 주요 동인의 친인척과 자제들이 새로운 동인으로 참여하였다. 이건창의 동생 이건승李建昇, 1858~1924, 이중하의 아들 이범세李範世, 1874~1940 등이 그들이다. 그 밖에 지방의 저명한 문사가 상당수 참여하였다. 경기도 광주의 강위, 개성의 김택영, 구례의 황현, 예산의 이남규, 구미의 이근수, 하동의 성혜영成蕙永과 김창순金昌舜 등이 그들이다. 조선말기의 저명한 시인 여규형은 덕소 사람으로 이중하와의 친분으로 동인이 되었으며, 이건창과의 교류를 통해 급성장하고, 주요 동인으로 활동하였다. 이건창의 친척 이학원李鶴遠 또한 이건창의 주선으로 동인이 되었다.

남촌시사가 결성되고 왕성하게 활동한 동인으로는 한말사대가인 이건창, 강위, 김택영, 황현을 비롯해 종산鍾山 홍기주洪岐周, 이아당二雅堂 이중하李重夏, 치재恥齋 이범세李範世, 운재雲齋 정기우鄭基雨, 경재耕齋 이건승李建昇, 석정石汀 정범조鄭範朝, 무정茂亭 정만조鄭萬朝, 규원葵園 정병조鄭丙朝, 강재康齋 정헌시鄭憲時, 수산壽山 정현오鄭顯五, 이당怡堂 서병호徐丙祜, 徐光祜, 보당葆堂 서병수徐丙壽, 徐光祚, 양천養泉 서주보徐周輔, 하정荷亭 여규형呂圭亨, 경재經齋 오한응吳翰應, 수당修堂 이남규李南珪, 이송二松 이학원李鶴遠, 소산蘇山 윤영식尹榮軾, 이교영李喬榮, 이교하李教夏, 의람猗嵐 홍우헌洪祐獻, 견산見山 조병건趙秉健, 추당秋塘 송영대宋榮大, 현호玄湖 윤자덕尹滋悳, 박승학朴勝學, 소령小舲 박준빈朴駿彬, 설청雪靑 정기춘鄭基春, 정기회鄭基會, 난타蘭坨 이기李琦, 유당逌堂 박이양朴彝陽, 정인승鄭寅昇, 묘재卯齋 박제순朴齊恂, 미사眉社 정찬조鄭瓚朝, 위사韋士 이근수李根洙, 발산鉢山 성대영成大永, 남파南坡 성혜영成蕙永 등의 명단을 확인할 수 있다.

이범세는 이중하의 아들이고, 이건승은 이건창의 동생이며, 여규형은 이중하와 친분이 있었고, 이학원은 이건창의 친척이었던 등, 최초의 동인들이 그 주변 인물들을 끌어들여 남촌시사의 동인들이 확대된 것이다. 남촌시사 동인들은 주로 정기우의 화수정, 일명 화수산장花樹山莊을 거점으로 모이거나 이건창의 목련관木蓮館, 서주보의 천향관泉香館, 정건조의 문행관文杏館, 정원용鄭元容의 석림정石林亭, 이유원의 홍엽정紅葉亭, 일명 雙檜亭, 그리고 노인정老人亭의 시실詩室에서 활동하였다. 그 밖에 근무하는 관청에서도 활동을 가졌다고 한다.[98]

이러한 남사의 문예 활동 과정에서 강위는 일종의 맹주盟主 역할로 추대되었다.[99] 강위는 남사 동인들 중 이건창·정기우·홍기주·이중하 네 사람의 시를 엮고 인물 소개도 덧붙인 『한사객시선韓四客詩選』을 1873년 1차 연행 때 중국에 가져가서 중국인 장세준張世準·오홍은吳鴻恩 등에게 보이고 품평을 받아오고, 2차 연행 때 다시 가져가서 서부徐郙의 품평을 받아왔다.[100] 남사 활동의 구심 역할을 톡톡히 한 것이다. 강위가 맹주 역할을 하게 된 것은 주요 동인들보다 한 세대 위의 연령이었던 점도 있겠으나, 시적 재능이 탁월하여 추앙받았던 점이 더 중요하겠다. 김택영은 강위에 대해 "고환노선생은 시인 중의 부처로 풍아風雅를 겸비하여 진정 내 스승일세"[101]라고 하였다.

남촌시사에서 어울렸던 김택영은 당초 1866년 과거 시험장에서 이건창을 처음 만나본 뒤에 이건창과 교유를 지속해왔다. 김택영은 이건창이 당대의 인사들에게 소개해주는 덕에 그의 문장과 시문의 재주를 널리 알릴 수 있었다. 김택영은 개성 출신으로 이후 편사국주사編史局主事, 중추원서기관中樞院書記官 등을 지내면서 고향과 서울을 오가며 지냈는데, 1905년 학부 편집위원으로 있다가 중국으로 망명하였다. 이전부터 알고 지내던 중국의 진보 지식인 겸 사업가 장건張謇의 협조로 양자강 하류 남통南通에 출

〈그림 13〉 중국 남통에서 촬영된 김택영의 만년 모습

판사의 일을 보는 것으로 생계를 유지했다.[102] 김택영이 강위를 처음 만나게 된 것도 이건창의 소개에 의한 것이었다. 김택영을 만난 강위는 김택영에게 구례의 왕사천王師天을 소개하기도 하였는데,[103] 아마 강위가 전국 유람 과정에서 알게 되었던 인물들일 것이다. 김택영은 왕사천을 만난 자리에서 황현黃玹과 알게 되기 전에 미리 황현의 시를 읽어보기도 하였다.

계유년1873 내가 추금자에 대해 봉조鳳朝 이학사李學士, 이건창에게 들었는데, 다음해 봄 이학사가 초청한 자리에서 이마를 찌푸리고 광대뼈가 튀어나오고 수염이 많으며 눈에서 활활 빛을 내면서 먹고 마시며 시를 논하는 사람을 보고 반드시 추금자일 것이라고 알아차렸다. 이학사는 좌우를 둘러보며 우리 둘을 서로 소개해주었기에, 이때 나는 추금자를 알게 되었다. 아! 내가 추금자를 지켜보니, 시대를 잘못 만나 밖으로는 온화해 보여도 안으로는 불평이 가득하여, 성난 감정이 수시로 튀어나왔으니 어쩌면 공자가 말한 중행中行과는 다를 것이다. 그러나 그의 재주는 한 세상에서 흔히 볼 수 있는 것이 아니어서 전기가 없을 수는 없는 것이다.[104]

김택영이 강위의 삶을 정리한 「추금자전」의 마지막 대목이다. 1886년 강위 서거 2년 후에 지은 것이다. 강위를 중용을 실천하는 선비는 아니라고 했다. 칭찬이 아닌 것은 분명하지만, 그렇다고 강위의 삶을 비하한 것은 아니다. 강위 스스로 기존 학설을 힘써 뒤집으려고 노력했다고 하였고, 김택영도 그런 강위의 태도를 "추금자는 사람됨이 강직하고 과단성이 있어서, 학문에 있어서는 모두 자득하기 위해 노력했고, 앞 사람들의 기존 학설을 수긍하려 하지 않았다"고 하였다. 그의 성격과 학문적 태도가 모두 가슴 가득한 불평에서 나온 것임을 마지막 대목에서 정리하고 있는 것이고, 그 불평의 원인은 시대를 잘못 만났다는 것에서 근본을 찾아서 설명하는 것이니, 강위를 제대로 이해하고 그의 삶을 적절하게 정리하여 전기를 지었다고 볼 수 있겠다.

김택영의 후배 세대인 산강山康 변영만卞榮晩, 1889~1954이 나중에 김택영의 전기를 지으면서 유독 이 「추금자전」을 김택영의 대표작으로 꼽았다. "말의 운치가 공중에 솟구칠 듯하면서도, 담아놓은 바는 모두 진실이어서, 추금자로 하여금 스스로 짓게 하더라도 이에 따르지 못할 것이다. 그 품등의 높이는 거의 앞의 두 전과 더불어 정족鼎足을 이룰 것이다"고 하였다.[105] 여기서 앞의 두 전은 『사기史記』의 사마상여司馬相如와 『한서漢書』의 동방삭東方朔 두 전傳을 말한다. 변영만은 이 앞의 두 전을 놓고 『사기』의 저자 사마천司馬遷이나 『한서』의 저자 반고班固가 지은 것이 아니라, 사마상여와 동방삭 당사자들이 자서전으로 지은 것이 아닌가 할 정도로 사마상여와 동방삭의 정수를 제대로 묘사하였다고 하였다. 변영만이 보기에 「추금자전」은 김택영이 강위의 정수를 온전히 묘사하여 마치 강위 스스로 지은 듯하니, 『사기』나『한서』의 반열에 오를 만한 것이라고 한 것이다.

김택영 스스로도「추금자전」이 제법 잘된 문학적 감동 속에 역사적 진실을 담고 있다는 칭찬을 옮겨놓은 적이 있다. 김택영이 이건창의 종숙부가 되는 척사 이상원惕士李象元에 대한 만사를 지을 때 "옛날 공께서 나의 추금자전을 보시고, 허심탄회하여 국사를 편찬할 만하다 하셨네"로 시작했다.[106] 후배 변영만이 내린 평가와 크게 다르지 않았던 듯하다. 김택영은 강위를 온전히 칭찬만으로 수식하지도 않고, 괴짜로만 그려낸 것도 아니며, 문학적 감동 속에 결국 강위의 내면을 충분히 이해할 만하도록 그려낸 것이다. 이것은 강위의 시 제자를 자처하던 이건창의 태도와도 다르며, 강위에 대한 흠모로만 일관하던 황현의 태도와도 다른데, 김택영만큼 강위를 가감없이 객관적으로 관찰하고 묘사하려고 노력한 사람은 없었던 것이다.

김택영은 고려의 수도였던 개성開城 출신임을 자신의 정체성의 하나로 인식하여 개성에 관한 다양한 기록을 남기기도 하였고, 패사소품稗史小品의 문체로 문체반정文體反正의 핵심 공략 대상이 되었던 연암燕巖 박지원朴趾源, 1737~1805의 글을 오히려 고문古文의 정수라고 하여 당대의 상식과 다른 결단을 내리기도 하였다. 박지원의 손자 박규수가 당대에 권력 핵심부에 있었으면서도 차마 조부의 문집을 간행할 수 없었던 분위기를, 개성 출신 김택영이 거침없이 거스른 것이었다. 또한 김택영은 얽매임이 없는 성격으로 동시대 유림들의 중론에 어긋나는 논지 때문에 사단을 불러일으킨 적도 있었다. 김택영의 내면에도 강위의 내면에 가득한 불만에 엇비슷하게 공명할 만한 조건이 갖추어져 있었던 것이다. 김택영의 우울과 소외감이 강위의 내면에서 거울을 발견한 것이리라. 변영만은 이렇게 표현했다. "세상사는 득실이 조화와 같아서 진실로 예견할 수 없는데, 문자는 그러함이 더욱 심하다. 창강자는 추금자보다 비록 조금 늦게 태어났지만, 한 시대를 같이할 수 있었다."[107]

또 한편 강위는 김택영, 황현과 육교시사六橋詩社에서 함께 하기도 한다.

육교시사는 중인中人과 서리胥吏를 포괄하는 여항문인閭巷文人들의 시사였다. 청계천 광교廣橋 부근에 의관醫官과 역관譯官 등 기술직 중인들이 집중적으로 거주하고 있었는데, 이 광교가 청계천의 여섯 번째 다리여서 육교六橋라 하며 여항인 중심 시사의 이름으로 삼은 것이다. 이 1870년대에 결성되어 활동하던 육교시사의 맹주로 강위를 모셨는데, 이 때문에 강위의 출신이 양반이 아닌 여항인이었던 것으로 오해되기도 하였다. 강위는 워낙 신분의 차등에 개의치 않고 아랫신분의 사람들에게 허물없이 대했으므로, 여항인들 쪽에서도 불편하지 않게 접근하여 함께 어울릴 수 있었을 것이다. 육교시사의 구성원으로는 역관들이 가장 많았지만, 강위처럼 무반 가문 출신의 양반이 맹주로 있으면서 강위와 어울리던 김택영과 황현처럼 지방 출신 양반들도 드나들었다. 이들은 남촌시사와 활동 반경이 겹친다. 남촌시사와 육교시사를 동시에 드나들며 강위와 어울리던 인물로 이밖에 차란次蘭 성혜영成蕙永, 난타蘭坨 이기李琦도 꼽을 수 있겠다. 강위를 매개로 양반 문인들 일부가 여항인들의 시사인 육교시사에 참여할 수 있었던 것으로 보인다.[108] 이 무렵 양반과 여항문학을 가로지르는 문단 교유의 한 중심에 강위가 있었던 것이다.

육교시사의 기록들을 보면 여러 곳을 옮겨가며 모임을 갖는데, 변진환邊

晉桓의 해당루海棠樓, 소당小棠 김석준金奭準의 홍약관紅藥館, 차산此山 배전裵埧의 경매실庚梅實, 송년松年 김재옥金在玉의 서옥書屋, 설봉雪蓬 지운영池雲英의 독서산방讀書山房, 위당韋堂 변위邊煒·인재忍齋 김경수金景遂·용초蓉初 박승혁朴承赫·김한종金漢宗·황윤명黃允明 등의 서실, 그 밖에 천파재天葩齋, 녹수장綠水莊, 광교사廣橋舍 등의 공간이 기록되어 있다. 대개 동인들의 사랑채들을 전전하였던 듯하다. 그 밖의 동인으로는 소향小香 백춘배白春培, 문암聞庵 이명선李鳴善, 우청又靑 이용백李容白, 양석養石 변정邊珽, 운농雲農 유영표劉英杓, 야우也愚 고영철高永喆, 춘파春坡 김득련金得鍊 등이 있었다. 대부분 역관과 의관의 기술직 중인들로서, 이들은 시회로 모여 한시를 주고받는 관계이면서, 또 일부는 개항 과정에서 국제 정치의 실무를 주도해나가는 역할을 수행하기도 했다.[109] 강위가 이들과 어울린 데에는 그들의 실무적 역할에 대한 기대가 적지 않았기 때문일 듯하다.

황현 역시 김택영처럼 이건창의 소개로 한양의 여러 인사들과 교유하며 한양에 문명文名을 날릴 수 있었는데, 김택영과는 달리 이건창의 소개 없이 강위를 직접 찾아갔다. 성혜영으로부터 강위의 시와 활동을 전해 듣고 흠모하며 교유를 맺기 위해 먼저 나선 것이었다.

육교시사와 남촌시사를 넘나들며 강위 옆에서 문단 활동을 하던 성혜영이, 광양에 머물고 있던 황현을 찾아갔다. 성혜영은 하동 출신의 시인으로서 한양에 진출하여 문단 활동을 하고 있었는데, 황현의 소문을 듣고 교유를 맺기 위해 광양의 석현정사로 찾아간 해가 1876년이었다. 이때 성혜영은 황현과 며칠을 함께 지내며 한양의 소식들과 더불어 강위의 면모에 대해 자세히 들려주었다.[110] 성혜영과 소식을 주고받으며 지내다가 드디어

1878년 황현은 한양으로 향한다. 황현이 처음 한양에 발을 딛은 것이다.

〈그림 14〉 매천 황현
출처 : 문화재청

> 내가 추금 선생을 뵙지 못했는데
> 전에 뵌 것처럼 느껴지네.
> 미리 그려보다가 한 번 뵌 뒤에는
> 얼마나 그리워하게 될는지.
> 멀리 떠나온 나그네 돌아가지 않아도
> 향기로운 풀 마당에 가득하겠지.
> 남산의 비바람 치는 저녁에
> 평상을 두고 빙빙 천백번이나 돌고 있네.

> 我不見先生, 思之如曾見.
> 豫想一見後, 當作如何戀.
> 遠客不歸去, 芳草滿庭院.
> 南山風雨夕, 繞床千百轉.[111]

김택영은 황현의 전기에서 황현이 처음 한양에 발을 딛었을 때 이건창에게 시를 지어 가서 만났고, 이건창이 그 시를 보고 크게 칭찬하여 황현의 명성이 높아졌다고 하였다.[112] 그런데 사실은 이때 이건창이 유배 대기 상태에 있었던지라 만나지는 못했고, 나중에 이건창이 유배에서 풀려난 뒤에 만나게 된다.[113] 황현은 한양에 온 마당에 그동안 성혜영으로부터 명성을 듣던 이건창과 김택영과도 물론 만나보고 싶어했을 것이다. 그러나 무엇보다 강위를 만나볼 기대가 가장 컸던 듯하다. 위의 시는 강위와 약속을 잡은 전날 저녁, 남산의 어느 객사에서 기대감으로 잠못 들고 있는 상황을 묘사한 듯하다. 늘상 생각하고 있던지라 본 적이 없는데도 이미 본 것 같은 느낌, 아직 만나지 않았는데도 벌써 헤어진 뒤의 아쉬움까지 생각하게 되는 만남의 간절함이 매우 절실하게 표현되어 있다. 멀리 떠나온 나그네 입장에서 고향 생각이 잠깐 들지만 돌아갈 생각은 없고 남산 아래 어느 집에서 상을 끼고 서성이는 자신에 대한 묘사에서, 강위를 만나볼 기대감이 가득하여 하게 되는 황현의 행동들을 상상하게 만든다.

황현은 강위가 죽었을 때에도 강위를 여윈 신선이며 경세제민의 전략가이며 일류 시인이었다고 표현하였다.[114] 이건창이 강위의 경세가로서의 전망 때문에 서로 어긋남이 없지 않았고, 김택영이 강위가 중용을 실천하는 사람은 아니라는 점을 선명히 지적하였던 것과 비교해 보면, 황현은 강위를 장단을 아울러 평가할 생각이 전혀 없고 오직 추숭할 인물로만 바라보고 있었다는 점이 두드러져 보인다. 황현은 『매천야록梅泉野錄』을 통해 당대 권력 실세들의 비리와 죄상을 날카롭게 지적하고 그들을 비난하기 위해서는 원색적인 발언들도 옮겨 적은 사람이며, 일제강제병탄의 소식을 듣고 지식인으로 살기 어렵다는 「절명시絶命詩」를 내놓고 자결함으로써 문명이 부정되고 나라가 망하는 대목에서 아무런 책임도 지지 않으려는 사대부 계급 전체를 목숨으로 꾸짖은 사람이다. 황현의 날카로움은 역사적으로도 흔치 않은 것인데, 강위에 대해서는 오직 추숭으로 일관하고 있다. 시인 강위의 내면 풍경이 시인 황현의 신산한 삶에 단단한 의지가 되었던 것이 아닐까. 공맹을 부정하든, 방랑을 일삼든, 개국통상을 주장하든, 기행을 일삼든, 모두 황현이 들여다본 강위의 내면 풍경 속에서 비장한 장면으로만 보였던 것이 아닐까. 이건창이나 김택영과는 달리, 적어도 황현은 강위에 대해서는 처음부터 끝까지 긍정과 존경으로만 일관하였다.

시인으로서 강위의 명성은 고종 임금도 알고 있었을 정도였다. 앞서 강위의 일화 몇 가지를 제공한 윤효정은 고종이 한가하게 놀면서 강위의 시 구절을 갖고 장난치는 장면도 기록하였다.

> 임금이 수정水亭에 나와 다니면서 둘러보다가 높은 흥이 도도해서 한 구절 시를 낭송하였다.
>
> "수이엽심재수척水而葉心才數尺[수면에서 연잎까지 겨우 몇 척인데]이요,
>
> 신귀일약대천년神龜一躍待千年[신령한 거북 한 번 뛰어오르려 천년을 기다리네]이라."
>
> 내시 황윤명黃允明을 돌아보고 말했다.
>
> "이 윗 구절이 무엇이냐?"
>
> "화화엽엽진경천花花葉葉盡擎天[꽃마다 잎마다 모두 하늘을 받들고]이요,
>
> 방개유어희사변放箇游魚戲四邊[노니는 물고기 사방에서 희롱하게 놔두네]이옵니다."
>
> "이것이 누구의 시인가?"
>
> "추금 강위가 지은 것이옵니다."
>
> 마침 그 때 시종신들이 수정에 오르려고 연못가에 모여 섰는데, 임금은 정낙용鄭洛鎔 장군을 바라보고는 정장군을 한 번 희롱하려고 하는데[115]

수정은 경회루慶會樓이다. 고종이 한가하게 새로 재건한 경복궁景福宮의

〈그림 15〉 일제 시대 촬영된 경회루
출처 : 한국사데이터베이스

경회루 못가에서 신하들과 장난치며 노는 장면에서 강위의 시가 등장한 것이다. 강위의 시는 「북지에서 연꽃을 감상하다[北池賞荷]」는 제목의 시이다.[116] 모두 두 수로 이루어져 있는데, 고종과 황윤명이 주고받은 부분은 두 번째 연이다. 강위의 시는 물고기가 여유롭게 헤엄치는 넓은 연못에 가득한 연꽃의 고결한 모습 속에 거북이 연잎에 올라탄 장면을 우연히 목격한 그런 풍치를 노래한 것이다. 그림 한 폭과 같다고 하는 그런 종류의 정취일 것이다. 너무 길어서 후략한 부분에서 고종은 무신 정낙용 장군이 물가에 서서 배에 오를까 말까 망설이는 장면을 보고 장난쳐서 놀려주고 싶었는데 임금이 신하에게 그런 장난을 쳐도 되는지 망설이고, 고종의 마음을 눈치챈 내시 황윤명이 장난도 잘 치면 학대가 아니라는 고전을 인용하며 고종이 마음 놓고 장난치도록 분위기를 조성한다. 장난을 치기로 마음을 먹은 임금은 정낙용을 멀리서 바라보면서 어서 배에 뛰어오르라 하고, 정낙용이 배에 오르려 할 때 몰래 지시받은 내시 한 명이 그의 등을 후려쳐서 펄쩍 뛰어 배에 올랐다는 것이다. 고종은 한가하게 놀다가 장군 하나를 놀려줄 마음이 들었을 때 이 시가 떠오른 것인데, 경회루 연못가에 띄운 배가 시 속의 연잎이 되고, 정낙용이 시 속의 신령한 거북이 되는 것으로 장난을 마무리한 것이다.

시 전체를 알고 있었는데 강위의 시구절임을 알려주는 일화로 구성되느라 내시에게 물어본 장면이 개입한 것인지, 딱 앞뒤 모르고 그 마지막 구절만 자기가 치고 싶은 장난에 부합하도록 고종의 머릿속에 떠올랐던 것인지는 알 수 없지만, 당대의 임금이 시종신도 아니고 벼슬도 하지 않은 일개 민간 시인의 시 구절을 암송하고 있다는 사실에서, 강위의 시가 당대에 얼마나 인기 있었는지 짐작해볼 만하다. 지금 우리로서야 서세동점의 거대한 파도와 국권 상실의 짙은 그림자가 시시각각 다가오는 대목인 고종 시절에, 막 새로 재건한 경복궁에서 왕이 신하들을 상대로 장난치면서 운치 있는 시를 인용하는 그런 한가한 일이 다 있었다는 정도로 생각되지만, 당시 강위가 이 사실을 알았다면 성은에 감복하는 시라도 한 편 또 남기지 않았을까.

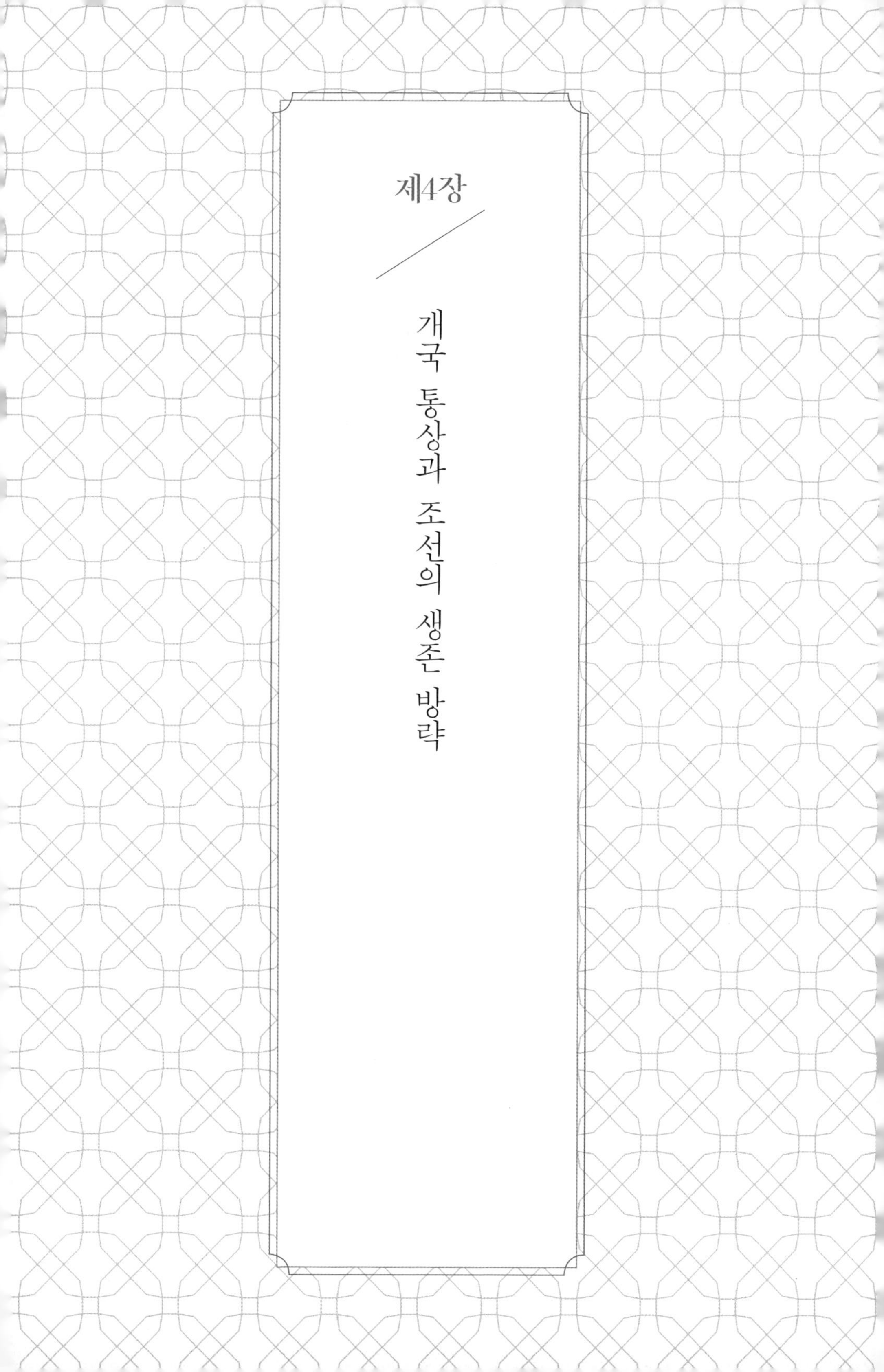

제4장

개국 통상과 조선의 생존 방략

1. 프랑스의 침공, 병인양요

19세기를 흔히 서세동점西勢東漸의 시대라고 한다. 서양 세력이 동쪽으로 밀려온다는 뜻이니, 제국주의화한 서구 자본주의 세력이 전지구를 침탈하는 상황을 동아시아 입장에서 표현한 지역제한적 어휘이다. 서세동점은 실상 서쪽에서 파도가 밀려오는 정도가 아니었다. 압도적인 무력을 기반으로 동아시아 국가들의 존립과 동아시아 인민들의 생존을 위협하며 쓰나미처럼 닥쳐오는 것이었다. 서세동점 앞에서 국가와 인민이 공동 운명이 된 듯한 상황이 만들어진 것이다.

앞서 강위가 전국적인 시인의 이름을 얻게 되었고, 고관들도 앞다퉈 만나보고 싶어하는 인물이 되었던 점을 정리해 보았다. 그는 주류 담론이었던 도학道學, 소위 이기성명지학理氣性命之學만 빼고는 모든 비주류 학문에 관심이 있었다. 고증학考證學과 명물도수지학名物度數之學, 선학禪學, 병학兵學, 법가法家 등등 관심을 안 갖는 분야가 없을 지경이었다. 강위를 문객으로 대접하고 있던 신헌이 강위의 학문과 관심을 크게 활용하는 일이 생긴다. 강위가 신헌을 위해 「민보를 설치할 것을 권하고 한강 방어선을 보완 수리할 것을 권하는 상소[請勸設民堡增修江防疏]」를 대필하여 작성해준 것이다. 강위가 자청한 일이었다. 1866년 병인양요를 전후로 한 일이다.

1866년 봄에 천주교에 대한 박해가 시작되어 신자 수천 명과 9명의 프랑스 신부가 체포되어 처형당했다. 천주교 측에서는 종교적 탄압을 받은 병인박해丙寅迫害라고 부르는 사건이고, 조선 왕조 측에서는 왕조에서 허용하지 않는 사교 집단을 처단한 병인사옥丙寅邪獄이라고 부르는 사건이다. 이

〈그림 1〉 조선 후기 쇄국 정책을 펼쳤던 흥선대원군 이하응
출처 : 위키백과

시기 집정자였던 흥선대원군興宣大院君 이하응李昰應, 1820~1898이 당초 천주교에 대해 적대적 견해를 갖고 있던 것은 아니었고, 오히려 조선 천주교에 연계된 프랑스 세력을 활용하여 러시아의 위협을 해소해 보려 하기도 하였다. 1858년 2차 아편전쟁의 결과로 청나라에서 천진조약天津條約이 체결되었다. 이 조약의 후속 조치로 연해주를 차지하게 된 러시아가 두만강을 수시로 건너와 통상을 요구하는 것에 대해 대원군 정부는 당황하며 위기의식을 갖게 되었다. 이때 천주교 신자였던 남종삼南鍾三, 1817~1866이 대원군에게 한불조약을 체결하여 나폴레옹 3세의 위력으로 러시아의 남하정책을 막을 것을 조언하였다. 나폴레옹 3세 치하의 프랑스는 크림전쟁에서 러시아를 격파한 일이 있었다. 솔깃해진 대원군은 조선에 파견되어 있던 파리외방선교회 신부들을 통해 한불조약을 구체화시키려 하였다. 그러나 대원군에게 적대적인 세력들은 청나라에서도 금지하는 천주교와 접촉한다는 혐의를 들어 대원군을 강력하게 공격하였고, 대원군이 수세에 몰리자 그동안 대원군의 정치적 후원자였던 조대비趙大妃조차 대원군을 비난하기 시작했다. 정치적 위기를 느낀 대원군이 강력한 천주교 탄압으로

돌아서면서 파리외방선교회 신부들을 희생양으로 삼게 되었다.

당초 대원군과 만나 천주교 허용과 한불조약 체결을 의논하려고 서울에 들어온 베르뇌Berneux, 張敬一, 1814~1866 · 다블뤼Daveluy, 安敦伊, 1818~1866 두 주교는, 천주교 탄압으로 마음을 돌린 대원군의 변심을 모르고 있다가 체포되어 처형당했다. 이때 서울의 새남터와 보령의 갈매못에서 처형된 천주교 신자들이 수천 명에 달하였고, 두 주교 외에도 프랑스 신부 7명이 처형당했다. 가혹한 박해를 피해 조선을 탈출한 리델Ridel, 李福明, 1830~1884은 청나라 톈진에 주둔하고 있던 프랑스 동양함대 사령관 로즈Roze, P. G., 1812~1883 제독에게 조선에서의 천주교 신자 대량 학살 사실을 알렸다. 로즈 제독은 이 병인박해의 책임을 물어 조선을 침공했다. 1866년 8월 군함 3척을 이끌고 한강 하구와 강화 일대를 정찰하고 지형을 파악한 뒤에, 9월 총 병력 1천여 명과 함포 10문을 7척의 군함에 싣고 와서 강화부를 점령했다. 점령 포고문에 "프랑스 선교사 9명을 죽였으니, 조선인 9,000명을 학살해야 하겠다"는 내용을 적어 조선을 협박하였다. 병인박해의 결과 대원군은 다시 권력 안정을 도모할 수 있었지만, 그 비용 청구서는 강화도 일대의 인민들 목숨으로 치르게 생긴 것이다. 병인양요丙寅洋擾, 1866

〈그림 2〉 병인양요를 일으킨 프랑스 함대의 로즈 제독(Pierre-Gustave Roze)
출처 : 위키백과

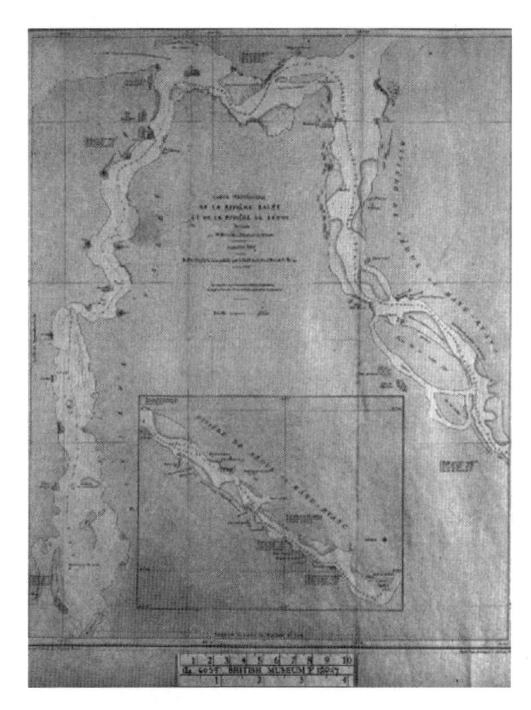

〈그림 3〉 당시 프랑스군이 작성한 한강 해구 지도
출처 : 한국사데이터베이스

년, 강위 47세 때의 일이다.[1]

로즈 제독이 톈진에서 조선 침공을 위한 출항에 앞서 청나라 조정에 조선에서 벌어진 일에 대해 항의하였고, 청나라 조정은 조선이 청나라에 조공朝貢을 바치는 나라이지만 나름대로 자치국이므로 청나라 정부는 상관없는 일이라고 둘러대었다. 청나라 조정은 즉시 조선 정부에 프랑스 제독의 협박 사실을 전하고 대비하라고 전했다. 청나라의 자문咨文을 받은 대원군 정권의 긴장이 극에 달해 있을 7월에, 박규수朴珪壽, 1807~1877가 감사로 있는 평양에서 미국 상선 제너럴셔먼호가 대동강을 깊이 침투하여 프랑스의 침공을 막기 위한 통상개방 운운하며 무력 시위를 벌이다가, 분노한 인민들과 관군에 의해 배와 선원이 모두 불태워지는 사건도 있었다. 소위 제너럴셔먼호사건이다. 곧이어 8월 로즈 제독의 프랑스 함대가 강화도를 거쳐 부평과 양화진에까지 순찰을 다니면 한강 하구를 통해 한양으로 침공할 수 있는 지도를 작성해 갔다. 9월의 본격 침공을 알리는 경보였고, 조선은 최고조의 긴장 상태에 돌입하였다. 그러나 효과적인 대비책은 나오지 않고 있었다.

지금 임금 병인년1866에 강화도에서 서양인들의 소요가 있었다. 선생은 지팡이를 짚고 가서 바다에서 강으로 들어오는 입구의 지형을 살피고 돌아와, 신헌申櫶 대장군을 위해 전투와 수비를 위한 상세한 계획을 짰다.[2]

『고환당수초』에 이중하李重夏, 1846~1917가 지어 수록한 「본전本傳」에서는 병인양요 때 강위가 신헌을 위해 수비 전략을 세웠음을 말하고 있다. 이 때문에 강위가 신헌을 위해 대필한 「민보를 설치하고 한강 방어선을 보완 수리할 것을 권하는 상소[請勸設民堡增修江防疏]」가 병인양요 이후 작성된 것으로 파악하기도 하였다. 프랑스군의 9월 강화도 점령 소요 이후로 본 것이다. 그러나 신헌의 문집에 수정되어 수록된 이 상소에 "병인년 8월"이라는 날짜가 적혀 있는 점, 프랑스 함대의 정찰만 언급되고 전투가 언급되지 않은 점 등을 통해 보면, 본격 침공 직전인 8월에 작성된 것으로 보는 것이 타당하다.[3]

지금 대저 오랑캐의 정황은 예측하기 어렵고, 오랑캐의 힘은 헤아리기 어렵습니다. 그러나 중국인이 말한 바로써 본다면, 저들은 속전에는 이점이 있지만 지구전에는 능하지 못하고, 소위 대포라 하는 것도 다만 탁 트인 뱃길이나 넓은 들에서나 쏠 수 있을 뿐 산성에서는 어찌할 수 없다고 합니다. 진실로 이 말과 같다면 우리나라의 지형은 계곡이 깊고 산이 험하고 곳곳에 산성이 있으니, 방어망을 설치하여 대처한다면 진실로 지키고도 남음이 있을 것입니다.[4]

위 인용문을 보면 프랑스 군대의 정황과 힘을 헤아리기 어렵다고 하였다. 조선과 프랑스 모두 큰 희생을 치른 전투가 벌어졌었다면, 힘을 헤아리기 어렵다고만 쓰지 않았을 것이다. 병인양요가 종결된 뒤에 기록했다면 구체적 전황과 피해 상황 그리고 전투 전략의 구체적 전개가 있어야 할 것이다. 역사학자 이헌주가 적절하게 지적하고 있듯이, 이 글은 프랑스 함대가 한강 일대를 측량하기 위해 출몰하기 시작한 직후 대원군 정권의 위기의식이 최고조에 도달하고, 8월 18일 고종이 조정에서 대책 지시를 한 뒤, 총융사摠戎使로서 경기 일대 방어의 최고 책임자 신헌이 방어전략 마련에 고심을 하고 있을 때 작성된 것으로 보아야 한다.[5]

강위가 신헌을 대신하여 강화도에서 한강으로 들어오는 일대를 답사하고 구상한, 프랑스 군함의 침공을 격퇴할 전략은 핵심적으로 민보民堡에 있었다. 민보란 지형지물을 이용하여 인민들을 수용하도록 만든 소규모 성채를 뜻한다. 정규군을 동원할 수 없을 때, 전략적으로 민가를 소각하고 인민들을 민보에 수용하여 적이 지쳐 물러날 때까지 농성하는, 일종의 청야전술淸野戰術이다. 강위가 제출한 민보 전술은 정약용丁若鏞, 1762~1836의 『민보의民堡議』와 청나라 위원魏源, 1794~1857의 『해국도지海國圖志』「주해론籌海論」해양 방어론을 결합하여 한강 하구에서 실천할 수 있는 전술로 다듬은 것으로 보인다. 스승 김정희는 강위가 제주도로 찾아오기 전에 위원의 「성수편城守篇」과 『해국도지』「주해론」을 읽고 이 책의 중요성에 대해 여러 사람들에게 설명한 바 있으므로,[6] 김정희의 서가를 마음대로 활용할 수 있었던 강위도 위원의 『해국도지』를 읽었을 것이다. 또한 강위는 「의삼정구폐책」에서 정약용의 저술을 깊이 마음에 두고 있다고 말한 바 있다. 선배 세대 실학자의 저술과 청나라 학자의 저술을 종횡으로 활용하며, 자신의 현장 답사 경험

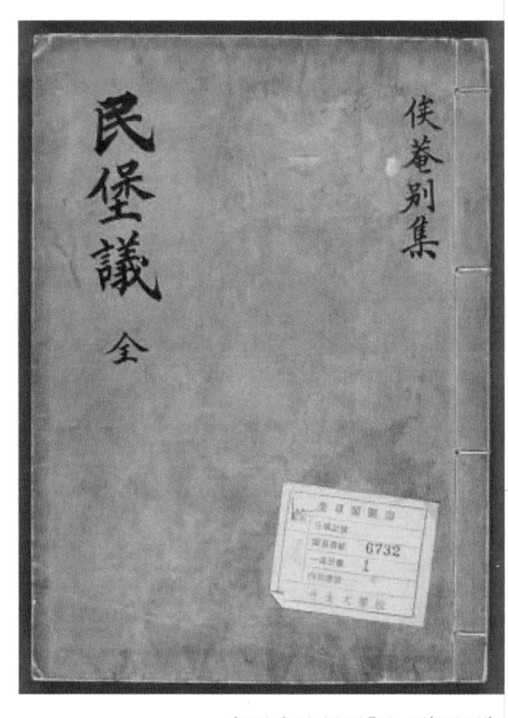

〈그림 4〉 정약용의 『민보의(民堡議)』

과 결합하여, 최대한의 합리적 결론을 내리려고 노력한 것이다. 강위의 이 결론을 해방론海防論이라고 부를 수 있으며, 이 시기 신헌·박규수 등도 해방론의 전략에 동의하고 있었다.[7]

정약용의 『민보의』는 조선 후기 정규군 운용 체계가 붕괴된 현실에서 왜구 등 대규모 외침에 대한 최선의 지역 방어 전략으로 제출된 것이다. 정규군 운용 체계에 있어서 강위의 시대가 정약용의 시대보다 나아진 점은 전혀 없었다. 강위의 판단으로도 대규모 침략에 맞서는 방법은 민보 외에는 없었던 것이다. 강위는 이미 4년 전 국내 임술민란기 「의삼정구폐책」을 통하여 강병强兵 추구의 필요성과 그것의 성취 방법으로 평등한 세금 정책을 제시한 바 있다. 그러나 정권의 무능과 타락은 전혀 개선된 바 없었고, 세금은 가혹해지기만 하고, 취약한 병사들조차 제대로 편성하여 활용하지 못하는 형편이었다. 이 상황에서 전략적 군사 작전은 꿈도 꿀 수 없는 상황이었으니, 강위는 위원과 정약용을 참고하여 민보를 활용할 것을 제안한 것이다. 인민들의 생존 의지를 해안 방어 수단으로 활용하자는 것이었다.

부채 하나로 서쪽 바람에 이는 먼지를 막을 수 있을까

근심스런 마음으로 한밤중에 수레 방향을 돌려보네.

조서를 내려 강적을 꺾으라고 명한들

창과 방패를 들 수 있는 자 몇 명이나 되랴.

바둑판 구경하며 세 치 혀를 나불대니

세상을 불에 녹여 부처님도 지어낼 듯.

하늘의 뜻을 안다면 다만 서로 경계를 높여

다르게 생긴 것들 끝내 한 몸뚱이도 가까이 말기를.

一扇西風欲障塵, 愁腸中夜轉車輪.

但頒詔紙摧強敵, 能執干戈有幾人.

棋局傍看饒寸舌, 爐錘大界鍊眞身.

應知天意聊相警, 異性從無一體親.[8]

프랑스 함대의 침공을 앞두고 조정에서 대책을 논한다는 소식을 듣고 지은 시 「송천시옥에 있다가 서울에서 변방의 침략 소식을 걱정한다는 소식을 듣고[松泉詩屋, 聞京師憂番警]」이다. 서양 세력이 일으키는 바람에 잔뜩 먼지가 일었는데 조선이 가진 계책은 부채 하나로 서쪽 바람에 맞서겠다는 모양새임을 첫 번째 줄에서 지적하고, 두 번째 줄에서 수레를 돌려 서울로 향하는 자신을 묘사했다. 아마 이 밤에 서울로 가서 신헌을 만나보고 바로 강화도와 한강 일대의 지형을 살피는 걸음을 했을 것으로 추정해본다. 이렇게 구체적이고 실질적인 대응을 해야 하는데 조정에서는 아무런 대책도 없이 저 강적을 꺾으라고 명령만 내리니, 강위가 생각해도 누가 무기를 들고 싸우겠냐는 한심한 생각이 세 번째와 네 번째 줄에 서술되어 있다. 그다음은 말만 많은 정세를 비난하는 듯하다. 바둑판에서 훈수 두는 자들은 자기가 이기고 지는 것이 아니니 아무 소리나 지껄여대고, 부처님도 만들어낼 듯 헛소리를 하는 것을 말했다. 마지막 일곱 번째와 여덟 번째 줄에서는 우선 경계 태세를 강화하고 침공해오는 저들과 접촉하지 말아야 한다는 강위 나름대로 제안하는 지침을 말하고 있다. 아직 대책이나 전략을 구상한 것은 아니지만, 우선 행동 지침을 제시한 것으로 볼 수 있다.

여기서 마지막에 제시한 행동 지침에 주목해야 한다. 강위는 병인양요를 전후로 한 이 대목까지는 서양과의 접촉을 반대하는 입장이었던 것이다. 물론 지금 침공을 앞두고 그들과 접촉하지 말자는 주장이어서, 프랑스 함대 및 그 전초들과의 접촉을 금지하자는 말일 뿐인지, 서양 세력 일반과 일절 접촉하지 말자는 의미도 포함되는지는 알 수 없다. 그러나, 10년 뒤 1876년에 벌어지는 강화도조약 때에는 침공하여 협박하는 일본 군대와도 협상을 통해 문제를 풀어가야 한다는 입장으로 쇄국론자들을 설득하게 되는 것에 비하면, 이 대목까지 강위는 쇄국정책의 조류에는 반대가 없었던 것으로 보인다. 다만, 아무런 힘도 키우지 않고, 아무런 대책도 없고, 얼마나 적이 강한지도 파악하지 않고, 그저 막으라고만 명령을 내리고, 제 나라의 일에 바둑 훈수 두듯 세 치 혓바닥만 놀리는 자들과 다른 입장이었던 것이다. 그는 침공 예고의 소식을 듣자 밤길에 수레를 돌려 신헌을 찾아갔던 것이다.

2. 대책 없는 조정

강위의 조언을 신헌은 수긍하였지만, 강위가 대필해준 「민보를 설치할 것을 권하고 한강 방어선을 보완 수리할 것을 권하는 상소[請勸設民堡增修江防疏]」를 신헌은 끝내 제출하지 못하였다. 신헌이 반대 여론을 두려워하였기 때문일 듯한데, 반대 여론을 짐작해볼 만한 한 가지 단서가 있다. 이 무렵 강위가 단독으로 이삼현李參鉉, 1807~?을 찾아가 민보 전략에 대한 동의를 구하는 일이 있었다. 이삼현은 임술민란 당시 진주 지방 진압을 위해 파견한 경상도선무사慶尙道宣撫使를 지냈고, 이 무렵 예조판서의 직에 있었던 듯한데, 강위가 하필 그를 찾아간 이유를 알 수는 없지만, 민보에 대한 우호 여론을 형성하기 위해서일 것이라는 점은 짐작해볼 수가 있겠다. 이삼현의 문집 『종산집鐘山集』에는 이때 강위가 찾아온 정황이 기록되어 있다. 강위라는 자가 찾아와 민보에 대해 설득하려 하였는데 내쳤다는 기록이다.[9] 그가 강위의 민보 계획을 내친 이유는 민보가 반란민들의 소굴이 될 우려가 있다는 점이었다. 이삼현에게는 프랑스 함대의 침공에 대한 대비보다 인민 반란에 대한 대비가 더 중요한 일이었던 것이다. 이때의 실망감을 강위는 또 시로 표현하였다. 「달성 가을 밤[達城秋夜]」이라는 시이다. 조금 길지만, 강위의 심경을 이해하기 위해 전편을 보기로 한다.

지척에 있는 강화도에 도적이 깊이 들어와서

바다 산에 뭉게뭉게 이상한 기운이 침범했네.

화급한 이때의 올바른 계책 확실히 알겠으니

평생 나라의 은혜 갚으려는 마음에 의지해야 하는 것.

인민들 명운이 거꾸로 매달려 흩어지는 것 막으려면

조정 결단 막중한데 근심만 하고 있네.

성 안에 가득한 환한 달은 물처럼 서늘한데

높은 난간에서 옮겨 기대며 생각이 끝이 없네.

咫尺江都寇已深, 海山蓬勃異氛侵.

定知倉卒匡時策, 只靠平生報國心.

民命倒懸防渙散, 廟筭持重費沉吟.

滿城華月凉如水, 徙倚危欄思不禁.

민보를 종횡으로 설치하자는 것은 근본을 깊이하자는 계책인데

우리 인민은 침략해오는 외적을 흉내내기도 어려울 것.

명산에 숨어살려 해도 이제 그럴 땅도 없고

무너지지 않고 버티는 것 오직 노력하는 마음에 달려 있네.

만리의 군대 함성 학 울음 같고

이십 년 칼집에 든 칼도 용처럼 신음하네

군대 일이 어찌 서생이 참견할 일이겠는가마는

술 먹고 솟는 광기 막기 어려워.

堡議縱橫計本深, 吾民難似外夷侵.

名山栖遁今無地, 壞刦支存只辦心.

〈그림 5〉 신미양요 때 파괴된 강화도 초지진
출처 : 한국사데이터베이스

萬里軍聲同鶴唳, 卄年匣劒亦龍吟.

戎機何與書生事, 酒後狂迂不自禁.[10]

첫 번째 수에서는 인민들이 나라의 은혜 갚으려는 마음을 활용할 계책이 민보라고 해석하여 표현하였다. 두 번째 수의 앞부분에서 민보를 설치하면 인민들이 민보를 기반으로 웅거하여 반란을 도모할 위험이 있다는 이삼현의 우려를 전면으로 공박하였다. 강위의 계획은 민보를 설치하여 근본을 깊이하자는 것이고 그 근본은 바로 인민들의 살려는 의지인데, 우리 인민을 외적처럼 생각하는 고관의 사고 방식에 경악을 표한 것이다. 인민들이 아무리 반란을 일으켜 저항한들 침략해온 외적의 위험에 비하면 감수할 수도 있는 일로 여겨졌을 것이다. 강위로서는 당연히 인민들을 아군으로 삼아 시급히 대책을 마련해야 하는데 이삼현 같은 자들은 오히려 인민들을 잠재적 적으로만 여기고 있는 것이다. 한양에서 지척 거리까지 프랑스 함대가 출몰하여 침략을 위해 측량하는 것도 막지 못하는 위험한 때에 강위가 보기에 막중한 책임을 진 자들이 엉뚱한 근심만 하느라고 시간만 허비하고 있는 것이다. 강위는 난리가 날 것 같은 분위기 속에 칼집에 든 칼이 내는 신음소리를 듣지만 결국 이삼현을 설득하는 데 실패하고 만다. 서생이 무슨 군대 일을 의논하느냐 싶지만 술먹고 객기가 일어 그런 것이라는 말로, 절망감을 애써 감추고 있다.

신헌은 강위가 작성해준 민보를 권하라는 상소를 올릴 경우, 이삼현과 같은 의견을 지닌 조정의 여러 대신들을 설득할 수도 없을 뿐더러, 민란이 사방에서 끊임없이 전개되는 시기에 민보 전략 제기자로서 반란 인민과 한패로 몰려 숙청당하는 정치적 희생양이 될 위험도 생각해야 했을 것이다. 결국 신헌은 상소를 올리지 않는다.

그리고 9월 강화도에 프랑스군이 상륙하여 한 달 동안 무인지경으로 휩쓸고 다녔다. 이때 서울에서도 대규모 피난 행렬이 발생할 지경이었고, 강화부에 있던 이건창의 조부 이시원李是遠, 1790~1866과 종조부 이지원李止遠, ?~1866 같은 분들은 음독 자결하기도 하였다. 지금까지 한국과 프랑스 사이의 외교 문제로 남아 있는 외규장각도서도 이때 약탈당한 것이다. 그런데 강위의 민보 설치 계획이 받아들여졌다면 과연 병인양요의 피해를 줄일 수 있었을까?

전투 발생 이전에 강위는 민보 방어론을 확신하고 계획의 좌초에 좌절했었지만, 실제 전투 이후 강위는 더 이상 민보 방어론 같은 주장을 하지 않게 된다. 병인양요 과정에서 서양 군대의 가공할 능력을 확인한 것이다. 조정 대신들의 여론을 확보하지 못해 민보 수준의 대응도 못했지만, 과연 준비했다고 해도 민보 수준으로는 서양 군대의 상륙과 점령 및 약탈을 막을 수 없을 것임을 감지한 것이다.

가령 이럴 때 이순신 같은 명장이 다시 나온다면 어떻게 될까를 상상해 볼 만하다. 이순신은 불가능을 가능으로 바꾸어내는 예외적 영웅이 아닌가.

황현은 제국주의 침략의 상황에 이순신이 다시 등장하여 저 서양으로부터 발원하는 살기를 진압해 주기를 희망해 보기도 하였다.[11] 충무공 이순신에 대해 지금 대부분은 근대계몽기-일제강점기-군사독재정권으로 이어지는 무인숭배론의 계보에서 변형 호출된 것으로 이해하고 있지만, 19세기 후반 강위에 의해 만들어진 이미지는 별로 주목되지 못하였다. 물론 그전에도 조현명趙顯命, 1690~1752이 거북선으로 신출귀몰한 전략에 의해 승리를 이끈 이순신에 대한 시를 짓는 등[12] 이전에도 거북선과 이순신을 노래하는 일이 적지는 않았고, 서세동점의 시대에 황현은 이충무공이 다시 나와 서양의 위협을 이겨낼 수 있었으면 좋겠다는 영웅대망론을 시화하기도 하였다. 황현보다 조금 앞선 강위는 문무겸전文武兼全이라 하면서도 문인에 편향된 이미지로 이순신을 만들어내었다.

강한루江漢樓 앞 만 리 파도
통제사 대도가大刀歌 태평하게 노래하네.
멀리 밤 기러기 떼 모두 잠들고
창공은 끝없는데 달빛은 훤하네.

江漢樓前萬里波, 太平元帥大刀歌.
遙夜群鴻都睡着, 碧空無際月華多.

책으로도 칼로도 성공 못 하고 늙어버림 새삼 슬퍼져
융대戎臺에서 종일 침울하게 읊조리네.
하늘의 짙푸름 두류에서 흘러오고
바닷가 비낀 햇살 거제에서 비춰오네.

書劒無成老更哀, 沈吟終日在戎臺.
天中積翠頭流出, 海上斜陽巨濟來.

물이 유독 맑은 곳에 독룡이 떠오르니
당시唐詩를 읽고 나면 싸울 수 있으려나.
충무공 같은 신묘한 해결 천고에도 드무니
돈열敦說을 보통 사람에 비하지 말 것이다.

水偏淸處毒龍浮, 讀得唐詩可戰不.

神解如公千古少, 莫將敦說擬凡流.

충무공 사당에는 만 그루 대숲
영웅의 일을 끝나니 바다는 잠잠해졌네.
세상에 허다한 장수 없지 않건만
산과 바다에 굳게 맹세한 마음 있느냐 없느냐

忠武祠堂萬竹林, 英雄事畢海沉沉.
世間不乏千名將, 有否盟山誓海心.[13]

〈그림 6〉 충무공 이순신(忠武公李舜臣) 표준 영정

「통제영統制營」이라는 제목으로 이순신에 대한 회고를 네 수에 담았다. 신헌이 삼도수군통제사로 있을 때 강위는 신헌의 통제영으로 가서 문객 생활을 한 적이 있는데, 이순신이 삼도수군통제사로 근무하던 곳이고, 강위는 거기서 이순신을 노래하였다. 이순신이라는 예외적 영웅의 신출귀몰하다 할 만한 전략 같은 것은 다 배경으로 묻어두고, 딱 두 가지 핵심으로 이순신을 그려내었다. 셋째 수에서 이순신이 예악禮樂과 시서詩書라는 전통적 문인의 교양에 능통했음을 말하고 있고, 넷째 수에서는 산과 바다와 같은 굳건하고 한없는 충심忠心을 말하고 있는 것이다. 문인이 가져야 할 교양과 무인이 가져야 할 충심, 이 두 가지를 이순신을 표상하는 핵심으로 제기하였다. 먼저 그 앞의 두 수에서는 과거 그것을 이룬 이순신의 흔적이 남은 바다와 하늘의 평화로움과 그에 비해 현재 아무것도 이루지 못한 자신의 서글픈 내면을 그려내고 있다. 강한루는 통제영에 있는 누각이고, 융대는 통제영에 딸린 군사 훈련장을 말한다.

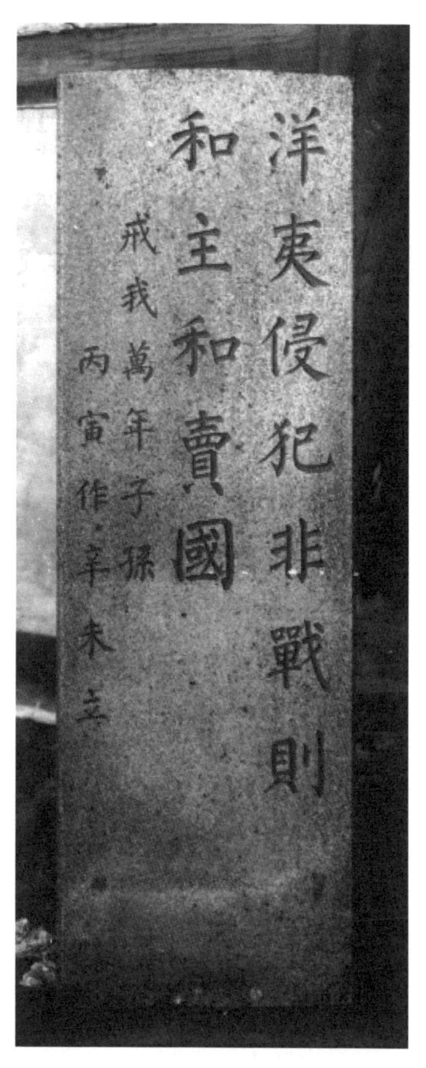

〈그림 7〉 척화비
출처 : 한국사데이터베이스

이순신이 전통적 문인의 교양에 통달했음을 보여주는 셋째 수에서, '물 맑은 곳의 독룡'은 당나라 시인 노륜盧綸의 "독룡이 숨어 있는 곳에는 물이 특별히도 맑구나[毒龍藏處水偏淸]"는 구절을 활용하여 만든 구절이다. 이순신 함대의 거북선을 독룡에 비유한 것이고, 이순신이 당시唐詩의 문학적 상상력을 군사 전략과 무기 개발로 실현한 것처럼 강위가 설명해낸 것이다. 그것은 신묘한 해결 능력이고 역사 이래 드문 것이라는 칭송을 이은 다음 등장하는 "돈열敦說"은 『춘추좌씨전春秋左氏傳』에서 인용한 고사이다. 전략가 조최趙衰가 진 문공晉文公에게 삼군의 원수로 삼을 만한 장수로 극곡郤穀을 추천하면서 '예악을 좋아하고, 시서에 능통하다[說禮樂

而敎詩書]'는 추천 사유를 제시한 일이 있다. 조최가 표현한 바의 '예악을 좋아하고 시서에 능통한' 극곡과 같은 문예 지향의 인간으로 이순신을 표현했다. 보통 사람 혹은 보통의 무인들과 같은 수준에서 평가할 수 없음을 말하고 싶었던 것인데, 여기에는 강위 자신의 지향이 개입해 있었던 것이다. 당나라 시의 구절을 전략 무기로 해석해내고 예악과 시서의 가치를 지향하는 문예 능력을 두었으며, 거기에 나라의 산과 바다를 지키겠다는 굳은 맹세가 결합했다고 파악한 이순신의 내면은, 강위가 스스로 만들어내고 싶은 자신의 내면과 다르지 않다. 앞서 본 「달성 가을 밤[達城秋夜]」에서 만리에서 온 군대의 함성을 들으며 이십 년 동안 칼집에 갇혀 우는 칼을 느끼는 것은, 자신의 내면에서 다시 이순신의 내면을 불러들이는 심리로 보인다. 불가능을 가능으로 바꿔내는 영웅의 예외적 지략 그 자체보다, 그 지략을 배태한 인문정신과 진정성을 읽어낸 것이다.

강위는 서양 세력의 실체를 조금 짐작하고 있었다.

프랑스군의 강화도 점령은 한 달여 만에 격퇴되었다. 총포 화력의 절대적 우세 속에서 종횡으로 약탈을 일삼던 프랑스 군대의 독무대를 종결시킨 것은, 기병奇兵 작전이었다. 강화도 순무영巡撫營에 천총千總으로 임명된 양헌수梁憲洙. 1816~1888가 과감하게 매복 작전을 펼쳐서 적의 기세를 꺾은 덕분이었던 것이다. 제주목사로 있다가 발탁된 양헌수는 500여 명의 군사를 이끌고 몰래 강화도로 건너가 정족산성 일대에서 매복시켜놓고, 정족산성으로 프랑스군을 유인하여 격파하였다. 이 전투에서 큰 병력 손실을 겪은 프랑스군은 강화도에서 철수하였고, 조선군은 총포 화력의 열세를 전략으로 극복한 사례를 남기게 되었다.

이것을 놓고 조야에서는 서양인들 두려워할 것 없다는 의견을 내놓는 사람들도 있었다. 그러나 매복 작전이 운 좋게 성공하였지만, 병력과 화력의 차이는 비교할 수 없는 수준임이 확인되었다. 오히려 강위는 충분히 사전에 침략 정보를 확인하고도 프랑스군의 상륙과 점령 및 약탈을 막을 수 없었던 사실을 두렵게 인식하였다. 종횡으로 독무대처럼 활보하던 침략군이, 너무 방심하여 이번에는 기병 전략에 말려들었지만 두 번 다시 같은 전략으로 효력을 발휘할 수 있을지 의심되었다. 1871년 미군이 강화수비대를 쑥대밭으로 만들어놓은 신미양요辛未洋擾 때도, 강위는 현장을 찾아가 살펴보았다.[14] 강위는 더욱 두려워졌을 것이다. 외국의 형편도 모르면서 서양인들 두려워할 것 없다는 말을 하는 사람들이 더러 있었는데 강위는 몹시 우려하였다고 한다.[15]

이때 조정에서는 바야흐로 서양인을 막으면서 사교 집단을 소탕하고 있었다. 사대부들은 조정의 뜻을 받아들여 바르고 곧은 의론에 힘쓰고, 혹 외국의 일에 대해 말하면 곧 손을 저으며 꺼렸다. 나는 이때 임금 곁에서 시종侍從을 수행하면서, 홀로 생각하기를 사냥꾼이 짐승을 만나면 마땅히 화살을 쏘아야 하겠지만, 쏘아 맞히는 짐승이 무엇이며 그 짐승이 어떻게 생겼는지는 대략 알고 있어야 한다고 생각하고, 『명사明史』의 「외이外夷」 항목과 최근 중국의 전쟁과 조약의 기록들을 주의 깊게 살펴보았다. 우연히 이런 말을 강위에게 하였더니 강위는 놀라서 손을 잡으며 '사람이 있었구나'라고 하며 격려하였다.[16]

이건창이 지은 강위의 묘지명에서 이 시기의 분위기와 강위의 태도에 대해 묘사한 부분이다. 서양인을 막으면서 사교집단을 소탕한 사건이 병인박해丙寅迫害 혹은 병인사옥丙寅邪獄으로 불리는 천주교 탄압사건이다. 이건창은 서양과의 만남을 사냥꾼이 사냥감을 접하는 것처럼 표현하였다. 우리가 지금 짐작하고 있는 당시 조선의 형편과 달리 뜻밖에 이 비유에서 사냥꾼은 조선이고 사냥감이 서양이었다. 이건창은 서양에 대해 격퇴해야 할 대상으로서 무력 충돌의 이미지만 가지고 있었던 것이며, 심지어 우리가 사냥감이 될 수도 있다는 생각은 전혀 없어 보인다. 사냥감에 대한 대략적인 정보가 있어야 사냥을 잘 할 수 있는 것처럼, 서양에 대한 일반적 정보를 파악하고 있어야 서양과의 무력 충돌 과정에서 제대로 이길 수 있다고 생각하고 있었다.

그런데 당시 사대부들의 분위기는 이런 생각조차 하지 않고 오직 "바르고 곧은" 의론만 힘쓰고 있다고 하였다. 유가적 정통의 올바름을 수호하고 이단 서학의 사악함을 배척한다는 위정척사衛正斥邪에 근거한 척화론斥和論이 이 시기의 소위 "바르고 곧은" 의론이었고, 주류 담론이었다. 이건창이 "바르고 곧은" 의견과 다른 의견을 가지고 있었던 것은 아니고, 다만 "바르고 곧은" 의견을 가진 사대부들이 적에 대해 몰라도 너무도 모르고 있는 실정을 비판한 것이다. 강위는 그러한 이건창을 제대로 된 사람이라고 추켜세운 것이다.

강위도 신미양요 무렵까지는 병인양요를 전후한 시기의 주장을 벗어난 것 같지는 않다. 서양과 대적하기 위해 적극적으로 정보를 파악해야 한다는 정도였던 것이고, 그런 점에서 자신과 의견을 같이하는 고관高官 이건창이 반가웠던 것이다. 그러나 강위가 기대하던 이건창은 딱 그 정도까지만 열려 있었다. 이건창은 개화의 국면에서 자신의 역할을 더 이상 찾지 못하여 관직을 거절하며 유배를 감수하기까지 한다. 개화 이후의 급변하는 정세를 감당할 수 없다는 입장이었다. "바르고 곧은 의론"으로는 거기까지만 감당할 수 있었던 것이다.

강위로서는, 알아야 지지 않을 수 있다는 생각이었을 것이고, 알아보니 지금 상태로는 지지 않을 수 없다는 생각이 전개되었을 것이고, 그다음에는 서세동점의 국면에서는 지금 상태를 전면 개혁하지 않으면 안 되겠다는 생각까지 이르렀을 것이다. 강위는 개화파가 되어 이제 "바르고 곧은" 의견과는 척질 수밖에 없는 상황이 되었다.

19세기 후반 조선은 전지구적 제국주의 침략의 한 부면으로 근대식 무기와 제도를 앞세운 서양 및 일본으로부터 존망의 위협을 받던 시기였다. 범범하게 말하면 강위는 개화파에 속한다고 할 수 있지만, 개화파 내에서도 분류해본다면 문호개방으로 근대화를 이룬 뒤에 위협을 해소하고 자주화를 이루기 위한 지향을 갖고 있었다. 자주적 개화를 통한 근대화가 그가 추구한 방향이었던 것이다. 그의 해방론海防論까지는 척화론과 근본적으로 배치되지 않았지만, 이제 개화론開化論으로 전환되면서 척화론과는 전혀 다른 지향을 갖게 되었다. 자주적 독립을 위해 서양을 막자는 생각에서, 서양을 알자는 생각으로 넘어가고, 서양을 안 뒤엔 서양을 수용하지 않으면 안 된다는 생각까지 이르게 된 것이다.[17]

3. 첫 번째 연행사신단 수행

강위가 국제 정세를 파악해가면 갈수록 "바르고 곧은" 척화론斥和論으로는 조선이 생존할 수 없다는 판단을 하게 된다. 결정적 계기는 강위의 연행사신단 수행이었다. 연행燕行은 연경燕京 즉 북경北京으로 가는 사신단의 행차를 뜻한다. 어려서부터 관주館主로 모시던 정건조鄭健朝가 사신단 행차에 합류할 기회를 제공한 것이다.

정건조가 1873년의 계유 동지정사 겸 사은사癸酉冬至正使兼謝恩使로 임명되어 북경에 가면서 강위에게 반당으로 동행해 줄 것을 요청한 것이다. 반당伴倘이란 개인 수행원 정도의 자격을 의미한다. 청나라로 파견하는 사신단의 대표인 정사와 부대표인 부사副使 및 서기 역할을 맡는 서장관書狀官 등은 자제군관子弟軍官이라 하여 개인 수행원을 데리고 갈 수 있었고, 정건조가 사신단의 대표인 정사로서 강위에게 이 자제군관으로 함께 갈 것을 요청한 것이다. 대략 사신단 내에서 자제군관의 역할은 그냥 잘 따라다니기만 하면 되는 것이었다. 박지원朴趾源, 1737~1805이 이 자제군관의 자격으로 청나라 사신단을 쫓아가서 『열하일기熱河日記』라는 불세출의 명작을 남기기도 하였다. 그러나 정건조가 강위에게 청나라 유람을 통해 문학적 역량이나 확대시키라고 청나라 사행길에 자제군관으로 동행하자고 요청한 것은 아니었다.

정건조의 1873년 사신단은 표면적으로는 연례 행차의 사신단이었지만, 내밀한 임무는 서양과 일본 연합군이 조선을 침공한다는 소문의 진상 파악이었다. 이러한 정보 수집의 임무를 맡은 정건조는, 국제 정세에 대해 당시 조선에서 강위보다 많은 식견을 가진 사람을 떠올리지 못했을 것이다. 게다가 강위는 시호詩豪이고 문장가文章家이기도 하였다. 전통적 사대관계事大關係를 생각하면 중국 진신대부搢紳大夫들과 접촉하고 그들로부터 정보를 입수하기 위해 창수시唱酬詩와 필담筆談이 반드시 필요한데, 정건조가 주변 인물들을 떠올려봤을 때 강위가 가장 적절한 인물이었던 것이다. 강위 자신도 "중국 인사들과 만날 때 필담 또한 말을 대신할 수는 있으나 문학에 노련한 사람이 아니면 글로 뜻을 전달하는 것이 어찌 쉬우랴?"[18] 고 한 바 있다.[19]

1868년의 소위 메이지유신明治維新 이후 서구식 근대 국가 제도를 따라잡으려는 일본의 개혁 정책은 조선과의 외교 정책에도 파란을 불러 일으켰다. 대마도주對馬島主의 대조선 외교 업무를 새로 설치된 외무성에게 맡기면서 동래 왜관을 일본의 외교 공관으로 접수하겠다고 하였는데, 이를 조선은 일종의 도발 행위로 인식하게 되었다. 또 한편 왕정복고라 주장하며 자신들의 국왕을 천황이라 칭하는 외교 문서를 이미 청나라 제국의 번국藩國으로 설정되어 있는 조선왕국에 보내와서 대등한 외교를 설정하자하여, 이를 조선은 교린외교交隣外交를 부정하는 또 하나의 도발 행위로 인식하게 되었던 것이다. 이것이 소위 '서계書契 문제'였다. '서계'란 일본과 주고받는 외교 문서를 조선 측에서 지칭하던 용어이다. 이 문제로 양국 관계는 한동안 교착에 빠지게 되었다. 물론 미국에게 강제로 개항 당한 이후 내전까지 치러가며 근대국가 제도를 도입한 일본에서 고작 외교 문서의 형식을 통해 자존심을 세우려고 이러한 문제를 도발한 것이 아니다. 서세동점의 흐름 끝에 제3세계 각지가 서구 제국주의의 식민지로 되어가는 마당에, 일본은 청나라로부터 조선을 이탈시키고 나서 조선에 대한 주도권을 확보하

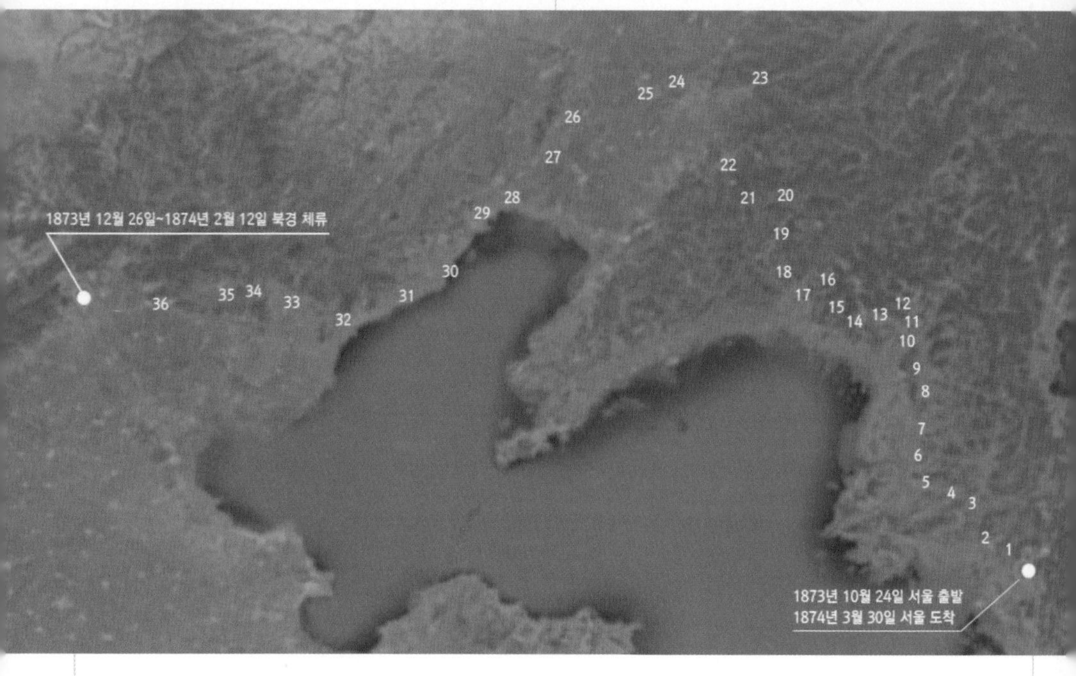

〈그림 8〉 1873년 연행사신단의 경로

고 일종의 식민지처럼 만들어 서구 제국주의를 모방하려는 것이었다. 이 문제가 쉽게 풀리지 않자, 일본에서는 조선을 침공하자는 정한론征韓論이 대두되었다.[20] 일본 내부 사정으로 정한론은 쉽게 시행되지 못하였다.

그런데 1873년 6월 일본 사신이 서양 사신과 함께 조선 침략에 대해 품달하였다고, 청나라 예부禮部에서 조선에 이첩하였다. 조선에서는 서계 문제로 교착된 양국의 외교 상태로 보아, 조만간 임진왜란과 같은 왜구의 침략이 있지 않을까 우려하고 있던 차에 더욱 바짝 긴장하게 되었다. 1873년 정건조의 사신단은 청나라 고위 관료들을 만나 이 문제에 대한 청나라의 견해와 속내를 파악하고, 일본의 성장과 서양의 동방 침략 등 국제 정세를 포괄적으로 파악해야 하는 임무를 갖고 있었던 것이다. 정건조는 이 임무의 핵심 역할을 강위에게 기대하였던 것이다. 실제 강위는 청나라 고위 인사들과의 필담을 담당하였으며, 일정한 정보를 확보하는 데에 결정적 기여를 하였다. 강위는 1873년 연행燕行 : 연경 즉 북경에 가는 일에서의 일정을 날짜별로 기록한 『북유일기北游日記』와 중국 인사들과의 필담을 정리한 『북유담초北游談草』, 그리고 여정 중에 창작한 한시를 담은 『북유초北游草』를 남겼다. 이 기록들은 강위의 공식 문집인 『고환당수초』에는 수록되지 않았으나, 1978년 『강위전집』이 간행될 때에는 수록되었다. 이 기록들을 통해 사신단의 활동을 상세히 파악할 수 있다.

1873년 10월 24일 임금에게 사폐辭陛하며 사행길에 올랐고, ① 25일 강위의 아들 강요선姜堯善 등이 경기도 고양高陽까지 따라와 전송하기도 하였다.〈그림 40〉에 제시된 지점 참고 ② 26일 경기도 장단長湍을 거쳐 송도松都, ③ 27일 황해도 평산平山, ④ 28일 서흥瑞興, ⑤ 29일 봉산鳳山, ⑥ 30일 황주黃州, ⑦ 11월 2일 평안도 중화中和, ⑧ 3일 평양平壤에 도착하였다. 평양에서 사신단은 6일까지 머물렀고, 강위는 정건조의 허락을 얻어 순천順天을 거쳐 개천价川으로 가서 개천부사 신낙희申樂熙를 만났다. 사신단은 ⑨ 6일 순안順安, ⑩ 7일 숙천肅川을 거쳐 ⑪ 8일 안주安州에 도착하여 이틀을 머물렀고, 강위는 9일 안주에 도착하여 사신단과 합류했다. ⑫ 10일 박천博川, 가산嘉山을 거쳐, ⑬ 11일 정주定州에 도착했고, ⑭ 12일 곽산郭山, 선천宣川, ⑮ 13일 거련관車輦館, 양책관良策館을 거쳐 ⑯ 14일 의주義州에 도착했다. 여기서 28일까지 머물면서 국경을 나설 채비를 하였다.

압록강을 통해 국경을 넘어서는, ⑰ 28일 구련성九連城을 거쳐 ⑱ 12월 1일 책문柵門에 도착했다. 강위는 배탈로 국경을 함께 넘지 못하고 뒤늦게 출발하여 책문에서 합류하였다. ⑲ 이후 송참松站(3일) ⑳ 통원보通遠堡 연산관連山關(4일) ㉑ 첨수참甜水站(5일) ㉒ 요양遼陽(6일) ㉓ 심양瀋陽(8일) ㉔ 백기보白旗堡(10일) ㉕ 이도정二道井 – 소흑산小黑山(11일) ㉖ 광녕참廣寧站(12일) ㉗ 여양역閭陽驛 – 석산참石山站(13일) ㉘ 소릉하小凌河 – 행산보杏山堡(14일) ㉙ 연산역連山驛 – 영원위寧遠衛(15일) ㉚ 사하소沙河所(16일) ㉛ 산해관山海關(18일) ㉜ 심하역深河驛 – 무녕현撫寧縣(19일) ㉝ 영평부永平府(20일) ㉞ 풍윤현豐潤縣(22일) ㉟ 옥전현玉田縣(23일) ㊱ 통주通州(25일)를 거쳐 12월 26일 드디어 북경北京에 도착하였다. 귀국 길에는 이 경로를 그대로 되밟아 돌아와 3월 30일 임금에게 복명하는 것으로 연행은 끝이 났다.[21]

북경 도착 다음 날인 12월 27일 예부를 방문하여 국서를 봉정하고, 29일 청나라 황제의 종묘 참배에 참반參班: 배석하여 참여함하고, 30일 황제를 알현하였으며, 1월 1일 신년하례식에 참석하였고, 기타 각종 연회에 참석하였다. 사신단은 다양한 인사들과 접촉하였다. 2월 11일 예부에서 주관하는 상마연上馬宴을 끝으로 12일 귀국길에 올랐다. 예부상서禮部尙書 만청려萬靑黎, 형부주사刑部主事 장세준張世準, 사역관제독四譯館提督 선련善聯, 한인 음관 이돈우李敦愚, 주사 탁경렴卓景濂, 어사 오홍은吳鴻恩, 몽왕蒙王 숙재菽齋 · 보경박普景璞 · 보늑중普勒仲 · 결헌潔軒 등 매우 다양한 인사들과의 접촉이 기록되어 있다.[22] 배기표는 강위의 기록을 꼼꼼히 정리하여 다음과 같은 표를 만들었다.[23]

〈표 1〉 강위가 첫 번째 연행에서 만난 중국인

교유 인물	자/호	관직	만난 날짜
만청려(萬靑黎)	문보(文甫)/우령(藕舲), 조재(照齋)	예부상서(禮部尙書)	1874.2.2
장세준(張世準)	숙평(叔平)/오계(五溪), 매사(梅史)	형부주사(刑部主事)	1874.1.9
선련(善聯)		사역관(四譯館) 제독(提督)	1874.1.4

교유 인물	자/호	관직	만난 날짜
이돈우(李敦愚)		한인(漢人) 음관(蔭官)	1874.1.4
오홍은(吳鴻恩)	택민(澤民)/춘매(春梅)	어사(御使)/급련(給諫)	1874.1.21
오홍무(吳鴻懋)	/춘림(春林)	후보(候補)	1874.2.8
탁경영(卓景瀛)			1874.1.21
몽왕숙재(蒙王菽齋)			1874.1.22
왕도특나목제륵(旺都特那木濟勒)	형재(衡齋)/	몽고군왕(蒙古郡王)	1874.1.14
보경박(普景璞)			1874.1.3
성원(星源)		제독(提督)	
보근중(普勤仲)			1874.1.14

말 타고 만릿길에 이별가 울리고

올라가는 길 다름없어도 감격은 대단하네.

좋은 세월 한가로이 다 보내버리고

늘그막에 큰 산하를 방문하고자 하네.

장차 천 개의 술병에 푸른 술 담고

다시 열 마리 낙타에 서류를 싣고 오리라.

선생과 함께 축하할 만한 기쁜 일은

신라 땅에 달라붙은 낙엽 신세 면하는 것.

驪駒萬里動離歌, 上路依然感慨多.

閑裡盡消佳歲月, 老來欲訪大山河.

擬將碧酒藏千兕, 更要緗編載十駝.

持與先生爲賀喜, 免夫落葉嫦新羅.

(結句用仇柒語)[24]

강위가 사신단을 따라 한양을 떠나며 지은 「도성을 나서며[出都]」라는 시이다. 10월 24일 한양을 떠나 고양 벽제관으로 향하는 길에 지은 것으로 보인다. 배기표의 학위논문에서 처음으로 발굴하여 소개한 자료 중에 『강추금봉별시폭姜秋錦奉別詩幅』은 위 시 첫줄의 이별가의 정황을 보여준다.[25] 정범조鄭範朝 · 박문호朴文鎬 · 이건창李建昌 · 정기우鄭基雨 등등 모두 21명의 지인들이 강위를 전송하며 지은 시와 산문을 모아둔 자료인데, 시 36수, 산문 11수로 이루어져 있다.

그 중에 죽타竹坨 서미순徐眉淳, 1817~?의 시에서는 "중원의 문인들이 그댈 만나면 응당 눈을 비비고 볼 것이리니, 그대 머무는 여관의 탁자 적적하진 않을 것"이라고 하였다.[26] 위의 시에서 강위가 싣고 올 서류라는 것은 중국인들과 주고받을 필담과 구입한 서책 등을 의미하는 것이며, 조선에서 생각할 때 수준 높은 중국인들과의 교유는 대단히 기대되는 일이었다. 강위는 신라 땅에 붙어 말라죽는 낙엽 신세를 면하게 되었다고 정건조와 함께 자축하는 말로 시를 마무리지었다.

그리고 『강추금봉별시폭』에서 정범조는 "장차 주변국의 허실을 탐지하고 시사의 경중을 판단하여 기발한 책략을 전개하라"라는 당부를 하고 있다.[27] 1873년 정건조의 사신단이 부여 받은 각별한 임무는 일본이 서양과 합세하여 조선을 침공할지도 모른다는 첩보의 진위 여부였다. 정범조는 그 일에 대해 다시 한번 당부하는 것이었다.

그러나 강위와 정건조의 사신단은 한양을 떠날 때의 기대에는 못 미치는 성과를 얻었다. 강위로서는 중국의 명사들과 교유를 맺고 문예를 뽐내며 소위 천애지기天涯知己를 맺고 싶었으나, 그럴 만한 상대를 만나지 못했다. 천애지기는 세상 끝에서 끝까지 떨어져 있으면서도 서로의 마음을 알아주는 친구를 말한다. 그의 스승 김정희金正喜가 사신단을 수행하여 청나라의 석학 옹방강翁方綱과 완원阮元을 만나본 뒤에 평생 서신을 주고받으며 교유한 것과 같은 수준의 교유 상대를 만나지 못했던 것이다.

중국의 완원과 옹방강 못 보고
이 아침 슬프게 우리 수레 동으로 가네.
살가죽 다 걷어야 진정을 겨우 보일 텐데
말 주고받기 어려우니 의취 어찌 함께하리오.
다행히 장형 같은 이 있어 시를 함께 짓고
다시 오찰 같은 이 만나 풍아를 잘 살폈네.
겨우 흔적을 남김이 다만 이와 같지만
만 리 밖 사귐의 기약 작은 책 속에 있다네.

不見中州阮與翁, 今朝怊悵我車東.
皮膚盡撤情才見, 言語難酬趣豈同.
賴有張衡同作賦, 更逢吳札妙觀風.
鍥痕爪跡祗如許, 萬里交期寸卷中.[28]

이 시의 제목이 「도성을 떠나며 느끼는 바가 있어서[出都有感, 用吳春海給諫鴻

恩韻兼寄張叔平員外]」이므로, 사행단 출발에서 쓴 「도성을 나서며」와 짝을 이루어 해석해볼 수 있다. 물론 지금 귀국길의 떠나는 도성은 북경이고, 앞서 출국길의 떠나는 도성은 한양이므로, 두 도성은 서로 다른 도성이다. 다만 '도성'을 제목으로 하는 두 편의 시에서 출국 당시의 기대감과 귀국 시기의 실망감이 잘 대비되고 있는 것을 볼 수 있다. 김정희에게 있던 완원阮元, 1764~1849과 옹방강翁方綱, 1733~1818 같은 사람들을, 강위는 이번 사행단 여행에서 만나지 못했다. 그래서 떠나는 날 더욱 서글픈 생각이 들었다. 진정성 있는 대화를 나눠야 진심을 조금이라도 볼 수 있을 텐데, 이번 여행에서는 필담의 한계를 뼈저리게 느끼게 되었다는 것이다. 사실 진정성 있는 대화를 못한 원인이 필담에 있지는 않을 것이다. 강위에게 진정성 있는 교유를 허락하는 청나라 관리가 없었기 때문일 것이다.

그나마 장세준張世準과 오홍은吳鴻恩 같은 사람들이 있어, 응대도 해주고 『한사객시선』의 비평도 해주어 아주 무의미했던 것은 아님을 말했다. 장세준을 천문과 역산에 뛰어났고 부를 잘지었던 후한의 학자 장형張衡에 비유하고, 오홍은을 주나라 음악을 관찰하였던 춘추시대 오吳나라의 어진 공자公子 계찰季札에 비유하였다. 처음 한양을 출발하면서는 낙타 열 마리에 가득할 서류를 기대하였지만, 끝내 북경을 떠나면서는 작은 책 한 권 정도의 글 밖에 얻지 못하였음을 마지막 행에서 말하고 있지만, 그러면서도 그것을 기반으로 만리 떨어진 교유를 이어갈 수 있기를 기대하는 마음도 담고 있다. 만나서 나눈 필담이 소략하듯이 그 기대도 희미할 뿐이었다.

강위는 장세준에 대해 "글씨와 시를 잘하고, 책론策論이 장점이다. 일찍이 그의 이름을 들었는데 완정阮亭, 王士禎의 고택에 들렀다가 그의 집을 방문하였다. 내가 방문한 것이 4회, 그가 답방한 것이 2회였다"고 했다. 장세준은 강위의 시집에 비평을 해주고 시를 지어 보냈다. 문학적 교유로만 그친 것은 아니었다. 강위는 장세준과의 만남에서 필담을 통해 세계 정세를 파악하려고 애썼다. 일본의 정한론征韓論의 실상을 파악하기 위해 질문을 하였고, 천진 함락의 실상을 파악하기 위해 질문을 하였고, 서양 세력의 실상을 파악하기 위해 질문을 하였다. 그러나 장세준은 대개 정계의 일선에 있지 않은 자신의 처지를 들어 답변을 회피하였다. 장세준은 실제로 이 시기 중국 정계의 핵심에 있지 않았기에 그의 답변이 사실에 부합하지 않는 것은 아니었으나, 강위로서는 답답할 수밖에 없었다. 끝내 강위는 조선 정계가 궁금해하는 바를 해결하지 못했다.

중국 고위 관료들의 빙빙 도는 애매한 답변 속에서 첩보의 실체에는 근접하지 못하고 대신 개항과 통상을 수용해야 한다는 조언만 들었다. 일본이 조선을 침공하겠다는 협박은 당초 서계書契라는 외교문서의 격식 변화에서 초래된 일이었다. 가장 성심껏 사신단과 강위를 대접해주던 형부주사 장세준도 일본의 정한론征韓論의 실체를 단정할 만한 정보가 없었던 것으로 보인다. 그러나 조선사신단이 일본이 침략해오면 응전한다는 주전론主戰論의 기조로 침략 정보를 얻으려 하는 태도에 대해 우려하는 장세준은, 차라리 통상을 통해 문제를 풀 것을 조언하였다. 서양의 교통과 통신 및 무기의 발달은 전대미문의 수준이며, 서양의 의도가 영토 점령이 아닌 개항 통상에 있다는 점을 들었으며, 중국이 아편전쟁의 끝에 태평천국의 난리까지 겪게 된 것이 전쟁을 너무 쉽게 생각했기 때문이라 하였다. 중국도 서양과 대적할 수 없었으니, 조선의 형편이라면 더 가혹한 결과를 빚게 될 것

이라는 점을 들어 서양의 정세를 살피고 주전론의 망발을 포기할 것을 종용한 셈이다.[29]

4. 두 번째 연행사신단 수행

첫 번째 연행에서 만난 장세준의 조언은 강위에게 큰 영향을 미쳤던 듯하다. 강위는 일본과 그 배후에 있는 서양을 정면으로 대적할 수는 없으리라는 생각을 갖게 되었다. 병인양요를 전후한 시기에 강위가 보여주었던 해방론海防論은 연행 이후 외교통상론外交通商論으로 전환하게 된다. 강위는 이 연행을 다녀와서, 중국 인사들과 담론한 기록을 이건창에게 보여주었다. 『북유담초』였을 것이다. 척사斥邪가 "바르고 곧은" 의견이라고 생각하고 있던 이건창의 눈에는 그것이 과격하고 위험하게 보였던 듯하다.

> 마침 정건조 판서가 연경에 가는 길에 따라갔다가 돌아와서는, 그가 중국인들과 담소를 나눈 내용을 문장으로 만들어서 나에게 보여주었다. 모두 옛날에는 금지하고 회피하던 내용이어서 사람으로 하여금 두렵게 하였다. 강위는 읽기도 하고 탄식하기도 하고 웃기도 하면서 의기가 살아 흐르는 듯하였지만, 나로서는 조용히 있기만 하였다. 진실로 그의 마음을 짐작할 수는 있었다. 이듬해 나도 연경에 가게 되었는데, 강위도 따라갔다.[30]

이회정李會正, 1818~1883이 1874년의 갑술 동지정사 겸 사은사甲戌冬至正使兼謝

恩使가 되었을 때 이건창은 서장관書狀官으로 연행에 동참하게 되었다. 서장관은 연행 사신단의 기록을 맡아 보는 직책인데, 품계는 낮지만 사신단 안에서 어사御使의 역할을 맡는 중요한 직책이었다. 사신단의 정사와 부사副使 및 서장관을 합하여 삼사신三使臣이라고 한다. 서장관으로서 이건창도 한 해 전 정사였던 정건조처럼, 강위를 자제군관 자격으로 일행에 참여시켜 함께 연행에 다녀오게 된다. 그전 해 이미 한 번 연행을 다녀온 강위가 쏟아내는 거침없는 발언에 두려움을 느꼈고, 자신은 그 견해에 전적으로 동의할 수 없다고 했으면서도 강위를 자신의 길동무로 삼은 것이다. 위 인용문에서 이건창은 강위의 마음을 짐작할 수 있었다고 하였다. 이건창이 짐작한 강위의 마음이란 것은, 대개 변화하는 세계에 대한 진지한 고민과 궁색한 조선의 미래에 대한 깊은 모색이었을 것이라고 우리도 한번 짐작해 볼 수 있을 것이다. 이건창은 판단은 다르지만 그 깊은 충정은 자신과 다르지 않으므로 강위를 반당伴倘으로 동행해도 좋을 만하다고 생각했을 것이다.

강위로서는 1873년 정건조의 사신단에 참여하여 6개월가량 고생스러운 길을 다녀와서, 6개월 만에 다시 1874년 이건창의 사신단에 참여하여 연거푸 북경에 다녀오게 된 것이다. 두 연행 사이의 6개월 동안마저 편히 쉰 것도 아닌 듯하다.

추금은 작년 겨울에 상사정건조를 따라 연경에 갔다가 금년 여름에야 비로소 한양에 돌아왔다. 그의 집은 남도에 있어 한양과의 거리가 거의 오백 리였는데, 일찍이 하루도 돌아가 처자식을 만나는 기쁨도 나눈 적이 없었다. 또 강화도와 광주 사이를 여러 번 왔다 갔다 하느라고, 역시 일찍이 한 번도 우리들과 한잔 술을 마시며 조용히 이야기한 적도 없었다. 그 모습을 살펴보면 늘 무언가 생각하는 듯하고, 그 뜻을 보면 항상 뭔가 남을 듯했다. 지금 또 서장관이건창을 따라 북으로 간다. 아! 어찌 이리 급하고 망망하여 스스로 그 몸을 힘들게 하고, 그 마음을 괴롭게 하는 것인가? 알지 못하는 사람은 그대를 일러 '미쳤다'고 하지만, 그대를 아는 사람들은 그대의 뜻을 슬퍼할 뿐이다.[31]

남촌시사南村詩社를 함께 했던 정기우鄭基雨가 강위를 두 번째로 연경에 보내며 적은 송사의 서문이다. 정기우는 강위의 제자 정만조鄭萬朝, 1858~1936의 아버지이기도 하다. 정기우의 송사 서문을 통해 보면, 1873년 연행에서 돌아와서 1874년 연행에 다시 참여하기까지 강위는 집에 한 번 가지 않고 동인들과 술 한 잔 마실 기회도 없이 강화도 일대를 왕복하며 분주히 지냈다는 것을 알 수 있다. 이때 신헌이 강화부유수江華府留守 겸 삼도수군통어사三道水軍統禦使의 직위에 있었기에, 아마 신헌을 도와 외침에 대비한 전략을 세우느라 그랬던 것이 아닌가 싶다.[32] 1866년의 병인양요와 1871년의 신미양요도 강화도에서 전투가 벌어졌고, 이 무렵에는 일본의 침공 위협이 대두되고 있었다. 강위는 일본 침략에 대한 방어 전략에 관해 신헌과 긴밀히 의논하고 있었을 것이다.

정기우의 위의 글에서는 강위를 '미쳤다'고 하는 자들이 있음을 표현하고, 강위를 잘 아는 입장에서 자신은 강위의 노고를 슬퍼한다고 하였다. 그랬을 것이다. 강위는 병인양요와 신미양요를 통해 월등한 무기를 앞세운 프랑스와 미국의 침략에 속수무책으로 당할 수밖에 없는 상황을 지켜보았

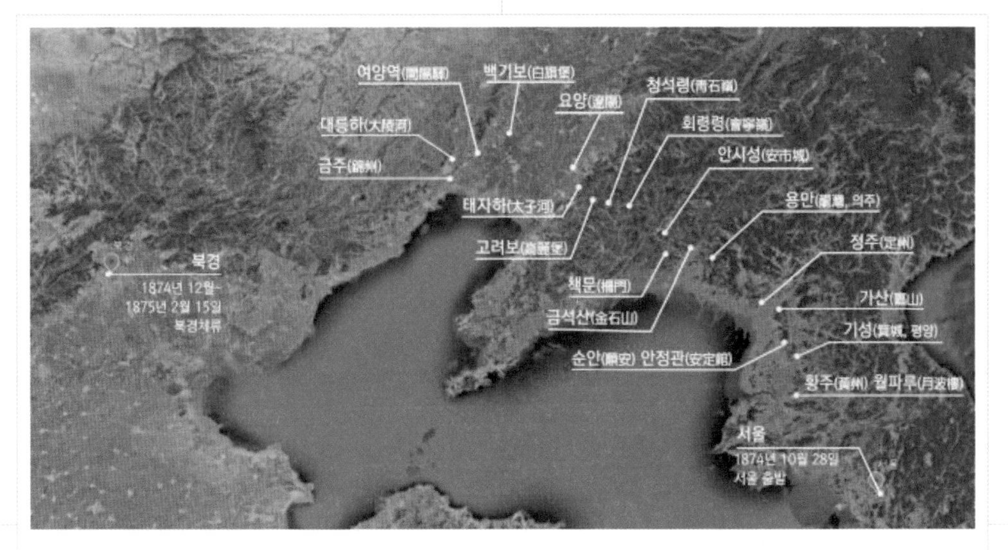

〈그림 9〉 1874년 연행사신단의 경로

고, 1873년 연행을 통해 과거 조선에서 생각하던 천하의 중심이었던 청나라조차도 서양과 대적할 수 없다는 고백을 청나라 고위 관료로부터 들었다. 그나마 인민들의 생존 의지에 기대어 취할 만하다고 판단했던 민보 같은 전략들도 받아들이지 않으면서, 조정은 대책 없이 서양과 통상 대신 전쟁을 선택하였다. 강위는 전쟁을 하면 절대 이길 수 없다는 판단을 하면서도, 강화도 수비에 대해 손을 놓고 있을 수는 없었다. 집에도 가지 못하고 분주히 강화도를 오가는 강위의 내면을 짐작하고 있던 정기우는 그것을 슬퍼하였던 것이다.

1874년 이건창과 함께 떠나는 연행길은 10월 28일 사폐하고 이듬해 1875년 2월 15일 북경을 떠나 4월 12일 다시 복명하는 일정이었다. 이 연행을 통해 강위는 1873년 연행에서 중국 인사들과의 필담을 정리한 『북유담초』를 이어 『북유속담초北游續談草』를 남기고, 여정 중에 창작한 한시를 담은 『북유초』를 이어 『북유속초北游續草』를 남겼다. 1873년 연행의 여정을 기록한 『북유일기』를 이은 『북유속일기北游續日記』 같은 것도 남기지 않았을까 싶지만, 그런 기록은 현재 남아 있지 않다. 그래서, 앞서 1873년 연행에서는 『북유일기』를 기반으로 날짜별로 여정을 정리할 수 있었지만, 1874년 연행에서는 대략의 지명만 이어볼 수 있는데, 대략 1873년과 비교하여 바뀐 경로는 없는 듯하다. 홍제원弘濟院을 출발한 후 황주黃州의 월파루月波樓를 지나 기성箕城 : 평양의 옛 별호에 도착했고, 이어서 선천宣川을 지나 가산嘉山을 지나 용만龍灣 : 현 의주에 이르렀으며, 그 후 압록강鴨綠江을 건너 금석산金石山에 갔다가, 중국의 관문인 책문柵門에 도달했다. 이어서 안시성安市城, 회령령會寧嶺, 청석령靑石嶺, 그리고 요야遼野 : 요동벌판를 지나 고려보高麗堡, 태자하太子河, 요양遼陽을 지났다. 또 백기보白旗堡를 지나고, 여양역閭陽驛을 지났다. 이후 석산참石山站 여관에서 하룻밤을 묵고, 대능하大凌河를 지나고 금주錦州 등을 거쳐 연경燕京까지 갔다가 돌아온 것을 통해 보면, 1873년 연행의 행로와 별 차이가 없어 보인다.

강위가 두 번째 연행에서 만났던 중국 측 인사들은, 1873년 연행에서 만나보았던 장세준·오홍은·오홍무·오겸복을 포함하여 내각중서內閣中書 채수기寨壽祺, 형부시랑刑部侍郎 황옥黃鈺, 한림편수翰林編修 홍양품洪良品, 시강侍講 장가양張家驤, 시독侍讀 서부徐郙, 내각중서內閣中書 이유분李有棻, 형부주사刑部主事 주지균周之鈞, 낭중郎中 진복수陳福綬, 기타 문량文良, 오겸복吳謙福, 오책현敖冊賢, 송서순宋舒恂, 방인걸方人杰, 고윤원高允源 등이다. 첫 번째 연행에 이어 두 번째로 만난 중국인을 제외하고, 두 번째 연행에서 만난 중국인들에 대해 배기표가 정리한 표를 전재하면 다음과 같다.[33]

〈표 2〉 강위가 두 번째 연행에서 만난 중국인

성명	자/호	관직	문집
채수기(蔡壽祺)	자상(紫翔)/매암(梅庵), 매암(梅盦)	내각중서(內閣中書)	『몽록초당시초(梦绿草堂诗钞)』, 『용성우필(蓉城偶笔)』
황옥(黃鈺)	효후(孝侯)/치어(稚漁), 식여(式如)	형부시랑(刑部侍郎)	
홍양품(洪良品)	서징(叙澄)/우신(右臣), 용강산인	한림편수(翰林編修)	『용강산인시초(龍岡山人詩抄)』, 『용강산인고문초(龍岡山人古文抄)』
장가양(張家驤)	자등(子騰)/모사(慕槎)	시강(侍講)	『중국지폐제지회태(中国之币制志汇兑)』, 『월남지(粵南志)』, 『중화폐제사(中华币制史)』
서부(徐郙)	수형(壽蘅)/송각(松閣)	시독(侍讀) (한림수찬(翰林修撰))	
이유분(李有棻)	향원(薌垣)	내각중서(內閣中書)	
주지균(周之鈞)	경사(京士)	형부주사(刑部主事)	
진복수(陳福綬)	소농(筱農)	랑중(郎中)	『업재문집(鄴齋文集)』
문량(文良)	야암(治庵)	성도태수(成都太守)	
오겸복(吳謙福)	협촌(峽村)	자정(資政)	
오책현(敖冊賢)	금보(金甫)	낭중(郎中)	『춘음헌시초(椿荫轩诗钞)』
송서순(宋舒恂)	소파(小坡)		『존존당필기(存存堂筆記)』
방인걸(方人杰)	준숙(俊叔)		
고륜원(高掄元)	승백(升伯)		

다시 이건창의 기록으로 돌아가서 1874년 연행 뒤의 정황을 본다.

이듬해 나도 연경에 가게 되었는데, 강위도 따라갔다. 내가 연경에서 보고 듣게 된 것은 강위가 전에 한 말과 같은 것도 있고 다른 것도 있었지만, 그의 말에 근거가 없는 것으로 생각되지는 않았다. 돌아온 뒤에 사태는 갑자기 모두 바뀌었다. 합종연횡合從連橫의 계책을 가지고 날뛰는 선비들이 공공연히 천하의 일을

> 논하여 막을 수가 없게 되었다. 스스로 헤아리건데 나는 어리석어 끼어들 만하지 못하였기에, 끝내 가슴속에 오가던 것들을 고이 보내고 날마다 심란함에 쫓겨만 다녔다. 강위로서는 그가 간직해온 것들을 조금씩 펼치며, 드디어 더욱 유명해졌다.[34]

1873년 강위가 연행 뒤에 견문으로 이건창에게 전해준 말들과 1874년 연행에서 이건창 자신이 직접 목도한 것이 완전히 일치하는 것도 아니었음을 적어서, 강위와 자신이 의견만 달랐던 것이 아니라 사태 파악 이전의 정보 판단도 사뭇 달랐음을 더욱 분명하게 드러나고 있다. 이건창은 이 연행 뒤에도 여전히 서양을 사냥감으로 생각하던 과거의 입장이 변하지 않은 듯한데, 문제는 세상이 바뀌어 조선에서 개화와 제도의 개편을 논하게 된 것이다. 국제정세의 변화를 조금씩 감지하며 서양에 대한 이해가 필요하다는 논의가 국내에서 확산되는 가운데, 청나라에서 입수한 정보를 기반으로 서양과 통상을 할 수밖에 없다는 강위의 초기 의견이 서서히 수용되어, 강위가 더욱 명망을 얻어가게 되었음을 착잡한 심정으로 지켜보고 있다. 이건창은 서서히 세상의 논의에서 스스로를 소외시키고 심란함만 느끼며 살아야 했던 것이다. 이에 비해 강위는 한 번은 정건조를 따라, 또 한 번은 이건창을 따라 두 차례 청나라에 가서, 중국 중심의 천하 질서가 붕괴되고 유럽 중심의 세계 질서가 밀어닥치는 국제 정세의 근본적 변화를 먼저 감지하고, 세상의 논의를 서양과의 통상으로 이끌려고 앞서 노력하였다. 김택영이 작성한 강위의 전에서도 강위가 세계 정세에 더욱 예민하게 된 계기로 두 차례의 연행을 들고 있다.

> 연경에 도착한 뒤에 명사名士와 대부大夫들과 두루 교유하게 되었다. 술이 무르익으면 반드시 시를 지어 풍자하였다. 여러 명사들은 혀를 차며 "기이한 선비"라고 하지 않는 사람이 없었다. 그를 좋아하며 경도되었기에 중국과 서양의 최근 일에 대해서 깊이 파악할 수 있었고, 돌아와서 그것을 서술했다.[35]

김택영에 의하면 중국의 명사들은 강위를 기이한 선비奇士라고 부르며 그에게 경도되었으며, 그것이 국제 정세를 깊이 파악하는 데에 도움이 되었다고 하였다. 1873년의 첫 번째 연행 때에는 완원과 옹방강 같은 인물을 만나지 못해 쓸쓸히 돌아오는 일이 있었지만, 1874년의 두 번째 연행 때에는 오히려 과분할 정도의 대접을 받게 된다.

> 우리나라 사람들은 공경히 대해야 할 사람과 감히 가까이 가서 나란히 앉을 수 없다. 중서 이향원李薌垣이 소명윤蘇明允, 蘇洵이 잔치에 참석한 고사를 따르려 해서 나는 부득이 자리를 피할 수밖에 없었다. 소사구 황옥黃鈺, 송각頌閣 서부徐郙, 춘림 오홍무吳鴻懋, 오책현敖册賢 등이 모두 나만을 위한 자리를 만들어 대화를 나누었으니, 분수에 넘치는 영광스런 대우에 부끄러워 감당할 수가 없다.[36]

위 인용문은 산문이 아니라 시의 제목이다. 강위가 산문처럼 길게 시의 제목을 설정한 것은 시를 짓게 만든 사정을 자세하게 드러내고 싶었기 때문일 것이다. 여기 등장하는 인물들은 내각중서內閣中書, 형부시랑刑部侍郎, 시독侍讀, 자정資政, 낭중郎中 등의 벼슬에 있으면서 조선 사신을 맞이했던 사람들이다. 이들이 대하는 예우에 대해 강위는 분수에 넘치는 영광을 느꼈다.

내각중서 향원 이유분李有棻이, 송나라 때의 한기韓琦가 구양수歐陽脩 등의 고관들을 초대한 자리에서 벼슬 없는 소순蘇洵을 주빈으로 모셨던 고사를 재현하여, 청나라 고관들과 함께 한 자리에서 강위를 주빈으로 모시려 했던 것이다.[37] 첫 번째 연행에서 느꼈던 쓸쓸함이 이 두 번째 연행에서 청나라 고위 관료들의 환대 속에서 완전히 해소되었던 것이다.

거기에 우리나라 사람의 지위에 따른 예절을 언급하여 외교 무대에서 자신의 지위가 조선에서와 달라지는 점을 더욱 부각하였다. 이 시에서 강위는 "오히려 고향을 떠나니 값이 배가 되네"라고도 하였다.[38] 조선에서는 그의 출신의 한계로 인해 고관들의 막료 이상의 대접을 받기 어려웠는데, 청나라에서는 고관들의 모임에 주빈으로 초청을 받기까지 하는 것이다. 그 차이에서 강위는 영광을 느꼈다. 거기에는 중국인과 함께 어울릴 만한 강위의 문학적 재능이 한몫하였다. 그리하여 이 시의 제목에도 등장하는 형부시랑 황옥에게 긴 편지를 써서 자신의 시에 대한 과분한 평가를 재고해달라는 시를 쓰게 되는데, 그런데 정작 이 편지의 내용 대부분은 강위 자신의 삶의 과정이어서 하나의 자서전처럼 여겨지기도 하며, 본서의 앞장에서 강위의 삶을 요약하면서 상당히 인용하기도 하였다.

선생께서는 덕이 높고 깊이 공부하신 분이시라 저 또한 뵙게 되어 기이한 분이라 생각하고 스승으로 삼기를 바랍니다. 그래서 마음을 다 드러내기를 이렇게까지 한 것입니다. 만약 제가 바치는 북유초에 특히 이를 근거로 바로잡아주셔서 대현大賢의 문에 한 번 나아가기를 구하게 한다면, 실로 시도詩道가 남아 있다는 것이 아니겠습니다. 당초의 바람이 이와 같았으니 살펴 이해해주시기를 바랍

니다. 해외의 제자 강위가 다시 백 배의 절을 올립니다.[39]

황옥에게 보낸 편지를 통해 자기 삶의 전반을 자기 시각에서 정리하고 나서 위와 같은 내용을 적었다. 동등 이상의 자격으로 환대해주는 황옥 같은 중국 인사가 자신을 평가해주는 것에 감격하면서, 또 한편으로는 피상적인 칭찬을 넘어서 더욱 섬세하고 정확하게 자신을 보아달라는 요청을 한 것이다. 자신의 모든 것을 드러내 최대한의 공감을 얻어보려고 하였다. 황옥에게 적당한 외교적 친분 이상의 친분을 맺을 가능성을 발견하고 더욱 그 가능성을 확장하려 하였던 것으로 짐작된다. 주목할 점은 황옥을 기이하다고 한 것이다. 황옥에 대한 강위의 인상은 젊어서 민노행과 김정희를 만날 때의 기이하다고 표현한 것과 상통하는 인상이며, 자신의 관점으로 자신의 인생을 정리하면서 표현한 남다름과도 맥락을 갖게 되는 것이다. 실제 황옥은 1817년생이어서 강위보다 세 살 연상이었을 뿐인데, 과감하게 스승과 제자로 둘의 관계를 재정립하고 있다. 특히 주목할 점은 자신을 황옥의 '해외의 제자'라고 한 점이다. 강위는 평생 해내 즉 중국의 지우를 만나게 되기를 희망했던바,[40] 황옥을 해내의 스승, 자신을 해외의 제자로 규정한 것이다.

이 두 번째 연행은 첫 번째 연행보다 훨씬 만족스러웠을 것이다.

가장 애석한 열황烈皇 태평성대 도모했지만

퇴락한 하늘에 여와女媧를 도울 힘 없었지.

맬감 수레 남루한 옷으로 초나라 시작했지만

끝내 주나라를 앞지르는 공을 이루었네.

두 시대를 놓고 득실을 논해본다면

확장과 망설임 사이 털끝만 한 차이라네.

最惜烈皇圖郅治, 頹天無力補女媧.

蓽路藍蔞啓楚業, 至竟功成軼姬家.

試取二代論得失, 恢廓疑忌毫釐差.[41]

자신을 동반해주었던 이건창에게 주는 「동방사자행東方使者行」 시의 한 대목이다. 강위는 이 시를 연행 중에 지어주었다. "동방의 사신 꽃 같은 용모[東方使者貌如花]"로 시작되는 장편의 7언 고시이며, 시의 전반부에서 이건창에 대한 칭찬과 기대를 담은 부분에서 나오는 대목이다. 열황은 명나라 마지막 황제인 의종 장열제毅宗莊烈帝를 가리킨다. 최선의 노력을 했지만, 이미 기울어진 하늘로 비견할 수 있는 명나라의 명운을 바로잡을 수 없었다고 하였다. 바로잡는 일을 고대 신화에서 하늘을 수선하였던 여와를 돕는 일로 표현하였다. 열황의 일을 통해 망하는 나라를 예로 든 것이다. 성공하는 예로는 초나라 시조 웅역熊繹을 들었다. 그가 땔감 수레나 타고 헤진 옷을 입고 초나라를 세웠지만, 그 초나라는 끝내 춘추전국시대 종주국 주周를 대체할 만한 위력으로 성장한 것을 언급한 것이다.

명나라의 멸망과 초나라의 확장을 비교해 보면 그 차이가 털끝만 한 영역에서 시작된다고 말한 부분이 중요하다. 그 차이는 툭 터놓고 확장할 마음이 있느냐, 겁내고 꺼리며 망설이느냐 하는 태도가 갈라놓는다고 하였다. 이건창에게 툭 터놓고 확장할 마음을 먹고 세계와 소통할 준비를 하라는 당부였을 것이다. 여기서 기억해야 할 것이 있는데, 자신의 철모르던 꿈이 웅역처럼 큰 일을 이루는 것이었다고 강위가 자신의 어린 시절을 회상하며 언급한 바 있었다는 점이다.[42] 다시 초나라 시조 웅역을 인용하게 된 것은 역시 두 번째 연행에서 얻은 자신감의 결과였을 것이다. 강위는 청나라 관리들의 환대 속에 자신감은 물론 국제 정세에 대한 더욱 폭넓은 이해를 얻게 되었다. 강위는 북경을 떠나 돌아오면서 "만리의 조선 나그네, 돌아갈 때 즐거운 뜻 많아라"라고 읊었다.[43]

5. 조선이 살 길과 인민을 살리는 길

1875년 강위가 두 번째 연행에서 돌아온 해에 조선은 더욱 급격한 소용돌이 앞에 서게 되었는데, 가을에 일본의 군함 운요호雲揚號가 조선에서 시위하던 일 때문이었다. 일본 측이 측량을 구실로 강화도 일대에서 정탐을 하다가 강화도 수비대와 전투가 벌어졌다. 이듬해 1876년 일본은 운요호의 피해에 대한 책임을 물으며 조선을 압박하였다. 이때 조정에서는 신헌을 조선 측 대표 전권대신으로 삼아 협상에 응하였으며, 신헌은 57세의 강위를 보좌관으로 삼았다. 개항의 첫 단추가 열리는 데에 강위의 막후 노력이 발휘된 것이다. 앞서 이건창이 자신은 심란하게 되었는데 강위는 유명하게 되었다고 표현한 바로 그 상황의 시작이기도 하다.

일본은 당초에 "서계書契 문제"로 조선에 파란을 일으켰으며 이 문제가

〈그림 10〉 1876년 1월 강화도 수호조약 강요 무력 시위
출처 : 국립중앙박물관

교착 상태에 빠지자 소위 정한론征韓論이 대두되던 와중에 청나라에 조선 침공을 예고하여, 1873년 정건조를 따라 연행에 나선 강위가 이 문제의 진위 여부를 파악하기 위해 청나라 고관들과 필담을 나누었음을 앞 장에서 다룬 바 있다. 일본이 "서계 문제"로 조선을 침공하겠다는 계획까지 거론한 이유는, 단지 외교적 형식을 개편하자는 정도의 취지를 넘어서는 야망이 있었기 때문이다. 표면적으로 일본과 대등한 위치로 조선을 재정립시키는 데에는, 청나라의 천하 체제의 번국으로 귀속되어 있는 조선을 청나라로부터 분리시켜 일본의 침투를 용이하게 만들기 위함이었다. 서구 제국주의가 조선을 확보하기 전에, 일본이 조선을 선점하겠다는 야욕이다. 서계 문제의 해결과 조선의 개항이 일본의 당면 목표였다.

일본은 1873년 쇄국정책을 주도하던 흥선대원군의 실각을 기회로 조선 개항의 기회를 포착하기로 한다. 기어이 1875년 운요호사건을 일으켜서 이 문제를 돌파하기로 한 것이다. 1875년 8월음력 무력 충돌을 일으키기 위해 강화도 초지진草芝鎭 포대에 접근한 운요호는 강화도 수비대와 포격전을 벌인다. 조선의 재래식 포와 일본의 근대식 포의 대결에서 일본은 압승을 거둔다. 초지진을 파괴하고 강화도 남쪽 영종진永宗鎭에도 맹폭을 가한 뒤, 영종도에 상륙하여 살인과 방화를 자행했다. 운요호의 일방적 선제공격이었으며 공방전의 결과 조선 측 피해가 막대하였지만, 일본은 계획대로 운요호의 소규모 피해 상황을 과장하여 이듬해 1월 피해 배상과 개항을 요구하며 강화도에서 무력 시위를 전개하였다. 일본에서는 구로다 키요타카黑田淸隆를 전권대신으로 하는 변리사절단辨理使節團 파견하여 협상을 요구하였고, 조선에서는 판중추부사判中樞府事 신헌을 접견 대표로, 도총부 부총관都摠府副摠管 윤자승尹滋承, 1815~?을 접견 부관으로 임명하였다. 이때 신헌은 교섭 과정의 일을 『심행일기沁行日記』로 남겼고, 신헌의 반당 자격으로 막후에서 도운 강위는 『심행잡기沁行雜記』를 남겼다. 조선에서 협상진을 이렇게 구성하게 된 데에는 박규수朴珪壽, 1807~1877의 천거가 결정적이었다고 한다.[44]

이번에 일본에서 사신을 파견했을 때 어찌 그리도 우리나라 사람들 가운데 그 까닭을 깊이 아는 자가 적었는가? 그러므로 적을 쉽게 보는 마음이 없지 않아서 여러 의론들이 난립을 초래했으며 사람들의 마음속엔 울분이 가득했던 것이다. 터럭만큼의 차질이 큰 환란을 초래할 수 있었는데, 다행히 조정의 계책에 힘입어 우선 예의를 갖춰 접대하기로 결정하고 힘껏 그 요구에 응함으로써 저들이 빌미로 삼을 만한 어떠한 흔단도 없이 유감을 풀고 돌아가게 하였다. 이로써 사직과 생령의 복을 구했으니 어찌 다행이 아니겠는가? 당시 나는 재주가 없음에도 불구하고 황송하게 대관신헌께 인정을 받아 뒷수레에 앉게 되었다. 매번 험한 일을 당할 때마다 "좋은 사료"라고 감탄하며 즉시 기록하고, 잠시 후 그 일이 지나면 다시 "좋은 사료"라고 감탄하며 즉시 기록해두었다.[45]

강위가 기록한 『심행잡기』의 첫 대목이다. 당시 조야의 분위기와 달리 강위는 적이 쉬운 상대가 아님을 알고 있었고, 그들의 의도가 다른 곳에 있음을 알고 있었고, 항상 그것을 우려했었다. 신헌이 강위를 반당으로 참여시킨 것은 강위의 이러한 식견 때문이었을 것이다. 적을 쉽게 보는 자들이 쉽게 패망의 길로 들어선다. 일본이 무력 시위를 벌이고 있는 강화도에 협상단을 보낼 때 조야에서는 화살 한 대, 대포 한 발도 쏘지 않고 성을 바친다는 말도 있었고, 방비를 해이하게 했다는 탄식도 있었고, 적을 우리 땅에 풀어놓았다는 한탄도 있었다.[46] 그러나 강위가 국제 정세로 판단했을 때 그것이 세상 물정 모르는 소리로 들렸다. 전투를 벌이면 조선이 당장 망할 것으로 보였다. 혹자는 망해도 좋다고 "도가 아닌 방법으로 생존하기보다는 차라리 도를 지키다가 망하는 것이 낫다"라고 하기도 하였다. 그것이 이 시기 위정척사파가 말하는 바르고 곧은 도였다. 그러나 강위는 그런 태도의 위험함을 경계하였다.

그러나 이른바 도道라는 것은 나라를 지키고 인민을 안정시키기 위한 물건일 뿐이다. 그런데도 지금 나라를 위태롭게 하고 인민을 죽인 이후에 도를 지킬 수 있다고 한다면, 나는 그 이른바 도라는 것이 과연 어떠한 물건인지 모르겠다.[47]

직설적 표현이다. 강위는 이미 「의삼정구폐책」에서 마키아벨리에 가까운 현실 감각을 보여준 바 있다. 여기서 '도'와 '생존'을 놓고 저울질해 보고, 현실주의자답게 도를 포기해야 한다고 결론을 내린 것이다. 원리주의적 유가의 입장에서는 수용하기 어려운 주장일 것이다. 그러나 생존의 기로에 처한다면 대부분 받아들일 수밖에 없는 입장일 것이다. 강위는 적극적인 정보 수집과 현실적인 정세 판단으로 그 생존의 기로를 미리 상상해 보았을 것이다. 그렇게 내린 확고한 결론이 도를 포기하고 목숨을 구하자는 것이었다. 강화도에 상륙한 일본 군대의 훈련 장면을 엿보던 강화도 수비대 병사들을 묘사하며 이러한 결론의 옳음을 간접적으로 역설하기도 하였다.

〈그림 11〉 수호 조약 체결을 강요하는 일본군(강화부 연무당). 1876년 촬영
출처 : 국립중앙박물관

악기가 한 번 울릴 때마다 동작이 절도에 맞았으며 총을 들고 칼을 휘두르다가 마치 나는 듯 회전하였다. 한 길 남짓 되는 높이로 노끈 다섯 개를 매어둔 다음 한 번에 하나씩 넘다가 줄을 다 넘으면 멈춰 섰는데, 그러고도 남은 용력을 과시하여 몇 길씩 뛰어오르니 이를 본 우리 군사들이 모두 경탄하면서 신기라고 여겼다. 또 저들이 총포를 진헌해서 한 번 쏘아보게 했다. 150보 밖에 작은 표적을 세워둔 다음에 한 번에 40여 발을 쏘았는데 한 발도 빗나가지 않고 모두 표적에 도달했을 뿐만 아니라, 그것을 꿰뚫고 지나갔다. 이를 본 우리 군사들은 모두 얼굴빛이 변하며 우리가 까마귀 밥 신세를 면한 것은 조정의 은택이며 사신의 힘이로구나 했다. (전투를 못하게 해서) 울분에 찼던 기세 또한 일시에 모두 사라졌다.[48]

〈그림 12〉 강화도조약 체결 장면

강위가 입수한 정보로 판단한 서양의 강성함을 서양식 근대화를 이룬 일본 군대가 바로 시연해준 셈이다. 화살 한 대 쏘지 않고 성을 내주느냐고 울분에 찼던 병사들은, 그들의 강성함을 보고 기가 질리게 된다. 협상 과정에서 신헌이 박규수에게 보내는 편지를 강위가 대필하여, 강위의 『고환당수초』에 실려 있는데, 요약하면 '현실적으로 일본과 힘으로 대적할 수 없고, 일본과 동등 외교를 맺어야 하며, 개항에 이어 서양과도 수교해야 한다'는 것이었다. 장렬하게 옥쇄玉碎하자는 결론이 아니라면 강위로서는 이 방법 말고는 방법이 없었을 것이다.

이 협상의 결론이 강화도조약, 소위 병자수호조약의 체결이었다. 부산 외에 두 개의 항구를 추가로 개방하여 일본인의 통상을 보장해주고, 개항장에서 일본인의 주거지를 마련해주기로 조약을 맺었다. 물론 불평등조약이었지만, 박규수, 신헌, 강위의 판단으로는 전쟁을 피하기 위해서는 어쩔 수 없는 선택이었다.

6. 동아시아를 무대로

병자수호조약의 후속조치로 일본은 조선에 초대외교招待外交의 형식으로 사신을 파견할 것을 요청하였고, 조선은 일본에 수신사修信使를 파견하였다. 1차 수신사로는 예조참의 김기수金綺秀, 1832~?를 대표로 하는 76명의 사신단이 파견되어 1876년 4월부터 두 달 동안 일본의 근대 시설을 견학하였다. 2차 수신사로 김홍집金弘集, 1842~1896을 대표로 하는 58명의 사신단이 파견되어, 1880년 5월부터 한 달 동안 일본의 정세를 파악하고 개화 문물을 시찰하였다.

조정에서 김홍집을 2차 수신사로 일본에 파견할 때, 강위는 김옥균의 추천에 의하여 수신사의 서기로 수행에 참여하였다. 2차 수신사는 1880년 5월 28일 국왕에게 사폐하고 6월 26일 부산을 출발하여 아카마가세키赤馬關, 시모노세키와 고베神戶를 거쳐 7월 6일 도쿄東京에 도착하였고, 한 달을 머문 뒤 다시 8월 4일 토쿄를 떠나 8월 11일 부산포에 도착하고 8월 28일 국왕에게 복명하였다. 이때 강위가 만난 일본 측 인사들은 우대신右大臣 이와쿠라 도모미岩倉具視, 외무성 대서기관 이먀모토 고이치宮本小一, 기록국장 가메다니 코우龜谷行, 일본 국립 제일은행장 시부자와 에이치澁擇榮一, 전 다카사기高崎 번주 오코치 테루나大河內輝聲, 등의 관료와 중 혜순慧淳, 장화원주인長華園主人, 옥주여사玉舟女史 등의 민간인들이 있었다. 또 한편 김홍집을 대신하여 한중일의 연대를 표방하는 흥아회興亞會에 참석하기도 하고, 일본주재 청국공사 하여장何如璋, 청국공사관 참찬 황준헌黃遵憲, 일본에 머물고 있는 장보章甫 등의 중국인들을 만나기도 하였다.[49]

나라 안정의 대사는 서해와 동해에 달려 있고
바다 위에는 만리에서 불어온 바람이 오가네.
뗏목으로 은하수 갔던 지 천년 뒤에
진한은 육주의 점과 같구나.
상선 타고 나갈 때는 봄날 파도 희더니
시 싣고 돌아오는 뗏목에는 술 익은 붉은 빛.

동인들에게 들려주려고 가져온 한 마디 말이 있으니
수레 가득 책을 싣고 만국과 서로 소통하게나.

綏邦大事在西東, 海面交吹萬里風.
星漢浮槎千載後, 辰韓點墨六洲中.
商航載去春潮白, 詩筏歸來醋酒紅.
一語持將同社道, 車書萬國會相通.[50]

〈그림 13〉 2차 수신사 단장 김홍집

우리도 어서 세계 각국과 개국통상에 나서야 한다는 말이다. 그러나 사태는 강위의 바람처럼 흘러가지 않았다.

2차 수신사 김홍집은 황준헌으로부터 『조선책략朝鮮策略』을 받아 고종에게 바쳤다. 조선은 앞으로 '친중국親中國 · 결일본結日本 · 연미국聯美國'의 외교정책을 써야 하며, 그 위에 구미 여러 나라와 수호·통상하며 산업과 무역의 진흥을 꾀하고 서양 기술을 배워 부국강병책을 수행해야 한다는 주장을 담고 있는바, 모든 외교정책의 밑바탕에는 러시아의 남하를 막아야 한다는 명제가 깔려 있다. 러시아와 대립하고 있던 청나라의 입장에서 조선의 외교 노선을 결정해준 것이라 할 수 있다. 그러나 『조선책략』의 내용이 알려지자 유림들이 강렬한 반대에 나섰다. 무엇보다 미국 등의 서양 세력과 외교 통상을 해야 한다는 권고는 오랑캐에게 투항하는 것이라는 위정척사衛正斥邪의 주장이 비등하였다. 유생 이만손李萬孫 등을 소두疏頭로 한 영남 유림 1만 명이 서명하여 상소한 영남만인소嶺南萬人疏와 강원도 유생 홍재학洪在鶴 등이 대궐 앞에 엎드려 호소하는 복합상소伏閤上疏가 대표적 사건이었다. 상소의 주모자는 사형되었지만, 개국통상에 관한 여론 분열의 불씨는 여전하였다.[51] 황준헌이 조선에 러시아의 남하를 막는 청국과 일본의 공동전선에 조선도 동참해야 한다는 전략을 제시하여 조선에 커다란 파문이 벌어진 것이다. 강위는 위정척사파가 보기에 가장 극단적인 개화파의 한 사람이었을 것이다.

> 탁월한 영웅호걸들은 보고 있는 것이 같으니
> 늘상 두려움 역시 서로 비슷하네.
> 그 당시 함곡관 동쪽의 일로 대신 의논한다면
> 여섯 나라의 안위는 진秦나라에 있는 것 아니네.
>
> 磊落英豪同所見, 尋常恐懼亦相親.
> 當時代筭關東事, 六國安危不在秦.[52]

8월 1일 일본을 떠나기 직전 강위가 흥아회에 참석하여 지은 시의 일부이다. 탁월한 영웅호걸은 흥아회에 참석한 일본과 청나라 인사들을 가리킨다. 이 흥아회에 참석한 일본, 청국 인사들이 서로 비슷한 두려움을 갖고 있다는 것은, 러시아의 남하에 대한 우려가 같은 것을 지적하는 말일 것이다. 흥아회興亞會는 일본이 주도한 아시아연대론 표방 단체이므로, 흔히 미국과 서양에 대한 공동 대응을 지향하며 일본이 조선과 청나라에 대한 영향력을 확대하려는 의도가 있을 것이라고 생각하기 쉽지만,[53] 이때 일본은 미국과의 통상이 개시된 이래 서양을 배우기 위해 열을 올리고 있었던 때이며, 청나라의 입장 또한 미국과 서양과는 소통을 강화하는 것을 지향하고 있었다. 이 대목에서 양국의 공통된 두려움이란 러시아의 남하 말고는 없는 것이다.

이 상황에 대한 대처를 강위는 중국 전국시대 말기 진나라의 중원 통일 직전의 상황으로 치환하여 비유적으로 표현하고 있는데, 함곡관의 동쪽이란 진나라의 침공 우려에 떨고 있는 여섯 나라를 가리킨다. 이 여섯 나라의 안위는 진나라에 있지 않은 것이라 하였다. 진나라에 투항하고 의지하여 자국의 안위를 지키려는 연횡連橫의 방책이 여섯 나라의 안위가 진나라에 있다고 믿는 것이며, 결국 망하는 방법이었다. 진나라에 대항하여 여섯 나라가 연합하는 합종合從의 방책이 여섯 나라의 안위를 진나라에서 찾지 않고 스스로 찾는 것이며, 독립의 방략이다. 마지막 줄에서 주장하는 바는 그러므로, 일본과 청국과 조선이 러시아에 대항하여 합종의 연합 전술을 구사해야 한다는 귀결이 된다. 강위가 묘사한 탁월한 영웅호걸에는 황준헌도 포함되어 있었을 것이다.

문일평文一平, 1888~1939의 「한미관계 50년사」에는 강위가 이때 제출한 논論과 의議 몇 편이 있다고 하였다. 문일평은 강위의 의에서 "아라사국은 호랑이의 진秦이라"고 하고, "미국의 방조나 후원을 얻게 될 때에는 만국이 따라서 화하여 아라사인도 감히 그 야심대로 하지 못할 터"라고 한 부분 등을 요약하여 인용하고 있으니,[54] 강위는 이 무렵 『조선책략』의 내용에 적극 동조하며 수용한 것으로 볼 수 있다. 문일평의 「사외이문史外異聞」에는 문일평이 강위의 증손자를 만나본 일이 있음과 남은 문서가 거의 없어서 경악했음에 대해 기록하고 있다.[55] 아마 문일평이 만난 강위의 증손자가 강범식일 것이며, 이때 본 문서 중에 『한미관계 50년사』에서 인용한 몇 편이 있었을 것으로 짐작된다.

문일평이 인용한 글은 「박악라불가선련의駁鄂羅不可先聯議」와 「의고擬誥」로 보인다. 이 글은 주승택이 규장각 소장 『고환당집』에 수록되어 있음을 밝혀냈다.[56] 「박악라불가선련의」는 러시아와 먼저 통상을 하면 안 된다는 주장을 하는 것인데, 현재 제목은 반대로 그런 주장을 논박하는 의라고 해석된다. 아마 필사 과정에서 제목의 오류가 생긴 듯하다.[57] 「의고」는 개국통상에 대한 유생들의 강렬한 저항을 진압하기 위해 임금이 내리는 교시를 흉내낸 글이다. 대개 2차 수신사를 다녀오고 나서 개국통상을 적극 실현시키기 위해 강위가 고심하여 작성한 것일 듯하다.[58] 여기에 "이른바 도道라는 것은 나라를 지키고 인민을 안정시키기 위한 물건일 뿐이다. 그런데도 지금 나라를 위태롭게 하고 인민을 죽인 이후에 도를 지킬 수 있다고 한다면, 나는 그 이른바 도라는 것이 과연 어떠한 물건인지 모르겠다"는 대목이 있어, 『심행잡기』에서 본 문구와 완전히 일치한다.[59] 강위는 수구 유림들이 내세우는 도道를 정면에서 부정하는 위험한 언어를 반복하고 있는 것이다. 1876년 이래 이 무렵 강위가 유림들의 핵심을 직접 겨누면서 전통적 화이관의 질서를 근저에서 공박해야 할 만큼, 고양된 위기감을 지니고 있었음을 짐작할 수 있다.

첫 번째로 일본에 다녀온 지 1년여 뒤에 강위는 다시 두 번째로 일본에 다녀오게 된다.

〈그림 14〉 19세기 나가사키의 모습

경진년1880 여름 시랑侍郎 도원道園 김굉집金宏集, 김홍집 대인이 수신사로 일본으로 갈 때 김옥균金玉均 대인이 불민한 나를 힘껏 추천하여 서기로 충원되어 동경에 갈 수 있었다. 김굉집 대인은 평소 간결하고 신중하여 수행원들이 나가 교유하는 것을 불허하고 사신의 임무만 수행하였다. 우리들은 한 사람의 문사들과 교유하지도 못하고 돌아오게 되어 매우 불만이었다. 김옥균 대인이 불민한 나에게 말하기를 "조금만 기다리시라. 나도 수신사를 맡게 될 것이니, 함께 간다면 더욱 즐겁지 않겠소"라고 하였다. 이 말을 쇠나 돌에 새긴 맹세로 여기고 밤낮으로 기다렸다. 한 해 지나 가평加平 전사에서 설날을 지낸 후 7일째에 서울에 왔더니 김옥균 대인이 이미 일본으로 출발하였으며 먼저 강릉에 들러 부모님을 뵌 뒤에 강릉에서 바로 동래로 갈 것이라는 소식을 들었다. 의아한 마음에 송촌 지석영松邨池錫永을 찾아갔더니 지석영은 "헛소문입니다. 우리가 어찌 모를 리가 있겠습니까"라고 하였다.[60]

〈그림 15〉 김옥균(金玉均)과 갑신정변의 주역들.
왼쪽부터 박영효(朴泳孝), 서광범(徐光範), 서재필(徐載弼), 김옥균
출처 : 민족문화대백과사전

2차 수신사 김홍집을 수행하여 다녀온 첫 번째 일본행에서 강위는 일본의 문사들과 교유하지 못한 것을 큰 아쉬움으로 여기고 있었다는 사실을 알 수 있다. 여기에 김옥균이 자신과 같이 가자는 약속을 믿고 밤낮으로 기다렸다는 말을 보면, 김홍집에 비하면 김옥균은 강위에게 더욱 친밀하고 의기가 통하는 관계였음을 알 수도 있다. 김홍집을 수행하게 된 것도 김옥균의 강력한 천거에 의한 것이었다고 하였다. 그런데, 1882년 김옥균이 강위와의 약속을 저버리고 따로 출발한 것이었다. 동료 지석영조차 김옥균이 강위에게 한 약속을 믿고 있었다.

김옥균은 고종의 밀명으로 은밀히 파견된 것이었기에 강위를 동반하여 떠들썩하게 출발할 수 없었다. 이 밀명 사신단의 목적은 강위의 기록에 의하면 기계를 구매하고 교사를 맞아들이자는 것이었다.[61] 외국 문물 수입에 대한 척사파의 강력한 반발을 염두에 두고 고종 정부는 아마 은밀하게 이 문제를 해결하고 싶었던 듯하다. 뒤늦게 김옥균의 출발을 알고 강위는 육교시사에서 교유하였던 역관 변진환邊晉桓 아들 변수邊燧와 변수의 동료 우

자중禹子重과 함께 김옥균을 따라잡기 위해 동분서주하였다. 변수가 대구에서 마련키로 한 여비가 조달되지 않아 어려운 처지에 놓이는 일도 있었다. 이때 마침 강위의 또 다른 문인인 정병은鄭秉殷을 만나 그에게서 여비를 빌어 부산까지 갔다. 이들 일행은 구면인 일본인 가이즈 사부오海津參雄를 만나 김옥균이 초량에 와 있다는 소식을 들었고, 또 사부오를 통해 일본 영사관의 문빙文憑 : 일본의 여권을 얻었다. 이들이 초량의 김옥균 숙소로 달려갔으나 김옥균은 이미 선창으로 나간 뒤였다. 이들이 선창으로 달려가 일본으로 출발하려는 배에서 드디어 김옥균을 만나게 되었다.

김옥균은 강위 일행의 동반을 흔쾌히 허락하며 강위에게 온 아들 강요선의 편지를 전해 주었다. 그 편지에 조정에서 강위에게 선공감가감역의 벼슬이 내려졌다는 소식이 담겨 있었다.[62] 강위가 비록 허직이지만 문관의 벼슬을 얻게 된 것에서 감격의 시를 지은 것은 앞서 1장에서 살핀 바 있다. 강위에게 벼슬을 내리게 된 것이 누구의 추천에 의한 것인지, 어떠한 계기가 있었던 것인지 지금으로서는 알 수 없다. 2차 수신사 김홍집을 따라 일본에 다녀온 노고를 치하하는 의미는 없을 것이다. 이미 16개월이나 지난 일이었고, 2차 수신사의 성과는 유림의 반발을 받아 거론하기 어려운 형편이 되어 있었다. 밀명을 받은 김옥균의 일본행에 동행하게 된 것을 치하하는 의미도 없을 것이다. 강위가 김옥균의 일본행에 동행하게 된 것은 미리 결정된 것이 아니라, 강위가 급히 김옥균을 뒤쫓아 초량의 배 위에서 상봉한 뒤에 결정된 것이다. 벼슬을 받게 된 사실을 강위에게 알리는 아들 강요선의 편지가 김옥균에게 보내진 것은, 강위의 집에서 강위가 김옥균을 쫓아간 사실을 알고 있었기 때문이지, 조정에서 강위가 김옥균을 쫓아간 사실을 미리 알고 있었을 리는 없다. 결국 맥락을 짐작해볼 만한 단서는 드러나지 않지만 어쨌든 선공감가감역의 관직을 받고 감격하고 있는 강위는 김옥균을 따라 일본으로 갈 수 있었다.

이때 함께 밀행한 인원은 김옥균과 변수, 우자중 외에 서광범徐光範, 정병하鄭秉夏, 유혁로柳赫魯, 김동억金東檍 등 10여 명이었고, 일본에서의 안내를 맡은 사람은 일본에서 유학중인 유길준俞吉濬이었다. 이 밀행에서 강위가 만난 일본인은 나가사키長崎 훈장 나가마쓰 도요야마永松豐山, 원산항 총영사 마에다 겐키치前田獻吉, 승려 철정상인徹定上人 등이며, 중국인으로는 영사 여휴余鑴, 화가 서눌徐訥, 나가사키 현 학교장 손사희孫史希 등이 있다. 일행은 1882년 3월 24일 나가사키에서 각국 영사관을 방문하였고, 6월 초에 도쿄에 도착하였고, 7월 24일에는 귀국 중에 임오군란의 소식을 들었다.[63] 임오군란의 소식을 들은 김옥균과 서광범 등은 일본 군함에 동승하여 급히 귀국한다.

> 일본 도쿄에서 조선에 돌아가려고 시모노세키에 도착했을 때 나라 안에 변란이 일어났다는 소식을 들었다. 일행은 산사로 가서 통곡을 하고 상복을 입었는데, 나는 멀리 떠나려는 뜻이 있었다. 되는 대로 시를 짓었다.[64]

이때 강위가 지은 시의 제목이다. 구식 군대의 처우 불만이 폭발하여 야기된 임오군란의 와중에 선혜청 당상관으로 구식 군대의 급료를 빼돌리던 민씨척족세력인 민겸호閔謙鎬, 1838~1882 등이 살해되었고 민비도 친정으로 도주하였는데, 김옥균의 밀행단이 민비가 살해된 것으로 전해 듣고 상복으로 갈아입고 급거 귀국하게 된 것이다. 이때 강위는 나가사키長崎에서 김옥균 일행과 헤어져서 상해上海로 가서 10월까지 머문 뒤 천진天津을 경유하여 배편으로 인천으로 돌아왔다. 김옥균이 강위에게 별도로 부탁한 바가 있어서였는지, 누구의 지시 없이 강위 스스로 이 일정을 바랐는지 지금으로서는 알 수 없다. 이 길을 동반했던 한창률韓昌律의 경우에는 상해에서 조선어를 가르치며 숙식을 해결하고 자신은 중국어와 프랑스어를 배우겠다는 뜻을 보였다.[65] 동반자의 의도로 보아서는 특별히 수행해야 할 지령이 있었던 것 같지 않다. 위 시의 제목에서 설명하고 있는 상황으로 보아도 강위 스스로 멀리 떠나고 싶었던 뜻을 실현하려고 한 것으로 보인다.

어려서부터 멀리 다니고 싶은 흥취가 있었는데 늙도록 잦아들지 않아, 입만 열면 멀리 가고 싶다는 말을 하게 되니 아주 괴이한 일이다. 경강의 객사에서 누가 글을 지어달라는 요구에 급히 응하며 이것을 지었다.[66]

강위는 멀리 떠나고 싶다는 마음이 어려서부터 늙도록 잦아들지 않았다고 고백하고 있다. 멀리 떠난 일본에서 또 멀리 떠돌아다니고 싶은 마음이 들었던 것이다. 처음에는 어윤중魚允中, 1848~1896이 있다고 알려진 천진이 목표였다.[67] 어윤중은 1881년 조사시찰단의 일원으로 일본에 갔다가 청국으로 건너가 천진을 들러 귀국한 바 있었고, 모두들 역적이라고 부르는 동학 농민들을 '민당民黨'이라고 칭하는 등의 행보를 보인 바 있어서, 개화파와 농민층의 광범위한 지지를 얻고 있는 인물이었기에,[68] 강위는 우선 어윤중에게 의탁할 것을 생각하였던 것이다. 마침 청국 직례총독直隸總督 이홍장李

鴻章이 서양 각국과의 수교를 조선에 압박하자, 어윤중이 문의관問議官으로 임명되어 다시 천진에 파견되어 있었다. 그런데 어윤중도 임오군란의 소식을 듣고 급거 귀국한 상태였고, 이 사실을 파악한 강위는 목표를 바꾸어 우선 상해로 향했다.

〈그림 16〉 어윤중(魚允中)
출처 : 한국사데이터베이스

청나라로 건너가 상해에서 청나라의 양무파洋務派 관료들과 두루 접촉했다. 기무국총판機務局總辦 이흥예李興銳, 초상국총판招商局總辦 당정추唐廷樞, 초상국총판 서윤徐潤, 초상국 총판 정관응鄭觀應, 강소소송태도태江蘇蘇松太道台 소우렴邵友濂, 문보소文報所 왕병곤王炳堃, 광방언관교수廣方言館敎授 정석서程錫書, 청국총판조선통상사무국清國總辦朝鮮通商事務局 진수당陳樹棠, 민간인 호문손胡文蓀, 이환李芄 등을 만났다.[69] 이중 이흥예에게서 기기국의 거처를 제공 받고 기기국을 시찰할 수 있었고, 소우렴에게 『북유초』와 『고환당초고古歡堂初稿』의 서문을 받고, 정석서에게 『원유초』의 서문을 받았다.

강위는 상해에 도착해서 먼저 정관응과 소우렴을 찾아가 융숭한 대접을 받았다. 일본에 파견 가 있던 영사 여휴가 소개장을 써준 덕분이었다. 숙소와 음식이 모두 감당하기 어려울 만큼 훌륭하였고, 강위가 입고 있던 옷이 홑옷임을 걱정하여 중국옷을 내어 주려고 하였는데, 강위가 사양하며 솜만 얻어서 옷 사이에 넣어 입었다고 한다. 이러한 환대에 강위는 감격하여 시를 지어 보답하였다.[70] 강위가 젊은 시절 전국을 떠돌아다니면서 길에서 만난 사람들로부터 숙식을 제공받을 때부터의 오랜 절차를 다시 동아시아를 무대로 반복한 것이다.

강위가 귀국 의도를 꺼내자 다들 몹시 서운해했다고 한다. 마침 조선통상사무국에서 근무하는 진수당과 당정추가 조선에 파견되었다며 함께 배를 타고 가기로 하였다. 강위의 입장에서는 감격스러운 은혜를 입은 것이다. 또 시를 지어 보답하였다.[71] 그들이 조선으로 들어가는 길은 연태煙台와 천진을 거쳐 가는 것이었다. 사실 진수당과 당정추는 조선과 청국 사이의 "조중상민수륙무역장정朝中商民水陸貿易章程"이 체결된 뒤에 실무를 위해 파견되는 중국 관료였다. 이들은 청국이 조선의

〈그림 17〉 묄렌도르프
출처 : 위키피디아

〈그림 18〉 김윤식(金允植)
출처 : 위키피디아

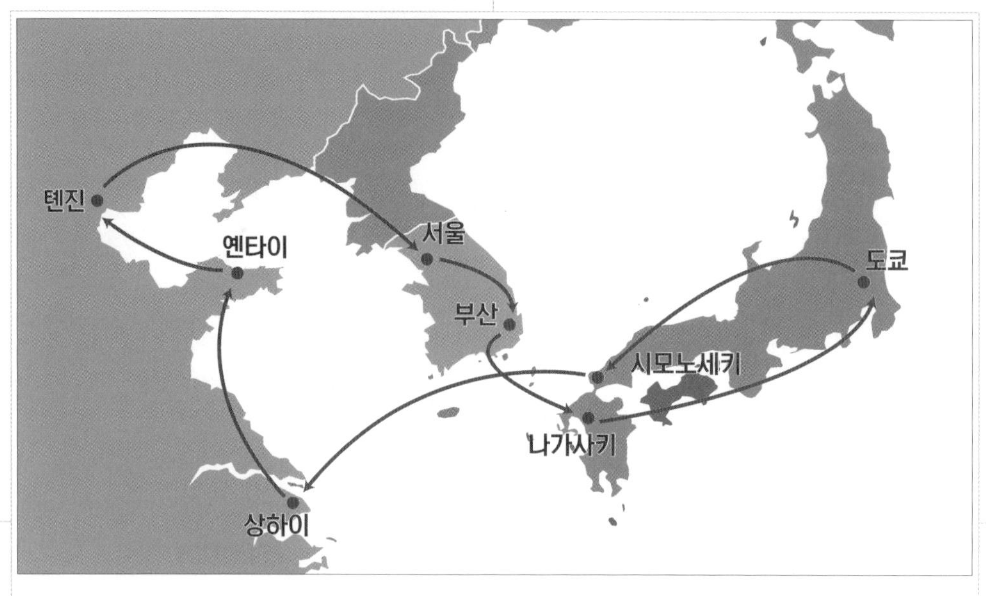

〈그림 19〉 1882년 강위의 여행 경로

재정 및 외교권을 지배하도록 서울로 파견하는 천진주재독일영사 묄렌도르프Mollendorff, P. G.와 조약 체결을 마치고 귀국하는 조영하趙寧夏, 1845~1884와 김윤식金允植, 1835~1922을 태우기 위해 천진과 연태를 경유하는 것이었다. 김윤식은 『고환당수초』의 서문에서 강위를 배 위에서 만난 장면을 인상적으로 적고 있다.

내가 평소 선생의 명성을 듣고 한 번 한양에서 본 적이 있었다. 두 번째에는 연태의 배 안에서였다. 선생은 나이가 일흔이 되었는데 일본과 상해와 천진을 두루 유람하고 배를 타고 조선으로 돌아가는 길이었다. 때마침 겨울 날씨라 눈보라가 칼날 같았는데, 선생의 옷은 매우 얇았다. 추위에 떨면서 돛대를 기대고 섰지만, 수염과 눈썹 사이에 늠름한 기운이 은은히 흐르고 있었다.[72]

강위가 입고 있던 얇은 옷은 상해의 인사들이 두툼한 옷을 내준대도 굳이 사양하고 솜만 얻어서 채운 그 낡은 홑옷일 것이다. 경화세족의 부유한 출신이었던 김윤식이 보기에 강위는 매우 초라하고 쓸쓸한 행색이었던 모양이다. 김윤식은 그전에 강위를 한 번 만나본 적이 있는 정도에 불과했으니, 강위의 나이도 제대로 파악하지 못했다. 63세의 강위를 70이 되었다고 기록하였다. 초라하고 쓸쓸한 행색이 강위를 더 늙게 보이도록 만들었을지도 모른다. 그런데 김윤식은 강위의 늙은 수염과 눈썹 사이에 은은히 흐르고 있는 늠름한 기운을 보았다. 김윤식은 강위의 시를 읽고 강위를 시선詩仙이라고 칭하면서 늙은 강위가 늙지 않은 시를 썼다고 평하였다.[73] 외모와는 별개로 그의 미간에 흐르는 늠름한 기상처럼, 그의 시와 정신이 젊은이의 것과 같다고 짚어낸 것이다.

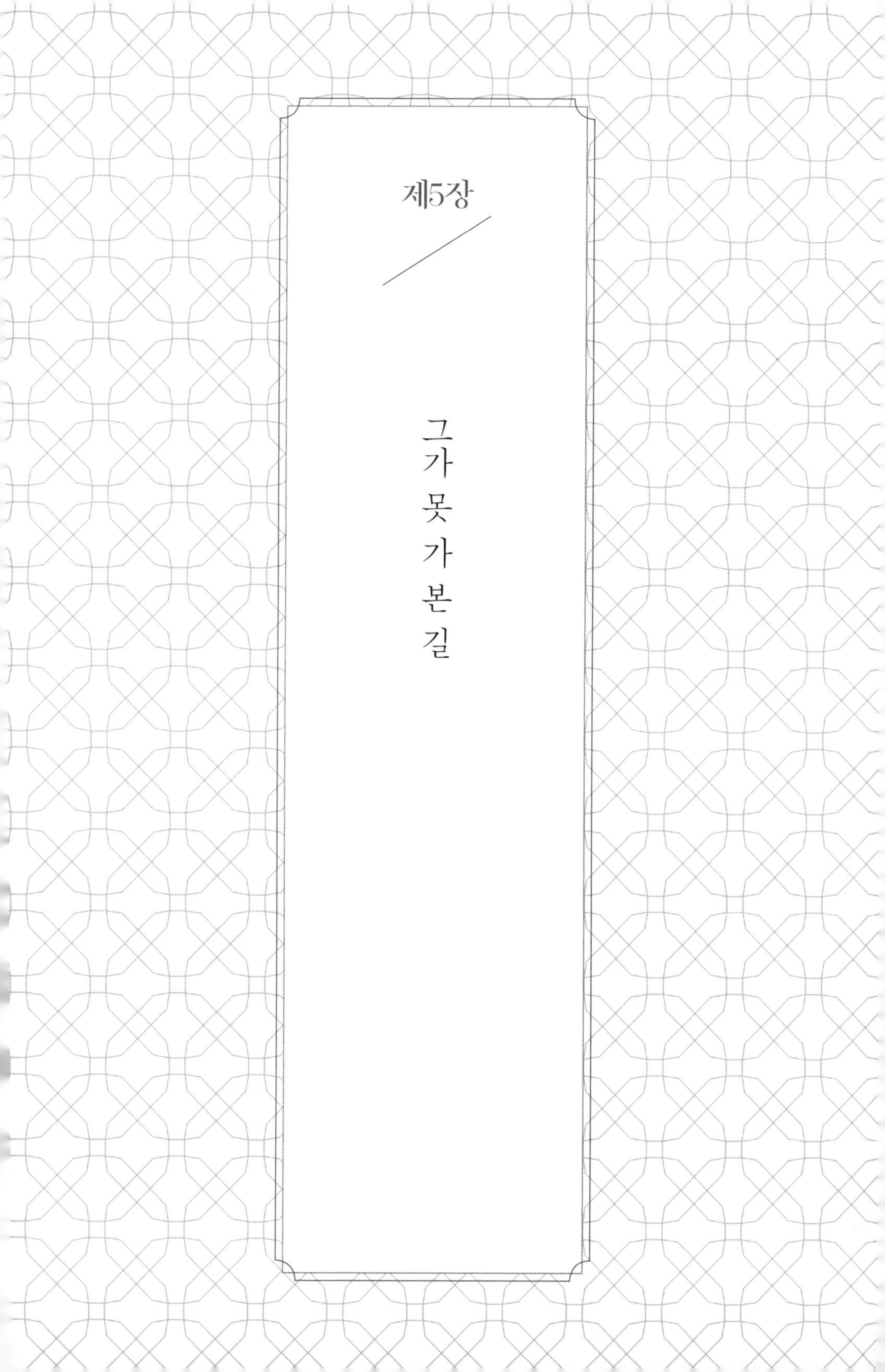

제5장

그가 못 가 본 길

1. 방랑의 끝

일본과 중국을 오가는 행로에서 강위는 외교사절 임무를 막후에서 보좌하며 동아시아를 종횡하는 자신의 여행을 매우 상쾌하고 낙관적으로 묘사하기도 하였다.

> 만리 뗏목에 사신 깃발과 함께 왔네.
> 이웃 나라와 잘 지내고 유신도 하였으니 이 영토는 맑구나.
> 명을 따라 이웃 나라와 사귀니 천하가 작아보이고
> 심혈을 기울여 나라 일을 하기에 이 몸이 가볍네.
> 지리한 천견은 발자취에 구애되었으니
> 빽빽한 필담으로 진정을 다할 수 있을까.
> 나는 신선을 따라 하늘 밖으로 가고 싶어
> 긴 바람에 휘파람 한 번 불며 봉영에 내리네.
>
> 星槎萬里伴行旌, 隣好維新海宇淸.
> 託命朋交天下小, 留心國事一身輕.
> 支離膚見多拘跡, 齟齬毫談豈盡情.
> 我欲從仙天外去, 長風一嘯下蓬瀛.[1]

일본에 파견되는 2차 수신사 김홍집의 사신단을 따라 강위가 처음으로 일본에 갔을 때 지은 시이다. 제목은 「사부사와 별장에서 차운하여 삼가 화답하다」로 누군가에게 화답하는 시이다. 강위는 메이지 유신의 개혁을 일본을 맑게 만드는 것이라고 평가하며 주목하였으니 "일본은 일마다 유신을 이어가 고베의 건물들이 사람을 놀라게 하네"라고 하며, 일본의 근대 도시화와 저들의 유신의 관계를 언급하기도 하였다.[2] 일본에 대한 감탄과 선망은 그것대로 주목할 만하지만, 여기서 우리는 하늘 밖으로 나가고 싶다는 7행의 표현에 주목할 필요가 있다. 신선이 노니는 하늘 밖의 대척점에는 지금 여기의 현실 공간이 있을 것이다. 젊어서부터 이어온 강위의 방랑은 현실 공간의 울분을 극복하기 위한 것이었으니, 신선이 노니는 하늘 밖은 그 현실 공간의 울분이 존재하지 않는 이상향이 되는 것이다. 강위에게는 일본이 그 이상향의 방향에서 먼저 보이는 공간이 되고, 맑아진 땅이 된다. 일본은 강위에게 천하 안에서 천하 밖으로 가는 방향에 놓인 징검다리인 것이다. 그 앞에서 강위는 천하가 작다고 하였다. 외교의 임무를 띠고 돌아다녀보니 천하가 작게 느껴진다는 것이다. 여기서 강위가 표현한 천하는 중국을 중심으로 한 옛 판도이고, 지구 세계를 두고 한 표현은 아닌 것으로 보아야 한다. 천하를 미지의 영역으로 두면 클 수도 있겠지만, 미지의 영역이라 여기지 않으면 작게 느껴질 것이다. 뻔하여 작게 느껴지는 천하를 벗어나 신선처럼 천하 밖으로 가고 싶은데, 우선 일본에 도달한 자신의 감상을 적은 것이다.

하늘 밖으로 나가고 싶은 생각은 강위에게 눈물을 흘릴 만큼 강렬한 것이었다.

둥근 공 같은 저 작은 땅에 몇 사람이나 태어나기에

영웅 호걸의 한 세상 재주를 외면했을까

진한으로 고개를 돌리니 마치 묵으로 찍은 점

다시는 망향대에 오르지 못하겠네.

丸毬小地幾人裁, 枉却英豪一代才.

回首辰韓如點墨, 不堪重上望鄕臺.[3]

이 시의 제목이 제법 길다. 「동조궁원東照宮園에 걸어가서 높은 곳에 기대 멀리 보며 잠깐 두 절구를 지었다. 갑자기 뗏목을 타고 멀리 가고 싶은 생각이 들어 나도 모르게 눈물을 철철 흘리며 바람결에 한 번 통곡을 하니 따르는 사람이 깜짝 놀라 말렸다.」 이미 배를 타고 만리를 떠나 와서 닛코에 있는 동조궁을 산책하면서 다시 배를 타고 멀리 가고 싶은 생각이 들어 눈물 흘리며 통곡까지 했다는 것에서, 강위가 도달하고 싶은 천하의 밖이 일본도 아니라는 점은 분명해진다. 여기서 신선이 사는 천하 밖과 대척되는 위치가 조선이라는 점도 대단히 선명하게 부각되어 있다. 조선을 영웅호걸도 제대로 대접하지 않는 작디작은 땅으로 표현하였다. 아마 도쿠가와 이에야스의 무덤을 보면서 젊은 시절의 자신의 포부까지 생각이 닿은 것이리라. 그리하여 동조궁원이 있는 닛코에서는 조선이 점으로 찍은 것처럼만큼도 보였을 리가 없겠는데, 점으로 보이는 것처럼 표현하며 그것 때문에 망향대에 오를 수 없겠다고 하였다. 조선의 방향으로는 다시 고개를 돌리고 싶지도 않았던 것이다. 돌아가고 싶지 않은 심정이 절절히 드러나 있다.

〈그림 1〉 닛코(日晃)에 있는 도쿠가와 이에야스(德川家康)의 무덤, 동조궁원(東照宮園)
출처 : 위키피디아

그럼에도 불구하고, 강위는 조선으로 돌아올 수밖에 없는 운명이었다.

일본에 들어와서는 겪는 일마다 새로워
기적소리 뱃고동소리 요코하마에 이르렀네.
창칼로 다투면 천하가 험해지고
옥백으로 사귀면 사해가 친해지네.
이방에서 박사博士는 구하고 싶지 않고
대신 고도古道를 함께할 사람을 찾네.

훨훨 한 세상 떠다니길 원했는데,

그 옛날 여동빈呂洞賓을 저버리게 되었구나.

路入搏桑事事新, 車嘶舟嘯到橫濱.

干戈尋衅同洲險, 玉帛論交四海親.

未愜殊邦求博士, 還尋古道伴行人.

騰騰一世浮由願, 孤負當年呂洞賓.[4]

이 시에서 신선이 사는 천하 밖으로 가는 길을 등지고 돌아와야 하는 심정이 드러나 있다. 다만 박사를 구한다는 말에는 강위가 별도로 달아놓은 저자 주를 참고해야 한다. 이 시를 받게 되는 압북鴨北, 미야모토 고이치(宮本小一)이 일본에서 여러 나라의 교사를 구하여 노박사老博士로 삼을 때 강위에게 그 자리를 제안한 것인데, 강위는 자기 목숨을 버리게 될 제안이라며 거절하였다.[5] 대신 양국간에 평화의 옛 도리를 실현하도록 노력할 사람을 찾자는 정도로 봉합하였는데, 그 뒤에 맺는 부분이 심상치 않다. 여전히 신선들이 사는 천하 밖으로 나가고 싶은 욕망을 버릴 수가 없어서, 당나라 때의 신선 여동빈을 저버리게 되었다고 한탄하는 것이다.

강위가 중국의 상해에서 중국의 양무파 관료들을 만나는 과정에서 단병균單秉鈞도 알게 되었다.[6] 일본을 거쳐 세 번째 중국에 갔을 때 강위는 단병균에게 다시 황옥 못지않은 연대감을 얻게 된다. 앞서 황옥은 강위의 시에 대해 고적高適에 비유한 바 있다.

도끼 자루 놓아두고 날마다 바둑이나 즐기니
바둑판 밖의 세월은 전혀 알 수 없네.
늙은 두보는 평생 시로 흥을 실어보냈고
양웅은 일이 없어 기이한 일이나 적어보았지.
경술이 세상에 쓰이질 못함 일찍이 애석해하였고
스스로 이 시대에 맞지 않는 자질임을 알았네.
인간 세상에서 가장 좋은 것은 뜻이 같은 사람
황금으로 나도 역시 종자기를 주조하리.

樵柯日日悞耽棋, 局外光陰漫不知.
老杜一生詩遣興, 子雲無事字多奇.
早憐經術難爲世, 自識容姿不入時.
最是人間同志好, 黃金吾亦鑄鍾期.[7]

강위는 이 시를 통해 다시 자신의 내면을 드러내어 최대한의 인간적 공감을 얻어내려고 하였다. 시의 셋째 넷째 줄에서 두보와 양웅은 경술을 추구하는 큰 그릇이었지만 종국에는 제대로 대접받지 못하여 고작 시흥詩興이나 『방언方言』으로 기억될 뿐임을 지적하였다. 그 앞에서 도끼자루 썩는 줄 모르고 바둑이나 두면서 세월을 잊는다고 묘사한 대상은 두보나 양웅, 혹은 강위 자신 같은 사람들은 아닐 것이다. 이 사람들의 경륜을 몰라보는 천하 안에 사는 세상 사람들에 대한 비판적 비유로 보인다. 변화무쌍한 당시의 세계를 돌아보지 않고 국경 안에서 안도하기 때문에 새로운 경륜의

〈그림 2〉 19세기의 상해
출처 : 위키피디아

필요성을 모르는 것이다. 새로운 경륜의 필요성을 알지 못하는 세상에서 쓰일 만한 시대를 만나지도 못한 점에서는 두보와 양웅, 강위 자신이 같은 처지에 있는 것으로 시상이 전개되었다. 그 자신을 알아주는 단병균에게 강위는 종자기를 대하는 백아의 심정이 된 것이다.

귀국길에 배 위에서 강위를 만났던 김윤식이 강위 문집의 서문을 맺으면서, "나는 그 깊은 경지를 들여다볼 능력이 없지만, 인쇄하고 널리 전해져서 해내海內와 함께 보게 되면, 반드시 선생의 뜻을 알고 선생을 궁하게 대접했음에 슬퍼함이 있을 것이라"고 하였다.[8] 김윤식도 강위의 불우를 슬퍼하면서도 정작 자신은 강위가 살아 있을 때 그를 알아보고 대접하려고 적극 나서지는 않았다. 다만 죽고 나서 문집이 나왔으니 해내海內라고 표현한 문명권, 특히 중국의 인사들이 알아보고 뒤늦게 슬퍼하리라고만 한 것이다. 강위로서는 조선에서 전적으로 자신의 모든 것을 이해해줄 만한 사람을 찾지 못하여 해내의 교유를 추구했고, 거기에서도 황옥이나 단병균 혹은 미야모토처럼 깊은 이해와 지지를 해주는 인사들을 만나기도 했지만 거기에 정착할 수도 없는 처지에서, 늙도록 어딘지 모를 먼 곳으로 자꾸 더 떠나고 싶은 마음을 품었던 것인데, 김윤식이 강위의 내면을 거기까지 읽어내지는 못한 것이다.

강위가 죽기 전 해에 『한성순보漢城旬報』가 발간되었다. 이 최초의 근대 신문 발간을 위해 초빙했던 일본인 이노우에 가쿠고로井上角五郎에게 한글

〈그림 3〉 한성순보 편집실(추정)
출처 : 한겨레21

을 가르쳐준 사람이 강위라고 소문이 나 있기도 하다. 강위는 이미 1869년에 『동문자모분해』라는 한글 연구 논문을 저술해놓은 바 있다.[9] 그는 성명의리지학性命義理之學 이외의 모든 명물도수지학名物度數之學에 관심을 보였던바, 한글 연구도 그 관심의 한 표출이었을 것이다. 원본은 전해지지 않는다. 『강위전집』아세아문화사에 실려 있는 『동문자모분해』는 김윤경金允經의 『조선문자급어학사朝鮮文字及語學史』1938에 필사된 것을 수록한 것이다. 근대 신문 발간을 위해 한글 활자를 연구할 때에 도움을 주는 일이 강위의 활동과 관심으로 보면 충분히 가능할 수도 있겠으나, 명확히 추정할 단서가 현재로서는 없다.

상해와 천진을 거쳐 돌아온 뒤 64세의 강위에게 누군가 육합六合의 밖으로 가자고 하자는 이가 있었으나 "나는 힘이 다했다"며 사양했다는 기록이 있다.[10] 육합이란 중국을 중심으로 하는 전통적 천하를 말하는 것이니, 육합의 바깥이란 서양 어느 나라일 것이다. 1883년 민영익閔泳翊, 1860~1913을 전권대신으로 하는 보빙사報聘使 사신단이 미국으로 갔는데, 여기에 서광범, 변수, 유길준 등 강위와 친했던 인사들이 참여하고 있기에 이 보빙사 사신단의 일원으로 제안받은 것으로 보인다.[11] 항상 더 멀리 떠나고 싶었던 강위로서는 당연히 따라나설 만도 하였지만, 진정 삶이 꺼져가는 것을 느꼈던 듯하다. 결국 1884년 3월 10일 그는 별세하였다.

연활자鉛活字가 근대의 한 상징이라고 한다면, 강위는 죽고 나서야 근대를 경험했다고 말할 수 있다. 강위가 사망한 이듬해인 1885년 그의 시고 『고환당수초』가 광인사廣印社에서 17권 3책의 활자로 간행되었다. 광인사는 1884년에 설립된 우리나라 최초의 근대식 민간 인쇄소였다고 칭해진다. 이건창이 교정하고, 정만조가 편집했다고 시집의 첫 면에 씌어졌다. 정만조는 주지하듯이 식민지시대에 경학원 대제학을 역임하고 경성제국대학 한문학 분야의 강사를 지낸 '20세기 초반 최고의 한문학자'라 칭할 만한 인물이다.[12] 그리고 친일파였다. 요컨대 강위와 어울리던 청년들은 일제강점기에 접어들어 크게 세 부류로 분화했다. 즉 김택영·황현과 같이 삶을 등지거나 망명하여 주체를 보존한 경우, 시인 성혜영 등과 같이 은자로서의 삶을 살며 현실에 개입하지 않은 경우, 그리고 정만조·여규형 등과 같이 현실체제에 영합하며 절조를 굽힌 경우로 나뉠 수 있다.

내가 어렸을 때 고환당 강위가 돌아가신 형님을 찾아왔던 것을 뵈었다. 매번 술에 취하여 당시 세상 일에 대해 논할 때면 "오늘의 급무는 해외 여러 나라와 통하고 그들의 부국강병富國强兵을 배운 뒤에라야 우리가 하루라도 버틸 수 있을 것이다. 그렇지 않으면 장차 강자들의 먹잇감이 되고 노예로 희생되는 화가 있을 것이다. 급하다"고 하면서 발끈발끈하고 한숨을 쉬었다. 듣는 사람은 망연히 무슨 말을 하는지 몰랐다. 이제 그 말이 마치 어제 일처럼 생각되어 책을 어루만지며 큰 숨을 내쉬게 된다.[13]

이건창의 동생 이건승李建昇, 1858~1924이 망국 후 북간도로 망명한 뒤 우연히 강위의 문집을 읽으며 지난날을 회고한 글이다. 이건승은 강위의 발언을 뒤늦게 생각하며 그제서야 깨닫는 바가 있다고 했지만, 이제 우리가 이건승의 기록을 읽어보면 우승열패優勝劣敗, 약육강식弱肉强食 같은 근대계몽기의 언어들이 덧씌워져 있음을 깨닫게 된다. 강위가 병인양요 이후 통상을 주장하고 강화도조약을 성사시켰으며 동아시아 삼국을 두루 다니면서 더욱 개국 통상의 가치를 확고히 가졌다고 하더라도, 식민지를 앞둔 지식인들처럼 사회진화론적 인식까지 가지기는 불가능했을 것이다. 그러나 이건승의 회고에서 우리는 강위에 대한 다른 접근 경로 하나를 얻어볼 수 있다. 강위가 자신의 삶에서 도달하지 못했다 하더라도, 그가 더 살았다면 도달했을지도 모를 전망에 대한 상상이라는 경로이다. 이건승은 먼저 죽은 강위에게 그 상상을 의탁한 것이다. 강위는 김옥균이 주도한 갑신정변 직전에 서거하였다. 강위가 별세한 지 7개월 뒤, 1884년 10월 17일에 갑신정변이 발생했던 것이다. 강위가 살아 있었다면 김옥균의 거사에 동참했을지, 모른 척했을지 알 수 없다. 지금 우리는 강위에게 어떤 상상까지 투영해볼 수 있을까.

강위가 나루도 없이 떠돌던 고난의 바다는, 강위가 죽고 난 뒤에도 여전히 나루도 없이 떠도는 인생들의 현실일 뿐이다.

2. 강위를 기억하는 방법

강위의 문집 『고환당수초古歡堂收艸』는 그가 사망한 뒤 친구인 방치요房致堯, 아들 강요선 등이 강위 스스로 정리해둔 시문과 더불어 평소 강위와 교유하던 사람들을 찾아다니며 모은 시문을 합하고, 이것을 이건창과 정만조 등이 편집하고 간행한 것이다. 본디 시집인 『고환당수초 시고詩藁』가 먼저 1885년에 간행되고, 문집인 『고환당수초 문고文藁』가 1889년에 간행되

〈그림 4〉 1880년에 촬영한 강위의 사진
출처 : Terry Bennett, *KOREA : Caught in Time*, 1997

었다. 시고와 문고를 합친 『고환당수초』가 민족문화추진회의 한국문집총간 318번으로 출간되어 있다. (이 평전의 주석에서는 "『고환당수초』한국문집총간 318"이라고 약칭했다.) 그런데 갑신정변 실패 이후 연루된 인사들에 대한 기휘 때문에 그와 김옥균, 박영효, 서광범, 서재필, 변수 등 급진개화파 인사들과 주고받았던 편지와 시문들은 편집자의 손을 거치면서 대부분 수정되거나 산삭되고 말았다. 개화에 대한 강력한 주장을 담은 저술들도 당시 편집자들의 손을 거치면서 제외되었다. 고증

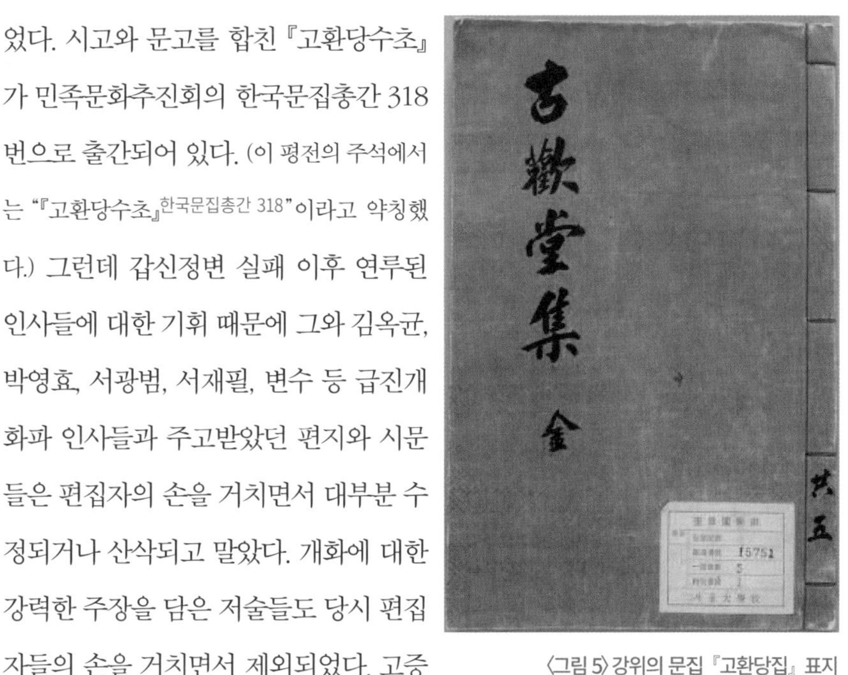

〈그림 5〉 강위의 문집 『고환당집』 표지

학자로서의 업적이라고 할 수 있는 『경위합벽經緯合璧』·『손무자주孫武子註』와 같은 저술은 이단의 혐의를 입을까 두려워 문집 간행 때 제외되었다가 산일되었고, 『동문자모분해東文字母分解』 같은 저술은 원본이 사라진 상태에서 요약본만 전해지고 있다.

이러한 사정 때문에 정식 간행 문집 외에 다양한 경로로 남아 있는 흔적을 찾아 보완해야 강위의 문헌 자료의 실체에 근접할 수 있다. 학계에서는 이 점에 주의하여, 강위의 문헌 자료 파악에 상당한 공을 들여왔다. 1978년 아세아문화사에서 간행된 『강위전집』 2책은 이광린이 편집한 것이다. 1권에 『고환당수초』의 시고와 문고를 우선 수록하였고, 부록 성격의 2권에 「북유일기」, 「북유담초」, 「북유속담초」, 「동문자모분해」, 「충효경

집주」, 「청추각수초」, 「고환당시초속동유초」, 「시축」을 수록하였다. (이 평전의 주석에서는 『전집』 1, 『전집』 2라고 약칭하고, 주로 이것을 정본으로 활용하였다.) 이후 주승택은 강위의 증손 강범식이 별도로 필사하여 경성제국대학 도서관에 기증하였던 자료를 발굴하여 소개하였다. 강범식은 당초 『고환당수초』가 간행될 때 누락되거나 개변된 부분을 집중적으로 필사해두었던 것으로 판단된다. (이 평전의 주석에서는 "강범식 필사본"이라고 약칭했는데, 당초의 『고환당수초 시고』에서 누락된 부분을 필사한 것은 "『고환당수초』강범식 필사본, 『고환당수초 문고』에서 누락된 것은 『고환당집』강범식 필사본"이라고 했다. 강범식이 필사하면서 붙인 표제 그대로 명명한 것이다.) 이후 동국대 소장본 「강추금봉별시폭」, 장서각소장 「고환당집」, 문천각 소장 「추도각수초」, 국립중앙도서관 소장 「추금시초」 등이 연구자들에 의해 발굴되어 소개되었다. 근대 한시 선집인 『조선근대명가시초』, 『팔가정화』 등에도 문집에 수록되지 않은 강위의 작품들이 수록되어 있다.

강위는 항상 남들이 걱정하지 않는 것을 걱정하고 남들이 맛보지 않는 것을 맛보았다.[14]

이건창이 강위의 묘지명에 적은 말이다. 남과 다른 걱정, 남과 다른 취향, 남다르다는 것이 강위의 한 특징으로 제시되어 있다. 그가 왜 남들이 하지 않는 걱정을 하고 남들이 맛보지 않는 것을 맛보게 되었을까.

강위는 항상 멀리 떠나고 싶어 했다.

아무런 준비도 없이 길을 떠나 길에서 굶어죽게 생겼다가 길가의 점주가 주는 죽 한 그릇을 얻어 먹고 살아난 적이 있었다. 추운 겨울에 길가에서 얼어죽을 뻔했다가 지나던 중이 옷을 내주어 살아난 적도 있었다. 깊은 산에서 나무 열매로 굶주림을 채우면서도 헤매고 다녔다. 아무런 연고도 없는 산중 절간에서 시를 읊조리며 지내기도 하였다. 살던 곳이 머물 수 없는 곳이어서 떠나고, 돌아다녀도 머물 만한 곳을 찾지 못하여 계속 헤매는 것이 방랑이다. 정착할 곳을 끝내 찾지 못하면 평생을 떠돌아다니는 것이다. 그가 조선을 벗어나 청나라로 일본으로 헤매고 다닌 것도 방랑벽의 한 표현형일 것이다. 심지어 환갑이 넘어 유럽으로 가고 싶어 하기도 하였다. 강위는 떠나고 싶은 마음을 평생 품었고, 정착하지 못하는 방랑의 일생을 살았다.

강위는 항상 비주류 학문을 추구했다.

과거 시험을 포기한 뒤에 민노행과 김정희를 스승으로 모시며 배운 것은 고증학이었다. 주자학에서 인정하지 않는 고본대학에 대한 저술을 남기기도 하였다. 성명의리지학性命義理之學이 천시하고 부정하는 명물도수지학名物度數之學도 배웠다. 또한 유형원과 이익, 정약용 등 남인계 실학자들의 저술을 탐독했다. 관중과 상앙과 한비자와 같은 제자백가를 두루 공부했다고도 하였다. 『손자병법』에 대한 비판서를 쓰기도 하였다. 그가 근대적 세계 체제의 국제 질서에 관한 학문을 추구한 것도 주류 학문에 대한 반발이었을 것이다. 심지어 그는 공자와 맹자의 발언 취지를 정면으로 부정하기도 하였다. 강위는 평생에 걸쳐 모든 영역에서 비주류를 추구했다.

그 결과 강위는 남이 걱정하지 않은 것을 걱정하고 남이 맛보지 않은 것을 맛보았던 것이다. 이단이라는 비난까지 받게 되었다. 남다름은 하나의 결단이다. 남들처럼 사는 것은 사회의 관성에 편승하는 것인데 거기에도 치열한 경쟁이 있겠지만, 남다르게 사는 것은 사회의 관성력에 한 사람의 인생으로 저항하는 것이다. 남다름을 추구하는 사람은 저마다 참으로 남다른 각별한 계기가 있을 것이다.

강위는 꿈이 컸다.

마문연처럼 천하 밖의 영역을 개척하여 문명의 판도를 넓히고, 웅역처럼 새로운 질서를 창조하고 싶어했다. 경세제민의 이상을 품고 있었다. 강위는 문과에 급제하여 국가 운영을 주도하며 꿈을 실현하고 싶었다. 그러나 강위는 한미한 무반 가문 출신이었다. 신분만이 아니라 국정운영 권력까지 세습되어 세도 정권이 지배하는 조선 왕조 말기에, 잔반에서 무반으로 막 전환한 한미한 무반 가문 출신의 강위가 출세하는 방법은 막막했다. 어려서 몸이 약해 입은 옷의 무게도 감당이 되지 않을 지경이었다고 했지만, 막막한 현실에 대한 울분은 강위가 사회와 인생에 저항할 철인적인 힘을 만들어주었다.

그가 평생을 떠돌아다닌 것은, 답답한 조선 사회로부터 이탈하고 싶었기 때문이다. 그가 평생 비주류의 학문을 추구한 것은, 답답한 조선 사회의 주류로부터 이탈하고 싶었기 때문이다. 그리하여 그는 붕괴되는 천하를 넘어 건설되고 있는 세계를 볼 수 있었고, 잔존하는 전근대를 넘어 저 멀리 다가오고 있는 근대를 볼 수 있었으며, 조선 왕조 말기의 새로운 인간형을 창출했다. 그는 어린 노비에게나 공경재상에게나 똑같이 높임말을 썼다. 신분제 사회에서 평등의 인격을 발견한 것이다. 그는 자신의 거처를 불태우며 자신의 생명을 위협하는 반란 인민들의 처지를 꿰뚫어보았다. 소요의 폭력성을 걷어내고 기저에 깔린 사회 구조의 모순을 통찰한 것이다. 그는 노성한 권력자들보다 길거리의 젊은이들과 술 마시기를 즐겼다고 한다. 새로운 시대의 희망을 걸어볼 작정이었을 것이다.

그 덕분에 그는 남다른 문학과 남다른 학문을 가질 수 있었다.

그에게 문학을 배우기 위해 많은 젊은이들이 그의 문하로 몰려들었고, 그는 중인층의 시 모임인 육교시사와 양반층의 시 모임인 남촌시사의 맹주로 추대되었다. 우리가 그를 한말사대가의 한 사람으로 기억하는 것도, 그와 문학적 교유를 하던 세 사람의 뛰어난 젊은이, 이건창 · 김택영 · 황현이 그의 문학을 한결같이 존중하며 깊은 교감을 나누었기 때문이다.

그의 학식과 통찰력에 많은 사람들이 영감을 얻고 실질적 도움을 얻었다. 고관대작들은 그의 학식을 아꼈다. 그의 관주 역할을 하였던 정건조는 일본의 정한론을 파악하기 위해 강위를 연경에 함께 데려가 깊은 정보를 파악할 수 있었고, 또 다른 후견인 신헌은 병인양요와 강화도조약을 지휘하며 그의 재능에 큰 도움을 얻었다. 이건창도 그를 연행에 동반시켜 도움을 얻었다. 김홍집과 김옥균은 그를 일본에 데려갔었다. 젊은이들은 그의 통찰력을 배우고 싶어했다. 오경석과 변수, 지운영 등의 쟁쟁한 역관 집안 자제들이 그를 스승으로 떠받들었다.

한계가 없는 인간은 없다.

임술민란 때 강위가 착취받는 인민들의 고통을 해소해 보고자 「의삼정구폐책」을 지었으나, 강력한 국왕의 통치술을 대안으로 제시한 것은 지금 일종의 한계로 보인다. 삼정문란을 야기하는 세도권력을 강력히 통제하고 그 틈에 반란을 도모하는 호민들을 처단하기 위해 강력한 통치력을 지닌 국왕을 그려본 것이겠지만 기실 조선 왕조 착취 구조의 최정점에 국왕이 서 있었으니, 제대로 된 대안은 될 수 없었다. 착취 구조를 근저에서 바로잡는 혁명말고는 강위의 이상을 실현할 수 없었을 것이겠으나, 강위의 상상력이 거기까지 이르지는 못했다. 그러나 그가 혁명의 이단아가 되지 않았다고 해서 그의 삶을 부정할 수는 없다.

병인양요 때 강위가 침공을 예고한 프랑스의 강력한 군대를 막기 위해 「민보民堡를 설치할 것을 권하고 한강 방어선을 보완 수리할 것을 권하는 상소」를 지었으니, 인민들을 잠깐 대피시키고 후방에서 병력을 보완하는 정도로 강력한 침공을 막을 수 있을 것으로 짐작하였다. 붕괴되어 있는 병력 동원 체제에서 인민들의 생존 욕망을 활용하여 농성전을 구상해본 것이다. 그러나 병인양요나 신미양요의 실상에서 드러났듯이 조선의 당시 형편으로는 어떠한 전술을 구사해도 적을 막을 수 없을 지경이었다. 게다가 조정의 여론은 외적의 두려움보다 인민 반란의 두려움이 더 커서 민보를 반란군의 소굴이 되리라고 여겨 반대하고 있었다. 실현 불가능한 제안이었던 것이다. 그러나 그가 조정의 여론과 서양 군대의 강성함을 충분히 예견하지 못했다고 해서 그의 진지한 고민을 부정할 수는 없다.

강화도조약 때 강위가 신헌을 보좌하여 일본과의 개항을 추구하면서,

感念舊恩深可嘉也栽佐帶齋兩處俱當在意信致盛
函只是聞見一事深思無能爲萬一之助如何如何歲
寒已壯萬萬爲國自愛加護
上黃孝侯侍郎 鈺 書
某百拜謹陳少司寇黃先生大人閣下蕪稿頃蒙賜閱
並荷大筆作序推挹過情感愧交深至於雙叙心跡寃
然自述倘非明鏡照人肝膽何以如此又論風雅關乎
骨性不係學之早晚雖非不肖所敢承認然尤與不肖
夙志相契吁亦異矣某在弱齡多奇疾體氣不能勝衣
十一歲始就塾課字書十四歲習功令赴鄉試然以苦
索復成膏肓不能斂給取應二十四歲始承親教已之

古歡堂收草卷之二 書 二

快如貞痾頓愈始得專意飭經兼習宋四子書數年遇
閔杞園 魯行 先生願聞經旨先生撫案太息者久之乃
曰吾窮居治經識五十餘年不能以一語告人子欲學
此何爲某異其言固請師之四年先生歿臨逝囑阮堂
金先生 正喜 終教之時金先生謫居瀛海中 濟州之大靜縣 水
陸路二千旣謁金先生又太息不語一如閔先生爲者
曰子不見我乎治經之効如此學此究何用某尤異之
遂居海外三年先生宥還不幾何又竄北塞某又從往
踰年自査背中似有與前日異者然果不可以一語告
人雖告之無益也於是遂有遠游之興再週東海鬚髮
遽如許矣故於詩道非但無意於此而亦無暇及此也

四九三

〈그림 6〉『고환당수초』 중 강위가 자신의 삶을 정리해서 보낸 편지
출처 : 「상황효후시랑옥서(上黃孝侯侍郎鈺書)」 부분

개국 통상의 필요성에 압도되어 일본의 침탈 의도를 파악하지 못하고 결과적으로 불평등조약으로 귀결될 협상을 적극 추진하였다. 강위 자신이 근대화된 일본의 막강한 군사력까지는 파악하고 있었지만, 일본이 왜 조선을 자신들과 대등한 국가로 규정하려 하는지, 연안의 측량을 왜 요구하는지, 치외법권이 무슨 결과를 초래할지 정확히 알지 못하였다. 그가 근대 최초의 불평등조약을 막후에서 도왔다고 해서, 당장의 전쟁을 막고 앞날의 부강을 추구하려는 그의 고심을 부정할 수는 없다. 일본의 침략 야욕을 미처 내다보지 못한 것이 한계이겠지만, 제한된 정보 속에서 미래를 정확하게 예측하는 것은 불가능한 일이다. 이토 히로부미를 저격하는 안중근도 통감부가 설립되기 전까지는 일본의 동양평화론에 경도되어 있었던 점

을 생각해 보아야 한다.

강위는 평생 자와 호는 물론 수많은 이름을 바꿔가며 살았다.

강위가 자신의 이름을 강위로 확정한 마지막 계기는 허직으로 받은 선공감가감역이라는 문관직에 대한 감격이었다. 지금 우리는 강위를 강위로 부른다. 그가 조금 더 살았다든가 조금 덜 살았다면 또 다른 이름으로 부르게 되었을 수도 있고, 또 다른 평가를 하고 있었을 수도 있을 것이다. 그러나, 그는 1820년에 태어나 1884년에 죽었으며, 강위라는 이름을 남겼다. 이제 우리에게는 강위라는 이름을 통해 이미 지나간 그의 시대와 그의 삶에서 어떤 교훈을 얻을 것인지가 중요하다.

강위는, 나라를 위태롭게 하고 인민을 죽인 이후에 도를 지킬 수 있다면 나는 이른바 도라는 것이 과연 어떠한 물건인지 모르겠다고 하였다. 유가에서 말하는 도道라는 절대적 원칙도, 강위에게는 공동체의 도구적 용도를 넘어설 수 없는 것이었다. 이러한 도전적 유연함은, 조선 왕조의 마지막 즈음에 길 위에서 살다간 강위가, 그 자신이 더 가고 싶었던 길에 대해 짐작하게 해주는 하나의 단서가 아닐까. 유연함이 불필요한 시대는 없겠지만, 기존 질서가 강고하게 버티면서 공동체의 앞길을 막고 있을 때는 유연함에 도전적 정신이 결합되어야 한다. 기성 도덕의 관점으로는 갈팡질팡이라거나 괴팍하다고 볼 수밖에 없을 강위의 평생은, 도전적 유연함의 기준으로는 한결같았다. 자신의 울분과 공동체의 위기 사이에 존재하는 팽팽한 긴장감 속에, 자기 책임도 저버리지 않고 자기 감정도 속이지 않으려 했던 그 길, 그 길을 걷다 간 이름으로 강위가 기억되기를 바란다.

추금 강위 연보*

1820년 …… 1세

— 5월 2일 경기도 광주군 세촌면 복정리현 성남시 중원구 복정동에서 태어났다. 본관은 진양晉陽. 본디 문반 가계였으나, 부친 강진화姜鎭華 대에서부터 일가가 무과로 바꾸어 응시하면서 무반 가계로 전환하였다. 부친은 1813년 무과에 급제한 이래 고원군수高原郡守, 공주영장公州營將 등을 역임하며 지방을 전전하였다. 형은 선전관宣傳官, 훈련원주부訓鍊院主簿를, 아들인 요선堯善은 선전관을 거쳐 단천부사端川府使를 지냈다. 부친과 형제, 자제들뿐만이 아니라, 사촌과 조카들 중에서도 무과 급제자가 많았다.

— 강위의 초명은 성호性澔였는데, 이름을 문위文瑋, 위瑋, 호浩 등으로 여러 번 바꾸었다. 자字도 유성惟聖, 중무仲武, 요장堯章, 위옥韋玉, 자기慈屺 등으로 바꾸었다. 이름과 자를 여러 개 바꿔가며 사용하는 것은 흔치 않은 일이다. 호號도 추금秋琴, 추금秋錦, 위염威髯, 고환당古歡堂, 古懽歡, 청추각聽秋閣, 추도각秋濤閣, 천파재天葩齋 등으로 다양하게 사용하였다.

1826년 …… 7세

— 부친 강진화가 고원군수에 부임하다.

1828년 …… 9세

— 부친 강진화가 공주영장에 부임하다.

1830년 …… 11세

— 처음으로 서당에 가서 자서字書를 배우다.

— 곤궁했던 하급 무관 가문에서 태어나 어렸을 적에 잔병치레를 많이 하였다고 한다. 옷조차 감당하지 못할 정도로 말랐었다고 스스로 표현한 바도 있다. 11세가 되

* 별도의 표기가 없는 한 음력 날짜.

어서야 비로소 서당에 진학하게 된 것은 그 집안의 곤궁과 그의 어린 시절의 병약함 때문이었던 것으로 보인다.

1833년 …… 14세

— 이 해에 향시를 보았으나 낙방하였다.

— 대사헌을 지낸 정기일鄭其一의 서울 회현동 집에 기숙하면서 그의 손자 용산거사蓉山居士 정건조鄭健朝와 함께 과거 시험 공부를 하였다. 강위가 14세였을 때 정건조는 11세였다. 강위의 부친과 일가 친척이 무과에 응시하여 무관으로 진출하고 있는 상황에서 정건조의 집안에서 강위를 기숙시켰던 것은, 강위 자신의 문과 시험 대비 공부를 지원한 것이기보다는 정건조의 공부 동료의 역할을 맡기기 위한 것이 아니었을까 짐작해볼 수 있을 것이다.

1834년 …… 15세

— 향시鄕試에 응시하였으나 낙방하였다. 이후 여러 번 문과에 응시하였지만 번번히 낙방하였다.

1835년 …… 16세

— 이 해 형 강문근姜文瑾이 25세의 나이로 무과에 합격하였다. 합격 당시 이름은 강문호姜文澔를 썼었다. 강문근은 선전관宣傳官, 훈련원주부訓鍊院主簿, 개성중군開城中軍 등의 관직을 지냈다.

1843년 …… 24세

— 이 무렵 과거 공부를 단념했다. 경전經傳 공부에 전력하다가 기원杞園 민노행閔魯行을 사사師事하다. 민노행은 경학과 고증학에 정통한 것으로 알려진 재야의 학자였다. 강위는 이때까지 10년째 여전히 정건조의 집안에 기숙하며 지내고 있었다. 광주에 있는 민노행을 찾아가 공부하는 것에 정건조의 허락을 얻어야 했었다고 강위

가 기록하고 있는 것으로 보아, 정건조는 여전히 강위를 공부 동료로서 여기며 지원해주고 있었던 것을 확인할 수 있다. 정건조가 쉽게 허락해주지 않아서 강위는 새벽에 민노행을 찾아갔다가 낮에 돌아와 정건조와 함께 공부할 것을 약속하였으며, 민노행의 사망시까지 4년을 한결같이 약속대로 하였다는 기록을 정건조가 남기고 있다.

— 이 해에 아들 강요선姜堯善, 1843~1899이 태어났다.

1846년 …… 27세

— 이 해 부친의 환갑을 맞았다.

— 민노행이 사망하자, 제주濟州에 유배 중인 추사秋史 김정희金正喜에게 가서 배우다. 금석학과 고증학, 서예와 그림의 대가였던 김정희에게 찾아간 것은 민노행의 유명遺命이었다고 한다. 강위가 제주에 있는 김정희를 찾아갈 때 역시 정건조의 허락을 얻어야 했으며, 정건조는 강위의 여행 경비를 마련하여주었다. 제주도 대정현에 귀양가 있던 추사 김정희金正喜의 문인이 되어 그의 집에서 기숙하며 2년간 공부하였다.

1848년 …… 29세

— 김정희가 석방되자 함께 김정희의 집으로 올라오다.

— 돌아오는 길에 전국 유랑을 떠나겠다는 뜻을 밝혔으나, 김정희가 만류하며 자신이 소장하고 있던 책을 열람하게 하였다.

1850년 …… 31세

— 이 해 겨울, 이건필李建弼이 강위의 화상畫像을 그리고 여러 벗들이 찬贊을 짓다.

1851년 …… 32세

— 김정희가 함경도 북청北靑으로 유배되자 따라가다. 유배지에서 김정희에게 허락을

얻어 북부 일대를 유람하기도 하였다.

1852년 …… 33세

— 김정희가 귀양지에서 풀려나자 김정희를 하직하고 본격적인 방랑을 하였다.

— 이건창李建昌이 쓴 그의 묘지명에 의하면 "곳곳을 유랑하며 선불교와 병법, 음양법 등을 공부하였다" 한다.

1853년 …… 34세

— 1월, 이때까지의 시문을 모아 『고환당수초古歡堂收艸』를 엮고 「자서自序」를 짓다. 고환당은 전라도 진도 임회臨淮에 있는 당명이라고 하는데, 자세한 것은 알 수 없다. 이 「자서」가 그의 사후 간행된 『고환당집』의 자서로도 실리게 된다. 이 「자서」를 통해 이 무렵까지 강위의 삶과 인생관 등을 정리해볼 수 있다.

1854년 …… 35세

— 이 무렵 가족과 함께 전라도 무주로 내려가, 유배 중이던 신헌申櫶에게 의탁하였다.

1856년 …… 37세

— 김정희의 사망 소식을 듣고 만사를 지어 그를 추모하였다. "세상에는 우리 스승추사은 소동파에 비기네. 신기神技는 비록 그만 못하지만 품격은 훨씬 나으리. 과천의 눈과 청계의 언덕에서 세 번 소리치고 가셨으니 호호탕탕 산하로다."

1857년 …… 38세

— 신헌이 해배되어 서울로 돌아간 뒤에, 경상도 안의에서 훈장으로 생계를 유지하였다. 1873년 연행 때 지은 시들을 모은 「북유초」에서도 안의에 집이 있음을 언급하기도 하였다.

1861년 …… 42세

— 신헌이 삼도수군통제사三道水軍統制使로 임명되자 통영으로 가서 의탁하였다. 분명하지는 않지만 강위 자신이 여러 곳을 떠돌아다니는 동안, 가족들은 안의 혹은 무주의 집에 남겨두었던 것으로 짐작된다.

— 이 해에 신헌을 대신하여 「박경상좌도병수영이설의駁慶尙左道兵水營移設議」를 지었다.

1862년 …… 43세

— 이해 전라도 무주茂朱에 기거하고 있었다. 임술민란의 여파로 무주에서 봉기한 인민들이 격문을 짓도록 협박하였으나 거절하여 그가 기거하던 집을 불살랐다.

— 서울로 돌아와 다시 정건조의 식객 생활을 하게 되었다. 이때, 삼정三政 폐해의 해결 방법을 논한 장문의 「의삼정구폐책擬三政捄弊策」을 지었다. 이 글을 완성한 뒤 강위는 헛되다고 여겨 소각하였다.

1864년 …… 45세

— 이 무렵 역관 변진환邊晉桓 집안에서 기거하며 역관 의관 자제들을 대상으로 서당교육을 하고 있었다. 훗날 일본에 동행하는 변수邊燧도 이때의 제자 중 한 명이다.

— 6월 14일, 부친 강진화 서거하다.

1866년 …… 47세

— 병인양요 직후 신헌申櫶의 이름으로 「청권설민보증수강방소請勸設民堡增修江防疏」를 지어, 서울 방어책에 대해 논하였다.

— 가을에, 4년 전 강위가 소각하였으나 정건조가 별도로 간직하고 있던 「의삼정구폐책」의 원고를 확인하고 서문을 지었다. 고종의 어제御題와 장백노인長白老人이 발문도 수록하였다.

1870년 …… 51세

— 12월, 이건창李建昌이 『청추각수초聽秋閣收艸』의 제후題後를 썼다.

— 이 무렵 소론을 중심으로 구성된 남촌시사南村詩社와 중인층 중심의 육교시사六橋詩社에 참여하기 시작하였다. 『해당루상원첩海棠樓上元帖』과 『육교연음집 六橋聯吟集』은 육교시사 활동의 결과물이며, 『남촌신석집南村晨夕集』은 남촌시사의 결과물이다.

1873년 …… 54세

— 12월, 동지사 정사 정건조鄭健朝를 따라 연경燕京에 가다.

— 이 해 강위의 집은 경상도 안의에 있었다.

1874년 …… 55세

— 5월, 연경에서 돌아왔는데, 10월, 동지사 서장관 이건창李建昌을 따라 다시 연경에 가다.

1875년 …… 56세

— 청인淸人 황옥黃鈺에게서 『북유초北遊艸』와 『북유속초北遊續艸』의 서문을 받다.

— 황옥에게 보낸 편지 「상황효후시랑옥서上黃孝侯侍郎鈺書」가 남아 있는데, 이 시기까지 강위의 삶과 인생관이 정리되어 있다.

— 5월, 연경에서 돌아오다.

1876년 …… 57세

— 운요호사건 해결을 위한 강화도조약의 체결 때에 역관 오경석과 함께 전권대신全權大臣 신헌申櫶을 보좌하다. 박규수와 긴밀하게 서신을 주고받으며 의사 결정에 기여하였다. 강위는 이때의 견문을 기록하여 『심행잡기』로 묶었다.

— 12월, 홍승헌洪承憲의 서옥書屋에서 조택희趙宅熙, 이건창 등과 동파생신회東坡生辰會를 결성하다.

1879년 …… 60세

— 1월, 여규형呂圭亨, 김택영金澤榮 등 15명과 분운分韻하여 사詞를 짓다.

1880년 …… 61세

— 5월, 환갑을 맞다. 화수정花樹亭에서 이중하·여규형·이건창·이건승·서주보·서광우·서광조·정만조·정병조·황현·김노완·오한응·성혜영 등이 모여서 시를 지었다.

— 7월, 김홍집金弘集이 수신사修信使로 일본에 갈 때 서기書記로 수행하다. 이때 주일駐日 청국공사관淸國公使館의 공사公使 하여장何如璋과 참찬參贊 황준헌黃遵憲을 만나다. 이때 황준헌이 조선사신단에게 작성 전달한 『조선책략朝鮮策略』은 이후 개화정책에 반대하는 만인소萬人疏를 유발하기도 하였다.

— 김홍집의 서기로 강위를 추천한 사람이 김옥균金玉均이었던 것으로 보아, 강위와 김옥균 사이의 인연은 이 이전에 시작된 것으로 보인다.

— 9월, 일본에서 돌아오다.

1881년 …… 62세

— 정건조가 『고환당수초古歡堂收艸』 서문을 쓰다.

1882년 …… 63세

— 3월, 김옥균金玉均, 서광범徐光範 등과 일본에 가다. 이때 문관직文官職인 선공감가감역繕工監假監役에 제수되어 소회를 시로 읊다. 그리고 자신의 이름을 '강위姜瑋', 자를 '위옥韋玉으로 확정하다. 그러나, 승정원일기고종 19년(임오) 1월 13일 자에 의하면 강위가 신병을 이유로 체직을 청하였고 고종이 승인하였다는 기사가 있다.

— 게이오의숙慶應義塾에 유학중이던 유길준兪吉濬을 만나기도 하였는데, 유길준은 지석영 지운영 형제와 함께 이전에 강위를 만난 적이 있었다.

— 임오군란壬午軍亂이 일어났다는 소식을 듣고 일행과 헤어져 장기長崎를 거쳐 중국 상

해上海와 천진天津까지 다녀오다.

— 청인清人 소우렴邵友濂에게 「북유초北遊艸」와 「고환당초고古歡堂初稿」의 서문을 받고, 정석서程錫書에게 「원유초遠遊艸」의 서문을 받다.

— 9월, 귀국하다. 귀국길에 청군을 안내하던 김윤식金允植과 동행하였다.

1883년 …… 64세

— 이건창이 『고환당수초』 서문을 쓰다.

— 『한성순보漢城旬報』를 간행하기 위해 초빙된 일본인 이노우에 카쿠고로井上角五郎에게 한글을 가르쳤다.

1884년 …… 65세

— 3월 10일, 졸하다. 묘소는 그 집안의 선산이 있는 경기도 광주군 복정리 안골에 있었는데, 나중에 화장했다고 알려져 있다.

1885년 …… 사후 1년

— 아들 강요선姜堯善이 『고환당수초』의 시고詩稿를 광인사廣印社에서 활자로 간행하다. 교정과 편집은 이건창과 정만조가 감당했다.

1889년 …… 사후 5년

— 아들 강요선이 『고환당수초』의 문고文稿를 광인사에서 활자로 간행하다. 교정과 편집의 실무를 이건창이 맡았다.

1935년 …… 사후 51년

— 증손 강범식姜範植이 간행에서 누락된 저자의 시문을 모아 2책으로 필사하다.

참고문헌

1차 사료

姜瑋, 『姜瑋全集』 상 · 하(영인본), 아세아문화사, 1978.

______, 『古歡堂收艸』(한국문집총간 318권, 영인본), 한국고전번역원, 2003.

______, 『古歡堂收艸』(강범식 필사본)(서울대 규장각 소장).

______, 『古歡堂集』(강범식 필사본)(서울대 규장각 소장).

______, 『沁行雜記』(김종학 역, 『심행일기』, 푸른역사, 2010).

『姜秋錦奉別詩幅』(동국대 소장).

金正喜, 『阮堂全集』(한국문집총간 301권, 영인본), 한국고전번역원, 2003.

金澤榮, 『韶護堂文集』(한국문집총간 347권, 영인본), 한국고전번역원, 2003.

盧相益, 정은주 외역, 『大韓亡國史列傳』, 학자원, 2020.

卞榮晩, 실시학사고전문학연구회 역주, 『卞榮晩全集』 상 · 중 · 하, 성균관대 대동문화연구원, 2006,

申櫶, 『申櫶全集』 상 · 하(영인본), 아세아문화사, 1978.

尹孝定, 『韓末祕史』, 교문사, 1995.

李建昇, 『海耕堂收草』(국립중앙도서관 소장 필사본).

李建昌, 『明美堂集』(한국문집총간 349권, 영인본), 한국고전번역원, 2003.

『李朝後期 閭巷文學叢書』, 여강출판사, 1986.

鄭芝潤, 『夏園詩鈔』(한국문집총간 312권, 영인본), 한국고전번역원, 2003.

趙斗淳, 『心庵遺稿』(한국문집총간 307권, 영인본), 한국고전번역원, 2003.

曺兢燮, 『巖棲集』(한국문집총간 350권, 영인본), 한국고전번역원, 2003.

崔益翰, 송찬섭 편, 『與猶堂全書를 讀함』, 서해문집, 2016.

趙熙龍, 실시학사고전문학연구회 역, 『역주 조희룡전서』 1, 한길아트, 1999.

許傳, 「姜瑋傳」, 『性齋集』(한국문집총간 308권, 영인본), 한국고전번역원, 2003.

黃玹, 『梅泉集』(한국문집총간 348권, 영인본), 한국고전번역원, 2003.

조선왕조실록 http://sillok.history.go.kr/

한국민족문화대백과사전, http://encykorea.aks.ac.kr

한국역대인물종합정보시스템, http://people.aks.ac.kr/

학위논문/단행본

강만길, 『고쳐쓴 한국근대사』, 창작과비평사, 1994.

강혜종, 「임술(1862)년 조선 삼정구폐론의 형성 양상과 성격 고찰」, 연세대 박사논문, 2017.

구자균, 『朝鮮平民文學史』, 文潮社, 1948.

김도형, 『근대 한국의 문명 전환과 개혁론』, 지식산업사, 2014.

김용구, 『세계관 충동과 한말외교사, 1886~1882』, 문학과지성사, 2001.

김종학, 『개화당의 기원과 비밀 외교』, 서울대 대학원, 2015.

______ 역, 『심행일기』, 푸른역사, 2010.

김현기, 「姜瑋(1820~1884)의 開化思想硏究」, 경희대 석사논문, 1984.

동북아역사재단 한국외교사편찬위원회 편, 『한국의 대외관계와 외교사』, 동북아역사재단, 2018.

문일평, 『호암사론사화선집』, 현대실학사, 1996.

민병수, 『한국한시사』, 태학사, 1996.

박영경, 「姜瑋의 現實認識과 開化思想」, 부산대 석사논문 1993.

배기표, 「秋琴 姜瑋의 海外紀行詩 硏究」, 성균관대 박사논문, 2009.

변경화, 「白蓮 池雲英의 生涯와 作品世界」, 이화여대 석사논문, 2007.

유홍준, 『완당평전』 1~3, 학고재, 2002.

이병주, 『한국한시의 이해』, 민음사, 1987.

이헌주, 「姜瑋의 開國論 硏究」, 고려대 박사논문, 2005.

______, 『강위의 개화사상 연구』, 도서출판선인, 2018.

이희목, 『이건창 문학연구』, 성균관대 출판부, 2005,

장선희, 「韓國 近代의 漢詩 硏究」, 전남대 대학원, 1997.

정옥자, 『조선후기문화운동사』, 일조각, 1991.

주승택, 「姜瑋의 思想과 文學觀에 對한 考察」, 서울대 대학원, 1991.

______, 『한문학과 근대문학』, 태학사, 2009.

진영희, 「강위의 시문학론」, 동국대 교육대학원, 1984.

최진욱, 「19세기 海防論 전개과정 연구」, 고려대 박사논문, 2008.

홍헌숙, 「姜瑋의 海外紀行詩 硏究」, 성균관대 교육대학원, 2001.

학술논문

구사회, 「석정 이정직의 논시시 연구」, 『국제어문』 43, 국제어문학회, 2008.

권재선, 「姜瑋의 東文字母分解와 擬定國文字母分解의 別書 考證」, 『韓民族語文學』 13, 韓民族語文學會, 1986.
김민수, 「姜瑋의 「東文字母分解」에 대하여」, 『국어학』 10, 국어학회, 1981.
김용태, 「개항(開港)이후 동아시아 한문(漢文)네트워크에 대하여」, 『韓國漢文學研究』 50, 한국한문학회, 2012.
______, 「玉垂 趙冕鎬를 통해 본 秋史 金正喜」, 『大東漢文學』 23, 대동한문학회, 2005.
김진균, 「姜瑋의 天外 감각 – 출신의 한계에 갇힌 조선으로부터의 탈주」, 『한문학보』 43, 우리한문학회, 2020.
______, 「심재 조긍섭의 도덕문장 추구 논리」, 『영남학』 11, 2007.
김현기, 「姜瑋(1820~1884)의 開化思想研究」, 『경희사학』 12·13, 경희사학회, 1986.
노대환, 「19세기 조선 지식인들의 對러시아 인식의 변화」, 『역사문화연구』 42, 한국외대 역사문화연구소, 2012.
문순희, 「동유초로 보는 강위의 수신사 사행과 일본 인식」, 『열상고전연구』 67, 2019.
민병수, 「애국계몽기 한말사대가의 한시」, 『한국한시연구』 13, 2005.
______, 「개항기 지식인 金炳昱(1808~1885)의 시세인식과 富强論」, 『韓國文化』 27, 서울대 한국문화연구소, 2001.
박철상, 「고환당 강위가 엮은 한사객시선」, 『문헌과해석』 33-34, 2005 겨울~2005 봄.
배기표, 「『姜秋錦奉別詩幅』에 대한 고찰」, 『한국어문학연구』 50, 동악어문학회, 2008.
______, 「육교시사의 결성과 시세계 (1) 강위의 육교연음집을 중심으로」, 『한문학보』 27, 우리한문학회 2012.
백옥경, 「개항기 譯官 金景遂의 對外認識 – 『공보초략(公報抄略)』을 중심으로」, 『韓國思想史學』 41, 한국사상사학회, 2012.
백기인, 「병인양요 전후 해방론의 전개」, 『이순신연구논총』 16, 2011.
안대회, 「조선말기의 문예그룹 南社와 南社同人의 문예활동」, 『한국한시연구』 25, 한국한시학회, 2017.
______, 「고종 시기 학계와 문단의 동향」, 『대동문화연구』 104, 성균관대 대동문화연구원, 2018.
원재연, 「근대 이행기 호남 유림의 時務論과 東學 인식 – 李沂(1848~1909)와 黃玹(1855~1910)을 중심으로」, 『朝鮮時代史學報』 74, 조선시대사학회, 2015.
劉婧, 「朝鮮典籍淸人序跋考論」, 『大東漢文學』 39, 대동한문학회, 2013.
이광린, 「姜瑋의 人物과 思想」, 『동방학지』 17, 연세대 국학연구원, 1976.

이종묵, 「일제강점기의 한국 한문학 연구」, 『한국한시연구』 13, 한국한시학회, 2005.
이헌주, 「1880년대 전반 조선 개화지식인들의 '아시아 연대론'인식 연구」, 『東北亞歷史論叢』 23, 동북아역사재단, 2009.
______, 「1880년대 초반 姜瑋의 聯美自强論」, 『한국 근현대사 연구』 39, 한국근현대사학회, 2006.
______, 「姜瑋의 對日開國論과 그 性格」, 『한국 근현대사 연구』 19, 한국근현대사학회, 2001.
______, 「개항 직전 姜瑋의 현실 인식」, 『韓國思想史學』 35, 한국사상사학회, 2010.
______, 「병인양요 직전 姜瑋의 禦洋策」, 『한국사연구』 124, 한국사연구회, 2004.
이혜순, 「姜瑋의 燕行詩에 나타난 시대정신」, 『이화어문논집』 15, 이화여대 이화어문학회, 1997.
______, 「開化期 漢詩에 나타난 日本·日本人－開港부터 韓日合倂時까지」, 『韓國文化研究院 論叢』 61(1), 이화여대 한국문화연구원, 1992.
이효숙, 「강위의 초기 시 연구」, 『語文論集』 41, 중앙어문학회, 2009.
이훈종, 「姜瑋의 生涯와 그 業績」, 『국어국문학』 23, 국어국문학회, 1961.
______, 「한자 사랑방－향리 출신의 두분 선각자 (1)－추금 강위와 구당 유길준」, 『한글한자문화』 32, 전국한자교육추진총연합회, 2002.
______, 「한자사랑방 (24)－향리 출신의 두분 선각자 (2)－추금 강위와 구당 유길준」, 『한글한자문화』 33, 전국한자교육추진총연합회, 2002.
______, 「한자 사랑방 (25)－향리출신의 두분 선각자 (3)－추금 강위와 구당 유길준」, 『한글한자문화』 34, 전국한자교육추진총연합회, 2002.
임성수, 「임술민란기 추금 강위의 현실인식과 삼정개혁론」, 『조선시대사학보』 79, 2016.
정옥자, 『조선후기문화운동사』(증판), 일조각, 1991.
정은진, 「茂亭 鄭萬朝의 친일로 가는 思惟」, 『大東漢文學』 33, 대동한문학회, 2010.
주승택, 「姜瑋의 開化思想과 外交活動」, 『韓國文化』 12, 서울대 한국문화연구소, 1991.
______, 「姜瑋의 著述과 『古歡堂集』의 史料的 가치」, 『규장각』 14, 서울대 한국학연구원(규장각), 1991.
______, 「姜瑋와 黃遵憲의 만남」, 『국제학술대회자료집』 8, 중한인문과학연구회, 2002.
______, 「姜瑋와 黃遵憲의 비교 연구」, 『大東漢文學』 17, 대동한문학회, 2002.
주승택, 「강위의 연행록에 나타난 한중 지식인의 교류양상」, 『한국문화연구』 11, 이화여대 한국문화연구원, 2006.

______,「秋琴 姜瑋의 思想과 文學觀」,『韓國學報』12(2), 일지사, 1986.
______,「특집 : 한국인의 해외체험과 문화수용－姜瑋의 燕行錄에 나타난 韓中 지식인의 교류양상」,『한국문화연구』11, 이화여대 한국문화연구원, 2006.
______,「특집 : 한말사대가 한시의 문예미－조선말엽 漢文學과 姜瑋의 위상」,『한국한시연구』13, 한국한시학회, 2005.
최 식,「19세기말 20세기초 여항문인의 교유양상」,『동방한문학』71, 동방한문학회, 2017.
한상길,「개화사상의 형성과 근대불교」,『佛敎學報』45, 동국대 불교문화연구원, 2006.
한영규,『조희룡과 추사파 중인의 시대』, 학자원, 2012

주석

제1장 _ 강위가 갔던 길

1 姜瑋, 「家大人六十一生朝, 陪家伯氏蓬春, 聯吟志慶」 제2수, 『姜瑋全集』 1(이하 『전집』 1), 아세아문화사, 1978, 25면.

제2장 _ 한미한 무반 가문 출신 천재 소년의 꿈

1 『崇禎百八十六年癸酉王大妃殿寶齡六旬上候平復王世子冊禮王大妃殿寶齡周甲合四慶慶科增廣別試榜目』(성균관대학교 존경각 소장[B13KB-0004]; 한국역대인물종합정보시스템 http://people.aks.ac.kr/).

2 姜瑋, 「續東遊草」, 『姜瑋全集』 2(이하 『전집』 2), 아세아문화사, 1978, 923~924면.

3 姜瑋, 「先考通政大夫行高原郡守兼永興鎭管兵馬同僉節制使府君墓誌(代家伯氏作)」, 『古歡堂收艸』(강범식 필사본).

4 위의 글.

5 姜瑋, 「上黃孝侯侍郎鈺書」, 『전집』 1, 433면. "某在弱齡多奇疾, 體羸不能勝衣."

6 주승택, 「조선말엽 한문학과 강위의 위상」, 『한문학과 근대문학』, 태학사, 2009, 241면.

7 姜瑋, 「上黃孝侯侍郎鈺書」, 『전집』 1, 433면. "十一歲始就塾, 課字書."

8 姜瑋, 「五月初二日, 余六十一初度也. 李二堂, 呂荷亭, 李審齋, 畊齋, 徐養泉, 徐怡堂, 葆堂, 鄭懋亭, 葵園丙朝, 黃養雲 玹, 金游齋魯莞, 吳經齋, 成次蘭蕙永, 邀集花樹亭, 分勸君更進一杯酒與爾同消萬古愁, 爲余作壽琴帖, 得古字」, 『전집』 1, 214면.

9 姜瑋, 「上黃孝侯侍郎鈺書」, 『전집』 1, 433면. "十四歲習功令, 赴鄕試."

10 鄭健朝, 「序」, 『전집』 1, 5면.

11 『한국민족문화대백과사전』(http://encykorea.aks.ac.kr), "정건조" 항목 요약.

12 윤효정, 『한말비사』, 교문사, 1995, 67~68면.

13 『한국민족문화대백과사전』(http://encykorea.aks.ac.kr), "윤효정" 항목 요약.

14 「한말비사」, 『동아일보』, 1931.2.17.

15 윤효정, 『한말비사』, 교문사, 1995, 154면.

16 姜瑋, 「上黃孝侯侍郎鈺書」, 『전집』 1, 433면. "十四歲, 習功令, 赴鄕試, 然以苦索復成膏肓, 不能敏給取應."

17 위의 글, 434면. "二十四歲, 始承親教已之, 如貞痼頓愈."

18 위의 글, 434면. "始得專意劬經, 兼習宋四子書數年."

19 鄭健朝, 「序」, 『전집』 1, 5면. "聽秋閣者, 余友姜君堯章空中一架之名也. 聽秋家廣陵, 甫十餘歲, 來京, 館余者, 幾二十年, 始治功令, 將成, 忽棄去. 悅杞園閔公魯行, 與余約, 半日往承師誨, 半日與余讀, 余感而許之. 於是, 聞鐘輒往, 雖風晨雨夜, 不少廢, 如是者四年."

20 한국역대인물종합정보시스템(people.aks.ac.kr)

21 姜瑋, 「上黃孝侯侍郎鈺書」, 『전집』 1, 434면. "先生歿. 臨逝, 囑阮堂金先生正喜終教之, 時金

先生謫居瀛海中, 濟州之大靜縣, 水陸路二千旣謁."

22 주승택, 「조선말엽 한문학과 강위의 위상」, 『한문학과 근대문학』, 243면; 이헌주, 『강위의 개화사상 연구』, 도서출판선인, 2018, 44면.

23 姜瑋, 「上黃孝侯侍郎鈺書」, 『전집』 1, 434면. "遇閔杞園魯行先生, 願聞經旨. 先生撫案太息者久之, 乃曰, 吾窮居治經訓五十餘年, 不能以一語告人, 子欲學此何爲? 某異其言, 固請師之四年."

24 李重夏, 「本傳」, 『전집』 1, 371면. "少學於杞園閔公魯行. 閔公出大學古本, 使自解, 先生覃思一月, 盡發其奧, 閔公驚曰, 期之年者月耶?"

25 金澤榮, 「秋琴子傳」, 『韶護堂文集』(한국문집총간 347권), 337면. "始見閔公, 閔公出大學古本使自解, 秋琴子仰思一月盡通之. 閔公驚曰, 期之年者月耶? 於是自天人性命詩文之學, 以及兵刑錢穀之屬, 無不究之."

26 閔魯行, '附後序', 金正喜, 「實事求是說」, 『阮堂集』(한국문집총간 301권), 22면. "故有宋眞儒, 乃原其本而語其術, 原之也詳而其術益廣. 錙銖之辨, 節目之論, 其差在毫忽, 傳之不百年, 分而爲路逕之異, 降而爲口耳之習, 條緖甚於亂絲, 末流愈多枝脚. 至于今讀書談理之士, 抱空言而迷途窮, 日月而不返, 方且扢扢此事, 不知老之將至, 而所謂實用是非, 則啞然已忘失之, 嗟乎惜哉. 余嘗窃疑於斯, 偶爲金元春語之, 元春卽以其所爲實事求是說示之, 其論古今學術之變, 門逕堂室之喩,醇如也. 間又推尊漢儒, 以爲經傳訓詁, 皆有師承, 備極精實. 余亦擊節."(한국고전번역원 db.itkc.or.kr 제공 번역 활용)

27 李建昌, 「姜古歡批評孫武子跋」, 『明美堂集』(한국문집총간 349권), 297면. "庸學(學, 古本大學也.)經緯合璧, 孫武子批評二書, 爲居士外集, 居士在時, 余未之見. 今又以其嗣之請, 幷屬余定, 余讀而歎曰, 是非余之所及焉已, 余非敢有遺議于居士也. 然余方思居士之言而不能繹者, 今於二書中, 往往得之. 疾念緩誦, 繼以擊節太息, 或冥然而神契, 卽謂復見居士可也. 若其精粗鉅細之殊等, 而今昔之異觀, 則雖謂余始見居士, 而居士亦始見余可也. 顧不奇歟, 然亦以道本無二耳, 餘者, 不必竟合也. 輒書此意, 跋于孫武子之後. 如與居士相酬酌, 他人固不喩也. 經緯合璧, 不必別有所識, 卽以此爲經緯合璧跋, 亦通, 但不敢下筆於其尤重者故耳."

28 金澤榮, 「秋琴子傳」, 『韶濩堂集』(한국문집총간 347권), 337면.

29 鄭健朝, 「題詞」, 『전집』 1, 7면.

30 위의 글. "聞鍾而往, 先生已斂枕端坐, 手鈔故事數紙."

31 姜瑋, 「家大人六十一生朝, 陪家伯氏蓬春, 聯吟志慶」, 『전집』 1, 25면.

32 이훈종, 「향리 출신의 두 분 선각자 (1)」, 『한글+한자문화』 32, 한국한자교육추진연합회, 2002, 29면.

33 姜瑋, 「上黃孝侯侍郎鈺書」, 『전집』 1, 434면; 이중하, 「본전」, 371면.

34 『한국민족문화대백과사전』(http://encykorea.aks.ac.kr/), "김정희" 항목 요약.

35 한영규, 『조희룡과 추사파 중인의 시대』, 학자원, 2012, 13면.

36 姜瑋, 「濟州望洋亭. 却寄鄭蓉山記注健朝」, 『전집』 1, 34면.(번역은 배기표, 「추금 강위의 해외 기행시 연구」, 성균관대 박사논문, 2008, 20면 참조)

37 위의 글, 34면. "將入耽羅謁阮堂, 盧蓉山不肯先求衣襪, 留書告別云. 請衣念服恩襪, 告其行也."

38 이훈종, 「강위의 생애와 그 업적」, 『국어국문학』 23, 국어국문학회, 1961, 138면.

이훈종은 강위에 대한 최초의 학술 논문을 남겼는데, 강위의 후손의 증언과 고향 지역에 남아 있는 일화들을 기록해두었다. 여기서 강위의 후손은 증손자 강범식인데, 강범식은 강위의 문집이 이건창 등에 의해 편집되어 출간될 때 누락되거나 편집되었던 원자료를 필사하여 경성 제국대학 도서관에 기증한 바도 있었다.

39 이훈종, 「향리 출신의 두 분 선각자 (1)－추금 강위와 구당 유길준」, 『한글+한자 문화』 32, 전국한자교육추진총연합회, 2002; 「강위의 생애와 그 업적」, 『국어국문학』 23, 1961, 29면.

40 姜瑋, 「上黃孝侯侍郞鈺書」, 『전집』 1, 434면. "金先生又太息不語, 一如閔先生爲者. 曰, 子不見我乎, 治經之効如此, 學此究何用. 某尤異之."

41 姜瑋, 「自序」, 『전집』 1, 397면. "不肖辱與諸公交, 幾二十年, 動作言語藝術, 不能自異也, 嘗以是病焉."

42 金正喜, 「與舍季 相喜」, 『阮堂先生全集』(한국문집총간 301권), 36면. "姜生非徒所存不草草, 人品絶佳, 末俗之希有者也. 幸於寂寞之中, 得以少慰. 伊亦姑無去意, 第此留之而過冬, 接濟之道甚悶. 兩盂飯不難, 而最是絲身一條路, 頗關心耳."

43 姜瑋, 「壽星詞 奉和阮堂先生作」, 『전집』 1, 34면.

44 위의 글, 34면. "先生居停十年, 未嘗一出檐外."

45 金正喜, 「題慈屺便面」, 『阮堂全集』(한국문집총간 301권), 189면.

46 姜瑋, 「上黃孝侯侍郞鈺書」, 『전집』 1, 435면. "聞之二師曰, 詩三百篇, 皆賢聖發憤之所作. 史公此論, 自不可刊. 盖非賢聖則不能作賢聖, 而不發憤則又不應作此聖師之刪而尊之以爲經者也."

47 姜瑋, 「玄皎亭鎰先生詩集序」, 『전집』 1, 386면. "某嘗聞之師, 曰詩不徒作, 言必有物, 故曰在心爲志, 發言爲詩. 夫所謂物者, 關係天下盛衰存亡之故, 而所謂志者, 忠臣烈士憂傷忼慨之情也. 非此二者, 則皆譾語矣. 故曰, 詩三百篇, 皆賢聖發憤之所作, 盖非賢聖則不能作賢聖, 而不發憤則又不應作, 史公此論, 實隆古太師採詩之主意."

48 姜瑋, 「成次蘭蕙永詩集序」, 『전집』 1, 390면. "故曰詩三百, 皆賢聖發憤之所作. 以此觀之, 不憤則不作矣. 而我無其憤, 烏能作乎."

49 姜瑋, 「五月初二日, 余六十一初度也. 李二堂,呂荷亭,李㝨齋,畊齋,徐養泉,徐怡堂,葆堂,鄭懋亭,葵園丙朝,黃養雲 玹,金游齋魯莞,吳經齋,成次蘭蕙永, 邀集花樹亭, 分勸君更進一杯酒與爾同消萬古愁, 爲余作壽琴帖, 得古字」, 『전집』 1, 214면.

50 金正喜, 「實事求是說」, 『阮堂全集』(한국문집총간 301권), 21면. "學者尊漢儒, 精求訓詁, 此誠是也. 但聖賢之道, 譬若甲第大宅, 主者所居, 恒在堂室, 堂室非門逕, 不能入也, 訓詁者門逕也. 一生奔走于門逕之間, 不求升堂入室, 是厮僕矣. 故爲學, 必精求訓詁者, 爲其不誤于堂室, 非謂訓詁畢乃事也. 漢人不甚論堂室者, 因彼時門逕不誤, 堂室自不誤也. 晉宋以後, 學者務以高遠, 尊孔子, 以爲聖賢之道不若是之淺近也, 乃厭薄門逕而弃之, 別于超妙高遠處求之. 于是乎躡空騰虛, 往來于堂脊之上, 窓光樓影, 測度于思議之間, 究之奧戶屋漏, 未之親見也. (…중략…) 夫聖賢之道, 在于躬行, 不尙空論, 實者當求, 虛者無據, 若索之杳冥之中, 放乎空闊之際, 是非莫辨, 本意全失矣. 故爲學之道, 不必分漢宋之界, 不必較鄭·王·程·朱之短長, 不必爭朱·陸·薛·王之門戶, 但平心靜氣, 博學篤行, 專主實事求是一語行之可矣." (고전번역원 번역 전재)

51 金正喜, 「與姜秋琴[三]」, 『阮堂全集』(한국문집총간 301권), 87면. "如何是天地玄黃, 弟子不是瞎漢, 如何不能辨其色? 向呈非禮勿視說, 果是有爲而發, 盖與李青田先生譚禮不合, 一時偶有所述. 承擧生天天生一言以破之, 儘覺快爽, 然易繫不云乎, 易有太極, 是生兩儀, 兩儀者天地也, 則謂之生天乃可. 克己之己, 卽所謂明德也, 故唐誥曰克明德, 若信己是明德, 則又要如何克, 所謂明德者, 目視耳聽, 手持足行, 皆明德也, 若信此等是明德, 則又要如何克? 先生聞此必不信, 只這不信底, 便是不能克? 知不克則知克矣, 若如盛諭, 乃是克物, 不是克己, 己猶未克, 可克耶? 〈秋琴問〉

生天之說, 寔是昭明, 自不覺其弄斧於般門而已. 僕之前言生天, 凡於文字日用之間, 無有此倒錯者, 全然不思其太極生兩儀之語, 乃是承敎而後, 打破未瑩之疑團, 而方可知其難言也. 第克明德之說, 今又詳示以吾之不信爲不克, 不克爲克, 如僕庸陋, 若至斯境, 則豈不大可有爲也, 還爲人噴笑處耳. 非禮勿視者, 卽所謂非物則不視, 不視之前, 禮與非禮, 亦難分析矣, 克己之己字, 亦不在於克物之物字歟? 此吾所以敬而遠之全不以視者, 亦豈非克己之在其中也歟? 且有人平生不爲惡, 善爲仁, 猝然不避橫來之厄, 雖有失仁爲惡者, 權力足可敵其橫來之厄, 雖不克己, 反爲克物, 又何必克己而後克物耶? 克己克物, 想不在先後也." (고전번역원 번역 활용)

52 金正喜, 「與姜秋琴[二]」, 『阮堂全集』(한국문집총간 301권), 87면. "焉有勿視之爲禮, 視之爲非禮者乎? 且有一言可破者, 假使天生天命之四字, 若以生天命天書之, 則是又可成說乎?" (고전번역원 번역 활용)

53 청전(青田)을 호로 삼는 이씨는 현재 두 사람을 지목해볼 수 있다. 하나는 이청(李晴)이고 또 하나는 이학래(李鶴來)이다. 이청은 다산 정약용의 유배 시절 제자인바, 이청으로 확인된다면 강위가 다산 정약용의 학맥과도 교섭이 있었다는 사실을 특정할 수 있게 된다. 이학래의 경우에는 인적 사항은 자세히 알 수 없지만, 1866년(고종 3) 서부도사(西部都事)를 지냈고, 그 이후 사재감 봉사, 화령전 수문장(華寧殿守門將), 희릉 영(禧陵令) 등을 거쳐 1874년에 보성 군수로 부임했다는 기록이 있다.

54 유홍준, 『완당평전』 1, 학고재, 2002, 295~297면.

55 위의 책, 387~393면.

제3장 _ 고난의 바다에 나루도 없이 떠도는 별

1 「壽星詞 奉和阮堂先生作」, 『전집』 1, 34면. "苦海無津也漂星."

2 「少小遠遊之興, 至老不衰, 脫口便作遠逝之語, 殊可怪也. 向在京江棧舍, 倉卒應人求書, 亦有此作」, 『전집』 1, 346면.

3 鄭健朝, 「序」, 『전집』 1, 5면. "金公宥還, 君辭於海上, 欲遂縱遊域內. 金公留之, 偕至京師, 出其書, 使徧觀之."

4 유홍준, 『완당평전』 2, 528~530면.

5 『조선왕조실록』(http://sillok.history.go.kr/), 철종 2년 7월 21일조.

6 『한국민족문화대백과사전』(http://encykorea.aks.ac.kr/), "권돈인" 항목.

7 조희룡, 실시학사고전문학연구회 역, 『역주 조희룡전서』 1, 한길아트, 1999, 26면.

8 유홍준, 『완당평전』 2, 607~616면.

9 과천문화원, 『("추사의 작은 글씨" 전시도록)붓 천 자루와 벼루 열 개를 모두 닳아 없애고』, 과천문화원, 2005, 48면; 배기표, 「추금 강위의 해외 기행시 연구」, 성균관대 박사논문, 2008, 21면에서 재인용.

10 金正喜, 「與舍季 相喜」, 『阮堂先生全集』(한국문집총간 301권), 36면.

11 趙斗淳, 「鄭壽銅傳」, 『心庵遺稿』. "余提擧同文, 將考月稅, 頒稍食也, 曰: '君必以百韻五言爲容.' 通昔而成, 若貫珠焉. 及對試 拈譯書, 使讀之, 瞋目左右視, 不出聲, 曰: '俺不解此意.' 固不屑爾也."

12 『조선왕조실록』(http://sillok.history.go.kr/), 정조 23년 5월조. "所謂中人之名, 進不得爲士夫, 退不得爲常賤, 自分落拓, 無意於實地間, 或有薄有才藝之人, 不堪伎倆之所使, 輒生妄想, 專尙好新, 所與學習者, 非從事於經學之人也."

13 李尙迪, 「聞鄭壽銅入香山爲僧」, 『恩誦堂集』 10(『이조후기 여항문학총서』, 여강출판사, 1986에 영인본. 이하 여항문학총서). "出家歡喜在家愁, 痛飮狂歌四十秋."

14 張志淵, 「鄭壽銅」, 『逸士遺事』(여항문학총서). "其婦ㅣ 孕ᄒᆞ야 臨産에 訪醫局ᄒᆞ야 製藥在袖ᄒᆞ고 道逢友人ᄒᆞ니 爲游賞金剛山而行者라 遂不歸家ᄒᆞ고 欣然從行ᄒᆞ야 閱數月에 遍歷關東諸名勝而歸ᄒᆞ니 其疎放이 類是라."

15 趙斗淳, 「鄭壽銅傳」, 『心庵遺稿』. "秋史金侍郎元春, 奇之 使留讀所藏圖史. 期贍博而進之, 能閱數月專心注目行墨間, 若不知戶外事者然, 忽一立卓 不復來, 跡尋之, 至幽之, 以不使巾衫, 而後復如此, 不一再."

16 대표적으로 가장 마지막의 언급만 들어보면, 일본에 수신사로 파견된 길에 지은 『東遊草』의 「동조궁원(東照宮園)에 걸어가서 높은 곳에 기대 멀리 보며 잠깐 두 절구를 지었다. 갑자기 뗏목을 타고 멀리 가고 싶은 생각이 들어 나도 모르게 눈물을 철철 흘리며 바람결에 한 번 통곡을 하니 따르는 사람이 깜짝 놀라 말렸다(步至東照宮園, 憑高望遠, 卒成二絶. 驀然有乘桴遐擧之想, 不覺汪然下涕, 臨風一慟, 從者愕然止之)」는 제목의 시가 있다. 일본에 간 것만으로도 19세기 조선인으로는 이미 대단히 멀리 떠난 것인데, 또 떠나고 싶어하는 것이었다. 이에 대해서는 뒷장에서 다시 논의하기로 한다.

17 윤효정, 『한말비사』, 교문사, 1995, 154면.

18 金澤榮, 「秋琴子傳」, 『韶濩堂文集』(한국문집총간 347권), 337면. "獨喜從窮賤落拓者遊, 雖屠兒丐人, 亦與之鞠躬作禮."

19 張之琬, 「鄭壽銅墓誌銘」, 『枕雨堂集』 5(여항문학총서 권5). "所從游公卿韋布, 極一時名俊, 而輿臺下流市井屠沽亦平等視, 盡得其歡."

20 鄭健朝, 「序」, 『전집』 1, 5면. "及金公謫北靑, 君又從往. 踰年, 君乞遂踐初志, 金公許之."

21 유홍준, 『완당평전』 2, 642면.

22 「自序」, 『전집』 1, 14면. "今錄玆編者, 盖余于往春三月, 偶得縱步, 自曷懶甸, 放于辰韓四千里餘."

23 위의 글, 15면. "三年癸丑初春十九夕, 微醉書于臨淮之古歡堂."

24 「上黃孝侯侍郎鈺書」, 『전집』 1, 434면. "某又從往踰年, 自査胷中, 似有與前日異者, 然果不可以一語告人. 雖告之無益也. 於是遂有遠游之興, 再週東海, 鬚髮遽如許矣. 故於詩道, 非但無意於此, 而亦無暇及此也."

25 「自序」, 『전집』 1, 14면. “凡所歷者, 多通都大邑, 舟楫之聚, 衣冠之盛, 然而涉其境而不問其名, 聞其事而不詳其故. 則喜好謠俗山川風物, 不能擧也. 所接者, 皆烟雲險僻之境, 枯淡之士, 戰伐興廢悲傷愁苦之蹟.”

26 李重夏, 「本傳」, 『전집』 1, 371면. “學旣成, 遂縱游四方, 環東海者再. 無資常乞食, 或啖果茹艸, 名山奧境, 人跡所未到, 必露宿, 窮極而後已. 所過都邑關隘, 往往登高周覽, 吊古撫今, 沈吟久之.”

27 주승택, 「강위의 사상과 문학관에 대한 고찰」, 64면.

28 「龍宮道中遇寒夜 飲示東溟上人」, 『三洞搜勝草』(『古歡堂收艸』(강범식 필사본)). “得過且過平生事, 不待禽音已自知. 厚意未酬成潦倒, 牟梁白粥海僧緇.”

29 李圭景, 『五洲衍文長箋散稿』 3(고전간행회본), 「예기(禮記)」, 101면.

30 長白老人, 「古歡居士擬策跋」, 『전집』 1, 687면. “昔年, 有一客自稱風句病頭陁, 遊行域中. 聞有名山勝境輒造焉, 必窮高極險而後止. 始余遇於白頭之旒, 班荊而談, 色似甚喜. 後又遇於蓬萊之靈源洞, 共處山中旣久, 習覩其爲人, 無一技能, 又泊然無所營. 時嘗好瞌睡, 對客不醒, 客往往不能辭而去. 能飮酒至斗, 然非勸酬, 不自謀也. 喜諷詠, 間值寒宵景佳, 往往吟誦達曙. 然不知所記者何書, 或自有著述否, 皆非近人所習也.”

31 위의 글, 689면. “於是, 余喜前日之遇, 以無言爲奇矣, 而今日之遇, 又以言爲奇, 默如雷霆, 言如墻壁, 豈二法乎? 出世經世, 亦猶是耳. 且其變軍制均戶賦之論, 非但切中時務也, 運機通變, 非聞道者, 則不能道矣. 奇哉, 頭陁其眞聞道者歟. 雖然, 昔者, 維摩居士, 爲世示疾, 頭陁而爲此乎, 則頭陁果病矣.”

32 주승택, 「추금 강위의 사상과 문학관」, 『한문학과 근대문학』, 273~274면.

33 姜瑋, 「道中聞鴈有感」, 『전집』 1, 61면.

34 黃玹, 「發弨餘艸題詞」, 『전집』 1, 32면. “冠摩壽曜, 屐破邊氷. 幽蘭風雨, 雙袖懵騰.”

35 姜瑋, 「上黃孝侯侍郎鈺書」, 『전집』 1, 435면. “逮年三十以後, 佗傺益甚, 挈眷流離, 糊口四方. 所遇輒以詩人目之, 要與唱酬, 寔未嘗見有宿稿, 但意之如此也. 然殘杯冷炙, 捨此則無一飽之緣, 故遂強爲之. 其始迂怪可笑, 旣久漸習熟套.”

36 李建昌, 「姜古懽墓誌銘」, 『明美堂集』(한국문집총간 349권), 279면. “挈家寓湖嶺間, 湖嶺人至今稱君爲姜文章云.”

37 『한국민족문화대백과사전』(http://encykorea.aks.ac.kr/), “신헌” 항목 요약.

38 유홍준, 『완당평전』 1, 388~393면.

39 김진균, 「심재 조긍섭의 도덕문장 추구 논리」, 『영남학』 11, 2007, 101~122면.

40 曺兢燮, 「自笑齋詩集序」, 『巖棲集』(한국문집총간 350권), 286면. “昔姜古懽以詩豪自負, 鄕里有設社飮, 引與共賦, 則輒莞爾曰可能爲京文乎. 古懽亢厲玩世, 於詩尤少可, 而都中士大夫多其弟子. 其曰京文者, 敖鄕里之無詩也.”

41 李建昌, 「姜古懽墓誌銘」, 『明美堂集』(한국문집총간 349권), 279면. “中更浮游學禪學兵學陰陽諸書, 又悉棄去. 爲詩及他文章, 挈家寓湖嶺間, 湖嶺人至今稱君爲姜文章云.”

42 金允植, 「序」, 『전집』 1, 237면. “學成而無所售, 出門落落, 特以詩, 結識於賢士大夫, 遂以詩聞. 旣而佗傺坎壈, 爲飢寒所驅, 東西漂泊, 其幽峭之思, 勃鬱之氣, 一寓諸詩而詩益工. 及其歿也, 家無甁罍之儲, 惟遺詩文若干卷以終.”

43 姜瑋, 「壽春道中」, 『전집』 1, 60면.

44 이병주, 『한국한시의 이해』, 민음사, 1987, 202면.
45 姜瑋, 「雙溪方丈」, 『전집』 1, 53면.
46 민병수, 『한국한시사』, 태학사, 1996, 466면.
47 張志淵, 『大東詩選』, 新文館, 1918.
48 姜瑋, 「永川朝陽閣雨中走毫和閣中賦詩諸老」, 『古歡堂收艸』(강범식 필사본).
49 주승택, 「강위의 저술과 『고환당집』의 사료적 가치」, 『규장각』 14, 1991.
50 주승택, 「강위의 사상과 문학관에 대한 고찰」, 서울대 박사논문, 1991, 76~77면.
51 신헌에 대한 기본적인 정보는 『한국민족문화대백과사전』(encykorea.aks.ac.kr)을 통해 정리했다.
52 주승택, 「조선말엽 한문학과 강위의 위상」, 『한문학과 근대문학』, 태학사, 2009, 250면.
53 姜瑋, 「朱溪別萁石」, 『전집』 1, 126면. "十年吟屧遍南州, 老愛朱溪寫玉流. 遠客不知何處向, 故人相見不能留. 窮途久厭諸侯客, 歲暮難爲百畝憂, 安得餘生身揷翼, 帝靑無際一浮由."
54 姜瑋, 「錦洄用前韻寄房松年致堯」, 『古歡堂收艸』(강범식 필사본).
55 주승택, 「강위의 사상과 문학관에 대한 고찰」, 서울대 박사논문, 84면.
56 姜瑋, 「太乙酒歌」; 「附申三琴樂熙和太乙酒歌」; 「太乙酒爲人所盜」, 『전집』 1, 94~97면.
57 姜瑋, 「太乙酒爲人所盜」, 『전집』 1, 96면,
58 위의 글. "我初爲此酒, 未足洽諸鄰. 約招二三友, 團坐一沾唇. 傍人未染指, 饞沫自津津. 玆事足致盜, 誰與醨返醇. 終當釀千葉, 與爾歇偸心."
59 姜瑋, 「朱溪民擾, 以求狀不應, 媒禍. 謾筆遣懷, 時有三政救弊詢策艸野之盛擧」, 『전집』 1, 116면.
60 강만길, 『고쳐쓴 한국근대사』, 창작과비평사, 1994, 48~50면.
61 위의 책.
62 진주민란에 대해서는 『한국민족문화대백과사전』(http://encykorea.aks.ac.kr/)의 항목을 참조하였다.
63 강만길, 앞의 책, 52면.
64 망원한국사연구실, 『1862년 농민전쟁』, 풀빛, 1988, 60면; 이헌주, 『강위의 개화사상 연구』, 도서출판선인, 2018, 48면.
65 金澤榮, 「秋琴子傳」, 『韶濩堂集』(한국문집총간 347권), 337면. "哲宗末, 三南亂民起. 時秋琴子流寓茂朱山中, 民刦爲檄文, 秋琴子拒之, 民怒燹其廬, 秋琴子脫身歸京師."
66 姜瑋, 「朱溪民擾, 以求狀不應, 媒禍. 謾筆遣懷, 時有三政救弊詢策艸野之盛擧」, 『전집』 1, 115면.
67 주승택, 「조선말엽 한문학과 강위의 위상」, 『한문학과 근대문학』, 251면.
68 강혜종, 『임술(1862)년 조선 삼정구폐론의 형성 양상과 성격 고찰』, 연세대 박사논문, 2017, 25~28면.
69 姜瑋, 「自序」, 『擬三政捄弊策』, 『전집』 1, 548~549면. "旣卒篇獻之, 閣學瀏誦良久曰, 鱗甲太多, 姑未可以示人, 少加刪潤, 則當更佳矣. 敬應曰, 諾, 然余旣神竭思涸. 至數日不能更易, 又歸思匆匆, 不可復忍, 輒取酒以澆筆神. 痛傾三四甌, 乘醉一讀, 私焚於屛處, 不告而歸."
70 姜瑋, 「擬策成酹酒而燒之」, 『전집』 1, 76면.
71 姜瑋, 「自序」, 『擬三政捄弊策』, 『전집』 1, 549면. "今四年矣, 今秋余又到京, 閣學出此卷, 示之

曰, 子能認此否. 余旣見之, 驚曰, 安得有此. 閣學笑曰, 曩時爲子, 供筆硯者之所爲也. 余始思之, 有閭巷人鄭昌者, 爲余服勞, 余每繕寫一紙, 輒取棄稿, 叉之, 鄭君則私收之. 余曰, 此與正本不同, 不足存也. 鄭君曰, 但觀命意如何耳. 因見閣學, 爲余惋甚, 編次其紙, 精書一通而進之者也. 嗟呼賢哉, 鄭君之用心勤矣. 此卷不足存, 而念鄭君之勤, 不可以不存矣."

72 임성수, 「임술민란기 추금 강위의 현실 인식과 삼정개혁론」, 『조선시대사학보』 79, 2016, 297면.

73 姜瑋, 「擬三政捄弊策」, 『전집』 1, 634면. "君道由兵而立."

74 위의 글, 674면. "子爲政焉用殺, 不嗜殺人者王, 而今言殺者, 何也. 勢不可以不殺也, 必殺者, 人主之怒也, 殺而止殺者, 人主之德也."

75 위의 글, 564면. "東國之儒李瀷, 柳馨遠輩, 尙不以此爲難" ; 581면. "然故承旨丁若鏞曰, 三代之制, 選民爲兵."

76 崔益翰, 송찬섭 편, 『여유당전서를 독함』, 서해문집, 2016.

77 이헌주, 『강위의 개화사상 연구』, 도서출판선인, 2018, 49면.

78 姜瑋, 「擬三政捄弊策」, 『전집』 1, 539면. "仲尼曰, 爲國之道, 不患貧而患不均. 今誠新布一令, 使貴賤均賦, 則不須更立一法, 以求給代之需."

79 민병수, 「애국계몽기 한말사대가의 한시」, 『한국한시연구』 13, 2005, 7면.

80 金弘集, 「序」, 『전집』 1, 369면. "余少日, 聞姜慈屺爲當世瓌奇士, 常遍遊海嶽, 放跡於窮澨絶崖之間, 想見其爲人而不可親. 久之, 聞君來都下, 又號秋琴, 痛飮賦詩以爲樂. 有請輒往, 非其意, 飄然去不顧, 知與不知, 皆曰秋琴秋琴云."

81 위의 글.

82 姜瑋, 「續東遊艸」, 『전집』 2, 921면.

83 金弘集, 「序」, 『전집』 1.

84 姜瑋, 「續東遊艸」, 『전집』 2, 922면.

85 金允植, 「序」, 『전집』 1, 238면. "古歡先生, 奮拔孤寒, 力學自樹. 所讀之書, 殆過五車. 而有志於當世之務, 學成而無所售. 出門落落, 特以詩, 結識於賢士大夫, 遂以詩聞."

86 李重夏, 「本傳」, 『전집』 1, 374면. "世之知先生者, 皆稱其工於詩文, 而至於論天下之事, 識當世之務, 則或未之信焉."

87 李建昌, 「序」, 『전집』 1, 9면. "其所學, 皆天人王伯之鉅者, 而尤專心當世事. 高可以河汾太平之書, 卑之猶眉山權衡策, 此先生志槩也. 顧畸於命, 窶於力, 仳離偪側, 窮老無所遇, 惟是咳唾之餘, 遊戲之跡, 飂墮人口耳間, 世遂以詩人斷先生, 而先生亦自詭爲詩人. 噫, 先生豈僅詩人乎已哉!"

88 위의 글. "不佞, 姜古歡先生之詩弟子也."

89 李建昌, 「姜古懽墓誌銘」, 『明美堂集』(한국문집총간 349권), 279면. "當是時, 朝廷方拒西洋人, 勦刮邪黨, 士大夫承指, 務爲正大之議, 或語外國事, 則搖手以爲戒. 余時弱冠備侍從, 獨私以爲獵者遇獸, 固當射之, 然亦宜略知所射爲何獸, 獸竟何狀, 以是頗留心明史外夷名目, 及近日中國戰和之跡. 偶以語君, 君驚拊手曰, 有人矣哉, 勉之."

90 위의 글.

91 위의 글.

92 李建昌, 「序」, 『전집』 1, 10면.

93 위의 글.

94 姜瑋, 「嶺營城中, 聞番寇入沁. 李沙磯是遠尙書, 遺疏, 仰藥卒」, 『전집』 1, 145면.

95 『承政院日記』 고종 8년(1871) 3월 16일.

96 이희목, 『이건창 문학연구』, 성균관대 출판부, 2005, 19~20면.

97 李建昌, 「姜古懽墓誌銘」, 『明美堂集』(한국문집총간 349권), 279면. "後與余交, 卽大喜, 日過余, 諸與余游者, 稍得介余以結君."

98 안대회, 「조선말기의 문예그룹 남사와 남사동인의 문학활동」, 『한국한시연구』 25, 2017.

99 許傳, 「姜瑋傳」, 『性齋集』(한국문집총간 308권), 604면. "有如李學士建昌, 鄭學士萬朝等諸名士三十餘人, 莫不傾心悅服, 推以爲詩壇盟主."

100 박철상, 「고환당 강위가 엮은 한사객시선 (1)」, 『문헌과 해석』 33, 2005 겨울; 「고환당 강위가 엮은 한사객시선 (2)」, 『문헌과 해석』 34, 2006 봄.

101 金澤榮, 「今春荷亭在都, 與余將赴社約. 聞室訃東歸, 盖朝賀男者而唁也. 日者書來, 其辭甚悲. 余感而作此以慰之, 兼呈姜古歡·李二堂·李寧齋·徐怡堂·葆堂昆季·鄭茂亭諸君子, 庶幾讀之爲荷亭解之」, 林桂永 選, 李建昌 批評, 『雲山韶濩堂詩選』(국립중앙도서관 소장 사본); 안대회, 「조선말기의 문예그룹 남사와 남사동인의 문학활동」, 『한국한시연구』 25, 2017, 20면에서 재인용. "古歡老子詩中佛, 致兼風雅眞我師."

102 『한국민족문화대백과사전』(http://encykorea.aks.ac.kr/), "김택영" 항목 요약.

103 金澤榮, 「開城家稿序」, 『蘇湖堂文集』(한국문집총간 347권), 256면,

104 金澤榮, 「秋琴子傳」, 『蘇湖堂文集』(한국문집총간 347권), 337면. "明年春, 於學士席上, 見有蹙額隆顴多鬚髯, 目睒睒有光, 食酒談詩者, 知必秋琴子也. 學士乃爲之左右顧而兩通之, 故余於是得識秋琴子. 噫余觀秋琴子不遇於時, 外雖和夷而內實不平, 感憤橫出, 或有異於孔子所稱中行者, 然其才非一世見也, 不可以無傳."

105 卞榮晩, 실시학사고전문학연구회 역주, 『변영만전집』 상, 성균관대 대동문화연구원, 2006, 479면.

106 金澤榮, 「挽李惕士 象元 丈人」, 『韶濩堂文集』(한국문집총간 347권), 182면. "昔公見我秋琴傳, 謂堪磊落編國史."

107 卞榮晩, 실시학사고전문학연구회 역주, 『변영만전집』 상, 성균관대 대동문화연구원, 2006.

108 최식, 「19세기말 20세기초 여항문인의 교유양상」, 『동방한문학』 71, 2017, 158면.

109 정옥자, 『조선후기문화운동사』(중판), 일조각, 1991, 249~251면.

110 黃玹, 「重陽後五六日, 南坡來訪」, 『梅泉全集』 3, 88면.

111 황현, 김영봉 역주, 「將見姜秋琴先生瑋」, 『黃梅泉詩集 續集』, 보고사, 2010, 231면(인용하면서 번역을 조금 수정하였음).

112 金澤榮, 「本傳」, 『梅泉集』(한국문집총간 348권), 403면.

113 李建昌, 「送黃雲卿序」, 『明美堂集』(한국문집총간 349권), 134면.

114 黃玹, 「哭秋琴先生」, 『梅泉集』(한국문집총간 348권), 412면.

115 윤효정, 『한말비사』, 교문사, 1995, 47~48면.

116 姜瑋, 「北池賞荷」, 『전집』 1, 193면. "十頃琉璃浸綠天, 賞花又到北池邊. 南州好夢眞難醒, 珠露香風二十年. / 花花葉葉盡擎天, 放箇游魚戲四邊. 水面葉心才數尺, 神龜一躍待千年."

제4장 _ 서세동점의 실체

1 『한국민족문화대백과사전』(http://encykorea.aks.ac.kr), "병인사옥"·"병인양요" 항목 요약.

2 李重夏, 「本傳」, 『전집』 1, 372면. "上之丙寅, 沁都有洋警. 先生杖策往視海口形便歸, 爲大將軍申公櫶, 詳劃戰守事宜."

3 이헌주, 『강위의 개화사상 연구』, 도서출판선인, 2018, 131면.

4 姜瑋, 「請勸設民堡增修江防疏」, 『古歡堂集』(강범식 필사본). "今夫夷情叵測, 夷力難料. 然以中國人所言觀之, 彼利速戰, 不能持久, 所謂大礮, 只可施於闊港大野, 而無奈於山城. 誠如是言, 我國地形, 谽谺崩岃, 在在山城, 設防以處之, 固可守而有餘也."

5 이헌주, 『강위의 개화사상 연구』, 도서출판선인, 2018, 129~131면.

6 유홍준, 『완당평전』 2, 419면.

7 백기인, 「병인양요 전후 해방론의 전개」, 『이순신연구논총』 16, 2011, 1~16면.

8 姜瑋, 「松泉詩屋, 聞京師憂番警」, 『전집』 1, 127면.

9 주승택, 『한문학과 근대 문학』, 397면.

10 姜瑋, 「達城秋夜, 敬次按使李公參鉉韻」, 『전집』 1, 146면.

11 黃玹, 「李忠武公龜船歌」, 『梅泉集』(한국문집총간 348권), 412면.

12 趙顯命, 「龜船」, 『歸鹿集』(한국문집총간 212권), 23면.

13 姜瑋, 「統制營」, 『전집』 1, 161면.

14 주승택, 『한문학과 근대 문학』, 395면.

15 金澤榮, 「秋琴子傳」, 『韶護堂文集』(한국문집총간 347권), 337면.

16 李建昌, 「姜古懽墓誌銘」, 『明美堂集』(한국문집총간 349권), 279면. "當是時, 朝廷方拒西洋人, 勦刮邪黨, 士大夫承指, 務爲正大之議, 或語外國事, 則搖手以爲戒. 余時弱冠備侍從, 獨私以爲獵者遇獸, 固當射之, 然亦宜略知所射爲何獸, 獸竟何狀, 以是頗留心明史外夷名目, 及近日中國戰和之跡. 偶以語君, 君驚拊手曰, 有人矣哉, 勉之."

17 이 시기 조선 정계 일단에서 벌어진, 해방론에서 근대화론으로 전환 과정에 대해서는 김도형, 『근대 한국의 문명 전환과 개혁론』, 지식산업사, 2014, 50~104면 참조.

18 姜瑋, 「送朴梧西學士周陽啣命之燕序 代作」, 『전집』 1, 393면. "與中朝士遇, 筆亦可以代舌, 然非老於文學者, 則以辭達意, 又豈易能哉?"

19 배기표, 「추금 강위의 해외 기행시 연구」, 성균관대 박사논문, 2008, 54면.

20 동북아역사재단 한국외교사편찬위원회 편, 『한국의 대외관계와 외교사』, 동북아역사재단 2018, 99~102면.

21 이헌주, 「강위의 연행과 대중국 인식의 변화」, 『아세아연구』 60권 4호, 2017, 12~14면.

22 위의 글, 15면.

23 배기표, 「추금 강위의 해외 기행시 연구」, 성균관대 박사논문, 2008, 54~55면.

24 姜瑋, 「出都」, 『전집』 1, 245면.

25 배기표, 「추금 강위의 해외 기행시 연구」, 성균관대 박사논문, 2008, 7~9·56~58면.

26 徐眉淳, 「慈屺先生遊燕之行用前韻以爲奉別」, 『姜秋錦奉別詩幅』; 위의 책에서 재인용. "華士逢君應拭眼料知旅榻不寥寥."

27 鄭範朝, 「送姜秋錦遊燕序」, 『姜秋錦奉別詩幅』, 장3~4; 배기표, 위의 글에서 재인용. "將胡隣

國之虛實, 權時事之輕重, 以展策略之奇乎!"

28 姜瑋,「出都有感, 用吳春海給諫鴻恩韻兼寄張叔平員外」,『전집』1, 259면.

29 이헌주,『강위의 개화사상 연구』, 도서출판선인, 2018, 164~173면.

30 李建昌,「姜古懽墓誌銘」,『明美堂集』(한국문집총간 349권), 279면. "會君從鄭判書赴燕京, 歸以其所與中國人談者, 爲文示余, 皆舊所禁諱, 使人駴怖. 君且讀且噫且笑, 意氣流動, 余則默然, 固有以卜之矣. 明歲余又赴燕, 君又從."

31 鄭基雨,「送秋琴重游燕京序」,『雲齋遺稿』; 배기표,「추금 강위의 해외 기행시 연구」, 성균관대 박사논문, 2008, 78면 재인용.

32 위의 글, 78면.

33 위의 글, 78~79면.

34 李建昌,「姜古懽墓誌銘」,『明美堂集』(한국문집총간 349권), 279면. "明歲余又赴燕, 君又從. 旣至余所聞見, 或與君同異, 然固不以君爲無徵也. 及歸, 事遽悉改, 縱衡馳騖之士, 公道天下事, 莫可防制. 余自忖愚不足預, 遂悉謝遣胸中所往來以日趨憒憒. 而君則稍攄發其所蘊, 遂益有名."

35 金澤榮,「秋琴子傳」,『韶護堂文集』(한국문집총간 347권), 337면. "旣至, 遍交名士大夫. 所至酒闌, 必賦詩以風, 諸名士無不嘖嘖稱奇士, 而爲之歡洽傾倒, 以故得盡探中西近事. 歸而述之."

36 姜瑋,「東人之禮於所敬, 不敢捉椅並坐. 李薌垣中書, 欲用蘇明允與宴故事, 余不得已逃席. 黃少司寇鈺, 徐頌閣, 吳春林鴻懋, 敖册賢, 皆以專席邀話, 榮遇踰分, 愧不克當, 以筆代謝」,『전집』1, 300면.

37 배기표,「추금 강위의 해외 기행시 연구」, 성균관대 박사논문, 2008, 94면.

38 姜瑋,「東人之禮於所敬, 不敢捉椅並坐. 李薌垣中書, 欲用蘇明允與宴故事, 余不得已逃席. 黃少司寇鈺, 徐頌閣, 吳春林鴻懋, 敖册賢, 皆以專席邀話, 榮遇踰分, 愧不克當, 以筆代謝」,『전집』1, 300면. "却爲踰鄕價倍高(古語物離鄕則貴人離鄕則賤)."

39 姜瑋,「上黃孝侯侍郎鈺書」,『전집』1, 437면. "先生耆德宿學, 某又望而異之. 所願師者, 故悉暴衷悃, 至於如此. 若某所獻北游草者, 特欲藉此爲贄, 求一進於大賢之門, 實非所謂詩道之遺也. 始願如此, 幷賜照諒, 海外弟子某. 再百拜."

40 姜瑋,「古歡堂收艸」(강범식 필사본), 장142; 배기표,「추금 강위의 해외 기행시 연구」, 성균관대 박사논문, 2008, 88면 참조.

41 姜瑋,「洪右臣太史良品, 作東方使者行, 贈耕石檮村甯齋三行人. 余依其題, 次李薌垣中書有棻, 贈寧齋侍讀韻, 奉贈寧齋. 走筆一夕作」,『전집』1, 286면.

42 姜瑋,「五月初二日, 余六十一初度也. 李二堂,呂荷亭,李甯齋,畊齋,徐養泉,徐怡堂,葆堂,鄭懋亭,葵園內朝,黃養雲 玹,金游齋魯莞,吳經齋,成次蘭蕙永, 邀集花樹亭, 分勸君更進一杯酒與爾同消萬古愁, 爲余作壽琴帖, 得古字」,『전집』1, 214면. "河山一牧豎, 不自解愚魯. 少日願多能, 志氣隘寰宇. 最慕馬文淵, 南海樹銅柱. 亦愛楚熊繹, 開山以藍縷." 1장에서 이 시를 다룬 바 있다.

43 姜瑋,「二月十五日離南小館」,『古歡堂收艸』(강범식필사본). "萬里辰韓客, 歸歟樂意多."

44 황현,「갑오이전」,『매천야록』. 황현은 이 강화도조약 전후 과정에 대한 서술에서 일본이 전쟁 위협을 앞에 내세웠지만 의도는 화친에 있음을 서술하였다. 황현이 강위와 친분이 깊어 강위

의 견해에 동조하였기에, 일본의 의도가 처음에는 화친에 있었음으로 파악한 것이 아닐까 생각해본다.

45 姜瑋, 『沁行雜記』, 319면; 김종학 역, 『심행일기』, 푸른역사, 2010.

46 위의 책, 220~221면.

47 위의 책, 220면.

48 위의 책, 322면.

49 배기표, 「추금 강위의 해외 기행시 연구」, 성균관대 박사논문, 2008, 110면.

50 姜瑋, 「天津歸後, 李取堂源兢, 金秋棠昌舜, 白小香春培, 金肯農漢宗, 李小華基馥 夜話」, 『전집』 1, 351면.

51 김용구, 『세계관 충돌과 한말 외교사』, 문학과지성사, 2001, 283~294면.

52 姜瑋, 「興亞會上屬題」, 『전집』 1, 325면.

53 이광린, 「강위의 인물과 사상」, 『동방학지』 32면.

54 문일평, 『호암사론사화선집』, 현대실학사, 1996, 169~170면.

55 위의 책, 235면.

56 주승택, 「강위의 저술과 고환당집의 사료적 가치」, 『규장각』 14, 서울대학교 규장각 한국학연구원(규장각), 1991.

57 이헌주, 『강위의 개화사상 연구』, 도서출판선인, 2018, 275면.

58 위의 책, 281면.

59 『고환당집』(강범식 필사본); 강위, 『심행잡기』, 220면; 김종학 역, 『심행일기』, 푸른역사, 2010.

60 姜瑋, 『續東遊艸』, 『전집』 2, 921~922면. "庚辰夏, 金侍郎道園金宏集大人, 以修信使赴日本, 侍讀大人, 力薦不肖, 辟充書記, 以行得至日京. 侍郎大人 雅懷簡重, 不許賓從出遊, 使事告藏. 余輩不獲交一文士之士而返, 頗懷歉然. 侍讀謂不肖曰, 且少俟, 余亦當爲此行, 同去尤快. 是言也, 奉如金石, 晝夜以待. 過年於加平田舍, 元朝後七日, 到京聞之, 侍讀已作日本之行, 先往江陵覲親, 自江陵直向東萊云, 心懷疑訝, 往探于池松村錫永, 松村曰, 虛言也, 吾豈有不知之理."

61 姜瑋, 「雨夜漫成」, 『전집』 1, 336면의 주석에 정병하가 기계를 구매하고 교사를 맞아들이자는 계책은 시의에 맞았다는 기록이 있다. 아마 김옥균으로 표기되었던 것을 갑신정변 뒤에 출간을 위해 이건창 등이 교정할 때, 김옥균을 표기하지 않기 위해 정병하로 수정한 것으로 보인다.

62 姜瑋, 『續東遊艸』, 『전집』 2, 923~924면.

63 배기표, 「추금 강위의 해외 기행시 연구」, 성균관대 박사논문, 2008, 126~130면

64 姜瑋, 「自日本東京擬回國, 至赤馬關, 聞國中有變, 一行詣山寺慟哭, 遂爲縞服. 金虞候鏞元, 鄭司官秉夏, 在馬關. 余有遐擧之志, 率成長句」, 『전집』 1, 341면.

65 배기표, 「추금 강위의 해외 기행시 연구」, 성균관대 박사논문, 2008, 148면.

66 姜瑋, 「少小遠遊之興, 至老不衰, 脫口便作遠逝之語, 殊可怪也. 向在京江棧舍, 倉卒應人求書, 亦有此作」, 『전집』 1, 346면.

67 姜瑋, 『古歡堂收艸』(강범식 필사본), 155면.

68 노상익, 정은주 외역, 『대한망국사열전』, 학자원, 2020, 270면.

69 배기표, 「추금 강위의 해외 기행시 연구」, 성균관대 박사논문, 2008, 141면.

70 위의 글, 147~8면.

71 위의 글, 151면.

72 金允植, 「序」, 『전집』 1, 237면. "余素聞先生之名, 嘗一見於漢城, 再見於烟臺舟中. 先生年已七旬矣. 周遊日本及申滬析津, 掛帆東歸, 時當冬天, 雪風如刀, 先生衣裳甚薄, 凌兢倚檣而立, 鬚眉間猶隱隱有壯氣."

73 위의 글.

제5장 _ 그가 못 가 본 길

1 姜瑋, 「澁澤別墅, 次韻奉和」, 『전집』 1, 321면.

2 姜瑋, 「神戶」, 『古歡堂收艸』(강범식 필사본). "東溟事事屬維新, 神戶樓臺已動人."

3 姜瑋, 「步至東照宮園, 憑高望遠, 卒成二絶. 驀然有乘桴遐擧之想, 不覺汪然下涕, 臨風一慟, 從者愕然止之」, 『전집』 1, 323면.

4 姜瑋, 「臨行, 思與諸公別後會無期, 懷緖惘惘, 寄呈鴨北大丞」, 『전집』 1, 326면.

5 위의 글. "宮本書記書示, 欲屈先生爲老博士, 未知尊意肯否. 答云, 此是不保性命之事, 先生何爲出此言. 宮本云, 是不然, 敝邦雖陋, 延請諸大國耆德, 爲學校師, 况與疆土毗連, 隣好尤篤, 豈有請而不許之理. 答云, 且待三千年後風氣盡闢. 然後圖之."

6 배기표, 「추금 강위의 해외 기행시 연구」, 성균관대 박사논문, 2008, 153면.

7 姜瑋, 「奉和單槎仙秉鈞先生, 述懷」, 『전집』 1, 346. 시의 제목 주석으로 "황효후 시랑께서 일찍이 저의 시 공부가 늦어진 것을 들어 고달부에 비했다(黃侍郎孝侯, 嘗以不肖學詩之晩, 比於高達夫)"고 하였다. 물론 시의 내용에서 고적을 언급하는 부분이 있으므로 그에 대한 설명이 필요해서 황옥의 발언을 언급한 것이기도 하지만, 굳이 황옥이 언급한 고적이 떠오른 이유는 강위가 단병균에게서 황옥과 같은 수준의 교유를 기대를 하고 있기 때문이었을 것이다. 강위에게는 단병균과 황옥이 연대감을 느끼고 표현하는 유사한 대상이 되어 있던 것이다.

8 金允植, 「序」, 『전집』 1, 238면. "余不敢窺其堂奧, 而鋟梓一出傳, 與海內共觀, 必有知先生之志, 而悲其遭遇之窮也."

9 주승택, 「강위의 저술과 고환당집의 사료적 가치」, 101면.

10 李建昌, 「姜古歡墓誌銘」, 『明美堂集』(한국문집총간 349권), 279면. "有邀君俱往六合之外, 君謝曰, 力竭矣."

11 배기표, 「추금 강위의 해외 기행시 연구」, 성균관대 박사논문, 2008, 163면.

12 이종묵, 「일제강점기의 한국 한문학 연구」, 『한국한시연구』 13, 한국한시학회, 2005, 430면.

13 李建昇, 「偶讀姜古懽集有感」, 『海耕堂收草』(국립중앙도서관 소장 필사본). "余弱冠時, 見古懽訪先伯氏, 每酒酣, 論當世事曰: '今日急務, 通海外諸國, 學其富强之術, 然後可維支一日. 不然, 將爲强者食, 奴隸犧牲之禍, 急矣.' 憤憤噓唏, 聞者茫然不知爲何說. 今思其言, 如昨日事, 拊卷太息."

14 李建昌, 「姜古懽墓誌銘」, 『明美堂集』(한국문집총간 349권), 279면. "常憂人之所不憂, 味人之所不味."

서명·작품명

인명·지명·고유 명사